청동거울을
보여주마

민경현 소설

창작과비평사

청동거울을 보여주마

초판 1쇄 발행 / 1999년 10월 30일
초판 2쇄 발행 / 2020년 12월 8일

지은이 / 민경현
펴낸이 / 강일우
펴낸곳 / (주)창비
등록 / 1986년 8월 5일 제85호
주소 / 10881 경기도 파주시 회동길 184
전화 / 031-955-3333
팩시밀리 / 영업 031-955-3399 편집 031-955-3400
홈페이지 / www.changbi.com
전자우편 / lit@changbi.com

ⓒ 민경현 1999
ISBN 978-89-364-3655-1 03810

청동거울을
보여주마

차례

꽃으로 짓다 7

깊은 하늘 37

내영(來迎) 103

청동거울을 보여주마 139

기청제(祈晴祭) 197

오버 더 레인보우 233

인멸(湮滅) 263

해설 임규찬 305

후기 318

꽃으로 짓다

손목을 따라 붓이 너울거렸고 그 자락을 따라 금분이 나부꼈다.

마침내 서까래가 춤을 추기 시작했다. 그때의 금빛이라니!

타오르는 황금빛이 법당의 동편을 가득 메워가고 있었다.

화엄이 꽃가루 되어 날렸다. 금빛은 마침내 멀리멀리 퍼져 강으로 흘렀다.

연호강 물줄기가 그대로 금룡이 되어 퍼드덕 살아 움틀거렸다.

물새들이 놀라 하늘 높이 솟았다.

꽃으로 짓다

　이놈의 비가 지랄이다. 겨우내 마른 산에 나무 밑동이 들썩거릴 지경으로 하늘서 내리는 물은 이 땅에 없나 싶더니 엊그제 동편 하늘을 잡아먹듯 몰려온 먹장구름이 무에 삼천대세 만에 내리는 비라도 되는 양 기어코 계곡수를 콸콸 넘치게 하고야 말았다. 새벽예불에 맞춰서는 제법 이른 휘파람새 소리도 들리고 날이 밝으면 갠 하늘이 뽀얗게 제석봉 동쪽 끄트머리서 올라설 것 같더니, 웬걸 한번 싸지른 우신(雨神)의 소맷자락이 여적 마르기 멀었는가보다. 이왕 내릴 양이면 애배부른 계집 불은 오줌통에서 터져나오듯 쏴아! 하고 쏟아붓다가 곶감 베어문 애새끼마냥 뚝! 하고 그쳤으면 좀 좋으련만 처마끝 기왓골을 따라 포실포실 흙구멍이 패는 낙숫물 소리는 날이 밝도록 짜장 이어지고 있었다.

　노사(老師)는 기어코 길을 나설 모양이었다. 새벽 도량석을 돌던 부전승의 천수경 소리가 잦아드는가 싶자 감은 눈을 뜨지도 않고 화구(畵具)를 꾸리라 했다. 화구야 일이 끝난 엊그젯밤에 돼지털붓 하나 빼놓지 않고 바랑에 챙겨넣은 일이니까 아귀만 동이면 될 터였지만 이 비오는 산중을 그 무거운 짐을 지고 고스란히 비를 맞고 내려갈 일이 까마득하기만 했다. 그렇다고 비나 개면 가자고 졸라보아도 노사의 가래 끓는 소리만 답이 되어 성금도 안 날 것이 뻔한 터수였으니 석이는 그저 비나 어서 개어 젖은 땅은 못 피한다 해도 마른 하늘이나 이고 가고 싶은 맘이었다.

이 괘씸한 절간을 어서 뜨고픈 마음이야 석이도 노사 못지않았다. 꼬박 두 달하고도 열흘을 매달려 올린 원통전 단청불사였다. 화사(畵事)를 시작하던 섣달 초순이 춥기도 좀이나 추웠던가. 차라리 천장, 창방, 도리, 대량, 기둥을 따라 내려오며 각 부마다 올릴 머리초며 문양(文樣)을 집어내기 위해 마른 겨울산을 올라 절집 앉은 태와 자리를 살피는 일은 거저먹기나 마찬가지였다.

노사의 머리초 잡는 일은 하세월이 걸렸다. 미처 점안(點眼)을 넣지도 않은 눈먼 관음보살 앞에 삼일 삼때 아홉 번 백팔배를 올리고 정근(定根)하는 일이야 늙은 뼈에도 칠십년을 훌쩍 넘어 희수(喜壽)가 바라보이도록 새겨진 일이라 해도 마지막 배례가 끝나자 곧바로 산정에 올라가 그때껏 쌓인 눈을 치우고 장좌를 몇시간이고 버팅기는 건 도무지 감당할 수 없었다. 섣달 칼바람이 귀때기 코때기를 떼어가는 것이야 각오하고 노사 곁에 주저앉은 일이지만 해거름이 훌렁 넘어 점심공양이 밥알 한톨까지 썻은 듯 사라지고 나면 뼛속까지 시리고 주린 것이 무엇인지 알고도 남았다. 엉치부터 슬골까지 배긴 얼음이 이대로 바위와 한몸이 되는구나 싶고 윗니 아랫니가 염치없이 덜덜거려 노사를 치떠보면 그의 자봉(自奉)을 잊은 지 오랜 노구는 벌써 마른 댓가지로 바위에 뿌릴 박은 것이었다. 언 몸 어느 구석에 열기가 남았는가 싶게 저도 모르게 석이의 입에서 푸슬푸슬 욕이 튀어나오길 한참이 지나서야 노사의 대나무 뼈마디가 우둑우둑 펴지곤 했다. 그렇게 산을 내려오면 이튿날은 이 바위, 고 이튿날은 저 봉우리에서 똑같은 짓거리를 마냥 거쳐 만 삼일째 이르고서야 노사는 머리초 하나를 가래침 뱉듯 읊어내는 것이었다. 그렇게 보에는 연화머리를 얹었고 서까래에는 병머리를, 도리에는 반주화머리를 올렸으니 그 지랄을 몇번을 떨었던가. 니엔장맞을! 사실 머리초 잡는 일은 십오년 노사를 쫓아다닌 중에 몇번 없던 일이었다. 노사는 웬만해서는 맨나무에 시문(施紋)을 놓는 법이 없었다. 십오년 영호남 사도각군이 파이라고 고무신을 끌고 다녔지만, 노사가 채료가 든 바랑을 내려놓으라고 한 절은 꼬질꼬질 바람때가 묻을 대로 묻은 묵은 절, 썩은 집이었지 대패질 향내가 고스름하게 풍기는 덜 마른 나무 기둥에 붓을 대는 일은 드문 일이었다. 노사는 그저 오색(五色)이 간데없이 허옇게 바래가는 처마에 원 있던 그대로의 문(紋)을 좇아 채색을 올릴 뿐이었다. 그렇기 때문에 이 절처럼 이제 막 땅에서 솟아오른 듯 흙내, 나뭇내가 가시지 않은 새로 지은 원통전에 단청을 대기 위해 찾아온 것은 노사의 오랜 도반인 본찰(本刹)의 노장(老長)이 각별한 청을 넣지 않고는 어림도 없을 일이었다.

"노금어(老金魚)께서 이번만큼은 마음을 풀어야겠수."

머리초를 잡는 것까지는 그럭저럭 참을 일이었다. 문제는 초지(草地)를 마련하는 일이었다. 굴참나무 굵은 가지도 부러뜨리는 큰센바람이 몰아치는 속에서 작업대를 세우고 올라앉으면 법당 기단바닥이 까마득하게 흔들렸고 작업대의 쇠다리가 달각달각 소리를 냈다. 그 바람 속에서 꼬박 이틀을 단청 올릴 바탕을 닦는 일을 열었다. 부재에 어느 틈에 올라앉은 먼지를 그대로 얹은 채 색을 입힐 수는 없는 노릇이기에 초지를 마련하는 일은 큰 재(齋)를 올리기 전에 목욕재계를 하는 것과 같은 일이었다. 노사는 제자 금어들에게 맡긴 붓끝은 일절 간섭놓는 일이 없었지만 먼지를 닦아내는 석이의 손끝에는 파르르 떨리는 눈길을 떼지 않았다. 들고 있는 광목천 끝이 몇 수십 번을 얼었다 녹았다 반복한 끝에 소나무 부재가 노오랗게 살아났다 싶자 가칠(假漆)이 시작되었다. 가마솥이 닳도록 부레풀을 젓는 일이 기다리고 있었다. 말린 민어의 부레로 만든 역한 풀내가 콧속에서 요동을 치도록 젓음질을 하다가, 풀이 되었다 싶으면 끓는 물에 풀을 풀어 바탕에 가칠을 하는 것이다. 가칠은 금어의 몫이 아니었다. 가칠은 가칠장이가 도맡아 할 일인 것이다. 그러니까 석이는 딱 가칠장이인 셈이었다. 사형뻘 되는 금어들은 가칠이 끝나도록 뜨뜻한 찻잔만 홀짝홀짝 젖히고 있을 뿐이었다.

석이가 이 절이 꽤씸타 한 것은 그렇게 지지부진한 화사에 맞춰 주지중놈의 사람 대하는 태가 싹 바뀌어버렸기 때문이다. 처음에는 제 꼴에 멋을 낸다고, 마다하던 노사를 본찰의 노장을 들쑤셔 끌어내더니 화사에 매달린 금어나 채공(彩工)들의 밥공양, 차공양 챙기는 일마저 만만치 않다는 것을 안데다가, 제 나름으로 계획했던 바대로 설에 맞춰 화사를 끝내지 못하자 아예 걷어치우고 가라는 소리만 안했지 이건 온전히 화승들을 부목 대하듯 하는 것이었다. 그도 그럴 것이 설이면 모든 신도들이 통알(通謁)차 절집을 찾아오게 마련이고 그에 맞춰 그럴듯하게 꾸며진 원통전 관음상에 점안을 하여 제 면상도 세우고, 새로 갖춘 불전함도 배불려보려던 짐작이 저렇게 미륵불처럼 주근주근 꾸물거리기만 하는 노사 탓에 작신 깨어진 바에 화승들 꼬나보는 눈매가 삐뚤어진 것도 납득 못할 바는 아니었다.

일꾼만 제대로 갖춰졌어도 진작에 손을 털 일이었다. 물론 노사 밑으로는 수많은 화승들이 있었다. 개중에는 일찌감치 금어 소리를 듣고 세상으로 나간 인물도 있었고 애시당초 시왕초, 천왕초, 보살 초 따위를 십수년간 기천장이나 그려내 금어 소리를 듣는 공은 포기 한 채 그저 채공으로 밥이나 빌어먹자는 심산으로 버티고 있는 중생 이 태반이었다. 그나마도 근자에 이르러서는 삼베바지 방귀 새듯 하 나둘 암자를 떠나는 것이 비단 늙은 노사의 떨리는 손에서 한자락 붓놀림의 선획(先劃) 시범이 없는 까닭만은 아니었으리라. 한때 선 방이 미어져라 오뉴월 구더기 끓듯 하던 화승 나부랭이들이 이제는 물 나간 뻘에 도둑게 솟듯 하나둘 소리없이 왔다가, 몇끼 공양만 축 내고, 가노라는 소식도 없이 사라지곤 하는 것이었다. 그리하여 이 제는 석이 하나만이 시자(侍者) 겸 부목 겸으로 노사의 선방을 닦으 며 곁을 지키고 있게 된 처지였다. 때문에 예전만 같아도 노사가 단 청불사를 일으키면 하다 못해 구경삼아 노사를 따르던 무리들에 치 여 일도 제대로 못할 지경이었지만 시방엔 그 많은 제자들 중에 화 사를 치르기 위해 적어도 다섯으로 이루어지는 금어나 채공들조차 수소문하여 모아들여야 겨우 뜨악한 얼굴들이 주섬주섬 나타나는 판 인 거다. 뿐이랴. 석이가 처음 노사를 따라나섰을 무렵만 해도 하는 태 없이 공은 공대로 들어가는 가칠장이들만도 대여섯이 석이와 어 울려 일을 맡았었는데, 파는 품에 비해 남는 공도 없고, 노사가 받는 시주에서 뜯어갈 피천도 보잘것없음을 안 그들이 승속을 가리지 않 고 슬슬 빠져나간 것이다. 그나마 노사의 붓이 가는 곳이면 터럭처 럼 따라다니던 반승반속의 가칠변수(假漆邊首) 박처사가 지난 여름 풍을 맞아 꼼짝 못할 처지가 되자 그 힘든 가칠일을 석이 혼자 떠맡 다시피 하게 된 셈이다. 사람을 사서 부리긴 부리되 채공과 가칠장이들이 먹어치우는 공양미마저 보싯돈에서 치러내는 꼬장꼬장한 늙은탱이 노사이고 보면 그가 주석한 본찰의 산내말암(山內末庵)을 꾸려갈 공양미 떨어지지 않는 게 그저 부처님 가피일밖에.

　석이가 노사를 따라 화구바랑을 짊어진 것은 하늘에서 벼락치듯 무슨 엄청난 인연이 있어서가 아니었다. 석이는 정서암이라는 남덕유산 깊은 자락에 들쥐구멍처럼 감춰진 작은 절집에서 살았다. 할머니는 조고여생(早孤餘生)의 석이를 데리고 암자의 공양주보살 노릇을 살았는데, 꼭 암자만큼이나 키도 몸피도 작았다. 누가 보기에나 할머니가 키가 작은 것은 사시장철 허구한 날 허리를 펴지 못한 탓인 듯싶었다. 대웅전 하나, 명부전 하나에 꼴깝스런 관음당이란 현판만 없은 요사채만 덩그렇게 딸린 손바닥만한 암자에도 할머니의 절을 받을 인물들이 그렇게도 많았을까. 대웅전에 들어서면 비로자나불과 문수·보현 협시보살이 먼저 가부좌를 바로 하고 절을 받았고 좌우의 제천 신중이 무수히 차례를 기다리고 있었다. 명부전에는 파란 대가리를 한번도 숙여 보이지 않는 지장보살을 필두로 해서 열 시왕이 돌아가며 넓죽넓죽 할머니의 절을 받았고, 그래도 할머니는 싫다는 말 한마디 없이 방아깨비처럼 문간의 부리부리한 인왕상에게까지 절을 빠뜨리지 않았다. 비구니 주지스님도 하루 몇때를 보았건 가리지 않고 할머니의 절을 받는 대상이었고 일주문 하나 변변히 없는 경내를 드나드는 인사들 모두에게 높고 낮음 없이 할머니는 절을 해댔다. 공양발우를 들었으면 든 손대로, 빗자루를 들었으면 든 손대로 합장 반배를 빼놓지 않고 해대던 할머니가 기어코는 걸레 든 손을 바닥에 짚고 절 올리듯 이승을 버린 것도 명부전 무독귀왕의 발치께였다. 노사는 때마침 뒤로 기운 대웅전을 일으키는 불사가 끝나길 맞춰 단청보시차 그 암자에 몇주째 머무르던 참에 출타한 주지를 대신해서 뜻하지 않은 장엄염불을 외워주는 일까지 맡게 되었다. 그 뒤로 십오년 노사의 그늘을 벗어나본 적이 없는 석이였지만 노사가 목탁을 잡은 것을 본 것은 그 뒤로 하여 한번도 없었다. 인연이란 그런 것이다. 낯선 선승의 목탁소리처럼 택택택택! 귓전에 밟히다가 심장박동처럼 당연하게 잊혀지는 것, 인연이란 그런 것이다. 석이가 선뜻 노사를 따라나선 것은 십리 산길을 내려가 게서도 몇굽이는 더 돌아 숨이 턱에 닿는 즈음에 있는 학교라는 곳엘 가지 않아도 좋다는 노사의 다짐도 다짐이려니와 장단, 삼청, 황, 양록, 육색, 석간주 여섯 빛깔이 화반 위에 곰살궂게 섞이어 원색, 탁색, 간색, 이색의 오만 색깔로 되살아나는 화공일이 신기하기만 했던 탓이다.

바탕목에 공들여 바른 부레풀이 마르면 다시 가칠을 얹어야 했다. 그렇게 다섯 번을 탕교를 끓여내고 바르는 작업이 번갈아 이어졌다. 나무란 것이 제아무리 공들여 다듬었다 해도 옹이가 있고 삭정이 떨궈낸 자국이 남게 마련이기에 그런 거친 면을 풀로 다스리는 일을 몇번이고 반복하지 않으면 안되는 것이다. 그러고 나면 청토를 바르는 일이 기다렸다. 청토는 모든 단청의 바탕색이 될 뿐더러 온갖 색이 곱게 먹어들어가게 해주는 효과가 있는데다가 바탕목이 삭거나 휘는 풍화를 견디게 하는 역할까지 떠안는 것이다. 그 위에 곱게 간 밀타승(密陀僧)을 풀어 역시 다섯 번을 덧대주면 청색 가칠이 비로소 끝나는 것이다. 말이 다섯 번씩이지 몰아치고 뒤섞이고 부풀어올라, 오랫바람 위세등등한 동풍에 작업대 반자 위에 쪼그려앉아 바르고 문지르고 연방 옴지락거리다보면 귀때기 떨어져나간 자리에 어느새 땀이 송글송글 솟곤 하는 지경이었다. 근자에 산밑에서 들리는 피새 속에는 어떤 화승들은 아예 가칠 바탕색을 바르는 것을 몽땅 빼먹거나 고작 한두 번으로 끝내는 경우도 더러 있다더라고 주워들은 바도 있지만, 쪼개논 청죽대도 낭창하다 할 노사가 그 꼴을 허락할 성부르지 않은 것은 하늘이 가물고 땅이 누른 한 당연한 일이었다.

　거기서 석이의 가칠장이 노릇은 끝이 나게 마련이었다. 이제는 다른 금어사형들이 초상을 박아넣고 문양을 베푸는 것을 보고만 있어야 했다. 노사가 저필(猪筆)을 쥐는 것은 초칠을 하는 이때뿐이었다. 노사는 천장에 올릴 반자무늬를 한번, 보와 서까래에 넣을 머리초를 한번, 주문양을 가를 휘(暉)를 한번, 금단청에는 금문(錦紋)을 한번, 이렇게 몇개의 화본을 출초하면 깨끗이 손을 놓고 물러앉았고 다섯 금어들이 그 묵선을 따라 돗바늘로 바탕목에 밑그림을 대기 시작하는 것이다. 물론 석이는 가칠이 끝났다고 넋을 놓고 구경만 할 수 있는 것은 결코 아니었다. 조색(調色)을 해야 했고 화안(畫案)을 따라 타분(打粉)도 거들어 갖은 잔심부름을 도맡아야 했다. 그것도 호락호락치 않은 노사의 눈치를 보지 않을 수 없는 일인 것이다.

　다섯 금어들이 청, 적, 황, 백, 흑의 다섯 가지 붓을 노사가 나누어주는 대로 쥐고 시문을 펼치면 차츰 시간이 지남에 따라 울긋불긋 나무가 살아나기 시작했다. 툭툭! 바탕목의 죽은 살갗에서 연화가 피어나고 인동초 넝쿨이 엉킨다. 버겁게 처마를 이룬 서까래 끝에 녹실, 황실, 속녹화, 반녹화, 번엽, 인휘가 연기 오르듯 퍼져나가면 그 머리초를 따라 가지런한 듯 어지러운 듯, 금문이 말 그대로 비단처럼 감겨간다. 서까래 머리에는 어김없이 육겹의 연꽃이 붉은 속심에서 황색으로, 흰색으로 퍼져나가다보면, 마침내는 대일여래(大日如來)의 광명이 온통 처마를 두르게 된다. 지붕을 인 기둥이 무거울

세라 공포마다 흐르는 구름무늬[流雲]를 태우니, 중방구름이 산을 띠처럼 감아돌듯, 지붕은 구름 위에 두둥실 떠 있는 셈이다. 기둥머리에는 풍운을 기운차게 놓아야 거세게 부는 바람 속에 구름을 뚫고 굵은 기둥이 우뚝하게 솟는 법이다. 그 밑으로는 벌건 나무 속살을 살그머니 가리는 희고도 반짝이는 영락주의(瓔珞柱衣)를 드리우면, 핏빛으로 땅에서 불뚝 솟은 기둥이 수월관음의 통통한 속살처럼 부끄러운 맛도 지니게 되는 것이다. 민두리기둥의 허리께에서 뻗쳐나간 부연에는 곧게 채색한 색직휘(色直暉)를 길게 뻗쳐둬야 보기 좋다. 보는 이로 하여금 힘을 느끼게 하려는 수작이다. 그래야 팔작지붕 무거운 처마끝이 하늘로 치켜오르기 때문이다. 직휘 사이로 검고 하얀 줄을 넣으면 부연이 심줄처럼 투두둑! 불거져 보인다. 우물천장 반자마다 녹청의 연잎을 두르고 여덟 개의 꽃잎을 재주껏 펼친 연꽃이 하나씩 불거져나왔고 그를 둘러 만다라가 물결처럼 퍼져나간다. 보의 화려한 금문 사이엔 청, 황, 백, 자, 적의 오색 구름을 뚫고 보를 휘감는 기운찬 규룡을 풀어놓아도 제맛이 나지만 공포와 공포 사이엔 아무래도 가릉빈가[극락조] 몇 마리쯤 날아다녀야 빛과 색으로 화려한 공간에 주악(奏樂)마저 울려퍼지는 것이다. 극락조의 팔마다 금어들은 피리와 나발 따위를 하나씩 안겨주기 때문이다. 신수문(神獸紋)을 올리는 것도 볼 만한 거리가 아닐 수 없다. 동청룡, 서백호, 남주작, 북현무를 안쪽 보에 하나씩 색깔대로 놀게 놓아두면 집안에는 화려한 생령들이 꿈틀거렸다. 창방 위에는 으레 보살을 하나씩 삼매(三昧)에 모셔넣는 법이지만 노사는 원래 자리한 보살문이 있는 터가 아니면 좀체 시문을 허락하지 아니한다. 제일 어렵다는 보살초만 삼천장을 그려내어 금어수업을 받았다는 노사가 수십년 넘게 금어로서 저필을 휘두르면서도 사람의 형상을 아끼는 까닭이 무엇인지 모를 노릇이다. 그렇기에 노사는 탱화를 그리는 법이 없었다. 측벽에 놓을 십우도 같은 불화조차 그리지 않는 노사이기에 후불탱화에 부처나 보살을 앉히는 것은 구경도 못할 노릇이었다. 고작 창방 위에 보살을 앉히는 것도 언제나 아랫금어들의 몫이었고 노사는 그에 관해 일절 가타부타 일언반구가 없는 것이니 석이도 그 까닭을 아직껏 묻지 못한 터였다.

그렇게 다섯 금어들이 매미처럼 달라붙어 일하는 새 기둥과 서까래와 처마와 지붕은 불꽃처럼 타오르기도 하고, 신들린 무당처럼 정신없이 춤을 추어대기도 하며, 꽃처럼 꿈도 꾸었다. 석이는 오도갑스레 탕교를 끓이고 안료도 빻아 조색을 준비하면서 덩달아 넋을 빼고 제 몸에 색비단을 감아보기도 하고 머릿속에 연꽃을 피워보기도 하며 살아나는 집에 한조각 한조각 비늘처럼 애착을 붙여나갔다. 때로는 제 몸이 서까래가 되어 지붕 밑을 파고들었고 때로는 기둥이 되어, 들보가 되어 온몸의 뼈를 오색으로 불태워나갔다. 신열이 오르듯 기운이 솟으면 주체하지 못하고 집 주위를 뱅글뱅글 돌며 멋대로 머리초를 붙였다 떼었다 해보기도 했고, 봉황을 놓았다 녹화를 놓았다 하고, 연봉을 피웠다 색구름을 일으켜보기도 했다. 사방 기둥에다 흥이 솟는 대로 기린, 봉황, 거북, 용의 서수사령(瑞獸四靈)을 붙여보기도 했다. 힘이 솟았다. 추위는 벌써 간 곳을 몰랐다. 물심부름, 참심부름을 하면서도 발바닥에 땀이 올랐다.

딱 한번! 딱 한번은 제 흥을 이기지 못하고 감히 붓을 청한 적이 있었다. 꼭 삼년 전 이맘때의 겨울이었다. 합천 황강변에 정자처럼 들어앉은 연호사 단청을 입힐 때의 일이었다. 연호사는 아름다운 절이었다. 사령(寺齡)은 본찰 해인사보다 오히려 깊다고 했지만 산그늘 아래 원래의 절자리에는 고루터 축단과 화강암 맷돌편만 쓸쓸하게 짚풀 사이에 뒹굴고 있을 뿐 지금의 절집은 들어앉은 지 몇 수십 년 되어 보이지 않았다. 그렇지만 황강이 면면히 흐르는 것을 어찌하랴! 황강의 다른 이름은 연호강(烟湖江)이라 했다. 때문에 절이름도 연호사라 붙었음은 불문가지. 연기가 호수처럼 피어오르는 강! 정말 그랬다. 날 좋은 새벽이면 안개가 연기보다 농밀하게 강변을 덮었고 낮으로는 연기 대신에 금모래톱에 부서져 산산이 퍼지는 금 햇살로 눈이 부신 강변이 대웅전 댓돌 앞까지 펼쳐지는 것이었다. 절집이란 것이 첩첩산중에 은자연히 들어차 있는 것이야 눈이 쇠도록 보아왔지만 그렇게 아득하게 휘어감기는 금빛 물결을 두르고 바로 강물에 무릎을 담글 수 있는 절집은 생전 처음 본 바였다. 강을 두른 절마당은 동장군이 무색하게 따사로웠다. 단청불사도 이례적으로 금빛과 푸른빛을 주로 입혔다. 귀한 광택이 나는 석황(石黃)의 누런빛에 수은과 유황을 섞어 증발시켜, 강변의 금모래처럼 빛나는 금빛을 얻었다. 화학안료로는 꿈도 꿀 수 없는 빛깔을 보며 얼마나 달뜨게 좋았던가. 푸른빛도 값비싼 천연 공청(空靑)을 구해다 썼다. 푸른 하늘이 그대로 물빛이 되어 흐르는 연호강의 깊은 물색을 그려내기엔 노사도 다른 방도가 없었던 모양이다. 금빛 모래톱과 푸른 물색이 서까래에 베풀어지는 것을 본 석이는 도저히 붓을 쥐고픈 마음을 억누를 수 없었다. 붓만 쥔다면 강물에 부서지는 금빛이 저절로 단청에 오를 것 같았다. 결국 몇번씩 주저하던 끝에 마음을 다져먹고 청을 넣었다. 그것도 노사에게는 도저히 운을 뗄 면구가 없어서 사형뻘 맏금어에게 진종일 들러붙다시피 간청을 했다.

"내 붓도 노사께서 내리시는 것인 줄 모르더냐!"

맏금어는 한마디로 냉정하게 뿌리쳤다. 그리고 석이의 마음을 모를 리가 없었다. 석이가 시왕초를 그려본답시고 종잇장깨나 버렸음을 익히 알고 있는 사람이었다. 석이는 입술새를 파고드는 짠물을 삼킬 수밖에 없었다.

"자리를 좀 보아라."

그날 밤 노사는 난데없는 하명을 했다. 십오년 노사의 시봉을 보면서 노사가 길게 눕는 것은 고뿔이 승해 주체할 수 없을 때 빼놓고는 그닥 보아오지 못한 일이었다. 노사는 무명이불을 수염자락까지 끌어올리며 편안히 누웠다. 노사의 굳고 낡은 뼈마디가 모처럼이외다! 반기며 비단요 위에 가지런히 놓이는 소리가 들렸다. 석이는 언제나처럼 방석을 깔고 앉아 벽에 등뼈를 맡기고 가부좌를 틀었다. 아무리 애를 쓰고 수를 부려봐도 노사처럼 맨몸을 웅크린 채로 잠을 이룰 수는 없었다. 하루 이틀에 익은 장좌가 아닐진대 그날따라 잠이 오지 않았다. 바로 장지문을 열면 달빛이 푸르게 퍼지는 강물이 흐르고 있는데 잠이 올 것 같지 않았다. 아! 한번만, 딱 한번만 저 강물을 나뭇결에 쏟아부을 수 있다면……

"석아야……"

숨도 쉬지 않고 잠든 듯싶던 노사의 부름이다.

"야아!"

"해가 어느 쪽에서 뜨더냐?"

석이는 답답했다. 돌부처처럼 말수가 적은 것도 아니었고 야단법석이라도 펼쳐지면 장터 나간 아이처럼 혼자 신이나 새줄랑이마냥 기웃거리기도 하는 노사였지만 이런 소리는 그저 헛배 불러 트림하는 소리가 아닌 줄은 저도 알 만큼 아는 터수였다. 그래서 노사가 모처럼 입을 열었는데 그 쉬운 물음에 구층석탑을 가슴 위에 올려놓은 것처럼 숨결까지 콱 막혀오는 것이었다. 엉덩살이 아릿하게 뜨거운 방바닥에서부터 열기가 후욱 치밀어올랐다. 그 뜨거움은 견디기 힘든 것이었다. 싸늘한 한줄기 냉기가 몹시도 그리웠다. 타는 가슴의 불덩이가 목을 퍽퍽하게 말리고 들었다. 수문수답(隨問隨答) 못할 바엔 당장에 박차고 일어나 드러누운 노사의 옆구리를 있는 힘껏 걷어차올리고 싶었다.

"해 뜨는 때에 맞춰 산 우에 올라보아라. 품을 포(抱)자 포천이란 샘이 있니라. 동출동류(東出東流)하느니. 해가 솟거든 한 바가지 퍼다가 색을 풀어 해 솟는 켠에 풀어보아라."

눈이 화등잔도 좁더라 커질 소리였다. 하지만 짐짓 목소리를 가다듬는 능청도 부릴 줄 아는 그였다.

"어느 붓을 잡으리까?"

"둔한 놈! 끄르윽."

노사는 가래 끓는 소리로 말을 끊었다. 그로써 끝이라는 신호가 아니던가. 석이는 자림이라도 걸린 듯 더 앉았을 수가 없었다. 들썩이는 엉덩이가 벌써 춤을 추고 있었다. 댓돌에 올라서자 차가운 강바람이 싸아하게 밀려들었다. 추위도 몰랐다. 그저 서둘러 물통에 바가지를 담아 산으로 오를 일만 급했다. 산길이 열린다 싶자 털신에 눈이 엉겨붙었다. 눈 쌓인 산길이야 관세음보살일세. 휘적휘적 올라도 한시간이면 죽을 쑬 높이였지만 급한 마음에 그럴 새가 없었다. 해가 뜨려면 저 까마득한 강물처럼 남았을 게지만 그 전에 샘을 찾아야 했다. 마른 상수리나무 가지가 미친년 머리채처럼 검은 밤으로 뻗치고 있는 숲을 뚫고 한참을 나아갔다. 샘을 찾는 것은 어렵지 않았다. 곧대로 길을 따라 나 있는 자리에 석간수가 바가지를 띄우고 있는 걸 이내 찾아낼 수 있었다. 여인네 가랑이처럼 옴폭한 바위 틈에 숨겨진 샘에선 솔솔 김이 솟고 있었다. 해 뜰 시간까지 가부좌를 틀 요량으로 바위 위에 낙엽을 두툼히 깔고 앉았다. 얼마나 시간이 흘렀을꼬. 중도 속도 아닌 더벅머리에 먹물 가사가 항시 그렇듯이 돌부처처럼 굳고 싶은 마음과는 달리 몸은 요두전목(搖頭轉目) 달싹거린다. 추위도 그렇고 어서 물을 퍼담아 색을 맞추고 싶은 생각도 들썩들썩 난리를 쳤다. 벌써부터 땀이 식어들어갔다. 콧속으로 연방 찬 기운이 쑤시고 들어와 뇌수까지 얼얼한 지경이 되었지만 그만큼 정신은 팔팔하게 살아 있다는 이야기였다.

떨리는 몸에 끓어오르는 심정으로 얼마나 버텼을까. 멀리 동편 산자락이 뿌옇게 살아 움트기 시작했다. 가슴이 방아찧듯 쿵덕거렸다. 샘 곁에 쭈그리고 앉았다. 아주 오랜 시간이 흐른 듯도 싶었고, 찰나 지간이 지나간 것도 같았다. 그래, 그렇지! 샘이 차츰 금빛으로 화하기 시작했다. 샘바닥에 갈라진 바윗살에서 솟는 물살이 퐁퐁 눈에 들어왔다. 샘에 여명이 가득 찼다. 동편 하늘이 온통 샘의 품에 싸안겼다. 옳거니! 품을 포(抱)자 포천이라더니! 때를 놓치지 않고 서둘러 한 바가지를 퍼올렸다. 또 한 바가지, 또 한 바가지…… 물통을 가득 채웠다 싶자 마지막 바가지를 퍼올려 머리에 뒤집어썼다. 머리부터 온몸이 금빛으로, 태양의 황금빛으로 살아나는 느낌이 들었다. 그 느낌이 그대로 큰 소리로 화해서 석이의 목울대를 넘어올랐다. 으아아아아!

금빛 붓을 잡았다. 손목은 풀 대로 풀되 손가락 끝에는 발로 사다리를 버팅길 힘까지 죄 끌어다 모았다. 붓끝의 돼지털이 파르르 떨었다. 화반의 금가루를 묻히니 붓의 떨림은 금빛으로 동편 서까래에 퍼졌다. 솟을줏대금문을 펼쳤다. 사슬처럼 저들끼리 얽힌 육각의 꽃잎이 불쑥불쑥 솟아올랐다. 금빛은 연꽃무늬의 테를 이루는 부분과 삼각사슬의 중심선에 바르게 놓여야 했다. 새벽녘 샘물에서 한가득 퍼올린 해가 어느덧 되살아나 그의 손끝을 따라 금분(金粉)을 보태고 있었다. 손목을 따라 붓이 너울거렸고 그 자락을 따라 금분이 나부꼈다. 마침내 서까래가 춤을 추기 시작했다. 그때의 금빛이라니! 타오르는 황금빛이 법당의 동편을 가득 메워가고 있었다. 마하비로자나불의 광배가 이보다 더 화려하랴. 화엄이 꽃가루 되어 날렸다. 금빛은 마침내 멀리멀리 퍼져 강으로 흘렀다. 금빛이 연기처럼 모래톱에 산산이 부서지더니 급기야 강물을 온통 황금의 비늘로 덮어씌웠다. 연호강 물줄기가 그대로 금룡이 되어 퍼드덕 살아 움틀거렸다. 물새들이 놀라 하늘 높이 솟았다.

노사는 그렇게 삼일을 말이 없었다. 선방에서 장좌를 풀지 않은 채 여닫이 방문을 젖혀놓고 눈길을 낚싯대 삼아 강물에 드리우고 있을 뿐이었다. 금어들은 못 미더운 눈빛을 감추지 않았지만 노사가 입을 다물고 있는 바에야 뭐라 타박을 놓을 수 없었다. 마침내 석이가 삼일 만에 붓을 놓자 이윽고 적, 청, 녹, 흑의 네 금어의 붓이 차례로 이어졌다. 석이는 더는 욕심을 내지 않았다. 그만으로도 가슴이 미어질 지경인 것을. 그만으로도 법당 안에 뛰어들어가 금동부처에게 삼천배 삼만배를 올리고 싶은 마음인 것을……

마침내 법당이 며느리서까래 한 귀퉁이 비우지 않고 살아올랐다. 새로 짠 장엄 비단옷이 어느 한 모서리 빠지지 않고 굵은 기둥을 휘감고 있었다. 뒷짐진 노사를 앞세우고 다섯 금어와 석이가 법당을 돌았다. 소위 감색(監色)이라 부르는 마지막 손질 겸 품평회인 셈이었다. 뒤편 북측면을 필두로 해서 노사의 눈썹끝 한올 한올이 팽팽하게 부풀어오르는 순간이었다. 해도 노사는 기왕에 펼쳐진 시문을 놓고 이렇다 저렇다 토를 다는 법은 없었다. 그저 어느 한 부분에 이르러서는 눈시울을 가늘게 좁혔다 펴 보임으로써 호오의 뜻을 대신했다. 노사의 더딘 걸음과 매서운 눈길을 따라, 금어들과 석이의 가슴 졸이는 걸음과 눈길이 똑같이 움직였다. 노사의 발길이 서측면을 돌아 법당의 남향한 정면에 이르러서는 한참을 머물러 있었다. 어디에 노사의 눈길이 머물고 있는지조차 모를 지경으로 노사는 그윽한 눈길로 서까래를 훑고 있었다. 이윽고 노사가 청마루에 가부좌를 틀었다. 아직 미처 동측벽을 둘러보지도 않았는데……? 영문을 모르는 금어들과 석이도 우선은 주섬주섬 그의 주위로 가부좌를 틀고 주저앉아야 했다. 강물과 금모래톱이 한꺼번에 어울려 흐르는 것을 그대로 보고 있었다. 노사는 꿈쩍을 하지 않았다. 제아무리 강물이 되쏘는 햇살이 눈이 까부라지게 살아 있다 해도 섣달 추위는 추위였건만 노사는 연호강물이 죄 흘러가 마를 때까지라도 기다릴 모양이었다. 석이는 그때껏 두근거리는 가슴을 가라앉히려고 애를 쓰고 있었다. 저 강물처럼 찬찬히 깊어지도록 숨조차 더디게 더디게 쉬면서…… 강 건너 대숲이 크게 너울지고 있었다.

"바랑이나 챙기거라."

노사의 입술이 떨어졌다. 석이보다 더 당황한 맏금어가 되묻고 나섰다.

"스님, 아직 동측벽이 남았습……"

"바랑이나 챙기라지 않더냐!"

"예? 예에……"

다섯 금어의 눈길이 달궈진 열 개의 꼬챙이처럼 석이에게 꽂혔다. 그 끝에는 의문과 불안이 묻어 있었다. 석이의 눈시울이 강물에 젖었다. 알 수가 없었다. 도저히 알 수 없는 노릇이다. 물에 씻는 붓끝이 주체할 수 없이 떨렸다. 화반이 덜거덕거리도록 손에서 따로 놀았다. 무엇이 잘못되었단 말인가? 무엇이…… 끝내 화반이 으지적 깨지고 말았다. 어느 틈에 베인 손가락 마디를 타고 붉은 피가 뭉클 수조의 푸른 물에 스몄다. 아픈 것이 손마딘가, 가슴인가. 강물만 흘렀다. 강물은 천연덕스레 잘도 흘렀다. 물새떼를 싣고, 건너편 대숲도 싣고, 금모래톱도 가득가득 싣고, 금룡이 되어 저리도 저리도 잘도 흐르건만.

짊어진 바랑이 덜그덕덜그덕거리는 뒤를 연호사 주지가 안절부절 일주문 너머까지 쫓아나왔다.

"스님, 이리 급히 아니 가셔도 될 것인데……"

"가려외다. 억겁을 푸른 강물을 보면 무어할 겐가? 자할 건 다 자한 게지. 낚이느니 금빛 허천난 미꾸리뿐인 것을……"

머릿속에 뇌우가 울었다. 강물이 한꺼번에 둑이 터지듯 밀려들었다. 가슴이 철렁하더니 급기야 무릎이 녹아내렸다. 와당탕! 바랑을 집어던지고 뛰었다. 강모래가 발치에서 구름처럼 흩어졌다. 벌렁이는 가슴으로 법당 동측벽을 부여잡고 섰다. 그렇다! 그렇다! 해 뜨는 동편이 어째서 금빛이던가! 아뿔싸! 동출동류하는 샘이 껴안은 것이 해가 아니로고! 동편 방위가 청룡인 것을……! 오행의 기본색도 모르고 달려든 꼴이었다. 방개처럼 허우적거리며 사방벽을 보았다. 안으로 들어가 내단청도 우러러보았다. 다섯 사형이 하나로 매달린 삼면 벽과 내단청은 꼭 단박에 입으로 물감을 품어낸 듯 일기가성(一氣呵成) 여섯 색이 하나로 얽혀 있었다. 시퍼런 강물이 그대로 단청으로 올라 있었다. 풀어논 시문 하나하나가 물비늘로 반짝이고 있었다. 그런데, 그런데 제가 맡았던 동측면은 그게 아니었다. 오로지 금빛만이 툭하고 불거져 있을 뿐이었다. 다른 색은 똑같이 사형들이 입힌 것인데도 푸른 강물은 전혀 흐르고 있지 않았다. 금린(金鱗)을 희번덕이며 강처럼 굽이치던 금룡은 말짱 오간 데 없고 무늬골 따라 파닥이는 미꾸라지들만 금문에 가득했다. 금과 흙도 구별 못한 제

눈을 후벼 파내고 싶었다. 기둥이 그랭이질로 주춧돌과 맞닿은 자리
에 벅벅 얼굴을 문질렀다. 딱 죽고만 싶었다. 푸른 붓을 잡아야 했을
것을 금색 붓을 들었다는 사실이 괴로운 것이 아니었다. 남몰래 공
을 들인 필력을 단박에 금어로 인정받고 싶었던 과심(誇心)이 부끄
러웠던 탓만도 아니었다. 제 모든 것이, 온 신명이 고작 국그릇 속에
서 꿈틀대는 미꾸라지 놀음이었는가 싶은 한스러움 때문만도 아니었
다. 굳었어야 했다. 딱 샘터에서 굳었어야 했다. 돌부처가 되다 만
바윗덩이라도 되었어야만 했다.

　그 뒤로 석이는 단 한번도 붓타령을 읊은 적이 없었다. 초발심을
내어 남몰래 시왕초나 그려보던 것을 가장 어렵다는 여래초, 보살초
로 펼쳐가려던 꿈도 붓자루 꺾듯 딱 소리나게 꺾었다. 꾸덕꾸덕 아
교 처바른 청토 입히는 일에만 매달렸고, 조색하는 일에 감 놓아라
배 놓아라 지껄여대는 아랫금어들의 잔소리에도 흰자위 한번 보인
일이 없었다. 그냥 그렇게 제 자품만큼만 살 생각뿐이었다. 승도 속
도 아니어서 머리를 깎거나 아니면 먹장삼을 벗어던지거나 할 마음
구석까지 깨끗이 가칠해버리고픈 마음뿐이었다. 그러나 칠을 해가면
해갈수록 마음 한 귀퉁이의 옹이진 자국이 자꾸 걸리는 것은 두고두
고 어쩔 수 없었다.

　화구를 꾸리라고 한 노사는 그예 장좌로 다시 잠이 들었는지 숨소
리조차 들리지 않았다. 날 밝기를 기다리는 것도 부지하세월이었다.
지심귀명래 읊어대던 부전승의 목탁소리도 보나마나 다시 선방에서
졸고 있을 것이다. 추녀끝 낙수소리는 아까보다 커졌으면 커졌지 잦
아들 염도 없는 모양이었다. 바람이 잦는지 뿌리째 뽑힐 듯 바람자
락을 움켜쥐고 산 아랫녘으로 쓸리던 대숲도 어느덧 고요히 봄비에

젖고 있었다. 문종이 너머로 희지도 검지도 않은 신새벽 이내가 내도록 자리하지 않고 있었다. 노사는 그런 어정뜬 어둠을 닮았다. 희지도 검지도 않은 잿빛이 그랬고 그 잿빛 속에 오만 갖은 색을 감추고 있는 것도 그랬다. 어둠은 그을은 연기처럼 검은색 유송연(有松烟) 빛깔로 천지로 퍼져나가다 깊은 땅속에 스며 세월을 견뎌 푸른 석청(石靑) 빛깔로 되살아날 수도 있고, 흙에 섞여 짙은 홍색 주사(朱砂)의 빛깔로 세상의 거죽을 이루다가도 다시 풀뿌리의 몸을 빌려 치황(梔黃)의 빛깔로 치자꽃 한송이를 흙을 뚫고 내보내고, 혹은 물을 만나 백색 고령토로 바뀌기도 했다. 천변만화의 오행(五行)이었다. 노사도 결국 땅속 깊은 어둠을 가슴에 품고 있을 것이다. 저렇게 웅숭크리고 있는 것도 가슴속에서 변화하는 오행의 색을 하나도 놓치지 않으려는 욕심 때문일 것만 같다. 십오년을, 십년하고도 오년을 그림자처럼 붙어살았지만 그 변화무쌍한 법칙의 한자락도 풀어놓지 않은 것을 보면 틀림없었다. 뭉클 주먹을 쥐어잡고 한주먹에 노사를 때려눕히고 삼천대천세계의 십만팔천 빛깔을 와락 움켜쥐고만 싶었다.

어지러운 빗소리에 섞여 웬 발자국 소리가 뜨락을 가로질렀다. 무릎을 싸안은 채 머릿속으로 노사의 답답한 가슴팍만 후벼파던 석이의 상념이 또다르게 꿈틀거린다. 그 계집이로군. 막 서른이나 넘겼을까? 석이가 노사의 바랑을 걸머메고 이 절집에 처음 들어온 날 주지의 선방에서 차를 마시면서부터 단전 뜨거운 곳에 심어두었던, 석이 저 같은 반승반속의 여시자였다. 산중에 어울리지 않게 고수머리를 늘어뜨린 것도 그렇고, 보아줄 사람도 없는데 눈시울 입시울에 지분을 처바른 태를 보아도 그렇고, 절간에 어울리는 여자가 아닌 줄은 알겠건만 그 귀한 듯 천한 듯 종잡을 수 없는 자태와 부푼 듯

수척한 듯 분간이 가지 않는 몸피를 적삼자락으로 감추고 있으니 더욱하여 먹빛 옷 안의 속살이 궁금했다. 처음 주지의 선방에서 계집이 찻주전자에서 찻종으로 알맞게 우린 황록의 찻물을 따라낼 때 보여주던 팔목의 볼록한 돋움뼈와 그 밑의 희고 긴 손마디의 잔상만이 보이지 않는 속살을 대신하여 아직껏 또렷이 아른거렸다. 가끔 노사의 선방에 과실이며 유과 따위를 심부름하면서 석이와 눈을 마주칠 기회가 없지도 않았으려니와 계집의 무심한 눈매를 보아가며 석이 저만 뜨거운 단전을 졸여왔었다. 계집이 이 시간쯤이면 경내에서 뚝 떨어진 산신각 청소를 하러 간다는 것도 알아둔 참에, 이 새벽이 가면 이제 다시는 기회가 없을 것이었다. 노사의 웅크린 어깨가 여전한 걸 몇번씩 눈꺼풀로 곱씹어본 석이는 슬그머니 방문을 열었다.

신발도 신지 않고 벗은 맨발 그대로 고양이 걸음을 흉내내어 산신각으로 향했다. 자갈을 깔아놓은 바닥의 차갑고 날카로운 감각이 발밑에서 간지럽게 올라서고 목덜미와 손등과 발등의 드러난 살갗에 빗물이 감겼다. 대웅보전을 지나 지장전, 영산전, 나한전을 거쳐 마지막으로 자신이 단청을 입힌 새 원통전을 지나도록 빗소리만이 절간에 자잘할 뿐이었다. 뜨락 여기저기에 세워놓은 외등만이 석이를 굽어보고 있었지만 산신각에 오르는 계단은 그마저 성근 대숲이 알맞게 가려주고 있었다. 계단돌이 비에 묽어진 흙에서 삐져나와 철퍼덕 소리를 내며 흙탕을 튀겼다. 바짓자락에 흙물이 오르는 것이야 대수가 아니지만 그 소리를 계집이 들었을까보아 석이 제가 더 섬뜩 가슴을 쓸었다. 시퍼런 댓가지가 칼진 잎새 몇개를 석이 앞에 가리어 길을 막았다. 서걱서걱 시린 댓잎 스치는 소리에도 가슴이 뛰었다. 가파른 계단을 오르며 재삼 돌아본 경내에는 외등의 노란 불빛만이 저며지고 있을 뿐 이 새벽에 외따로 떨어진 산신각을 바라보는 눈이 있을 리가 없음에도 귀신이 잘 들러붙는다는 기목나무 가지가 저를 흘겨보는 것만 같았다.

문이 열린 산신각 안에는 축수를 비는 인등(引燈)의 작은 불빛들이 다닥다닥 실내를 밝혀주고 있었다. 계집은 적삼 위에 옅은 주토(朱土) 빛깔의 털옷을 걸치고 있었는데, 난짝 몸을 엎디어 바닥을 닦고 있는 참이라 석이로부터는 계집의 엉덩이를 싸안은 납의(衲衣)만이 펑퍼짐하게 확대되어 보였다. 석이는 그저 시린 섬돌에 맨발로 서서, 엎딘 계집의 출렁이는 살집을 눈으로만 꿀꺽 삼키고 있었다. 거친 숨소리가 들린 걸까. 바람이 석이의 몸내음을 실어간 탓일까. 계집이 흠칫 고개를 돌렸다. 희뿌염한 문간에 더 희뿌염한 더벅머리를 본 계집은 한움큼 들숨을 집어삼키더니 걸레 든 손으로 바닥을 짚으며 주주물러났다. 석이는 성큼 계집에게로 뛰어갔다. 어설프게 석이를 노려보는 것은 계집이 아니고 벽에 그려진 큰 눈의 호랑이 산신과 까치였다. 두 팔로 몸을 감추도록 계집은 손에 든 걸레를 내려놓을 생각도 못한 모양이다. 마침내 석이는 생각만 하면 눈이 어지럽던 계집의 도드라진 손목뼈를 양손에 움켜잡았다. 손바닥 굳은 살을 타고 차가워도 보드랍기만 한 계집의 살이 묽게 울었다. 계집의 발장구가 석이의 품에 놀아보지만 허벅지가 석이의 정강이에 한 쪽씩 눌리자 벽에 쑤셔박힌 그녀의 윗도리가 움찔 놀라 일어섰다. 그걸 덥석 안아든 석이는 타는 입김을 계집의 마른 입술에 쏟아부었다. 계집은 이를 악물고 열지 않았다. 고리단추가 차례로 풀릴 때까지 계집이 버둥댔지만 석이의 거친 손바닥 굳은살이 분꽃색 속옷 아래로 스며드는 것은 피할 수 없었다. 잿빛 적삼을 바탕으로 계집의 따스한 속살이 있는 대로 열렸다. 출렁였다. 살진 젖가슴 사이로 석이의 입술이 옮아갔다. 한껏 입을 벌려 물리는 껏 살집을 베어물었다. 계집의 아릿한 탄성이 백토 연분(鉛粉)같이 희디흰 명치 위에서 붉은 꽃으로 피어났다. 꽃은 석이의 침에 묻어, 유황을 수은에 개어 끓이고 다시 식히면 남는 은주(銀朱) 안료로 칠해진 것마냥 반짝였다. 석이의 입술이 덜 마른 회벽처럼 끈끈한 계집의 몸 이곳저곳을 더듬고 다녔다. 가는 곳마다 육판(六瓣)의 연꽃잎이 붉게 피었다. 계집은 제 몸보다 더 빨갛게 입을 벌리면서도 여전히 몸을 꼬아 빼내가려 했다. 어깻죽지에 붉은 꽃을 흔들거리며 계집이 뱀처럼 불단 뒤로 기어갔다. 석이가 계집의 엉치뼈 위에 아직까지 불안스레 떨고 있던 허리춤을 부여잡자 허물처럼 납의바지가 벗겨졌다. 숯물 들인 헝겊 위로 드러난 둔부를 어찌할 줄 모른 채 계집이 후닥닥 일어서려 했다. 한손으론 종아리를 내리누르고 한손으론 계집의 퍼진 엉덩잇살을 힘껏 쥐어잡아본다. 다섯 개의 고랑이 푸욱 파였다. 뒤집힌 망고화 무늬가 살무덤 위에 남았다. 계집이 차가운 마룻바닥에 곱드러졌다. 석이는 계집을 안고 아예 불단 뒤로 돌아들었다. 산신령의 허연 눈썹이 꼭 노사의 그것 같아 피하지 않을 수 없었던 것이다. 계집은 사청(沙青)처럼 반짝이는 푸른색으로 질린 몸을 석이에게 내맡겼다. 희미한 인등 불빛도 들지 않는 불단 뒤에서 계집은 석이에 의해 온갖 화문(華紋)으로 화해갔다. 석이의 몸 어디선가 유록(柳綠)의 밤꽃내음이 송글송글 맺혔다.

밤꽃내는 흙탕물에 범벅이 된 발을 걸레로 훔치고 선방에 들어서도록 가시질 않았다. 아니 오히려 여태껏 웅숭크린 노사를 놀라 깨울 것처럼 잔자누룩한 방안 가득히 퍼져나갔다. 꽃내가 퍼지지 못하도록 석이는 할 수 있는 껏 무릎을 모아 양팔로 감싸안고 고개마저 그 속에 포옥 파묻었지만 그럴수록 제 몸 깊은 곳에 화들짝 핀 밤꽃이 더 기승을 부리는 것 같았다. 온몸에 밤꽃의 유록색을 뒤집어쓴 것만 같았다. 노사는 틀림없이 알고 있을 것이다. 늙은 코로 비릿한 밤꽃내음이야 맡지 못한다손 치더라도 온갖 색을 꿰고 있는 그 눈은 감고 있어도 유록으로 파르르 떨고 있는 석이의 몸체를 벌써부터 보고 있을 것이다. 싫다 좋다 말 한마디 없이 옷을 꿰입던 계집의 몸에 어린 붉은 연꽃도 진즉 보고 있었을지 모를 일이다. 아직도 동이 트지 않았고, 아직도 비는 내리고 있었다. 무슨 놈의 새벽이 이렇게 긴가. 밤이 길면 꿈도 많다더니 유록색 꿈이 온 방안에 진동하도록 여전히 아침의 첫자락은 보이질 않았다.

"동트길 기다리는 것도 지루하구나."

노사의 웅크린 허리가 곧추 세워졌다. 감추고 있던 생각을 그대로 들킨 석이는 황급히 노사의 얼굴을 보았지만 노사는 여전히 감은 눈을 뜨지 않고 있었다. 석이는 황황히 바랑들을 어깨에 멨다. 세 묶음이나 되는 바랑이 적이 무거웠지만 그런 걸 따질 만큼 여유가 없었다. 밤새 오색을 품속에 풀고 섞고 하던 노사가 눈을 뜨면 갇혀 있던 빛깔들이 멋대로 튀어나와 세상이 순식간에 밝아질 것 같았고 그리되면 석이의 입에서 계집의 몸으로 옮아 발화한 온갖 문양의 붉은 꽃들이 모두 제게 되돌아 들러붙을 것만 같았기 때문이다. 석이는 노사가 도포를 꿰입기도 전에 청마루에 나서 서성였다.

산길이 긴 탓인지 그예 긴 새벽이 끝나고 말았는지 산기슭에 이르러서야 노사의 잿빛 도포가 비를 맞아 먹물빛이 짙어진 줄을 알았다. 꾸적꾸적 물먹은 털신 속에선 연방 개구리 배 터지는 소리가 들렸지만 지랄 같은 비는 어느덧 그쳐가고 있었다. 대신에 산중에서 보기엔 구름 같기만 하던 안개가 엷게 산자락을 휘감아돌았고 그 사이사이 한두 채 집들이 눈에 띄었다. 안개가 끼는 걸로 보아 오늘은 날이 맑을 것 같았다. 다리품을 팔 일이 아득하니 제발 날이라도 궂지 않길 바랄 뿐이다.

노사는 누가 태워주겠노라고 부득불 나서기 전에는 차를 잡아타는 일이 없었다. 칠십여년 세월을 시계도 달력도 없이 잘 맞춰 살아온 바에야 급할 일이 무엇 하나 없는 까닭이겠지만, 석이도 외려 그편이 맘이 편하게 굳어진 것이다. 부처님 밥을 그 정도 빌어먹었으면 이제는 벌떼 같은 제자에 구름떼 같은 신도들에 업혀 다녀도 다닐 법랍이 되기도 했지만 본래가 이판이나 사판 어느 켠에도 속하지 못하고 애먼 붓놀음이나 해대는 업을 지고 난 바엔 아예 그렇게 여름엔 고무신 겨울엔 털신에 얹혀 다니는 편이 뱃구레 편한 거다. 말 풀어놓기 좋아하는 화승놈들이 무소유니 어쩌고 해가면서 노사를 높이어 덩달아 저까지 튀어오르려 하는 소리도 더러 들리긴 들리되 노사는 그런 소리에 시늉도 안할 늙은이였던 것이다. 어느 산 어느 절에 화사가 있다 하면 날짜도 받지 않고 느적느적 걷다가, 아무 산 아무 절에나 노사의 뒤를 쫓아 걸망을 내려놓으면 되는 것이요, 방 보아 똥싼다고 저들이 알아서 주지방을 비우면 비우는 게고, 그도 아니면 객방에다 방석을 펴도 노사가 등짝을 편히 눕히는 것도 아니었으니. 여하튼 석이도 선방이고 법당이고 틀어박혀 있는 것보다야 바깥을 돌아다니는 것이 낫다 싶은 못된 성품을 가진 판에 차를 타든 길을 걷든, 나도는 것이야 마찬가지였다.

걷다보면 천지가 그대로 단청놀음이란 걸 알게 된다. 산비탈 층계밭을 따라 늦게 심은 겨울초싹이 노란 왕겨 위로 고개를 내밀고 이제 막 손가락 마디만큼 새순을 돋우었다. 톡톡하게 속대궁이 흰 마디를 뻗고 그에 따라 여린 풀색의 연두벌레를 품어주기 딱 좋은, 이른 신록으로 잎이 벌어진 것이 영락없이 밭 위에 금(錦)무늬를 베푼

것만 같았다. 배롱나무 미끄러운 가지에 알공달공 매달린 빗물방울
도 보살의 몸에 드리감기운 영락(瓔珞)만큼 맑고도 촉촉했다. 막 갈
아엎어 흙내가 물씬 풍길 듯한 밭고랑도 다자(茶紫)빛으로 향기로웠
고, 저편 산끝이 닿는 데까지 뻗쳐놓은 비닐온상조차 목척(木尺)을
놓아 곧게 지른 직휘(直暉)로 다스린 것 같았다. 세상이 온통 단청을
입은 것이다. 그것도 비바람이 불어 색이 바래어가는 그런 단청이
아니라 울긋불긋 시시때때로 제가 알아 변화하는 천연(天然)임에
야…… 하늘이 내린 단청 사이로 신작로가 힘차게 산굽이를 뚫고 휘
어감기고 있었다.

"네놈 꼬라지가 갈데없는 벼도적 같고나. 헐헐헐."

잠포록하던 날이 안개를 거두고 마침내 활짝 하늘을 여는가 싶더
니 기어이 노사의 입까지 열어젖혔다. 바랑 속 채료와 화본이 비에
젖을까봐 바랑을 조곡용 포대로 싸매둔 걸 보고 하는 소리였다.

"흥, 쌀도적 없었으면 벌써부터 스님 공양줄 끊어진 줄 모르시
우?"

"끼놈! 네놈한테 눈칫밥 얻어먹기 싫어서라두 일찌감치 지장보살
밑으로나 가야 할 모양이다. 헐헐헐."

까마귀 날자 배 떨어진다더니, 노사의 그 말이 끝나고 산굽이를
돌아서자마자 맞은편 고개 위에서 느닷없는 상여행렬이 천산지산 이
어져 내려오는 것이 보였다.

"예서 옷이나 말리고 가자꾸나."

노사가 길가의 버스정류소로 들어가 앉았다. 비틈하게 아마도 상
여 지나는 걸 보고자 하는 뜻인가 싶었다. 만장이 수도 없이 펄럭이
는 것을 보아 행세깨나 하던 집안의 송장인 듯싶어 괜스레 맘이 틀
어진 석이야 내키지 않았지만, 저모립 쓰고 물구나물 서도 노사 맘

인 것을 가타부타하지 못하는 석이가 목에 두른 수건으로 앉을 자리를 마련하자 노사가 가래 끓는 소리를 내며 편하게 자리를 잡았다. 석이가 저를 벼도적으로 닦아세운 조곡 포대를 풀어 바랑을 바로 꾸리는 새 요령소리가 잔잔하게 들려왔다. 그 뒤를 따라 북소리에 맞춰 앞상여꾼의 선소리 메기는 소리가 차츰 가까워오면서 상두꾼들의 뒷소리가 쫓아왔다.

어─홍어─하
명사십리 해당화야 어─홍어─하
꽃 진다고 설워 마라 어─홍어─하
다시 그 꽃 피건마는 어─홍어─하
우리 인생 한번 가면 어─홍어─하
다시 오지 못하노라 어─홍어─하
에헤이에허
누굴 마다고 가시는가 어허이어허어
내년 이때 춘삼월에 어허이어허어
꽃가마에 가시는 님은 어허이어허어
마다고 잠드셨지 어허이어허어

펄럭펄럭 만장이 지났다. 죽음처럼 누렇게 뜬 마른 종이에 저승꽃처럼 알 수 없는 망자의 생이 먹물로 남았다. 만장은 펄럭여도 행렬은 더디기만 했다. 영여(靈輿)가 지났다. 가마 위에 빨갛고 노란 색종이로 만든 꽃잎을 올리고 그 위에 다시 하얀 꽃잎을 두르고 또 그 위 한가운데 빨간 꽃술이 커다란 한송이 연꽃이 되어 타고 있는 혼백이 되살아나라고 둥실둥실 떠갔다. 상여가 지났다. 사면에 봉황이 울긋불긋 솟아올라 노랗고 빨간 깃털을 드리우고 그 가운데를 꿈틀거리는 용마루가 가르고 나갔다. 용의 등에는 염라대왕, 저승사자, 강림도령을 차례로 태운 백호가 올라앉았다. 온통 둘러싼 붉고 흰 종이연꽃이 너울너울 춤을 추며 지나갔다. 전후좌우 스물네 명의 상두꾼이 느릿느릿 발을 맞추고 울렁울렁 상엿소리가 길 위에 흘렀다. 흐르는 소리를 따라 금박·은박의 작은 꽃에서 퉁겨진 햇살이 멀리 멀리 퍼져나갔다. 누렇게 가라앉은 삼베두건들이 고개를 숙여 걸었고 석황(石黃)빛 승비(繩菲)가 질질 끌렸다. 죽음이 흘렀다. 너호너호 흘렀다. 남겨진 슬픔이 뒤따라 흐르고 있었다. 너호너호 흘러갔다.

노사는 사라지는 죽음의 빛잔치를 보고 있었다. 서까래에 올린 단청을 쏘아보던 눈빛과는 전혀 다르기만 한 눈빛이었다. 하얗게 센 노사의 눈썹을 스친 바람이 상여를 뒤쫓았다.

"염라대왕이 꽃가마 태워줄라는가……"

안심입명(安心立命)인 줄만 알았던 노사의 입에서 뜻밖의 말이 나왔다. 이게 무슨 소린가?

"운수납자가 연기로 오르면 그만이지 무슨 상여타령이시오?"

"끼놈! 나서긴…… 껄껄……"

쏘아붙이는 석이의 가슴이 문득 무겁게 무너졌다. 내려앉았다. 노사는 원래부터 늙어 있었다. 십오년 전 석이가 노사를 처음 쫓아 산을 내려올 때도 노사는 늙은이였다. 머리초를 잡을 때도, 가칠을 호령할 때도, 화안을 잡을 때도, 다섯 금어에게 분필(分筆)을 할 때도, 올려진 단청을 완상할 때도 언제나 노사는 늙어 있었다. 아주 오래 전부터 노사는 노사이기만 했을 것 같았다. 태어날 때부터 늙어 태어났을 것이었다. 그런데 노사의 뺨에 언제 점운(點雲)무늬 같은 저승꽃이 피었던가……

"석아야……"

"예……"

"꽃을 그렸니라."

"예……"

"그리고 또 그렸니라. 또 그리고 그렸니라. 일생에 꽃만 그렸니라. 천지에 꽃만 있으라 그렸니라."

"예……"

"너도 그리고 싶더냐."

"………"

"그리고 싶으면 그리거라. 죽어 기둥 된 나무에 꽃을 심는 것도 보시려니…… 하되 그 꽃이 한번조차 살아 피어나지 않으면 그 슬픔은 그때 가서 어찌할 텐고?"

"………"

"저렇게 자닝하고도 인자한 꽃을 그릴 수 있겠더냐. 저렇게 너울너울 춤추는 꽃을 그릴 수 있겠더냐. 가마처럼 집도 춤을 추게 할 수 있겠더냐……"

상여가 굽이를 돌아 사라졌다. 노사가 눈을 감았다. 햇빛이 노사의 얼굴에 떨어졌다. 노사의 얼굴이 퍼졌다. 햇살처럼 사방으로 퍼졌다. 언젠가 꼭 건져내고 싶었던 강물 속의 금빛으로 환하게 퍼졌다. 노사의 얼굴에서 오행의 빛이 죄 빠져나가버린 것만 같았다. 어깻죽지가 내려앉은 먹빛 장삼만 햇빛 아래 남았다. 석이는 바랑의 멜빵을 걸머멨다. 속임수다! 노사의 품속에서 시방삼세의 빛깔이 마를 리가 없다. 푸른 강물 속 깊이 금룡의 비늘을 감추어 내어놓지 않으려는 욕심 사나운 속임수다! 조악한 상여의 꽃술 빛깔 따위는 생각에 두고 싶지도 않았다. 이번 걸음엔 노사보다 앞서갈 생각이다. 길이 먼저 알고 저만치 앞서 뻗쳤다. 아무렇거나 좋을 일이다. 어디로 가야 하나. 어깨의 들멧줄을 동여잡은 손에 힘이 갔다.

〔문학사상 1998년 11월호〕

깊은 하늘

편지의 글씨는 몹시 떨리고 있었다. 춥기도 했겠지.

그는 추위에 떠는 X의 몸피를 쓰다듬듯 손바닥으로 편지를 몇번 쓸었다.

그렇지만 편지는 접힌 선을 따라 자꾸 움츠러들었다.

쓸어도 쓸어도 움츠러들었다. 서랍을 열었다.

리볼버를 꺼내 입에 물었다. 초라한 부처 위로 비낀 햇살이 쏟아지고 있었다.

종소리가 멀리까지 울렸다.

깊은 하늘

1. 피사체

이곳 도서관 8층 고서열람실에선 미대 조소과 실습장이 똑바로 내려다보였다. 잘 짜여진 조감도를 보듯 한눈에 꽉차게 들어오는 그 전경을 보고 있노라면 L은 자신도 모르게 눈시울에 힘살을 모으게 되고 그러다보면 어느 순간 먹잇감을 향해 날아내리는 맹금처럼 허공에 쌔앵—— 사선을 긋고 싶어지는 살의가 느껴지곤 했다. 그리고 문득 그 살의가 바로 저 자신을 제물로 요구하고 있다는 걸 깨달을 때마다 그는 두 손으로 창틀을 힘껍게 그러쥐고 있는 제 모습을 깨닫곤 후뜰 놀라곤 했다. 탐욕과 혐오 혹은 뭐 두려움 같은 망상들이 창밖에 회오리바람을 일으켰다.

'마블링(marbling) 무늬를 보는 것 같군!'

한순간 정말 물에 띄운 유화물감처럼 아래의 전망이 제멋대로 뒤엉켰고 L은 비틀 한걸음 물러서지 않을 수 없었다. 찌푸린 하늘의 배경이 시부저기 그를 밀어낸 것 같았다.

지난밤엔 천지간을 갈라놓을 것 같은 노대바람을 타고 미친 눈송이가 펄펄 흩날렸다. 눈과 바람은 무엇에 성이 올랐는지 거칠게 창문을 두드리며 범람을 시도했다. 밤이 깊어질수록 눈과 바람은 더욱 기승을 부려만 갔고 L은 자신조차 기억하지 못하는 아득한 원죄의 기억을 발각당할 것 같은 두려움에 점점 웅크려들었지만 그럴수록 자신의 몸이 둥근 풍선처럼 부풀어오르며 노출되는 것 같은 반작용을 경험했다. 그의 방은 학교 앞 고시원의 긴 복도가 어둡게 마무리되는 맨 끝방이었고, 방에는 지루한 영화의 한 장면을 찍은 스틸 사진처럼 음울한 창이 하나 뚫려 있을 뿐이었다. 서향한 창문은 지난밤의 흉포한 서풍을 고스란히 맞받아 견뎌야 했다. 도대체 얼마만큼 먼 서쪽에서 시작되었는지 모를 광풍은 이제 막 움을 틔우기 시작한 초승달마저 집어삼킨 어둠의 기세를 타고 막무가내로 끊임없이 불어닥쳤고, 살도 없는 몸을 가진 바람이 투신해오는 소리는 가까스로 안팎의 경계를 버티는 창틀을 지나, 파이프오르간의 깊은 공명통 같은 복도를 타고 어둔 여운으로 화해 사라지곤 했다. 어둠에 물든 유리창 색깔의 반투명한 불면이 웅크린 L의 등줄기를 측은한 듯 자꾸 쓸어내렸다.

—— 무엇보다 잠을 깊이 자는 게 중요합니다. 숙면이야말로 정신건강의 제일의 원칙이죠. 불면은 두통의 근인이고 잦은 두통은 심리를 흐트러뜨림으로써 신경을 한곳에 집중하지 못하게 하고 따라서 불필요한 주변의 것들에 자꾸 예민해지는 겁니다. 주변과의 경쾌한 리듬을 유지하는 것이 필요해요. 정신의 불안은 의외로 내인성(內因性)이 아닌 경우가 많거든요.

의사는 결코 '우울증' 따위의 직설적인 단어를 내뱉진 않았다. 그런 자극적인 말 대신 언제나 '정신건강'이니 '숙면'이니 하는 청아한 음가를 가진 단어를 사용했지만 그런 말들의 경쾌하고도 따스한 리듬을 몰라서 L이 불면에 시달리고 있는 것은 아니었다.

창틀을 뒤흔드는 불규칙한 바람은 밤새 곤두선 신경의 모서리를 더 뾰족하게 갈아댔고 L은 시계의 초침소리를 꼭꼭 씹으며 날선 신경으로 어둠과 대치해야만 했다. 그러다 어느 순간이었는지는 모르지만 눈과 바람의 급살난 두드림은 딱 한 찰나를 고비로 간헐적으로 바뀌는가 싶더니 시나브로 잦아들었다. 그리고 새벽은 간밤의 반동으로 한없이 잠포록하기만 했다. 달조차 없어 어두운 하늘은 파한 연극의 무대에 드리운 장막처럼 검디검었고 얼마만큼의 시간이 지난 뒤 어떤 날보다도 짙푸른 새벽녘 이내가 물컹 창문을 타넘었다. 그 낯선 시간의 색깔을 보고서야 L은 몹시 어금니가 아프다는 걸 느낄 수 있었다. 느닷없는 치통처럼 조금도 주저하지 않는 아침이 바깥 세상을 점령하고 있었고, L은 결국 이미 만성이 되어 정량의 세 배쯤 먹어야 효과를 보는 독시라민제제의 빈 갑을 구기며 자리를 털고 일어났다. 그러나 예감과는 달리 활짝 개지 못한 하늘은 무거운 남깃빛으로 하루종일 그를 짓누르고 있었다.

게다가 이곳은 고서열람실. 도서관 8층이다. 조소과 실습장이 남김없이 내려다보였다.

'토르소! 토르소!'

아까부터 L은 실습장 여기저기 버려져 있는 토막난 형해들에서 눈을 뗄 수가 없었다. 자꾸 토르소! 토르소!라고 입속에서 되뇌어보았지만 미완이거나 혹은 아예 폐기된 것일 수도 있는 그 실습품들은 더욱 또렷한 질감으로 그의 망막을 뚫고 보드라운 뇌리 속으로 파고

들었다.

'생략! 생략!' L이 그렇게 읊조리면 그것들은 이내 '상실! 상실!' 하고 악다구니로 맞대응해오는 것이었다. 더군다나 밤새 내리꽂힌 눈이 하얀 리넨천마냥 그 등신대의 불완전한 인형(人形)을 살포시 덮고 있는 모양새는 조금 전 임종을 선고받은 시체처럼 몹시 안타까운 모습을 하고 있었다. 방학을 맞아 고즈넉한 캠퍼스를 배경으로 실습장에는 밤새 소금기둥처럼 하얗게 바랜 군상들이 버려져 있었다.

시체염습소. L은 애써 외면하려 했지만 그 리넨천에 덮인 분명한 양감은 끈질기게 그의 기억을 호출하고 있었다. 발굴. 두터운 퇴적층에 덮여 있던 형해가, 흙더미가 치워지며 조금씩 드러나듯 그렇게 천천히. 처음엔 희미한 음각에서 차츰 또렷한 양각으로. 거무튀튀한 시간의 퇴적을 뚫고 도드라지는 부조. 그리고 마침내 불쑥 솟아오르는 환조의 입체감.

'토르소! 토르소!'

그럴수록 딱딱하게 발기하는 기억의 부피. 시간의 상처에서 자라는 악성튜머. 쓰으……! 치통, 치통! 차알칵! 셔터가 닫히는 소리. 차알칵! 불쑥 L을 가두는 암실……

차알칵, 쳐르르륵! 차알칵, 쳐르르륵!

셔터 수치를 최대한 늘린 카메라는 노출의 시간을 길게 끌고 갔다. 카메라의 메커니즘이 내는 소리는 오래된 시계탑의 무딘 톱니바퀴들이 돌아갈 때 내는 삐걱삐걱 소리처럼 육중하게 지속되었다. 그 찰나는 몇시간은 됨직이 길고도 시뜻했다. 플래시를 터뜨리면 간단히 해결될 터였지만, 문제는 백광(白光)을 받은 시체의 얼굴이 너무나 부조화스럽게 인화된다는 점이었다. 그렇게 찍은 시체의 얼굴색은, 글쎄 좀 소극(笑劇)적이라고 할까? 왜 푸르뎅뎅하다는 표현, 그 표현 그대로 적나라히 재생되곤 했는데, 일종의 빛의 왜곡 탓인지 과장된 광선을 받은 시체의 얼굴은 원래의 크기보다 훨씬 커 보였고, 그렇게 뻥, 소리나게 튀겨진 인상은 아무래도 한사람의 비극을 조롱하는 것처럼 보이게 마련이었다.

"뒤로!"

L의 지시에 따라 통합병원 소속의 일등병은 기계적으로 죽은 병사의 시체를 뒤집어놓았다. 그의 부주의한 동작 탓에 시체는 벌러덩 뒤집히면서 푸들푸들 흔들렸다. 썩은 푸딩, 혹은 물풍선.

"멀었습니까?"

염습을 하기 위해 대기하고 있던 병원 소속 군인 하나가 불만스런 억양으로 L을 재촉했다. 말을 할 때마다 부풀었다 줄었다 하는 그의 커다랗고 하얀 마스크의 입 언저리의 움직임이 기분 나쁠 정도로 생생했다.

"이제 다 됐습니다."

셔터를 누르고 긴 노출의 시간 동안 카메라가 흔들리지 않도록 숨을 참고 있던 L이 한참 만에 수면으로 솟아오른 사람처럼 푸우, 숨을 내쉬며 대답했다. 그가 필름을 감기 시작하자마자 대기하고 있던 세 명의 군인들이 일제히 죽은 병사를 향해 달려들었다. 그들의 손에는 가위나 갈고리 같은 도구가 들려 있었고 그것들은 조도가 낮은 형광등 아래서도 심하게 번뜩였다. 날카로운 도구의 끝으로 죽은 병사의 시신에서 피떡진 군복을 뜯어내며 이따금 병사들은 히뜩히뜩 L의 눈치를 살폈다. 그들은 아마 L이 자신들을 감시하고 있다고 느꼈을 수도 있었다. 병사들은 일절 말을 하지 않았지만 이따금 그를 흘겨보앉고 몹시 L의 존재에 신경을 쓰고 있는 듯싶었다. 아마도 그들은 자기들이 거칠고 심지어는 난폭하달 정도로 시신을 다루는 걸 L이 기분 나쁘게 보고 있다고 지레짐작했을 것이다. 그리고,

'너도 이 짓거릴 오래 하다보면 틀림없이 이렇게 될 걸, 뭘 그래? 사람이 살았을 때나 사람이지 죽어서도 사람인 줄 알아? 생명이란 삶의 조건이자 모든 것이라고!'

이렇게 속으로 지껄여댈 수도 있었다. 그러나 어찌됐건 그 모든 것이 그의 머릿속에서 스스로 자아낸 것임에도 L은 병사들이 자신을 오해하고 있다고 여겼다. 그리고 틀림없이 그것이 피해망상이란 것도 L은 잘 알고 있었다. 알면서도 어찌할 수 없기에 그것은 불가항력이었다.

군대시절 L은 군단 정훈실 소속 사진병이었다. 사진병과의 이름 아래 가장 꺼려지는 임무가 사고사례 수집이었다. 군에 오기 전까지 그는 시체를 본 적이 없었고 하물며 그것을 사진으로 찍으리라고는 생각해본 적도 없었다. 대부분의 사고가 총기사고였고 그 심하게 파열된 생의 잔해를 마주하는 일은 도무지 만성이 되질 않았다. 더군다나 그 곤란한 피사체를 사각의 파인더 안에서 대할 때면 그는 사체가 움켜쥔 채 죽어간 마지막 삶의 극적인 엔딩씬이 몹시도 궁금했고, 그럴수록 그런 비장한 찰나의 단면과 그 순간을 엮어내기 위해 동원되었을 무수한 시공의 씨줄과 날줄로 직조된 우주적 메커니즘에 대한 호기심이 꿈틀거리는 것을 느꼈다. 그때마다 L은 그렇게 절절한 삶의 장면장면을 모조리 무시한 채 그저 죽음의 결과를 떠내기에도 급급한 자신의 임무가 염오스럽지 않을 수 없었고, 그런 자책이 끝내 렌즈에 대한 결정적 회의를 불러일으켰는지도 몰랐다.

'도살자!'

그 순간 L은 자신을 그렇게 불렀다. 시공의 흐름을 담지하지 못하는 사진이야말로 도살행위였다. L은 자신을 '도살자'로 부르는 또다른 자신을 나무랄 어떤 변명도 알고 있지 못했다.

　도살자. 암실의 붉은 조명 아래 한껏 더디게 느릿느릿 현상액 위로 부상하는 시체들의 얼굴들 역시 그렇게 그를 비웃고 있었을지도 모른다. 그들의 표정은 결코 호의적이라 할 수 없었다. 그들은 애써 L을 외면하려는 듯 감지 못한 눈길을 L의 시선과는 전혀 다른 방향으로 돌리고 있었다. 그때마다 L은 이리저리 인화지를 돌려 그들과 눈을 맞춰보려고 했지만 죽은 자가 반응할 리 없었다. 안타까웠고, 마침내 화가 치민 L은 빠드득 인화지를 구기박질렀다. 사체의 얼굴들은 입체적으로 혹은 희화적으로 구겨지면서 낯선 주름과 파열이 그들의 얼굴에 자리했다. 몹시 찌푸린 그 얼굴들은 그래도 끝끝내 L을 바라보아주지 않았다. L은 억패듯 인화지를 구겨 쓰레기통에 처박고 대신 미처 현상액이 마르지 않은 필름 원판을 원망스레 집어들었다. 네거티브 필름 속에서 얼굴들은 사뭇 색다른 표정이었다. 시체보관소의 어둠속에서 고감도 필름으로 간신히 떠낸 그 얼굴들은 결국 시체보다 더 농밀한 죽음의 색깔을 풍기는 경우가 대부분이었다. 깊은 음화 속으로의 퇴영. 흐릿한 붉은 조명에 필름을 대보면, 빛을 배경으로, 어둠을 전경으로 그들은 아주 작은 얼굴로 흔적만 남는다. 시간의 저편에서 그들은 오히려 L을 바라보고 있는지도 모른다. 평면의 안온한 평화 속에서 입체의 불안한 공허에 갇힌 피안의 현상수배범들.

　군에서 L이 마지막으로 찍은 사진은 권총을 입에 물고 자살한 군인의 사체였다. 죽은 이는 장교였고, 무엇보다 군승(軍僧)이었다는 사실이 L의 기억에 남아 있었다. 그러나 화인(火印)처럼 분명히 뇌수의 한 부분에 박혀 있는 것은 성직자란 그의 병과가 아니라 가장 끔찍했던 그 주검의 형태였다.

시신은 상악 위쪽의 얼굴이 전혀 형태를 알아볼 수 없을 지경으로 뭉개진 상태였다. 이목구비랄 것도 없이 피범벅이 된 살뭉치만이 대충 전두부에 남아 있었고 턱자가미 부분에 상악과 하악을 억지로 꿰맞춰놓은 철사가 희번덕거렸다. 뼈와 살이 있던 자리는 네거티브 필름 속에서 희부염한 공허로 현상됐다. 그리고 그것이 죽은 자가 살아 있던 마지막 순간에 의도했던 결과물이라는 사실이 L을 몸서리치게 만들었다. 목도 아니고 뇌도 아니고 정확히 경구개에서 비골을 관통하도록 총부릴 물었던 그 주검의 의도. 누구도 자신을 알아보지 못하게 죽음 속으로 비집고 들어가야 했던 그에게 주어진 단 한발 탄환의 속도감.

L은 그 사체의 얼굴 사진을 커다랗게 확대 인화했다. 인화지의 클로로브로마이드 표면 위에는 사람의 얼굴이라곤 상상이 가지 않는 불그데데 잿빛이 감도는 인체 파편이 큼직큼직하게 자릴 잡았다.

아마 여기쯤 왼쪽 눈이 있었겠지? L은 피우고 있던 담배 끝으로 사진의 한부분을 태웠다. 11R 실물대 사진 위로 미상불 동공의 크기에 적당한 구멍이 뚫렸다. 나머지 한쪽 눈에도. 그리고 L은 그 사진을 제 얼굴에 가져다붙였다. 가면처럼 그래, 가면처럼 말이다.

테두리가 검게 그슬린 시야. 붉은 안전등 아래 어둠의 무게에 짓눌린 암실의 공간. 그리고 그 순간 더듬이를 잃어버린 벌레, 혹은 다른 누군가가 들여다보지 못하게 짙은 색안경을 써야 하는 소경만이 느낄 수 있는 종류의 퇴행하는 자유. 카메라 옵스큐라[어두운 방]여!

'나를 꿈꾸는 그대는 누구인가?'

나직하지만 분명한, 볼 수도 만질 수도 없는 누군가의 목소리. L은

응답하고 싶었다. 서둘러 자신을 밝히고 싶었지만 어쩌면 가면의 물음은 대답을 기다리는 것이 아닐지도 몰랐다. 그리고 응답함으로써 마주 존재하고 싶은 스스로를 견디며 느끼는 억압받는 쾌감. L은 그것이 더할 나위 없이 좋았던 것 같다. 섹스의 절정처럼 온몸의 말초가 신경의 한점에 뭉쳐지며 격발 직전의 탄환처럼 부르르 떨리는 긴장.

'나를 불러다오! 계속…… 부디 더욱더 절절한 목소리로……'

L은 그렇게 떨고 있었던가. 아니, 가면이 그렇게 떨고 있었던가. 둘은 얼마나 격렬히 서로를 껴안기 위해 그렇게 팽팽하게 대치하고 있었던가? 부르르르…… 그러다 어느 순간 풀썩 L은 손마디에 힘을 풀어버렸다. 팔랑팔랑…… 가면은 그렇게 떨어져내렸다. 암실의 바닥은 그 심연이 보이지 않았다. 깊숙이 가라앉는 가면을 향해 결국 L은 이렇게 대답했던 것 같다.

'나를 끌어들이지 마, 제발. 나는 내 삶만으로도 충분히 너저분해져 있다고.'

후우. L은 그렇게 담배연기를 내뿜고 축 늘어졌다. 그리고 발을 책상 위로 올리고 등받이 깊숙이 파묻힌 자세로 L은 암실의 어둠속에서 깊은 수압 같은 잠에 빠져들었다.

L은 조소과 실습장이 내려다보이는 동측 창가를 떠나 원래 자리를 잡았던 서측 창가로 돌아왔다. 시계를 보았다. 세시 반. 시간은 고작 반시간 남아 있을 뿐이다. 동절기에 고서열람실이 폐관하는 시간은 네시. T.S. 엘리엇이 말했던가. '그의 영혼이 도시의 한 블록 뒤로 사라지는 네시'라고. 이제 태양의 조도가 낮아질 것이고 더불어 습관적 불면을 예비해야 할 오후의 침몰이 L을 무기력하게 몰고 갈 무렵이

었다. L은 다시 한번 스스로에게 확인시켰다.

'시간이 얼마 남지 않았다구.'

반시간 안에 오늘 마음먹은 분량을 다 처리하지 않으면 안되었다.

지금 L이 하고 있는 일은 사경(寫經)의 슬라이드판을 뜨는 작업이었다. 제대 이후 지난 일년간 사진과 대학원 휴학생이란 신분을 유지하고는 있었지만 아예 렌즈의 캡을 열어본 적도 없는 그였다.

"렌즈의 한계를 느끼는 시점에 와 있다고나 할까? 낄낄……"

진담인지 농담인지 스스로도 구분이 가지 않는 토로를 해놓고 바보처럼 낄낄대는 그에게 사람들은 그저 맞장구를 치며 시니컬하게 어깨를 한번 으쓱해 보였다. 하지만 그들이 그렇게 시시덕거리며 돌아서 갈 때마다 L은 만일 제 손에 카메라가 있었다면 그 육중한 보디로 그들의 뒤통수를 으지적 내리치고 싶었는지도 몰랐다.

L이 침대 밑 깊숙이 처박아두었던 카메라 가방을 꺼낸 건 같은 미술대학에서 동양미술사를 가르치고 있는 선배의 '가벼운' 제안 때문이었다.

"보존자료로 사용할 것이 아니고, 단순히 강의시간에 시각부교재로 쓸 거니까 특별히 부담감을 갖지 않아도 될 거야."

일단 돈도 아쉬웠고, 무엇보다 부담감을 갖지 않아도 된다는 선배의 말이 '경쾌한 생활의 리듬'을 강조한 의사의 충고에도 맞아떨어졌다. 선배가 건네주는 사경의 자료목록을 들고 연구실을 나설 때까지만 해도 L은 그렇게까지 고심하진 않았다. 그러나 가벼운 마음으로 자료에 따라 몇몇 군데 박물관을 돌아다니면서 피사체가 될 사경을 하나씩 구경하고 다니게 되면서 L은 자신이 해야 할 일이 말만큼 수월치 않으리라는 중압감을 뒤늦게 알아차렸다. 게다가 선배는 뜻밖의 옵션을 걸어왔다.

"단지 L, 네가 좀 주의를 기울여주었으면 하는 건, 뭐랄까…… 사경을 했던 사람들의 발원이랄까, 혹은 신심이랄까, 여하튼 그런 마음을 엿볼 수 있는 사진을 찍어주었으면 하는 것인데…… 그러니까 말이지, 실증적이기보다는 다분히 종교적인 엄숙함과 수공예적인 자연스럼이 담겼으면 좋겠고…… 아무래도 사경이란 게 텍스트라기보다는 불타(佛陀)의 말씀을 몸으로, 그래 바로 그게 포인튼데 말이야, 몸으로 전사(轉寫)하는 과정?이었을 테니까 말이지……"

자기가 할 말만 하고 딱 전화를 끊은 것은 어쩌면 선배의 교활한 술책이었는지도 모른다. 애초에 그런 꼬리표가 붙었으면 L은 그의 제안을 일언지하에 거절했을 것이다. 사정이 그렇다보니 이제는 작업을 시도하려 하면 할수록 정말이지 후회의 감정이 뭉클 머릿속을 물들여왔다.

감지(紺紙), 다지(茶紙), 상지(橡紙), 취지(翠紙), 자지(紫紙), 백지(白紙) 등등의 갖가지 종이 위에 먹이나 혹은 금니(金泥) 은니(銀泥) 따위로 씌어져, 백지묵서경, 감지은니경, 취지금니경…… 하염없이 종류도 많았고, 그 분류에 따라 필름과 필터, 조도, 구도, 면적 배분, 프레이밍, 채광, 악쎈트, 톤의 조절 따위를 결정하는 일도 복잡다단 적잖이 시간을 축낼 일이었지만 끝내, 지금껏 단 한번도 셔터를 누르지 못하게 한 것은 '텍스트라기보다는…… 몸으로 전사하는 과정?'이라는 벼린 갈퀴끝 같은 물음표로 치켜올려진 선배의 말꼬투리였다. 텍스트, 텍스트. 몸, 몸. 전사, 전사…… 흥, 뭐라고? 사경? 한 글자를 베낄 때마다 한번씩 절을 올린다고? 셔터 한방에 일 배씩 올리라는 거야 뭐야? 빌어먹을! 제길할!

카메라는 트라이포트 위에서 열람책상 위의 피사체가 될 사경을 향해 렌즈를 바짝 들이대고 있었다. 사람으로 친다면 고개를 숙여

48

지그시 대상을 내려다보고 있는 자세일 텐데, 실은 그런 방관적 자세부터가 L의 마음에 들지 않았다. L은 팔짱을 낀 채로 몸을 숙여 뷰파인더를 들여다보았다. 파인더 안에는 렌즈의 배율에 맞춰 적당한 크기로 잘라든 한자들이 깨알같이 박혀 있었다. 글자는 해서체로 정서되어 알아보는 데 무리는 없었지만 L의 짧은 한문실력으론 그것들을 완전한 쎈텐스로 읽어들일 수는 없었다. 우선 어디부터가 문장의 시작이고, 어디까지가 끝인지, 뿐만 아니라 어디서 끊어 읽어야 하는지조차 알 수 없었다. L은 눈시울에 힘을 줘 그중에 몇글자를 읽어보려 했다.

―― 初發心時便成正覺具足慧身不由他悟云云無量.

한자음대로 읽는 것은 그렇다 쳐도 도무지 그 뜻이 잡히질 않았다. 뷰파인더에서 눈을 떼고 책표지를 들춰보았다.

『華嚴經文義要決問答』

선배가 준 자료에 따르면 신라 황룡사의 표원이 편술한 것으로 우리나라에서는 산실돼버렸고 일본에서 몇종의 필사본으로 전해지는 텍스트라고 했다. L이 지금 손에 들고 있는 것은 풍송문(諷誦文)으로 전해지는 사경의 영인본(影印本)이었다. 여타의 사경들처럼 호사스런 금은니경도 아니고, 그렇다고 화려한 변상도나 만다라문양 따위가 장엄되어 있지도 않은, 지극히 단조로워 보이는 묵서경을 사진으로 찍어 제책해놓은 것이었다. 그러니까 이 책은 부처의 '말씀'을 표원이란 자가 되뇌어 기록한 것을 다시 고대 일본의 누군가가 필사하고, 그것을 다시 그들의 후예가 베끼고, 베끼고, 베끼고 또 베끼고…… 하여 전해지는 것을 최근에 와서 사진으로 찍고, 그것을 다시 인화하고, 그것을 또 인쇄하여 만든 것이다. L이 처음으로 이 책에 카메라를 들이댄 것은 일종의 쌤플을 리쌤플링해보고자 한 가벼운 의도 때문이었다.

'막연해, 막연해.'

뜬구름 잡기. 처음부터 선배의 요구가 그랬다. 천오백년 전 황룡사의 표원이란 존재가 그랬고 거기서 다시 천년을 거슬러가야 하는 석가모니가 그랬다. 아니 되짚어 내려와 말씀을 몸으로 전사했다는 사경을 영인한 책을 들고 그것을 다시 사진으로 찍겠다고 달려드는 스스로의 생각이 얼토당토않은 듯싶었다. 그러나 무엇보다 L을 괴롭히는 것은 '도살자! 도살자!'라고 울증(鬱症)상태의 자기를 놀려대는 조증(躁症)상태의 또다른 자기였다. 언제나 빙글빙글 웃으면서 마음의 응달 한구석을 차지하고 있는 그놈. 물에 빠뜨린 고무공같이 처넣어도 처넣어도 끝내 떠오르는 그놈.

"당연한 말이겠지만 사경에는 단지 필사의 의미만 있는 것은 아니지. 그 공력은 말씀의 전사를 넘어서는 차원 높은 수행을 요구하거든."

선배의 말이었다.

"우선 사경을 위한 종이는 여느 종이가 아니라 특별히 뿌리에 향을 주어 기른 닥나무로 만들어야 하지. 그 나무를 키우고 제지(製紙)하는 기간 동안 필사자는 밥을 먹거나, 대소변을 보거나, 잠을 자고 난 뒤 언제나 같은 향으로 목욕재계해야 하고, 마침내 사경에 임하기 직전에도 일정한 수의 사람들이 함께 예를 지켜 순한 옷을 입어야 하며, 향과 꽃을 뿌리고 범패와 예불의 절차를 거쳐야만 하는 거야. 아무나 필사할 수 있는 것도 아니지. 오랜 세월 원을 세워 자신의 숙업을 알고, 정려가 뚜렷해야 할뿐더러, 겸허와 청정이 그 마음의 주추가 되지 못한 사람은 감히 사경의 발원조차 하지 못하게 했지. 사경의 행은 십만억의 부처께 공양을 드리는 공덕이라 하였으니 그 글씨 한 자 한 자가 비록 와룡장자(臥龍壯字)는 아니라도 거기에 얼마만큼 엄엄한 정신이 깃들여 있는지를 짐작해보라구. 제 몸과 말씀이 하나 되기 위한 행위가 곧 사경의 정신이지."

"형, 내가 불도(佛徒)는 아니잖수."

L의 시들먹한 대답에 선배는 이렇게 응수했다.

"개공성불도(皆共成佛道)."

"뭐라구요?"

L이 반문했지만 선배는 웃기만 했다.

막연함에 맴맴 돌던 끝에 결국 L은 『華嚴經文義要決問答』의 국역본을 찾아 아래층 종교열람실로 내려갔다. 그러나 정작 책을 찾는 일부터가 쉬운 게 아니었다. 웬 불경이 이렇게 많을까? 십만팔천권이었다고? 갖가지 불경들로 빼곡이 메워져 있는 서가 세 개를 샅샅이 뒤져보았지만 좀체 찾고자 하는 책은 눈에 들어오지 않았다. 다시 한번. L은 부주의한 시야가 혹 지나치지 않도록 오른손 검지손가락을 미간 앞에 들이댄 자세로 한권 한권 꼼꼼히 손가락질을 해가며 책과 책 사이를 누빈 끝에, 시야가 가물가물해질 즈음, 검은색 하드커버의 두툼한 책 한권을 꺼내드는 데 성공했다.

『華嚴經文義要決問答』表員 集/至玄 譯註.

까치발을 하고 서가 맨 꼭대기에 꽂힌 책을 꺼내들고 사서에게로 달려가면서야 L은 비로소 자신이 다급해하고 있다는 것을 알았다.

'왜지? 내가 왜 서둘러야지?'

L은 대출사서 앞에 서서 책과 도서대출증을 내밀었다. 사서는 책 뒤에서 대출카드를 꺼내 일부인을 찍고 그에게 기록을 부탁했다.

—199X. 12. 26. 생물(원) 4 X.

대출카드엔 이 책이 여러번, 그러나 단 한사람에게만 집중적으로 대출되었음이 기록으로 남아 있었다. 생물학과 대학원 4학기 X.

'생물학과? 동양철학 전공도 아니고, 생물학과라구?'

L은 그렇게 의문을 품어보지만 이내 그것이 무의미하다고 여겨졌다. X라는 인물이 개인적으로 불교도일 수도 있었고, 아니면 적어도 불도에 관심을 가진 인물일 수도 있지 않겠는가? 그런데 X란 사람은 어째서 이렇게 여러번 이 책을 빌렸을까? 읽다가 대출기한을 넘기고, 넘기고 해서? 그렇지만 반납일자는 대출일자 바로 다음날인 경우가 대부분이었다. 마지막 대출일자는 바로 사흘 전이었다. X라는 대학원생은 대략 일년 전부터 최근까지 계속 이 책을 빌렸다, 되돌렸다를 반복하고 있었다. 모를 일이었다. 하지만 이럴 땐 일찌감치 관심을 접는 것이 상책이었다. 현재 그의 심리상태는 아주 사소한 하중에도 휘청, 주저앉을 것만 같았으니까.

L은 책을 들고 다시 8층 고서열람실로 돌아왔다. 아까 작업을 하던 그의 자리는 입구로부터 기역자로 꺾인, 자연채광이 용이한 서측 창가였다. 그곳엔 여전히 트라이포트 위에서 모가지를 꺾고 있는 카메라가 자릴 지키고 있었다. L은 열람대에 앉아 대출해온 책을 펼쳤다. 찬서(讚序)와 목차 몇장을 넘기자 빽빽한 한자 원문과 번역, 주해문이 자잘한 글씨로 나타났다. 원문의 첫머리는 이렇게 시작됐다.

──皇龍寺 釋表員 集 七處九會義 三門分別……

첫머리 몇글자를 읽다 말고 L은 한숨을 내쉬며 이내 맨 뒷장을 떠들어보았다. 294. 마지막 쪽의 숫자였다. L은 한번 더 한숨을 내쉬었다. 내가 지금 이 책에서 뭘 찾자는 거지? 불투명한 목적지는 언제나 회의로 귀결되는 법이었다. 막막한 눈길을 돌려 창밖을 바라보았다. 겨울의 짧은 황도(黃道)를 타고 미끄러지는 태양은 이미 붉게 익어 있었다. 초조해진 L은 모질게 마음을 다잡았다.

'가보는 거야, 무작정. 무언가 있겠지, 틀림없이.'

L의 시선이 복잡한 상형문자의 나열을 따라 움직이기 시작했다. 활자가 답답스럽게 작았고 더군다나 훈은커녕 음조차 제대로 읽어내지 못할 글자가 많았기에 사실상으론 읽는다기보다는 더듬는다고 하는 편이 맞을 것이었기에 시간이 지날수록 좁은 행간의 여백이 사라지며 글자들이 뒤엉키기 시작했다. 한글로 풀어쓴 주석이 달려 있었지만 그것이 오히려 L의 더듬기를 방해하는 느낌이었다. 저도 모르게 행간을 짚고 있는 손톱 끝에 힘이 들어갔고, 그가 읽고, 아니 찾고 지나간 부분엔 깊숙한 손톱자국이 패었다. 한줄 한줄 넘어갈 때마다 책장 위엔 마치 절벽에서 미끄러지는 추락자가 남긴 것 같은 흔적이 남았지만 정작 L은 그걸 느끼지 못하고 있었다.

눈이 몹시 아팠다. 각막 위에 모래알을 뿌려놓은 것 같은 느낌에 L은 지그시 눈을 감아보았다. 척추를 타고 허리께까지 아릿했고, 구부린 상체를 받치고 있던 어깨도 뻐근했다. 눈을 감은 채 의자 등받이에 대고 상반신을 한껏 뒤로 젖혀보았다. 뿌듯한 스트레칭.

'흐음! 이대로 잠이 들었음 딱 좋겠군……'

잠! 순간 L은 쾅, 하고 책상을 치며 벌떡 자리에서 일어났다. 어두운 창밖에 카랑카랑한 나트륨 불빛이 시야를 찌르고 들어왔다. 아차! 손목 위의 시계는 천연덕스럽게 아홉시 정각을 가리키고 있었다. 놀란 그는 서둘러 짐을 꾸렸다. 렌즈와 카메라를 분리하고, 트라이포트를 접었다. 지금까지와는 또다른 초조감이 그의 손을 떨리게 했다. 가방 속에 넣으려던 카메라가 쿵 소리를 내며 콘크리트 바닥에 떨어졌지만 L은 되집어들 생각도 못하고 갑자기 화닥닥 자리를 차고 열람실 입구를 향해 뛰었다. 서가를 지날 때 발자국의 메아리가 마치 누군가 다급하게 그를 쫓아오는 느낌이었다.

열람실 문의 손잡이를 잡고 돌려보았다. 딸깍딸깍. 손잡이는 돌아가지 않았다. 차가운 스테인리스 재질의 냉기만이 손바닥 위로 전해질 뿐이다. 딸깍딸깍. 딸깍딸깍.

'어찌된 일이지? 사서가 내가 있는 것도 모르고 문을 잠그고 퇴근해버렸을까?'

그랬을 수도 있었다. 평소에도 이곳 고서열람실은 이용자가 극히 드물었다. 학기중에도 고작해봐야 극소수의 서지학 전공자들만이 이용할 뿐일 것이다. 뭣보다 지금은 방학중이다. 당장 L이 오늘 오전이 열람실에 들어서며 출입자 기록부에 그의 이름을 적어넣을 때, 그는 장장 8일 만에 첫 이용자였으니까. 사서실에 앉아 있던 사서가 미처 L이 안에 있는 것을 모른 채, 문을 잠가버렸을 가능성이 많았다. 게다가 L이 지금껏 앉아 있던 자리가 출입구에선 잘 보이지 않는 기역자로 꺾어진 서측 창가였으니, 사서가 문을 열어봤다 하더라도 L의 존재를 보지 못했을 가능성은 얼마든지 있었다. 여하튼간에 문제는 그가 여길 나가야 한다는 점이었다.

쿵쿵쿵쿵! L은 큰 소리로 문을 두드리며 소리쳤다.

"여보세요! 여보세요! 거기 누구 안 계세요? 여보세요!"

그리고 이내 문 틈새로 귀를 기울였다. 복도와 층계를 타고 먹먹하게 메아리지며 사라지는 자신의 목소리가 꼭 시커먼 어둠속에 흡수되는 것 같았다. 그 뒤를 한없이 태연한 고요가 뒤따랐다. 아무런 대답도 들리지 않았다.

쿵쿵쿵쿵! 아까보다 훨씬 세게 문을 두드렸다. 그리고 입술을 철제문틈에 바짝 들이댄 채, 고함을 질렀다.

"여보세요! 여기 사람이 갇혔다구요! 여보세요! 좀 꺼내달라구요!"

제 귀로 듣기에도 안타까움이 뚝뚝 묻어나는 간절한 목소리였다. 문 틈새로 처박고 있는 그의 눈에, 자신이 뱉어낸 절규가 보일 듯 절박했지만 어둠은 능청스럽게 그 음파의 궤적을 삼켜버리고 여전히 아무런 응답도 주지 않았다. 숨을 죽이고 한참을 기다려보았지만 몇 분이 흐르도록 상황은 변화가 없었다. 이상했다. 아홉시면, 고서열람실이나 서고, 논문실 등은 문을 닫지만, 아직 일반열람실이 폐관할 시간은 아니었다. 학교도서관은 오후 열시 반에야 문을 닫는다. 그렇다면 아무리 방학이라손 치더라도 제법 학생 몇몇은 남아 있을 터였고, 설령 단 한명도 남아 있지 않다 하더라도 경비는 지키고 있을 것이다. L은 다시 시계를 내려다보았다. 그 순간 그는 머리카락이 올올이 일어서는 것을 느꼈다. 뒤이어 척추에서부터 손발 끝까지 서늘한 소름이 찬물을 뒤집어쓰듯 좌르륵 몸뚱이를 훑어갔다.

9 : 00

몇번을 확인해도 마찬가지였다. 손목에서 시계를 풀어 흔들어보기도 하고 귀에 대어보기도 했다. 시계는 멈춰 있었다. 아니 시간이 멈춘 건 아닐까? 이럴 수가! 갑자기 촘촘히 도열한 서가가 일제히 휘청거리는 것 같았다. 뒷골을 타고 자꾸 거슬러올라오는 서늘한 느낌에 숨이 막힐 지경이었다.

"여보세요! 여보세요!"

L은 정신없이 문고리를 돌려보았다. 딸깍이는 소리가 아까보다 훨씬 또렷하게 들렸다. 문틈으로 바깥을 내다보았다. 굳건한 쇠빗장이 어둠을 가로지르고 있었다. 그리고 어둠속에서 겨우겨우 흐릿하게 몇몇 사물들이 어렴풋 눈에 들어왔다. 포마이카 칠이 군데군데 벗겨진 참고열람대 위에 두꺼운 사전 몇개와 널찍한 대판본(大版本) 아

틀라스 몇권이 놓여 있었다. 누군가 방금 전까지 뒤적거리기라도 한 듯 그 커다란 책들은 모두 활짝 펼쳐져 있었지만 사위의 요요로운 고요 속 어디에도 인기척은 없었다. 모든 사람과 세계가 그 속에 빨려들어간 듯 책은 낯선 적막의 통로처럼 커다랗게 입을 벌리고 있었다. 한약방의 약장처럼 무수한 서랍을 가진 도서목록함, 닫혀 있고. DB 검색용 컴퓨터 단말기, 꺼져 있고. 그리고 벽, 하얀 암사지도처럼 L에게 스스로 이정표와 범례를 그려넣길 기다리는 회벽.

소리를 들은 것은 그때였다. 그의 뒤쪽에서 난 소리였다.

타아앙!

모골이 송연해진다는 것이 무슨 느낌인지 알 수 있을 것 같았다. L은 황급히 몸을 돌렸다. 총소리? 그래, 터무니없는 경우였지만 그건 분명 총소리였다. 그저 총소리라고 하기엔 너무 여트막한 소리였지만 다시 생각해봐도 그건 틀림없이 총소리였다. 관측할 수 없이 아득히 먼곳에서 들려오는 단 한발의 총성! L은 시선을 움직여 열람실 내부를 샅샅이 훑었다. 형편없이 작은 소리였지만 그 소린 분명히 이 방안의 어디선가 울린 것이 확실했다. L은 위협에 밀리는 사람처럼 철문을 등지고 섰다. 새로운 형태의 공포가 밀려오는 걸 또렷이 체감할 수 있었다.

허릴 숙여 열람대 밑을 살펴보았다. 책상과 의자의 길쭉한 다리만이 촘촘히 서 있을 뿐 누구도, 아무도 없었다. 머리카락이 곤두서도록 수꿀했지만, L은 어떻게든 그 소리의 진원지를 찾아야만 했다. L은 다시는 되돌아오지 못할 끝없는 동굴 속으로 걸어들어가듯 떨리는 걸음으로 서가 사이로 들어섰다. 자신이 헛것을 들었다는 사실을 확인하기 전까지 이 미지의 두려움으로부터 자유로울 수 없었다. 새삼스레 짙은 서향이 그를 감싸고 들었다. 책과 선반 사이의 자그마한 틈새로 금방이라도 섬뜩하고 낯선 누군가의 눈동자가 불쑥 튀어나올 것만 같았다. 고양이처럼 소리를 죽이며 걷고자 했지만 발짝마다 뚜렷한 족적이 묻어났다. 그리고 추위, 그것을 잊고 있었다. 그제서야 L은 열어놓은 점퍼의 앞섶을 여몄다. 그러나 흡사 매복하고 있던 적들처럼 한번 엄습해온 추위는 빠르게 그의 몸을 점령해갔다. 갈수록 냉혹해지는 어둠. 어둠은 차가워질수록 거울처럼 또렷이 L을 호출해왔다.

나를 보고 있는 누구? 아니면 바로 내가 어둠이 되어 나를 감시하고 있는가? 왜 춥고 어두울수록 온몸의 세포 하나하나까지 이렇게 생생하게 살아나는 것일까?

L은 계속해서 걸었다. 미로 속의 암보. 전진이 후퇴이고 후퇴가 전진일 수 있는 공간 속으로 그는 계속 걸어들어갔다. 그럴수록 그를 압박해들어오는 사위의 내밀한 적막이 자신의 발자국 소리에 의해 어느 한순간 와르르 무너질 것만 같았다. 미로 같은 서가가 그를 덮치면서, 아주 오래된 책 속에 매몰될 것 같은 예감이 차갑게 밀려왔다. 누군가 책의 무덤이 곧 도서관이라 했던가? 오래된 책들은 고분의 전실을 이룬 벽돌처럼 차곡차곡 그를 순장(殉葬)시키고 있었다. 이제 그의 살갗은 모조리 어둠속에 부란(腐爛)되어 사라지고 허연 형해만이 비의(秘意)의 상형문자처럼 이 책들의 무덤 속에 남겨질 것이다.

타아앙!

그때 다시 총소리가 들렸다. 묽은 실내의 고요를 좌악 찢어놓는 것 같은 울림! 이번에는 분명히 그 총성의 진원지를 알 수 있었다.

"책! 책이다!"

L은 자기가 앉았던 자리를 향해 뛰었다. 그의 청각은 분명했다. 총

성은 사라지고 없었지만 그 여운만은 분명히 남아 있었다. 책장이 가늘게 떨리고 있음이 그걸 증명하고 있지 않은가? L은 빠르게 책장을 넘겼다. 추위에 떨리는 손끝에 책장은 무질서하게 넘어갔다. 그러다 어느 한순간 지금까지의 책의 재질과는 전혀 다른 한장의 종이가 팔랑 떨어져내렸다. 종이는 검고 어두웠다. 그 어둠은 가늠할 수 없이 깊었고 그 깊은 저쪽으로 총성의 흔적이 사라져가는 것이 느껴졌다.

그것은 밤하늘의 별을 찍은 한장의 천문사진이었다. 어떤 잡지의 한면을 오린 듯 배면은 아무 상관 없는 자잘한 글자들이 빼곡했다. 커다란 화면에 비해 매우 작은 빛무리가 몇개 흩뿌려져 있었고, 그 정중앙에 중심이 되는 것 같은 별이 하나 반짝이고 있었다. 그 별빛은 종잇장 속에서도 발긋발긋 반짝이고 있었다. 총성의 미세한 여운은 그 멀고 먼 별빛을 향하여 끊임없이 빨려들어가고 있었다. 반짝이는 별빛, 그곳으로 빨려들어가는 음파의 끝자락. 그것들은 평면의 종이 안에서 뚜렷한 양감을 자아내고 있었다. 움켜쥐면 한움큼 손바닥에 자리할 것 같은 분명한 파동.

L은 반사적으로 바닥에 떨어져 있던 카메라를 집어들었다. 무언가 기록해두지 않으면 안되는 순간이라는 예감이 번개치듯 머릿속을 꿰뚫고 지나갔다. 평생에 두 번 다시 만날 수 없는 셔터 찬스! 어쩌면 내일 날이 밝아 열람실 문을 열고 들어오는 사서는 21세기가 저물어갈 무렵의 인물일지도 모른다. L이 이곳에 갇혀 있는 새 바깥세상은 훌쩍 백년쯤 지나가버렸을지도 모른다. 28밀리 PC렌즈를 찾아 끼웠다. 이 정도 거리에서 저렇게 깊은 양감을 포착하기 위해선 렌즈 선택에 주의해야 한다. 추위로 점점 무뎌져가는 손가락 탓에 렌즈 조립이 쉽지 않았다. 렌즈뿐만 아니라, 필터를 끼우고, 조리개와 셔터

다이얼을 조작하는 그의 손동작은 매우 더디고 생뚱맞았다. L은 그것이 자신이 빠르게 노화되어가고 있기 때문이란 걸 자각했다. 이제는 체념할 때가 되었다는 것도 알 것 같았다. 모든 것이 저 알 수 없는 종이 속에 자리한 우주의 인력(引力) 탓이었다. 파인더를 노려보며 셔터를 눌렀다. 신중하게, 그러나 짧고 분명하게.

차알칵, 쳐르르륵! 차알칵, 쳐르르륵!

긴 노출을 마감하는 소리가 지루하게 끌렸다. 그 소리는 조금도 낯선 소리가 아닌 틀림없이 기억의 저장고에 오래 전부터 입고되어 있던 소리였다. L은 다시 한번 셔터를 눌렀다. 방아쇠를 당기듯, 분명하게, 피사체를 향하여.

총소리가 점점 깊은 종소리로 변해가고 있었다.

2. 악마별까지 백 광년

"귀하의 접속을 환영합니다."

PC 스피커에서 통신망 접속을 알리는 인사가 들려왔다. 초기 공지 화면이 바뀌는 동안 U의 가슴은 두근거렸다. 오늘 또일까? 그가 설레고 있을 때 화면에 메일 도착을 알리는 메시지가 떴다.

——귀하에게 편지가 한 통 배달되었습니다. 편지형태는 보이스메일(voice mail)이고 첨부파일이 한 개 있습니다.

U는 가벼이 한숨을 쉬었다. 결국 그의 불길한 예감이 맞아떨어진 것이다. 편지를 다운받으며 U는 저도 모르게 눈살을 찌푸렸다.

——저예요, 선생님!

'저예요'란 그녀가 스스로를 일컫는 말, '선생님'이란 U, 자신을 지

칭하는 말. U는 그녀와 자신이 그렇게 나란히 병치된 결과가 끔찍스러웠다.

——그곳에 가고 싶었습니다. 아!…… 죄송합니다. 정말 죄송합니다. 제가 선생님을 얼마나 괴롭히고 있을지 저도 잘 알고 있습니다. 골백번을 죄송하다고 말해도 충분한 사죄가 되지 못하리라는 것도요. 하지만 용서해주세요. 아니, 용서하지 마세요, 절대로…… 저는 결코 용서받을 수 있는 그런 가벼운 죄인이 아니란 걸 제 스스로가 잘 알고 있답니다. 그러기에 더더욱이 선생님께 죄스럽고, 제 자신이 더 가증스럽게 여겨지는 건 어쩔 수 없군요. 그렇지만 정말이지 전 그곳에 가고 싶었습니다.

삼일째 계속해서 보내오는 그녀의 보이스 메일. 그녀의 어투는 과장된 것이었고 고백하고 있는 내용도 중구난방이었다. '아……!' 하는 따위의 과장된 감탄사를 섞어쓰는 것부터가, 그녀가 스스로를 과장하고 있다는 증거였다. U가 기억하고 있는 나흘 전 그녀의 인상은 그런 식이 아니었다.

물고기! 그녀의 인상을 한마디로 나타내기에 그것처럼 적합한 비유는 없을 것 같았다. 뻔뻔스러울 정도로 무표정했던 그녀는 정말 물고기를 닮아 있었다. 물고기처럼 고통의 표정을 지을 줄 모르는 사람 같았다. 아무리 고통스러워도 고작 주둥이만 뻐끔거릴 줄밖에 모르는 지극히 단순한 한마리 물고기처럼, 낚싯바늘에 끌려 처음 구경하는 수면 밖의 세상에 대해, 그 죽음의 풍경에 대해 몹시 낯설어하던 그 무표정.

나흘 전 그녀는 정말 한마리 낯선 물고기처럼 U를 찾아왔다. 그리고 도무지 이해할 수 없는 행동만을 벌여놓고 떠났다. 그리고 사흘째 계속되는 이해할 수 없는 편지의 행렬. 이해할 수 없는 것은 비단 그 편지의 애매한 내용뿐만이 아니었다. 보이스 메일 자체가, 바로 이 편지 자체가 이해할 수 없는 존재였다. 편지는 죽은 사람에게서 온 것이었다. 여인은 나흘 전에 죽었다.

"떨어진 사람이 정말 이렇게 해부학적 자세로 죽어 있었을까?"

신천체(新天體) 프로젝트팀의 동료연구원이 농담과 궁금증이 반반씩 섞인 말투로 바닥을 내려다보며 말했다. 바닥에는 그의 말대로 해부학적 자세 그대로의 인체 외곽선을 따라 사체(死體)를 표시한 흰 종이테이프가 붙어 있었다. 사건현장을 보존하기 위해 경찰에서 붙여놓은 종이테이프만으론 동료가 함부로 말한 것처럼 시체는 차렷 자세 비슷한 편안한 자세로, 그러니까 해부학적으론 '코로널 플레인'(coronal plane, 관상면)의 수평횡단면을 보이며 죽었다고 생각할 수도 있었다. 그런 동료의 지적 탓일까? U는 그 속이 텅 빈 단일폐곡선을 보자 그 곡선의 안에 들어 있었을 시체의 물고기처럼 무표정한 얼굴이 다시 상기되었다.

아팠을까? 아니야. 아픔은 지면과 투신자의 몸이 $9.8m/s^2$의 중력가속도로 만나는 순간, 그래 틀림없이 두개골로 쏠린 무게중심 탓에 머리가 제일 먼저 콘크리트 바닥에 부딪쳤겠지, 그 순간 온몸의 신경통점들에서 전달된 그 혹독한 아픔과 수용할 수 없는 흥분은 수렴되어야 할 중심인 뇌를 잃고 갈 곳 없이 마구 몸부림쳤겠지? 루트를 잃고 마구잡이로 산란하는 뉴런들은 이웃한 신경조직에 대고 비명을 질렀겠지? 어떻게 좀 해봐! 어떻게 좀…… 어, 떻, 게, 좀…… 어…… 떻…… 게…… 좀……

그녀는 죽어가며 그 전대미문의 고통에 어떻게 반응했을까? 그 순간에도 여전히 물고기처럼 순진하고 생청스런 표정을 유지할 수 있었을까? 대뇌 피질에 수렴되지 못한 너무도 낯설고 너무도 거대한 그때의 흥분은 처음으로 신경계를 거슬러올라 다시 온몸 구석구석으로 퍼졌을 테지. (신경조직은 흥분을 반드시 한쪽으로만 전달할 뿐 그 흐름이 바뀌는 적은 없다. 적어도 살아 있는 사람에겐.) 그 역류는 메아리가 되어 그녀의 몸속에서 난반사되었을 게고, 그 탓에 그녀는 난생 처음 뇌수의 간섭 없이 사지가 제멋대로 떨리는 격심한 경련을 겪었을 테지. 신체의 모든 체계는 순식간에 와해되고 단단하거나 혹은 물렁하게 일정한 구조를 이루고 있던 몸의 온갖 구성체들은 그 단 한순간의 카타스트로프에 뿔뿔이 이별해야 했을 것이다.

'이런 편안한 단일폐곡선만으론 그 순간의 카타스트로프를 증언할 수 없을 거야.'

U는 여전히 단단한 시멘트 바닥과 그 위에 그려진 인체 외곽선을 들여다보고 있었다. 종이테이프로 구획지어진 폐곡선과 그 바깥의 면은 모두 그저 콘크리트 바닥일 뿐이었다. 그곳에서 그녀가 몸을 던진 5층 관측난간까지는 15미터도 채 되지 않았다. 하지만 그녀, X는 백 광년을 날아가고 싶다고 했었다.

——처음 그 사진을 보았을 때, 뭐랄까요? 저는 피가 나도록 입술을 깨물지 않을 수 없었습니다. 바로 이곳이야! 내 고향! 이곳으로 가야만 해! 가서는 저 같은 악을 만들어 세상에 내보낸 그 존재로 하여금, 그릇된 창조의 아픔을 되새기도록 하고 싶었습니다. 신을 껴안고 함께 죽는 것, 네, 경배이지요. 저를 만든 창조주에게 저의 삿됨을 제물로 바침으로써 창조주가 예비했던 죽음을 그와 저 자신에게 더불어 이룩하고 싶었습니다.

매일 한통씩 차례차례 U의 통신 어드레스로 배달되고 있는 그녀의 음성편지는 오늘로 벌써 세번째였다. 여인은 이미 죽었는데, 그 주검을 제 눈으로 똑똑히 보았는데도 그녀의 목소리는 살아 있다? U 를 혼란스럽게 하는 것은 예약 프로그램을 통해서 매일같이 날아드는 그녀의 목소리 때문만은 아니었다. 그녀는 왜 고백을 들어줄 상대로 자신을 택했을까? 고해성사를 할 생각이었다면 성당을 찾아가거나 아니면 적어도 절친한 누군가를 찾았어야지 왜 생면부지인 자신을 찾아왔을까?

그는 일단 거기까지 듣기로 하고 전자메일에 첨부된 파일을 다운로드하기 시작했다. 파일은 예상대로 어제와 같은 그래픽 이미지 파일이었다. 화면은 검푸른 우주의 색으로 메워지고 있었다. 그리고 몇개의 여튼한 점이 그 배경 속에 번지듯 찍혀 있었다. 별을 찍은 사진이었다. 사진만으론 그것이 어느 별인지 알 수 없었지만 화면 하단에,

[3h 0.82m + 40° 57' 화각 54.76]

라는 적도좌표가 붙어 있었다. 그러나 굳이 성도(星圖)를 뒤적거려 그 좌석을 찾을 필요는 없었다. U는 그 별의 이름을 익히 알고 있었다. 그 사진을 찍은 사람이 바로 U, 자신이었다. 공식명칭 페르세우스좌의 베타별. 다른 이름으로 알골(Algol)이라 불렸다. 알골은 고대 아랍어로 '악마'를 뜻했다.

"선생님 사진을 보고 단박에 떠오른 생각이 뭐였는지 아세요?"

천문대로 오르는 길은 어둡고 추웠다. 지월(至月)의 끝자락으로 치닫는 날씨는 본격적인 동장군의 위력을 남김없이 발휘하고 있었지만, 때맞춰 그믐을 맞은 하늘은 쟁명해 더할 나위 없이 관측에 안성맞춤이었다. 뭇 별들은 둥근 천구에 송글송글 매달려 생기를 빛냈고 온갖 별자리들은 저들의 전설처럼 애모쁜 이야기를 아로새기고 있었

다. 포장은 되어 있으되 말 그대로 구절양장인 산굽잇길을 따라 U와 X가 탄 차는 곡예하듯 지돌이 안돌이를 거듭하며 천문대를 향해 숨 가쁜 엔진음을 토해놓고 있었다. 인공의 빛이라곤 자동차가 뿜어내는 두 줄기 헤드램프뿐이었고, 그 흐릿하게 반사되는 역광에 X란 여인의 프로필은 뚜렷한 윤곽을 보이고 있었다. 처음 산 아래서 그의 집을 들어설 때의 표정과는 사뭇 다르게 그녀는 다소 흥분한 듯 보였다. 처음에 유난히 큰 눈동자만 두리번거릴 뿐 잔뜩 긴장한 듯 보이던 그녀였지만 집을 나서 어두운 산길로 들어서자 여인은 비로소 경계심을 지우고 어색하지 않게 말자루도 풀어내기 시작한 것이다. 이제 어둠이 깊어갈수록 또렷해지는 여인의 얼굴 윤곽에서 U는 어느덧 도발적인 이성의 분위기까지 찾아낼 수 있었다. 그렇다고 그녀가 함부로 허튼 구석을 보인다는 뜻은 아니었다. 그녀의 태도는 구석구석 지멸있어 보였고, 말본새도 땀직땀직한 것이 다만 처음 접했을 때의 차가운 무표정과 꽤 다르게 느껴졌다는 뜻이었으며 또한 오늘 아침 생면부지의 그에게 불쑥 전화를 걸어온 당돌한 태도와도 전혀 다른 것이었다. U는 별뜻 없이 올 테면 오라고 했지만, 설마 그녀가 당장 오늘밤 이렇게 이곳 첩첩산중 관측소까지 찾아올 줄은 미처 예상치 못했던 것이다.

그녀가 보았다는 사진은 U가 천문사진을 게재하는 과학 월간지의 한 칼럼에 실은 것이었다. B산의 천문대에서 관측기록을 담당하고 있는 U는 그 잡지에 정기적으로 천문사진을 실었다. 주로 별자리나 성운, 은하 같은 천체의 사진과 그에 얽힌 동서양의 전설 한 꼭지를 양념으로 얹은 짧은 글이 그의 고정칼럼이었다. 오래 전 그의 칼럼은 많은 독자를 가지고 있었다. 워낙 척박한 우리나라의 천문학 토양에서 전문가에 의해 전문장비로 관측된 천문데이터가 드물었던 시절이었다. 하지만 요즈막에 들어와선 그의 칼럼을 주목하는 사람은 그리 많지 않았다. 전문적인 천문팬일수록 그랬다. 화성탐사선 패스파인더에서 굴러나온 소저녀가 화성의 표면을 더듬고 다니는 장면이 리얼 타임으로 인터넷에 생중계되는 세상인 것이다. 이제 그가 찍어내는 천문사진은 대학시절 루오의 화집 한권과 맞바꿨던 용자리의 NGC 6543 초신성의 화려한 불꽃의 가치를 더이상 지니고 있지 못했다. 그 정도 사진은 나사(NASA)의 홈페이지나 여러 천문대의 홈페이지에 밤하늘의 별보다 더 많이 널려 있었다. U의 재산목록 1호라 할 수 있는 개인 관측장비는 점점 초라한 기구가 되어갔고 그것으로 얻을 수 있는 정밀도와 분해능은 무의미한 수치로 전락해가고 있었다. 사람들은 14인치 모니터만으로도 거대한 쏠라전지판을 양날개 삼아 대기권 밖을 두둥실 떠돌고 있는 OAO(Orbiting Astronomical Observatory, 천체관측위성)의 허블망원경의 시야를 획득하고 있는 것이다. 잡지의 지면을 통해 수많은 독자를 우주의 저쪽으로 매혹시켰던 U의 개인 관측장비는 이제 그야말로 개인적인 취미의 수준으로 평가절하되고 말았다. 그런 사정 속에, 그가 찍은 단 한장의 천문사진을 보고 불원천리(실제로 서울에서 ㅂ산까지는 천리 길이다)하고 내려온 X라는 여인의 심사가 궁금하지 않을 수 없었다.

"그래, 사진을 보고 무슨 생각이 들던가요?"

여인은 지금껏 그런 반문이 있기를 기다렸다는 듯이 이내 대답해 왔다.

"저 별은 나의 별이오!"

U는 웃었다. 여인도 따라 웃었다.

"네, 유행가 가사예요. 저 유치하죠?"

"아닙니다. 아직도 그런 소녀 취향을 갖고 계시다는 게 정답네요.

하지만 그 별의 내력과 이름을 안다면 함부로 유행가 가사를 따붙일 일도 아닐걸요? 그 별 이름 알골이 우리말로는 악마거든요."

U는 약을 올리듯 장난스레 토를 달았다.

"저도 선생님께서 덧붙이신 글을 읽어 알고 있답니다."

여인은 흘러내린 앞머리를 쓸어올리며 미소를 지어 보였다. 빨간 립스틱이 맨질거리는 입술 사이로 그녀의 큼직하고 고른 치열이 드러났다. 흰 법랑질 치아에 별빛이 스치며 반짝였다. 일순 U는 할말을 잃었다. 그녀의 미소에서 귀기라고까지는 못해도 아뜩한 낯섦이 느껴진 건 사실이었다.

두 사람은 한동안 그렇게 대화가 끊긴 채 어둠속을 더듬어 올라가야 했다. 산길은 높다란 구상나무와 삼나무 가지로 이뤄진 터널 밑을 지나고 있었다. 얼마간의 침묵과 얼마간의 어둠이 그들을 감싼 분위기였다. 그러다 갑자기 벼랑을 끼고 도는 넓은 시야가 나타났다. 여인은 새된 목소리로 차를 세워달라고 했다.

"어머어! 저것 좀 보세요. 산이 높아질수록 진짜 하늘이 성큼 다가서는 것 같네요."

차에서 내린 여인은 정말 하늘을 만져보기라도 할 것처럼 두 팔을 휘적였다. U가 차의 라이트를 꺼버리자 두 사람은 바야흐로 인공의 불빛이라곤 단 한점도 묻어 있지 않은 태고의 천구 아래 놓이게 되었다. 멀지 않은 동해에서 일어 산맥을 타고 넘은 메마른 높새바람이 여인의 긴 머리칼을 뒤흔들어놓았다. 그녀는 추위에도 아랑곳하지 않고 연방 하늘을 향해 감탄사를 내지르더니 급기야 하늘바라기를 한 채로 빙글빙글 돌기 시작했다. 깎아지른 벼랑가였지만, 늘씬한 그녀의 몸매가 천구의 한 축처럼 아름다웠기에 U는 말릴 생각 없이 그녀의 하는 양을 묵묵히 바라만 보고 있었다.

——우연히 펼쳐보게 된 선생님의 책을 보고 저는 도서관으로 가
야 했어요. 거기서 우주와 별에 관한 책들을 한아름 쌓아놓고 보고
또 보았지요. 영원한 유폐의 고독 속으로 수감되기에 앞서 저는 별
들의 전설처럼 많은 이야기를 읽어보고 싶었답니다. 수천억 별들 중
에 과연 나만큼 몸서리나는 자학적 비극의 설화를 빛으로 뿜어내는
별이 몇개나 더 있을지…… 네, 동병상련을 구하는 심정이었어요.
유치하고 무엇보다 비겁한 짓이었지만, 솔직히 제게는 너무도 두렵
고…… 감내할 수 없는 고통이었으니까요. 저 많은 별들 중에 어느
하나쯤이 성큼 나서서 엄하게 저를 꾸짖어주길 바랐습니다. 우주의
나이처럼 영겁의 시간 속에 나 같은 미미한 존재의 희로애락이 얼마
나 짧고 보잘것없는지 깨우쳐주길 원했습니다. 그렇게 영원한 흐름
속에 파묻혀 하나의 점으로, 단 하나의 점으로 스쳐지나가는 찰나였
으면 얼마나 좋을까요……

　　관측소에 오르자 여인은 갑자기 종잡을 수 없는 태도를 보였다.
천문대란 장소가 생경한 곳이긴 했겠지만, 그녀는 유달리 낯설어하
며 해뜩해뜩 여기저기를 흘겨보는 눈길을 주체하지 못하는 것 같았
다. 일반인 출입금지 구역을 제외하고 초보자에게 관심이 갈 만한
장소를 견학삼아 둘러 보여주는 내내 그녀는 안절부절못하며 U의
설명에 집중하지 못했다. 그러다 급기야 관측대로 오르는 계단 위에
서 그녀는 산을 내려가겠노라 변덕을 부렸다.
　　"왜요? 여기까지 일부러 오셔서 '저 별은 나의 별'을 보지 않고 그
냥 가신다구요?"
　　알 수 없는 마음에 채근의 뜻이 담겨 있었지만, U는 최대한 말투

를 부드럽게 하고 농담조로 '저 별은 나의 별' 부분을 곡조를 넣어 노래 부르듯 말했다. 그렇지만 여자는 뜻밖에 신경질적인 반응을 보였다.

"가겠다는데 왜 그러세요!"

또각또각 구둣소리도 생생하게 여인은 중간쯤 올라온 계단을 되짚어 내려가기 시작했다. 그녀의 변덕을 예상치 못했던 U는 잠시 멍하니 서 있다가 이윽고 그녀를 쫓아 계단을 내려갔다. 여인은 어느새 주차장까지 내려가 차 앞에 서성이고 있었다. 말없이 차문을 열어주었지만 정작 그녀는 차에 오르지 않았다. 머쓱해진 U는 차문을 열어둔 채 허공을 바라보아야 했고 여인도 한동안 자기의 구두끝만을 내려다보고 있었다. 검퍼레져 더욱 깊어진 하늘을 머리 위에 눠둔 채 그녀는 겨우 한길밖에 되지 않는 바닥을 뚫어져라 보고 있었다. 마땅히 할말이 없어진 U는 담배를 피워물고는 용틀임을 틀고 있는 은하수를 바라보았다.

"저도 담배 한대 주시겠어요?"

여인은 깊이 빨아들인 첫모금을 긴 호흡으로 천천히 내뱉었다. 담배연기보다는 한숨이 더 많이 섞인 날숨이었다. 비로소 그녀는 다시 허공에 눈길을 걸었다. 관측을 위하여 연구소 외부에는 일체의 조명이 꺼져 있었지만, 그녀의 얼굴 윤곽에 까닭 모를 체념이 서려 있음을 알아채기는 어렵지 않았다. 담배가 반나마 타들어가도록 침묵을 지키던 그녀가 혼잣말처럼 중얼거렸다.

"왜 제 기억의 앨범 속엔 온통 바짝 마른 낙엽뿐일까요?"

U는 당연히 대꾸할 말을 찾지 못했다. 그럴 것이 상대는 오늘 처음 본 얼굴이었으니까.

"선생님은 제가 뭘 하는 사람인지 궁금하지도 않으세요?"

그때서야 U는 머쓱하게 웃었다. 자신이 얼마나 사교적이지 못한 사람인지 드디어 발각된 셈이었다. 기실 그는 낯선 만남에서 흔히 있을 법한 서로를 둘러싼 자잘한 일상에 대한 소개 따위엔 그다지 관심이 없는 뚝뚝한 유형의 성격이었다. 그가 알고 싶은 것은 X라는 이름의 그녀가 자신이 찍은 악마별의 사진에 관심을 가져주었고 그 별을 보고 싶어한다는 것으로 족했던 것이다.

"제가 너무 사람 대하는 예절을 모르죠? 허허…… 아닌게아니라 뭐하시는 분인지 이제서야 궁금해지는걸요?"

담배를 끼운 손으로 뺨을 받치고 별바라기를 하던 그녀의 표정은 검은 하늘로 흩어지는 담배연기처럼 아스라히 풀어지고 있었다.

"선생님과 정반대의 일을 한다고 생각하시면 딱 맞을 거예요."

"정반대라…… 글쎄요, 잘 짐작이 가지 않는데요?"

"토끼백정예요."

"네?"

"말 그대로 토끼를 잡는 게 제 일이죠. 사냥이 아니라 백정질 말이에요."

그녀의 콧구멍에서 시니컬한 바람소리가 새나왔다.

"글쎄요, 워낙 둔해놔서 무슨 말씀인지 잘……"

그녀는 잠시 망설이는 것 같았다. 마치 앨범 속에 조심스레 붙여 논 낙엽을 떼어내듯……

"……생물학 대학원 약물연구소에 있지요."

그렇지만 이내 그녀의 말투는 체념한 사람의 그것처럼 하소연 투로 바뀌었다.

"주로 토끼나 흰쥐에게 약물을 투여해서 세포나 혈청을 분리해 관찰 분석하는 일이랍니다. 하루종일 현미경 아이피스[접안렌즈]에 눈을 처박고 살거든요."

"아하! 이제야 무슨 뜻인지 알겠습니다. 하하…… 저는 망원경으로 끝없이 넓은 세계를, X씨는 현미경으로 끝없이 작은 세계를 보며 산다는 말뜻이군요. 거 참 흥미로운 인연이네요."

"그렇죠?"

두 사람은 낄낄대며 웃었다.

"오늘은 제가 망원경을 보여드릴 테니까, 다음엔 X씨가 현미경을 보여주셔야겠군요. 그러고 보니까 전 태어나서 한번도 현미경을 들여다본 적이 없는 것 같은데요? 현미경 속 세상은 어떻습니까?"

U는 연방 어줍은 웃음을 흘렸다. 자신이 좀 바보스럽게 보일지라도 조울에 가깝달 여인과의 어색한 분위기를 무마하기엔 그 방법밖엔 없는 것 같았다.

"한마디로 죽음이 가득하지요."

"네에?"

U는 그 순간 자신이 토끼처럼 동그란 눈을 뜨고 있다고 여겼다.

"제가 참가하고 있는 프로젝트의 커다란 주제지요."

"네에…… 흥미롭군요. 생물학과 죽음이라……"

"뗄래야 뗄 수 없는 관계죠. 생물학에선 두 종류의 죽음이 있답니다. 네크로시스(necrosis)와 아폽토시스(apoptosis). 전자가 흔히 생각하는 죽음의 개념이라면, 후자는 자살 프로그램쯤으로 생각하시면 될 거예요."

자살 프로그램? U는 그 생경한 단어의 조합을 입속에서 이리저리 굴려보았다.

"세포의 사망 기전에 관한 새로운 생각이죠. 세포는 즉 생명은 태어날 때부터 스스로 능동적으로 죽을 준비를 하고 태어나고 어느 일정한 환경에 처했을 때 예비된 자살 프로그램이 가동되는 것이 아닌 가 하는 생리학적 관심이 만들어낸 개념쯤으로 설명이 될까요?"

능동적 죽음? 아폽토시스? 아폽토시스? 발음하기도 어려운 그 단 어가 여전히 U의 입속에서 모래알처럼 씹혔다.

——어제도 두 마리의 토끼를 죽였답니다. 하이얀 폴리시종으로 짧은 발에 검은 무늬가 들어 있어 뒤뚱거리며 걷는 게 귀엽기 짝이 없는 녀석들이었죠. 특히 저를 잘 따랐답니다. 태어나면서부터 당뇨 에 걸리도록 조작된 프로그램에 의해 만들어진 녀석들이어서 무척이 나 먹을 걸 밝혔어요. 그 토끼들에겐 먹는다는 게 점점 죽음에 가까 워진다는 걸 의미했답니다. 프로그램에 의해 예정된 사료만 먹이게 되어 있었지만, 이따금씩 제가 먹던 크래커도 사각사각 잘 받아먹던 녀석들이었죠. 뾰족한 수염이 돋은 작은 입을 오물거리며 크래커를 갉아먹으면서도 이따금 녀석들은 저와 천연덕스런 눈길을 주고받았 습니다. 그 빠알간 시선을 어떻게 설명해야 할지…… 온몸의 혈장을 모조리 빼앗긴 채 식어가는 토끼의 눈은 그래도 빨갛기 그지없답니 다. 피를 빼앗길수록 졸음이 몰려오는지 녀석들은 깨어날 수 없는 잠속을 향하여 껌벅이는 눈을 더디 감아가지요. 제게 맞춘 눈길을 거두기 싫다는 표정으로요…… 모용종(毛用種)도 아닌데 녀석들의 털은 죽어서도 푸근하기만 했습니다. 그 털을 깎아내고, 그때까지 발그레한 살갗을 열어 뇌하수체에서 전엽과 췌장조직을 분리해냈지 요. 덜덜 떨리는 분리기의 진동 속에서 토끼의 조직이 낱낱이 찢 겨지고 나서도 그것을 초박절편(超薄切片)이 되도록 자르고 또 잘라 야 한답니다. 저들이 살았을 적의 체온과 같은 온도로 다시 데워주 는 일도 저의 몫이지요. 그리고 저는 그 작디작은 존재들을 이름도

어여쁜 크리스털 바이올렛 염료로 곱게, 아주 곱게 물들여주었답니다. 흡광도 측정기로 세포수 변화를 관찰하기 위한 전단계 작업이죠. 이제 내일부터 며칠간은 매일 인슐린과 트랜스퍼린 배양액을 갈아주어야 합니다. 크래커 대신으로요. 그 며칠이 지나면, 모눈종이처럼 줌 인 그리드가 촘촘히 새겨진 전자현미경 속에는 조락한 갈잎처럼 보이는 발그레한 것들이 두둥실 떠오를 거예요. 선생님! 망원경 속의 별들은 어떻게 보일까요? 왜 저는 울지 못하는 걸까요?

종잡을 수 없었다, 그녀는. 시시각각 주저와 체념이 뒤바뀌는 표정으로 다시 관측대 위로 따라 올라온 그녀는 나안관측(裸眼觀測)을 하고 난 뒤론, 금세 들뜬 분위기로 바뀌어 완전히 천구에 푹 빠져들고 말았다. 연구실에서 가져온 두터운 방한복과 방한화, 장갑으로 전신과 머리까지 온통 휘감고 있었지만, 여인의 상기된 두 뺨은 어둠속에서도 함초롬 붉었다. 모든 천문관측 초보자들이 하나같이 그렇게 마련이지만 여인의 하늘에 대한 매료는 홀딱 반했다는 말이 딱 들어맞는 것이었다. 아이피스와 카메라 파인더에 김이 서리는 것 때문에 마스크를 착용하지 못해 추위에 노출된 탓이기도 하겠지만 그녀의 붉은 뺨은 외기보다는 내면의 흥분 탓이라고 보아야 할 것 같았다.
"아아…… 선생님! 정말 황홀해요. 아무것도 없는 맨눈으로도 이렇게 하늘이 휘황할 줄은 정말 몰랐어요."
그건 과장된 표현이 아니었다. 망원경의 가대(架臺)와 미동손잡이 따위를 조작하느라 맨손을 호호 불고 있는 U에게 다가와 그녀는 아무런 거리낌없이 장갑 낀 손으로 그의 뺨을 문질러대며 말했다. 느닷없는 그녀의 행동에 U는 귓불까지 빨개지고 말았다. 하지만 그녀의 태도가 지극히 자연스러웠고 그것이 천진스런 흥분으로 인한 것이란 것을 알았기에 U는 미추룸히 자신을 바라보는 그녀의 눈길만을 겨우 피했을 뿐, 두 뺨을 그대로 내맡길 수밖에 없었다.

"선생님, 이제 그 별을 보여주세요, 네?"

자칫 남들이 보면, 벼랑 꼭대기에서 두 사람이 입맞춤이라도 하고 있는 것으로 오해할 것 같았다. 딱히 누가 볼 사람도 없었지만 U로선 그런 분위기가 한없이 어색하기만 했다. 그는 서둘러 그녀를 떼어놓고 성도(星圖)를 펼쳤다. 본격적인 관측의 시작이었다.

"우선 스타 호핑(star hopping)을 해야 합니다. 뜻 그대로 별을 찾아 깡총깡총 뜀뛰길 하는 거죠. 먼저 성도를 보고 우리가 찾아갈 대상이 어디쯤 있는가를 가늠해봅시다."

붉게 칠한 손전등에 비친 성도는 자체로 이미 두근거리는 우주의 축쇄였다.

"우리가 찾아갈 알골별은 페르세우스 자리에 있습니다. 페르세우스라는 그리스 신화의 영웅은 비록 이야기 속의 존재지만 부럽기 한량없는 사내지요. 일생 모험의 주인공으로 박진감 넘치는 삶을 살았는데다 죽어서도 저렇게 별이 되어 사랑하는 아내 안드로메다와 언제나 함께 있으니까요. 그는 헤르메스의 비행화를 신고 어디든 마음먹은 대로 날아다닐 수 있었답니다. 자 이게 아까 보았던 안드로메다 자리의 알페라츠(Alpheratz)란 별입니다. 거기서 선을 이어 베타별 미라크(Mirach)로 폴짝 뛰어갑시다. 그 별에서 이렇게 연장선을 따라서 다시 감마별 알마크(Almach)로 훌쩍 날아서……"

천공 아닌 지도 위에서 두 사람은 이미 멋대로 수천 광년을 이리저리 날아다녔다. 여인은 정말 뜀뛰기라도 하는 듯 크게 고개를 주억거리며 그가 짚어주는 별의 이름을 하나씩 따라 속삭여보곤 했다.

U는 성도를 그리듯 조금 전 그들이 확인한 루트를 하늘에다 손가락으로 짚어 보인 후 그녀에게 쌍안경을 건네주었다.

"자, 이제 비로소 망원경을 볼 순서가 됐군요. 쌍안경은 비교적 쉽게 맨눈으로 본 상과 성도상의 길을 일치시킬 수 있게 해주지요. 맨눈으로 보는 것과는 또다른 얼굴로 우주가 다가올 테니 기대하셔도 좋습니다."

쌍안경을 눈에 붙이자마자 여인은 탄성을 흘렸다.

"어머! 별이 후두둑 쏟아질 것 같아요."

그녀의 말은 과장이 아니었다. 아이피스 속에서 하늘의 별은 손에 잡힐 듯 다가와 있었다. 눈이 시릴 만큼 환한 별들이 그들에게 바짝 육박해왔다.

"북극성을 찾으셨나요?"

"어…… 잘 모르겠어요."

"나안으로 보던 것과는 사뭇 다르죠?"

"네, 그렇네요."

여인은 몇번 아이피스를 뗐다 붙였다 한 끝에 기본 좌표가 되는 북극성을 찾아냈다. 그런 식으로 두 사람은 차례로 카시오페이아, 안드로메다를 찾아갔다. 성도에 박혀 있던 별들이 하나씩 둘씩 검은 하늘로 날아가 두 사람을 맞이해왔다.

"오늘은 페르세우스가 은하수 한 귀퉁이에 앉아 쉬고 있군요."

"어디요? 어디?"

여인은 무엇이 급했는지 쌍안경을 보지 않고 엉뚱하게 U를 바라보았다.

"스타 호핑 중엔 절대로 별에서 눈을 떼면 안됩니다. 그러면 처음부터 다시 해야 하거든요. 지금까지 한 대로 다시 해보세요. 안드로

메다의 알마크까진 찾을 수 있죠? 거기서 연장선을 쭈욱 그어보세요. 은하수 별무리 바로 직전까지요. 별자리 전체의 윤곽을 머릿속에 담은 채 접근해야만 됩니다. 그 그림 속에서 가장 밝은 알파별을 찾으세요. 그 별이 알게니브(Algenib)입니다. 옆구리란 뜻이래요. 페르세우스의 옆구리지요."

"네, 보여요. 페르세우스! 아아! 정말 별들이 사람의 골격을 하고 있어요. 정말이오. 확연해요! 옛사람들은 어쩌면 이렇게 그럴싸한 이야기를 하늘에 지어붙일 수 있었을까요?"

"그럼 페르세우스의 왼손을 찾아보세요. 베타별이니까 알파별보다는 약간 어두울 겁니다. 그 별이 바로 우리가 찾는 알골, 악마별입니다."

여인은 대꾸가 없었다. U 역시 그녀의 침묵을 방해하고 싶지 않았다. 여인이 알골에 쌍안경을 붙박고 있는 동안 그는 망원경을 설치하기 시작했다. 오늘 그는 두 대의 망원경을 준비했다. 간단히 저배율을 얻을 수 있어 대상을 찾기 쉽고 넓고 밝은 시야가 보장되는 10인치 스타파인더 반사망원경 하나와 특별히 알골별의 이중성(二重星) 특성을 잘 관찰할 수 있는 정밀도 높은 타까하시 200미터 카세그레인 두 대를 조립하기 시작했다. 한동안 쌍안경을 눈에서 떼지 않던 여인이 어느새 그의 작업하는 양을 물끄러미 바라보고 있었다.

"이제 이 망원경을 통해서 천문학에서 이르는 소위 Deep Sky, 깊은 하늘의 문을 두드릴 겁니다. 글쎄요, 현미경의 세계와는 어떻게 다른지 모르겠지만, 망원경은요, 그 특징을 한마디로 꼬집어 말한다면, 역마살을 타고난 장치라고나 할까요?"

U는 그녀가 듣든 말든 삼각가대를 설치하며 중얼중얼 떠들어댔다.

아마 어떤 머나먼 대상에 바짝 다가가고픈 인간의 무의식이 만들어낸 장치가 망원경일 것이다. 그것을 통해서 인간은 끝없이 끝없이 줄기차게 머나먼 곳으로 떠날 채비를 해왔다. 오브젝티브렌즈[대물렌즈]와 실제 대상까지의 거의 무한에 가까운 거리를 생각한다면, 아이피스에 맺히는 상은 실제로 존재하는 어떤 대상이라기보다는 관측자의 상상 속에서 건져올린 그림이라고 해야 할지도 모른다. 특히 저렇게 깊은 하늘에 있는 존재에 대해선 더욱 그랬다. 망원경을 처음 만든 한스 리페르세이가 두 개의 안경렌즈를 이용해서 제일 처음 본 물체는 어처구니없게도 수탉이었다. 지붕 꼭대기의 풍향계 위에 붙여논 수탉 장식. 풍향계 위의 수탉. 바람처럼 무한히 자유롭게 날아가고 싶지만, 수탉이란 놈은 날개가 있으되, 퇴화되어 날지 못하는, 그런 새 아닌 새가 아니던가. 옛사람은 어쩌자고 높다란 풍향계 위에 수탉을 올려놓았을까? 그건 참 아이러니한 발상이었다.

　"지금 우리가 찾고 있는 페르세우스의 신화 한자락과 연결되는 얘기가 되겠습니다만, 제 생각에는 페르세우스가 신고 날아다녔다는 헤르메스의 비행화가 돌연변이로 거듭난 게 바로 이 망원경이 아닐까 싶습니다."

　헤르메스는 날 수 있는 비행화 때문에 나그네의 신이 되었다. 망원경을 통해 우리는 모두 밤하늘의 나그네가 되는 셈이다. 저 별자리로 들림받은 페르세우스처럼 신화 속의 영웅이 되는 것이다. 하지만 신화는 즐겨 인간의 과욕을 말하는 습성을 갖고 있다. 어느 순간 신화는 욕심사나운 역사의 무게를 이기지 못하고 과학으로 추락하고 말았다. 망원경을 발명한 리페르세이가 처음으로 돈을 받고 주문 제작했던 망원경의 용도는 군사용이었다. 당시 그의 조국 네덜란드는 스페인과 바다의 패권을 놓고 삼십년 전쟁을 벌이고 있었다. 결국 네덜란드는 망원경 덕분에 적군의 함정을 먼저 발견하여 선제 포격할 수 있었고, 까닭에 바다를 거머쥘 수 있었던 것이다. 그것은 스페인에 대한 네덜란드의 승리일 뿐 아니라 신화에 대한 과학의 승리이기도 했다. 헤르메스의 비행화처럼 나그네를 가고 싶은 곳으로 데려다주던 자유의 시야는 이제 인간이 필요로 하는 것을 그의 가시권으로 끌어들이는 갈퀴가 돼버린 것이다. 망원경을 통해 모든 지구의 오지가 발가벗겨지면서 과학은 왕성한 식욕으로 신화를 먹어치워버리고 말았다.

아무런 대꾸 없이 멀거니 그의 지루한 얘기를 듣고만 있던 그녀가 입을 열었다.

"선생님은 왜 하늘을 바라보시게 되었나요?"

배율을 맞추기 위해 찡그린 눈을 아이피스에 붙이고 있던 그가 답했다.

"어둠 때문이죠."

"어둠이오?"

역설적인 얘기였지만 사실이었다. 세상의 인연은 지그쏘 퍼즐(jigsaw puzzle)처럼 그렇게 잘 짜여진 계획에 의해 이루어지는 것만은 아니다. 십수년 전 대학시절 친구와 훌쩍 떠났다 어이없이 당했던 조난사고가 아니었다면 지금의 그는 전혀 엉뚱한 모습으로 살고 있을 것이다. 그를 오늘날처럼 하늘 가는 길로 안내한 것은 우습게도 하나의 외나무다리였다.

"당시엔 외나무다리였답니다. 백담사 계곡을 가로질러 설악산 산정으로 가는 길을 이어주는 다리였죠. 그 다리를 건너 수렴동 대피소로 가 일박을 해야 했습니다. 그런데 공교롭게 며칠 전 내린 큰비로 그 외나무다리가 떠내려가버렸어요. 계곡을 건너야 했는데, 초행

인 우리는 그것도 모른 채 계곡을 따라 마냥 엉뚱한 산비탈을 더위잡고 말았지요."

갈수록 길은 점점 좁아졌고 좌우의 수풀은 반대로 한없이 깊어만 갔다. 사십분이면 닿는다는 대피소는 네 시간을 넘게 걷도록 그림자도 보이질 않았다. 어느덧 계곡과는 멀어지고 산길은 가파른 능선으로 이어져, 몸이 약했던 U는 숨이 턱밑까지 콱콱 차올랐고 마침내 탈진상태에 이르고 말았다. 물도 없이 생쌀을 씹어먹으며 사람이 이렇게도 죽는구나, 하는 조난에 처한 것이다. 지칠 대로 지친 U와 친구는 텐트천을 덮고 혼곤한 잠속에 빠져들었다.

"생각해보면, 이날 이때까지 살도록 그렇게 깊은 잠을 자본 적이 없는 것 같아요. 그러다 문득 어떤 소리가 저를 깨웠습니다. 소리라고 했습니다만, 사실 소린지 아니면 어떤 미지의 감촉 같은 것인지, 아니면 그저 한마리 산짐승의 기척인지는 지금도 모르겠구요, 여하튼 그렇게 눈을 뜬 저의 눈엔 능선자락을 따라 펼쳐진 전혀 새로운 세계가 들어왔습니다. 그건 어느 별 하나의 느낌이 아니었습니다. 생전 처음 받아보는 뭇 별들의 휘황하기 그지없는 눈부심의 세례만도 아니었습니다."

"그럼 뭐였죠?"

U는 초점을 맞추던 렌즈에서 눈을 떼었다. 여전히 한쪽 눈을 찡긋 감고 있었기 때문에 마치 여인에게 윙크를 하는 듯한 모습이었다.

"그 모든 별, 그 모든 이야기를 품속 가득 품고 있는 우주라는 거대한 어둠이었습니다. 제가 잠든 새, 온 천지를 아무런 기척도 없이 감싸안아버린 바로 저 깊은 하늘이었습니다."

매일, 하루도 빼놓지 않고 찾아오는 그 당연한 어둠. 그것이 그렇게 생경하게 다가온 까닭을 U는 지금껏 이해할 수 없었다. 산이 높왔기 때문일까? 그럴지도 몰랐다. 이론상으로도 고산지대에선 평지와의 고도차와 대기의 후박(厚薄)의 차이 때문에 우주가 훨씬 가깝게 보인다니까. 글쎄…… 그 순간 저 검고 깊은 어둠과의 완벽한 일체감을 어떻게 말로 설명할 수 있을까? 나중에 알았지만 친구와 그가 탈진했던 곳은 설악산에서도 험하기로 알아주는 공룡능선이었다. 히말라야로 떠나는 등반대가 빼놓지 않는 연습코스였고 해마다 조난사고가 끊이지 않는 곳이라고 들었다.

"아마 그때 죽음의 코앞이 아니었다면 천지의 생성과 소멸을 들려주고 있는 저 당연한 존재의 등장을 눈치채지 못했을지도 몰랐을 겁니다. Deep Sky의 어둠은 뭇 별들의 배경이 아닙니다. 오히려 별들이란 저 어둠이 깊숙이 품고 있는 빛덩어리의 작은 파편이 아닐는지요. 적어도 제겐 그렇습니다."

PC 스피커 속에서 여자의 목소리는 가늘게 떨리고 있었다. 곁에 있었다면 보듬어주지 않고는 배겨날 수 없는 그런 애처로운 흐느낌이 섞여 있었다. 울지 못한다고 푸념했던 그녀의 울음소리는 세상에 태어나서 딱 한번 울도록 허락받기라도 한 양 끊어질 듯 끊어질 듯 느껍게 이어지고 있었다.

——어떻게 하면 인연의 깊이를 측정할 수 있을까요. 한사람을 만나고 헤어지는 일이 이렇게까지 깊은 울림으로 제 속에서 여울질 줄은 상상조차 못했습니다. 선생님과의 악연까지 포함해서 말예요. 그렇죠, 악연이란 말이 딱 들어맞네요. 저와 맺어진 모든 인연의 끈들은 바로 저의 삿됨으로 인해 모조리 악연의 그물로 직조되고야 말겁니다. 무고한 선생님께 그 점을 사과할 방법을 저는 알지 못한답

니다. 선생님도 지금쯤 몹시 후회하고 계시겠죠, 저와의 악연을. 하지만 모든 인연의 씨줄을 악하기 짝이 없는 날줄로 얽어매야 하는 저라는 일그러진 씨앗을 부디 불쌍히 여겨주세요. 아니 끝없이 저주해주세요. 제가 참으로 바라는 것은 가장 처절한 파멸이 제게 이르는 것인지도 모르겠군요. 선생님! 우주엔 블랙홀이란 게 있다죠? 그것이 진정 신이 예비한 무저갱(無底坑)이라면 제 스스로 기꺼이 그곳에 유배되겠습니다. 끝없는 나라카(Naraka, 나락)로 무한 추락하도록 절 인도해주실 순 없나요? 도대체 저 광활한 공간 어디에 제가 엎드려 통곡을 쏟아낼 곳이 있나요? 제게 내려진 저주 중에 가장 극악한 것이 무언 줄 아세요? 그건 제가 제 스스로의 저의 얼굴을 바라볼 수 없다는 형벌입니다. 어떤 비참한 운명도 그걸 넘어설 순 없지요.

아아! 그를 사랑했습니다. 그의 맑은 얼굴을 사랑했습니다. 온통 바짝 마른 낙엽뿐인 제 기억의 앨범 속에 촉촉하게 윤기를 머금고 있는 그 얼굴을 사랑했습니다. 그 얼굴엔 바로 제가 그리던 모습이 담겨 있었지요. 그건 그리운 영상이었습니다. 현미경 속에서 어여쁜 보랏빛으로 죽어가야만 하는 세포가 아니라 앙증맞기 짝이 없이 빠알간 눈을 가진 살아 있는 토끼의 얼굴이기도 했습니다. 저는 그 얼굴을, 그 그리움의 이름을 사랑했습니다. 지루하고 서툰 번역소설 속에 문득 등장하는 아련한 이국의 풍경을 그린 소담스런 삽화 같은 그 기억을 간직하고 싶었습니다.

그런데, 그런데…… 그 얼굴이 제게 운명지어진 아폽토시스의 가면이었을 줄이야…… 그 죽음의 프로그램에 의해서 무죄한 그의 씨앗이 죽고, 또 무죄한 그 사람마저 죽음을 택했습니다. 네, 그들은 철저히 무죄일 수밖에 없었지요. 저라는 악의 능동적 죽음의 계획이 없었다면, 그들은 죽어야 할 이유가 없었을 겁니다. 모든 죄는 저에게 있습니다.

지금 선생님이 찍으신 저의 별, 알골의 사진을 보고 있습니다. 저는 그 사진을 조심스레 오려냈습니다. 그리고 어느 한 책의 책갈피 속에 깊이 갈무리해놓았습니다. 그 책은 바로 저라는 악마를 만남으로 해서 하늘의 별에서 추락해야 했던 너무도 고귀한 사람의 생각이 담겨 있는 책입니다. 그 책을 읽고 또 읽었습니다. 아무리 소리내어 읽어봐도 그의 목소리는 들려오지 않습니다. 그는 그 책의 어느 책장 속에 들어 있을까요? 모르겠습니다. 모르겠습니다. 그리고 너무도 그립습니다. 내일 날이 밝는 대로 아무도 펼쳐보지 않을 그 책을 도서관에 되돌려줄 겁니다. 그리고 선생님을 뵈러 가겠습니다. 영겁토록 그 책이 펼쳐지지 않길 바라며, 저는 사진 속의 깊은 하늘, 악마별을 향해 가야만 합니다.

"다 됐습니다. 이제 망원경을 한번 들여다보십쇼. 악마별이 눈을 부릅뜨고 X씨의 눈앞에 다가와 있을 겁니다."

"선생님은 참 좋은 분이세요."

여인은 밑도끝도 없이 그렇게 말하고 그와 눈을 맞췄다. 여인은 먼 여행을 떠나기에 앞서 다시는 보지 못할 사람을 실컷 보아두려는 나그네의 눈빛을 하고 있었다. U가 마주친 시선을 어찌해야 할 줄 모르고 있는 새 그녀는 아이피스에 눈을 맞추기 위해 허리를 굽혔다.

"아! 저것인가요? 선생님 저것이 바로 그 별인가요? 불타고 있어요. 펄펄 화염을 뿜고 있어요."

그녀의 표현은 좀 과장된 것이었다. 10인치 망원경 속에서 2등성이 고작해야 흐릿한 꼬마전구처럼 보일 따름이었다. 배율과 레절루

션이 제아무리 높은 고성능 망원경을 사용한다손 치더라도 별이 끓고 있는 영상을 얻을 순 없었다. 하지만 망원경이란 역시 상상의 거울 같은 것이니까. 그리고 실제로 저 별이 하나의 항성으로서 불타고 있는 것만은 틀림없는 사실일 테니까……

"화염이 보일 정돕니까?"

"네, 불똥이 눈동자에 튈 것 같아요."

"상상력이 뛰어나시군요."

"상상일까요?"

여인이 아이피스에서 눈을 떼고 몸을 일으켰다.

"왜 저 별에 악마라는 이름이 붙었을까요?"

"바로 그 상상력에 의한 과학과 신화의 절묘한 만남 때문이겠죠."

여인은 호기심에 찬 눈길을 그에게 보냈다.

"대부분의 별과 별자리가 그렇지만 페르세우스좌의 알골별은 바로 그런 예의 대표적인 경우라 할 수 있습니다."

알골별은 그리스 신화상으론 영웅 페르세우스가 들고 있는 괴물 메두사의 머리였다. 메두사는 원래 고운 머리채를 가진 아름다운 여인이었는데 자신의 아름다움을 여신 아테나와 견주려 했기에 여신의 저주를 받아 그 아름다운 자태를 빼앗기고, 고왔던 머리채는 한올 한올마다 독사로 변해버렸으며, 그녀의 얼굴을 본 모든 살아 있는 것들을 그 순간 돌로 변하게 하는 괴물이 되어버렸다. 청년 페르세우스는 그 메두사의 목을 베어버림으로 해서 그리스 신화의 첫 영웅으로 화려하게 자리매김할 수 있었고, 그 뒤로 페르세우스는 항상 메두사의 목을 들고 다니면서 자신의 적들을 모두 돌로 만들었다.

"나중에 밤하늘의 별자리로 들림받은 페르세우스가 죽어서까지 저렇게 메두사의 머리채를 왼손에 움켜쥐고 있는 까닭이죠."

"신화는 그렇고 과학적으론 어떤 얘기가 저 별을 따라다니죠?"

"과학적으론 아무래도 좀 따분하고 어려운 얘기를 해야겠죠. 알골별은 천문학 용어로 식쌍성(蝕雙星, eclipsing binary)으로 분류됩니다. 우리말로 이지러지는 짝별이라 하는데, 짝별은 으뜸별·버금별 두 개의 별이 만유인력으로 결합되어 두 별간의 질량 중심의 둘레를 서로 공전하는 경우를 말합니다. 그렇지만 머나먼 지구의 관측자가 보기에는 두 별의 간격이 무시되어도 좋을 만큼의 거리밖엔 되지 않기에 마치 하나의 별로 보이게 되는 거죠. 으뜸별은 밝고 버금별은 그보다 좀 어둡기 때문에 버금별이 공전하며 으뜸별을 가리는 경우엔 일종의 일식현상처럼 관측되죠. 즉 일견하기엔 하나의 별이 그 밝기가 시시각각 변하는 것처럼 보이는 겁니다. 알골별이 그 대표적인 경웁니다. 버금별이 으뜸별 주위를 삼일, 정확히는 2.87일을 주기로 회전하기 때문에 알골별은 삼일마다 한번씩 2등성에서 3등성으로 갑자기 어두워졌다 다시 밝아지게 되는 거랍니다. 그런 빛의 변화를 옛날 신화시대의 사람들은 메두사가 섬뜩한 눈을 깜빡이는 것으로 생각했던 모양입니다. 목이 잘려서도 여전히 죽지 못하고 살아 있어야 하는 괴물의 저주로 보았던가보죠? 그래서 알골별은 불길한 별로 여겨졌고, 저 별이 정수리, 그러니까 천정(天頂)에 오는 시기를 무척 두렵게 여겼답니다. 자칫 돌이 되어 버릴 것 같은 예감 때문이었을까요?"

그의 이야기를 들으면서 여인은 숨소리조차 내지 않았다. 어두운 배경하늘 같은 침묵 속에 여인의 표정은 조금씩, 아주 미묘하게 변해갔지만 U는 제 이야기에 저 스스로 신이 나서 여인이 그렇게 굳어가고 있다는 사실을 알아채지 못하고 있었다.

"그렇다고 과학의 시대인 오늘날 알골별의 마성이 사라진 건 전혀 아닙니다. 천문학이 극도로 발달할수록 알골의 미묘한 주기변화가 새롭게 관측되기 시작한 거죠. 단순히 두 개의 짝별현상이 아니라 세번째 별의 중력 개입이 있을 거란 추정이 제기되었고, 최근엔 그보다 더 정밀한 관측에 의해서 네번째 별의 존재 여부가 주목을 끌고 있을뿐더러, 알골별에서 뿜어내는 강력한 전파의 원인도 마땅한 가설이 나서지 않고 있습니다. 게다가 으뜸별과 버금별 사이에 서로 질량을, 그러니까 별의 몸뚱이라고 해야 할까요, 여하튼 뜨거운 가스를 주고받으며 끊임없이 내부적으로 폭발을 일으키는 것으로 생각되어지는 등 알골별은 인류가 접근할수록 더 위력적인 마성을 떨쳐내고 있답니다. 지구에서 끝장난 신화가 우주 속에선 여전히 살아 들끓고 있는 셈이죠."

여인은 U의 이야기를 듣는지 마는지 애매한 태도로 하늘을 응시하고만 있었다. 응시(凝視). 그것만큼은 분명했다. 그녀의 시선은 하늘의 별과 뒤얽혀 있었고 굳어버린 시선처럼 그녀는 꼼짝도 하지 않았다. 이따금 산기슭을 거슬러온 거친 바람이 그녀의 옷자락을 잡아 흔들 뿐이었다.

"그 신화의 현장까지는 얼마나 멀까요, 선생님?"

별빛을 받아 흠치르르 윤기가 나는 여인의 머리카락이 바람을 타고 나부꼈다. 별빛을 잡으려는 손짓처럼.

"공교롭게도 악마별까지의 거리는 정확히 백 광년입니다."

"백 광년이면 백년이 걸리겠군요."

그는 웃었다.

"빛이라면 그렇겠죠."

그래 빛이어야 꼬박 백년 만에 닿을 수 있는 거리였다.

"인간이라면요?"

인간? 그는 잠시 빛과 인간의 차이를 생각해보았다. 일 광년이 94,600억km, 그러니까 백 광년이면 946조km였다. 그는 그 거리를 설명할 마땅한 비유를 찾지 못했다. '천문학적'이란 말의 막막함만을 실감했을 뿐이다.

"하하! 글쎄요, 헤르메스한테 비행화라도 빌려 신는다면 모르지만, 빛의 속도를 추월할 수 없다는 건 잘 알려진 명제 아닌가요? 빛, 그것이 신화와 과학의 경계쯤 아닐까요?"

"저…… 비웃으시겠지만, 전 정말 저 별에 가고 싶어요."

"비웃긴요…… 뉘라서 사람의 꿈을 비웃을 수 있겠습니까. 오히려 저야말로 매일같이 그런 꿈과 현실 사이를 오락가락하며 사는 얼치긴걸요."

"전 정말 간절해요."

U는 흘끗 그녀를 보았다. 그리고 이내 눈살에 힘을 줘 알골별이 있는 동쪽 하늘을 바라보았다. 여인도 덩달아 그의 시선을 쫓았다. 그의 얼굴엔 희미한 미소가, 그녀의 얼굴엔 안타까움이 서려 있었지만 서로가 그 표정을 마주보지는 못했다.

"햇살돛단배라는 게 있습니다. 터무니없이 큰 돛을 단 우주선으로 바람이 아닌 햇살을 타고 날아가는 배지요. 처음 대기권을 벗어나서는 아주 느릿느릿 움직이겠죠. 그러다 차츰 가속력을 얻어 마침내 햇살의 빠르기를 얻을 수 있다고 합니다. 황당하게 들리시겠지만 실제로 칠십년대에 나사에서 가설로 제기된 적이 있는 모델이고, 많은 천문팬들의 상상력을 자극한 생각이었습니다. 언젠간 그 배를 타고 악마별을 향해 가는 인류가 있을지도 모르죠. 아르고스의 전사들처럼요. 그들은 과학적으로 상상할 수 없이 발달해 있겠지만, 반대로 구약시대의 신화적 인류처럼 아주 오래 살아남을 수 있어야 할 겁니다. 적어도 백년 이상의 고독한 항해를 견디려면은요."

"………"

"그 이상의 상상은 저 깊은 하늘이 제게 허락하지 않을 겁니다."

그는 여인을 바라보며 싱긋 웃었다. 여인도 마주 웃었다.

"춥군요. 들어가서 커피라도 한잔 마실까요? 제대로 된 스타게이저가 되려면 깊은 하늘을 바라보다 마시는 커피맛부터 배워야 한다더군요."

"아녜요, 저는 여기서 좀더 별을 보고 싶어요."

"그럼 제가 얼른 가서 한잔 타오겠습니다. 그동안 이 망원경을 보고 계십쇼. 보시던 것보다 더 성능이 좋아서 진짜 알골별의 들끓는 속까지 보일지도 모릅니다. 마침 주기상으로 메두사가 번쩍 눈을 뜰 타이밍이니까 너무 뚫어져라 들여다보지는 마세요. 그러다 돌이 돼버리면 곤란하니까요."

그 순간 여인의 웃음은 왜 그리도 파리한 빛깔이었을까. U는 시간의 변화에 맞춰 망원경의 적도의를 움직이는 법을 가르쳐주고 연구실로 돌아왔다. 작업중인 동료들과 실없는 농담 몇마디를 주고받았고, 관측데이터를 뽑아내는 컴퓨터를 잠깐 들여다보았다. 그리고 머그잔 두 개가 가득 차도록 원두커피를 내렸다. 포트에 떨어지는 커피의 낙수소리 사이로 뭔가 둔중하면서도 한편으로 요란한 파열음이 어렴풋 들렸지만 별 신경을 쓰진 않았다. 찰랑거리는 커피가 쏟아지지 않도록 천천히 관측대로 되돌아갔을 때 관측대 어디에도 여인은 보이지 않았다. 주위를 두리번거리다 문득 내려다본 난간 밑으로 그는 그만 커피잔을 떨어뜨리고 말았다. 여인은 망원경과 함께 5층 높이 아래로 추락해 있었다. 망원경은 산산이 깨져 있었고, 여인은 목이 꺾인 채 긴 머리카락 사이로 꿈틀거릴 것 같은 뇌수를 흘리며 죽어 있었다.

3. 총소리 혹은 종소리

지현(至玄)은 걷기를 멈추고 강을 바라보았다. ㅅ사(寺)로 오르는 산길에선 두 줄기 강물이 만나 도도한 흐름으로 마주치는 장대한 파노라마를 바라볼 수 있었다. 그 한 줄기 강물을 따라 밤새 걸어왔건만 산마루에서 내려다본 강은 전혀 낯선 길처럼 보였다. 아뜩한 이야기처럼 머나먼 곳에서 놓치며 흘러온 두 줄기 강물이 뒤섞이는 합수머리에선 노도광풍이 불어 승천하는 황룡 한마리쯤 피워낼 만도 하건만, 강은 겨우 물안개 몇송이를 강마을에 휘던져놓았을 뿐 사위엔 자신의 숨고르는 소리밖엔 들리는 것이 없었다. 강 건너 동편 산능선으로는 새벽 이내가 스멀스멀 올라오고 있었지만 ㅅ사가 있는 뒤편 산마루엔 아직도 달넘이를 끝내지 못한 그믐달이 하늘의 한 귀퉁이에 낫날처럼 박혀 있었다. 하여 하늘은 어둡지도 밝지도 않았고 산천초목이 뿜어내는 날샐녘의 청신한 기운은 외려 그의 지친 몸을 기어코 주저앉히고야 말았다. 밤도와 걸은 길이었지만 실은 조금치도 예정에 없던 길이었다. 예정대로라면 지금쯤은 X, 그녀와 만나기로 약속한 병원은 아니라도 서울 어디쯤, 아마 임관하기 전 교수노릇을 하고 있던 승가대학 판도방 한 귀퉁이에서 군복을 벗어붙이고 좌선에 들었을지도 몰랐다. 부대를 나서 ㅊ읍 버스터미널에서까지만 해도 망설임없이 서울행 차표를 끊었었다. 버스는 마른 겨울 들녘 사이로 난 비포장로를 타고 덜컹덜컹 잘도 달렸고 몇개의 검문소를 지나서야 지현은 자신이 첫 나들잇길에 올라 있다는 걸 알았다. 군승으로 임관하여 첫 휴가인 셈이었다. 겨우 넉달 정도밖에는 되지 않았건만 산과 들, 사람들이 모여 있는 집과 마을들이 새삼스레 다정하게 보였다. 그런 정다운 풍광만을 눈에 담고 앉았노라면 그럭저럭 서울까지는 먼길이 아니었을 게다.

그를 차에서 내리도록 만든 것은 버스가 산굽이를 돌자마자 나타난 바로 그놈의 강물이었다. 부스스한 갈대밭을 옆구리에 끼고 느루은물결을 떨치며 흘러가는 강골이 그를 차에서 잡아끌어내린 것이었다. 흙먼지가 가라앉고 서울행 버스는 언덕빼기 너머로 뒤꽁무니를 사렸다. 지현은 그렇게 X를 만나러 가는 서울길을 포기하고 말았다.

미망이었다. 몇날 며칠을 매달려 있는다고 가닥이 트일 생각이 아니었다. 하지만 미망이라고 생각하면 할수록 더욱 드세게 머릿속에 자리틈을 비집고 드는 것을 어찌할 수 없었다. 경(經)에 눈을 줄 수도 없었고, 부대 안 포교당의 아미타불과 좌우 협시보살들도 여느때와 달리 그 소박한 자태가 눈에 들지 않고 그저 만조하게만 여겨졌다. 목탁소리 하나 제대로 잡히지 않는 터에 다른 생활이 제대로 이어질 리가 없었다. 밥을 먹어도 먹는지, 잠을 자도 자는지 무엇 하나 제 몸뚱이 제 정신으로 해내는 것이 없는 것 같았다. 끝없는 갈애의 파도가 뇌수 속에서 꾸역꾸역 밀려왔다. 움켜쥘 수도 없는 물결 속에, 떨쳐야만 하겠으나 너무도 사무치는 집착이 물보라를 뒤집어쓴 채 밀려왔다가 젖은 모래톱만 남기고 쏴아아 사라졌다. 잡을 수도 없고 잡히지도 않고, 잡아서도 안되고, 그렇다고 놓아버릴 수도 없는 그 몽롱한 추상. 어떤 화두, 어떤 공안보다 더 날카롭게 그를 쥐고 흔드는 힘. 아무것도 할 수 없었다는 것이 지난 며칠 그의 상태를 설명할 수 있는 유일한 말이었다.

"애를 가졌어요. 사개월째래요."

떼엥! 오색 갑주를 두른 사나운 지국천왕(持國天王)이 눈자위가

88

불쑥 튀어나올 듯 그를 노려보며 매섭게 비파소릴 퉁겨내는 느낌. 동서남북 사위를 가득 메운 사천왕들이 일제히 그 무서운 얼굴을 들이대는 것 같았다. 커다란 칼날이 그의 목에 차갑게 다그쳐오는 것 같았다. 무슨 대꾸를 해야 했을까? 들고 있는 수화기의 무게가 천근만근 무거웠다. 서로가 말이 없었다. 그녀의 숨소리만 새액새액 흘러나오고 있었다. 어느 순간에 전화가 끊겼을까? 뚜우뚜우……

강물의 유려함이 부러웠다. 하상(河床)에 숨어 있을 높고 낮은 굴곡을 낙낙한 물결로 감춘 채 그저 오후의 햇살과, 한줄기 바람에 섞여 파르르한 은빛 무늬만을 수면에 띄우고 내굽고 들굽으며 제 갈 길을 가는 강물. 그 강물을 따라가다보면 ㅅ사가 나온다. 지현의 선사(先師) 진허(盡虛)스님께서 입적하시기 전 노납(老衲)을 마저 채우신 절집이다. 지금은 사형 지묵이 그곳을 지키고 있었다. 불심보다 인심이 더 깊다는 지묵사형의 순진한 눈매가 생각났다. 그러나 무엇보다 강물 닿는 곳에 ㅅ사가 있다는 생각이 난 것은 X를 처음 만났던 곳이 거기였기 때문인지도 몰랐다. 지현은 정작 X를 만나러 가는 서울길을 그렇게 접고 강물을 따라 그녀와의 회상이 서린 ㅅ사를 향해 걷기 시작했다. 걸어서 얼마만큼의 시간이 걸릴지 가늠조차 할 수 없는 먼길이었다. 살아 만날 수 있는 그녀를 놓아둔 채 왜 굳이 회상 속의 그녀를 찾아가려는지 지현 자신도 마땅한 이유를 찾지 못했다. 그렇게 강물처럼 걷기만 할 뿐이었다. 갈밭과 강마을을 몇 개쯤 지나자 겨울날 짧은 해가 벌겋게 질리기 시작했고 바람이 불 때마다 소슬하게 일어서던 은물결도 차츰 희미해져가고 있었다. 서울서 X와 만나기로 한 약속시간이 강바람 속에 휘스스 지나가고 있었다.

"애를 지우겠어요. 내일 병원을 예약해놓았어요. 하염없이 망설이고만 있는 제 자신을 더이상 용납할 수 없어요."

그러지 말라는 말이 목구멍까지 치밀어올라왔지만 끝내 송화기를 타넘진 못했다. 만일 지현이 그렇게 말했더라도, X의 대답은 뻔할 것이었다. 그러지 않으면 어쩔 건데요? 그녀의 침묵은 그렇게 다그치고 있었다. 그에 대해서도 지현은 여전히 답을 하지 못할 것이었다. 그는 아무것도 할 수가 없었다. 처음 그녀의 전화를 받고 난 뒤, 지난 며칠 동안 그랬듯이. 결국 한참 만에 그는 이렇게 말할 수밖에 없었다.

"그전에 나를 한번 만나주면 안되겠소?"

수화기에서도 한참 만에 대답이 흘러나왔다.

"……병원 앞에서 기다리겠어요. 내일 오후 다섯시예요."

길은 강물보다 더 굽이쳐 때로는 강둑을 따라 황톳길이 되고 때로는 강마을 신작로가 되어가며 굽이굽이 지현을 이끌었다. 군복야상 사이로 찬바람이 자꾸 파고들었다. 발걸음마다 어둠이 차곡차곡 쌓여가고 있었다. 사위의 정경은 자꾸 어둠을 게워내 스스로 그 속으로 속으로 깊숙이 퇴행해가고 있었지만, 지현은 조금도 서둘고 싶지 않았다. 오히려 강물이, 스사가, 이 어둠의 끝이, 자신의 걸음이 그렇게 휘이휘이 멀어졌으면 싶기만 했다.

강 건너 산등성이를 타고 올라서기 시작한 새벽 남깃빛이 이편 산 자락에 닿아서는 붉은 여명으로 퍼지기 시작했다. 강을 건너며 햇살은 그렇게 천변만화 재주를 넘었다. 나뭇가지 위에 빈 까치집이 하나 보였고, 언제 왔는지 청설모 한마리가 그 안을 들여다보더니, 별 거 없네 하는 식으로 풀쩍 다른 나뭇가지로 뛰어넘어 사라졌다. 고 놈이 사라진 쪽으로 스사의 부도밭이 있었고, 스승 진허선사의 사리

탑도 게 모셔져 있을 것이다. 지현은 청설모를 따라 몸을 일으켰다. 서리에 젖은 엉덩이가 차가웠다.

푸나무서리를 헤치고 지현은 스승의 사리탑을 마주하고 섰다. 차가운 돌종[石鐘]. 입적하시기 전 선사께서는 부도는커녕 사리 수습도 하지 말라고 하셨을 것이다. 그렇지만 상좌였던 지묵사형도 그런 고집만큼은 스승에게 뒤질 사람이 아니었다. 사형의 고집 덕분에 지현은 이렇게 스승과 마주할 수 있었다. 지현은 깊숙이 세 번 오체를 땅에 던졌다. 그리고 무릎걸음으로 스승에게 다가갔다. 차가운 화강암으로 화한 스승의 몸을 어루만졌다. 보륜도 앙화도 제대로 갖추지 못한 옥개석부터 쓰다듬기 시작하여 그의 손길은 밋밋한 석종을 따라 미끄러져내렸다.

"스님!"

그러다 그는 짧은 외마디로 스승을 부르고 쿵 이마를 돌종에 부딪쳤다. 그렇게 몇번을 짓찧었다.

'지난밤이 그렇게 길었더냐?'

살아 계실 때처럼 선사는 눈을 감고 그렇게 답해주는 듯했다. 지현은 머리를 조아린 채 뜨거운 눈물을 토할 뿐이었다.

뭉클뭉클 피어오르던 잿빛 연기가 조금씩 엷어갔다. 사십구재의 막재를 끝낸 망인의 옷가지와 유품 몇몇을 태우고 남은 재가 사그라져가고 있었다. 지현은 재가 곱게 가무러지도록 이리저리 부지깽이를 놀려댔다. 죽은 이는 그렇게 흐릿흐릿 하늘로 번져갔고 사십구재를 끝낸 산 사람들은 후원에 모여 잿밥 치우는 소리가 부산했다. 망인의 딸인 듯 한 처녀만이 물끄러미 제 아버지의 기억이 사위어가는 것을 지켜보고 있을 뿐이었다. 마지막 깜부기불꽃만이 재 위에 남겨졌을 때쯤 그녀가 지현에게 물었다.

"스님, 사람이 죄를 짓고 죽으면 어디로 갈까요? 정말 지옥으로 갈까요?"

"우선은 그리 된다고 하더군요. 염라대왕, 불도에선 야마(夜魔)라고 합니다만, 일단 그 앞에 선다지요. 죽은 지 이레에서 사십구일까지 이레마다, 또 백일 되는 날, 일년 되는 날, 십삼년 되는 날, 그렇게 정해진 날짜대로 꼭 열 번 명부시왕 앞에 불려나가 업경대라는 거울 앞에서 지은 죄를 낱낱이 토해놓는다지요. 그래서 그 날짜마다 망인을 위한 재를 지내준다지요."

"사람이 아니고 짐승이면 어찌될까요? 예를 들어 토끼나 흰쥐 같은…… 지옥으론 가지 않겠지요?"

"글쎄요…… 육도윤회를 다시 돌다가 십계(十界) 중 어느 곳으로 다시 태어나겠지요. 죄를 짓는 건 사람뿐이라고 합니다. 죄의 고향이 마음이고 사람만이 그걸 가졌다지요. 보살이나 축생은 살생을 하더라도 마음 없이 하는 것이라 그 죄가 없다고 들었습니다. 그러니까 사람처럼 지옥에 불려가진 않겠지요. 근데 왜 하고많은 중생 중에 하필 토끼나 흰쥡니까? 허허……"

지현은 너털웃음을 웃었고 여인도 희미하게 따라 웃었다. 소각로 안에는 고운 재만이 남았다. 지현은 그 위에 물 한 바가질 끼얹었다. 망인의 세상에 대한 마지막 착(着)이었을까? 숨어 있던 연기가 치익 소리를 내며 뿜어 올라왔다. 지현은 그 앞에 너부시 합장을 올렸다.

"원 왕생극락(願 往生極樂)."

보고 있던 여인도 똑같이 되뇌며 머리를 조아렸다. 후원에서 여인의 어머니가 잿밥공양을 하라고 그들을 부르고 있었다. X와 지현은 그렇게 만났다.

"뜬것처럼 갑작시레 찾아와 웬 나한기도여? 하던 경공부나 할 일이지."

지현이 군복을 벗고 누비동방으로 갈아입고는 사흘을 작정으로 응진전(應眞展)에 들어간다고 하자 사람 좋은 지묵사형은 그렇게 통을 놓으면서도 다른 사람이 범접하지 못하도록 전각을 둘러 금줄을 쳐주었다. 기도의 원이 빨리 든다는 나한기도 따위나 씨부릴 작정은 아니었다. 마음 같으면야 오히려 명부전에 들어가 지금쯤 인간계 구경도 못 해보고 이름 석자도 얻어받지 못한 채 낙태의 중음신이 되었을 작은 영가(靈駕), 자신의 아기를 위해 저도 죽기를 작정하고 지장보살 골천번쯤 피 토하게 불러보고 싶었으되 그것이 이제 와 무슨 소용이 있단 말인가? 인연을 생각하기엔 이미 무력했고, 자비를 바라기엔 너무도 무책임하지 않았던가? 지현은 속으로 그렇게 제 자신을 아프게 윽박지르며 응진전 분합문살에 고리를 채웠다. 엄동설한에 얼음귀신 만들 일 있냐며, 난로를 들이미는 사형을 한사코 뿌리친 뒤였다.

ㅅㅅ 응진전은 전쟁 때 소실된 것을 스승이 젊어서 중창한 전각이었다. 전해 내려오는 말에 의하면 옛날에는 그 자리에 바위틈을 타고 낙수가 한방울씩 한방울씩 떨어져내렸다고 한다. 어느 스님네가 그 바위 아래서 삼년을 두고 기도를 올리고 있었는데, 마침내 기도 마지막날 낙수방울 소리가 큰 종소리처럼 온 산을 울리더니 아라한이 나타나 그 스님네에게 법을 전해주었다는 것이다.

"그리하여 이 자리에 나한을 모셨나니, 너도 언젠간 이 안에서 종소리가 들릴 때까지 정진할 서원을 품고 있거라."

지현이 어렸을 때 선사께서 해주신 말씀이었다. 좁은 전각 안엔 낙숫물이 떨어졌다는 바위도 없었고, 전설을 말해주던 스승도 계시지 않았다. 단청도 없지 않은 맨서까래가 숭숭 드러난 보꾹을 바라보자 그 앙상한 그림이 가슴에서 회돌이치며 뜨거운 어떤 것을 울컥 밀어올렸다. 지현은 쓰러지듯 마룻장에 주저앉았다. 마주한 수미단 위엔 열여섯 나한들이 저마다 멋대로의 자세로 편안히 퍼질러져 그를 대하고 있었다. 지현은 질끈 눈을 감았다. 그 하나하나가 전부 작은 아기인형처럼 보였기 때문이다. 엎드려 선사를 불렀다.

"스님, 이게 무슨 마구리 조홥니까? 응진(應眞)의 고통이 얼마나 더 커야 한단 말입니까? 스님! 계체(戒體)를 훼손하고 제가 있어야 할 곳이 어디란 말입니까? 스니임!"

누가 있어 대답을 해줄까. 낙수소리도 종소리도 들리지 않았다. 응공(應供)의 아라한들은 여전히 낄낄거릴 뿐이었다. 지현은 연꽃무늬가 만발한 수미단 기둥에 대고 다시 쿵쿵 머리를 짓찧었다. 널브러져 있던 나한상들이 들썩거렸다.

온몸이 아프다. 아프기 때문에 나는 이곳에 있는지도 모른다. 세상의 모든 색음(色陰)에 깃들이지 않는 불법이 없다 하였으니 항하수의 모래알 같은 그 많은 법의 힘이 내 아픔에도 법다이 부딪쳐 종소리를 울릴 것이다. 뎅그렁뎅그렁. 울려라 신음소리를 닮은 종소리여. 누가 있어 지옥을 외면하고 극락으로 뛰어갈 것인가. 뎅그렁뎅그렁. 들려라 낙숫물 소리여, 울려라 머나먼 종소리여!

"며칠 두고 용맹정진한다더니 한나절도 안돼 심주(心柱)를 놓아버려? 정신이 좀 드나?"

지묵사형이 측은하게 지현의 뺨을 어루만지며 말했다. 그의 손길

에 바깥의 찬기가 묻어 있었지만 그것이 오히려 시원하게 느껴질 정
도로 온몸이 땀으로 축축했다.

"독하기론 조계산 중놈들 중 제일이라던 녀석이…… 몸부터 아껴
라. 살아서 부처지 죽어서 깨달아 뭐할꼬? 허긴 무슨 연 깊은 심마
(心魔)가 독하게 들었는 모양이긴 하다만…… 웬 아기는 그렇게 불
러댔누……?"

"……죄송합니다, 스님."

"나한테 죄송할 건 또 뭔가? 귀대할 때까지 딴맘 먹지 말고 정양
이나 푹 허게. 상한 마음 이겨내려면 몸부터 다스리는 거야 석가세
존 이전부터의 법도일세."

몸살약과 수삼 우린 물 한대접을 억지로 다 먹인 사형은 못내 걱
정스런 얼굴로 방을 나갔다. 선사가 입적하시기 전까지 쓰시던 방이
었다. 선사의 유품이 방안 곳곳에 고스란히 남아 있었다. 현기증이
일었지만 지현은 이불을 걷어내고 선사의 몸내가 물씬 풍길 것 같은
그 물건들을 하나씩 들추고 만져보기 시작했다. 닳을 대로 닳아 윤
이 나는 오조의 가사·장삼 같은 옷가지부터 해서, 칠 벗겨진 서안,
원래의 청자색보다 찻물이 들어 황록색이 더 베어나는 차완, 흐릿한
알이 두꺼운 돋보기, 오랜 장좌불와 탓에 허벅지에서 진물이 나와
겉감과 들러붙곤 하던 방석. 그런 그리운 것들을 하나씩 만져나가다
시렁 위에 얹혀진 종이뭉치들에 눈길이 갔다. 오래 묵은 한지였는지
라 시렁에서 들어내자 먼지와 함께 좀내가 물씬 풍겨났다. 선사가
오랜 세월 사경하신 흔적이었다. 도련(刀鍊)해내지 않은 한지의 보
드라운 감촉이 포근했다. 생전 선사의 느낌 그대로였다. 지현은 종
이 위에 얼굴을 묻었다. 엄엄한 묵향과 함께 낙락한 선사의 품에 안
기는 듯한 추억이 되살아났다. 바랜 사진첩을 넘기듯 종잇장을 한장

씩 넘겨보았다.

스무살 나던 해 이른봄이었다. 산 아래서 꽃가루를 묻혀온 바람이 모처럼 열어놓은 금당의 분합문을 지나 부처님 닫집 앞의 향내를 요사채 청마루까지 몰아오고 있었다.

"다갈라〔香〕…… 향기로구나."

아직은 한기가 올라오는 마룻바닥에 쪼그리고 앉아 아까부터 입법계품(入法界品)을 사경하고 계시던 스승 진허스님이 나볏이 허리를 세우며 향내음을 음미하셨다. 지현은 그 곁에서 먹을 갈면서 스승이 원경(原經)으로 삼은 두루마리를 스승의 진척에 맞춰 감고 펴고 하며 거들고 있었다. 원경 권자(卷子) 역시 전에 진허스님이 직접 사경하신 본이었다. 일곱 권 법화경을 술술 외우시는 스승이었다. 가장 많이 사경하시는 화엄경 입법계품쯤 암송치 못할 스승이 아니었지만, 필사에 임할 땐 언제나 원경을 펼치셨다.

"석씨(釋氏)의 입구린내가 나기 때문이다."

화엄경만을 사경 대상으로 하시는 이유였다. 유일하게 부처의 설법을 직접 받아적었다는 화엄경이었다.

"육년 고행 끝에 생각을 얻고도 이칠일을 입을 다물고 있다가 비로소 터진 첫 이야기로다. 때문에 다른 지말법(枝末法)과 다른 근본법륜(根本法輪)이라 하는 것. 유일한 목소리임을 알겠느냐?"

"………"

무어라고 답을 하겠는가. 스승의 붓은 빠르고 혹은 느리게 종잡을 수 없는 흐름으로 종이 위를 누볐다. 소맷도련 스치는 소리만이 들리는 것 같은데 닥나무종이 위엔 벌써 솰솰 이야기가 흘렀다. 투필성자(投筆成字)라던가. 아닌게아니라 글씨에서 냇물소리가 울려나올 것 같았다. 세간의 화상(畵商)들이 군침을 삼키는 유명짜한 글씨였지만 단 하나의 획도 청을 받고는 써주지 않는 고집이 스승이었다.

얼마나 지났을까? 남실바람 탓에 골안개처럼 경내를 감싼 벚꽃에선 연해 분홍 꽃잎이 떨어져 땅보탬되고 있었다. 거기에 한눈을 팔고 있던 지현을 스승이 조용히 불렀다. 퍼뜩 놀라 바라보니, 이미 일품의 사경이 이루어져 있었다. 서둘러 새 종이를 준비하려는 그를 스승이 말렸다.

"그만 하자. 꽃샘이 심한 날씨구나. 이건 태워버리거라."

진허스님이 남기는 글은 열에 서넛도 되지 못했다. 지필묵을 치우고 사경을 태우고 돌아오니 스승이 그를 선방으로 불렀다.

"옜다!"

스승은 팽개치듯 책 한권을 던졌다. 사경한 종이를 선장(線裝)하여 책으로 묶은 것이었다. 『華嚴經文義要決問答』. 글씨로 보아 분명 스승의 사경이긴 한데 그렇게 책으로 묶은 것은 처음 보는 것이었다.

"이제 그걸 들고 일본으로 가거라."

"예에?"

"놀라지 말고 시키는 대로 하거라. 채비는 벌써 되어 있다."

갑자기 무슨 말씀인지 알 수가 없었다. 그렇지만 스승의 태도로 보아 반문할 여지가 없었다. 스승은 눈을 내리감고 있었고, 당황한 지현은 고개를 수그린 채 책의 겉장만 눈으로 훑고 있을 뿐이었다.

"석씨의 이똥내가 하도 심해 그 입에서 나온 소리를 받아적었다는 걸 보기가 한없이 지난하나니…… 내 한때 꾀를 낸다고 부처님 말씀을 풀어, 묻고 답한 것을 들여다본 적이 있었느니라. 허나 거기서도 끝내 겨자씨에 수미산 담으려는 헛된 일품만 들였은즉…… 결국 뜻없이 베껴쓴 것이 이것으로 남았을 뿐이니라."

"스님!"

"원효, 의상이 육십화엄 진역본(晉譯本)에 매달렸고, 나중 표원은 팔십화엄 당역본(唐譯本)을 구해 골머릴 썩였니라. 우리에겐 전하는 바가 없고, 뒤엣것이 일본 동대사(東大寺) 보물로 남았으니, 가지고 보던 놈들이 한 자라도 더 읽었을 터. 가거라."

그것이 스승을 뵌 마지막이었다. 책을 꾸려 일주문을 나설 때 난분분 날리던 벚꽃잎과 함께한 별리의 기억. 통하기 전까진 오지도 말 것이니! 스승의 다비(茶毘)도 지키지 못하고 불꽃처럼 제 혼자 타올라야 했던 세월. 호롱불처럼 외로웠지만 잉걸불처럼 이글거리던 시절이 있었다. 스승이 내린 책에 마침내 주석을 달아 일본서 돌아온 건 딱 십년 뒤였다.

"우리 일본으로 가요. 다시 가서 더 공부하세요. 네? 아니 더 멀리 티벳이건 인도건 어디든 가요. 무엇이든 하겠어요. 방해가 되진 않겠어요. 우리가 숨어 괴로워할 게 뭐 있어요? 어디든 가면 되잖아요? 네? 곁에만 있게 해주세요."

X가 잡아흔드는 대로 지현은 흔들릴 뿐이었다. 여름 가뭄이 길었다. 천지가 죄 먼지로 화해 들썩일 듯, 마른 바람만이 뒷산 솔숲을 휘감고 있었다. 지현은 법당 앞의 불두화(佛頭花)에 눈길을 박고 있었다. 수술도 암술도 모두 퇴화되어 없어진 무성화(無性花). 부처의 고수머리를 닮은 하얀 꽃잎을 모록이 모다 핀 꽃조차도 오랜 가뭄을 견디지 못하고 땅바닥을 향해 포옥 봉오리를 숙이고 있었다.

"뭐라고 대답 좀 해보세요! 제가 어떡하길 바라는지 말 좀 해보세요, 네?"

왜 우는고? X를 바라보고 있는 지현의 머릿속에 엉뚱하게 스승의 목소리가 들려왔다.

"입대(入隊)하겠소."

또다시 바짝 마른 바람이 한줄기 스쳤다. 툭! 시드럭 이운 불두화 한송이가 땅으로 몸을 던졌다.

해가 지고 있었다. 귀대할 시간에 맞춰 지현은 산문을 나섰다. 멀리 극락보전 소맷돌 앞에서 지묵사형이 손을 흔들어주었다. 뒤를 돌아보자 일락서산 해그림자와 더불어 자신의 그림자가 일주문 경계에 놓여 있었다. 바랑끈을 당겨 뗐다. 적멸하시기 직전에 선사가 남기신 사경본 하나만이 들어 있는 바랑은 무거울 게 없었다. 산길을 따라 걸음을 놓자 일주문에 걸쳐 있던 자신의 그림자가 억지로 끌려오고 있었다.

──묻습니다. 셋을 모아 하나로 돌아가는 것은 그 의미가 이미 드러났는데 셋을 깨뜨려 하나를 세움에 대해 어떻게 알 수 있겠습니까?

답하노라. 간단히 말하자면 … 셋을 깨뜨림이다. 세 사람이 반드시 다른 갈래라고 집착하는 것을 깨뜨리고, 세 원인이 다르게 작용한다고 집착하는 것을 깨뜨리고, 세 열매가 다른 갈래라고 집착하는 것을 깨뜨리는 것이다. … 무릇 도리는 궁극에 있어 천마(天魔) 및 외도(外道)가 깨뜨리지 못하며 삼세제불이 와도 능히 바꾸지 못한다. 이러한 뜻을 일컬어 진실이라 하노라.

(問會三歸一 其義已顯 破三立一 云何可知. 答略而言之 … 破執三人定是別趣 破執三因別感 破執三果別趣 … 凡道理究境 天魔及外道

所不能破 三世諸佛 所不能易 以是義故 名眞實相.)

지현은 거기까지 필사를 마치고 붓을 내려놓았다. 사경해야 할 분량이 아직도 한 책 더 남아 있었다. 향불이 오롯한 연기를 피워올리고 있었다. '다갈라〔香〕, 다갈라' 팔뚝 위에 초먹인 삼베실을 태우는 연비를 치르며 계를 받던 때가 생각났다. 능지(能持, 능히 지키겠습니다)!라고 목에 힘줄을 돋워 소리치던, 시퍼렇게 서슬을 세우던 제 모습. 힘차게…… 그래, 힘이 있었지. 온 우주를 한주먹에 움켜잡은 것 같았지. 손아귀를 펴 훅, 하고 불어젖히면 삼천세계가 먼지가 되어 휘휘 날아갈 것 같았지.

품속에서 편지를 꺼냈다. 귀대하자마자, 초조하게 기다렸다는 듯이 그의 손에 건네진 그녀에게서 온 편지였다. 사경지 한쪽에 편지를 곱게 펼쳤다.

—— 날이 밝습니다. 아침이 옵니다. 그리고 이렇게 밤을 꼬박 기다릴 수도 있다는 것을 알게 됩니다. 지난밤은 추웠습니다. 당신이 오지 않을 거란 생각이 밤새 저를 떨게 만들었습니다. 야간분만이라고 쓰인 간판에 불이 꺼집니다. 어젯밤은 그 불빛이 있었기에 버틸 수 있었습니다. 불빛을 닮은 아기를 낳고 싶었습니다. 당신이 오셨다면, 당신을 한번 더 보았다면, 그리하리라. 그리하리라. 홀로라도 아주아주 머나먼 곳으로 가서, 먼 등대처럼 밝고 아슴한 빛을 발하는 아기를 낳으리라. 밤새 혼자 말했습니다. 누군가 들어주리라 믿었습니다. 당신이 오시리라 믿었습니다.

거리에 사람들이 하나둘 나타납니다. 새아침이 보낸 그들은 낯설기만 합니다. 참으로 낯선 아침입니다. 태어나 맨 처음 본 광경 같습니다. 아기에게 밤을 보여주기 싫었는데 참 잘되었습니다. 이제 얼마 뒤면 병원문이 열릴 겁니다. 그 밝은 무덤에 기꺼이 제 발로 걸어 들어가 아기를 내려놓을 작정입니다. 세상이 밝기 때문에 아기의 불빛은 보이지 않아도 좋습니다. 아기는 저 혼자 빛나는 불빛으로 남겨놓겠습니다. 단두대처럼 찾아온 낯선 아침이 밤보다 더 춥기만 합니다.

　편지의 글씨는 몹시 떨리고 있었다. 춥기도 했겠지. 그는 추위에 떠는 X의 몸피를 쓰다듬듯 손바닥으로 편지를 몇번 쓸었다. 그렇지만 편지는 접힌 선을 따라 자꾸 움츠러들었다. 쓸어도 쓸어도 움츠러들었다. 편지를 사경과 나란히 놓았다. 서랍을 열었다. 리볼버를 꺼내 입에 물었다. 초라한 부처 위로 비낀 햇살이 쏟아지고 있었다. 종소리가 멀리까지 울렸다.

내영 來迎

그때쯤 사형의 삿대질을 따라 배는 되돌아가는 파도의 은결에 타올라 있었다.

마음이 조급해진 석이는 노사를 닦달하고 늘어졌다.

그림을 못 보고 떠나보낼 순 없었다.

철조사형이 처음 찢날려버린 그림이 그렇게 대단했을진대,

새로이 느껍기 한이 없는 마음을 쏟아 그린 것은 얼마나 대단할 것인가?

내영(來迎)

　그림은 펄럭이고 있었다. 황사 섞인 바닷바람 때문이 아니라 그림 속 용왕신이 살아 너풀거리는 것 같았다. 용왕이 목화(木靴) 신은 발로 딛고 있는 청·황색 두 마리 용이 파랑(波浪)무늬 속에서 연해 용틀임을 꿈틀거리는 바람에 그림 바닥천이 되는 고운 무명이 당장이라도 찢어지고 말 것 같았다. 실팍진 몸매를 붉은 용포(龍袍)로 가린 용왕 역시 굽이치는 파도를 버팅기느라, 쓰고 있는 면류관의 유(旒) 실을 나부끼고 있었다. 겹물결 파도 속을 뚫고 솟구친 용왕신의 형상은 애초에 가로 두 자, 세로 석 자의 비좁은 당목천 속에 가둬놓을 그림이 아닌 듯 웅혼하였으나, 사해를 호령하는 용왕의 얼굴치고는 아무래도 우스꽝스러울 정도로 너벳벳한 수신(水神)의 얼굴만은 무신도(巫神圖)의 격에 어울리지 않아 보였다.

　"이게 네가 그리고 있는 그림이 맞냐고 묻고 있질 않느냐?"

　맏금어(金魚) 기조(起照)사형은 움켜쥔 그림천을 아까부터 고개만 숙이고 있는 셋째사형 철조(澈照)의 민대가리 앞에 바짝 들이밀었다. 그래도 철조사형은 여전히 묵묵부답일 뿐이었다.

"왜 대답을 못해!"

맏금어의 목소리가 새되게 갈라졌다. 그 바람에 약사전(藥師殿) 기둥 뒤에서 두 사람 하는 양을 엿보고 있던 석이는 움찔 기둥 뒤로 자라목을 감췄다. 속 모르는 사람들이 뜨물로 만든 놈이라고 뒤돌아 욕할 정도로 사람 좋기 끝이 없는 기조 맏형이 저렇게 화내는 것은 종시 처음 보는 일이었다.

저 용왕무신도를 누가 그렸느냐는 것은 사실 물어보나마나 한 것이었다. 아직 미완으로 남아 있는 상태였지만, 화려한 배색이나 생동감있게 넘쳐나는 필력은 철조 셋째사형이 아닌 다른 이는 함부로 흉내조차 내지 못할 것이었다. 누구보다 철조사형의 색바탕을 잘 아는 맏사형이 그 사실을 모를 리가 없었다.

'철조사형이 무녀와 정분이 났다는 말이 사실인갑네……'

석이는 새로 칠을 올린 약사전 핏빛 기둥에 뒤통수를 기댄 채 그 황당한 소문의 전말을 따라 아리송한 생각을 이리저리 굴려보았다. 돌에서 꽃이 필 일이지, 도저히 믿어지지 않는 일이었지만 저렇게 명백한 증거가 나타난 바에는…… 무신도라니! 그것만으로도 당장 화업(畫業)의 사문(師門)에서 쫓겨날 일이거니와 게다가 철조사형은 승도 속도 아닌 석이와 달라서 계를 지키겠노라 팔뚝에 초심지를 태운 승려의 신분이었다. 더군다나 화승(畫僧)이기 전에 선승(禪僧)으로서 정려(精慮)를 닦지 않으면 내게 배울 것은 터럭만큼도 없다고 입버릇처럼 제자들을 다스려 죄는 노사(老師)가 이 사실을 알게 된다면? 제아무리 아끼고 아끼는 철조사형이라지만, 불구부정(不垢不淨), 지심귀명례(至心歸命禮), 붓끝이야 어떻건 계율과 신심을 으뜸으로 치는 노사가 그 자리에서 당장 그를 절문 밖으로 내어칠 것은 불 보듯 뻔한 일이었다. 노사가 이곳에 올 날은 고작 사흘 뒤였다. 그때까지 벌어진 사단이 어떻게 정리가 되는지 큰일이었다.

그것도 그렇지만 당장은 맏사형을 비롯해 자기네 화사들이 몸둘 곳 없어진 것도 꼴사나운 노릇이었다. 절집이란 곳이 한번 말질이 났다 치면 여염집 찜쪄먹을 집구석 아니던가. 벌써부터 후원에 모인 보살들간엔 철조사형에 대한 잔입질이 들뜨기 시작해 기어코 맏사형의 귀에까지 들어간 걸 보면, 유야무야 스리슬쩍 덮어두긴 애초에 틀린 일인 듯싶었다. 석이는 공양간에서 밥을 먹으면서도 힐금힐금 자기들을 흘겨보는 아낙네들 탓에 밥알이 모조리 명치끝에 걸릴 지경이었다.

석이 저가 그런데 맏사형은 오죽할까. 맏사형이 동안거에 들어가 있던 철조사형을 비롯해 산지사방에 흩어져 있던 다섯 화사들과, 노사를 시봉하고 있던 가칠(假漆)장이 석이까지 어렵사리 불러들여 이 절집의 약사전 중창불사의 단청일을 맡긴 건 맏사형과 이곳 주지가 밤톨만하던 사미(沙彌) 시절부터 둘도 없는 도반인 까닭이었다. 뿐만 아니라 이왕 돕는 길에 모양새를 갖추기 위해 새로 금칠을 입힌 약사여래불에 점안하여줄 큰스님 격으로 멀리 본찰(本刹)의 말암(末庵)에 은거하고 있는 노사까지 모셔와 거창한 점안예불까지 준비하고 있었는데, 뚝배기 깨고 허벅지 덴다고 철조사형 일로 인해 이제 도반인 주지의 낯에 똥칠하는 걸 넘어서 노사를 비롯한 사문 전체가 도매금으로 넘어갈 일만 남은 것이다.

"허어——!"

땅이 꺼질 듯한 맏사형의 한숨소리.

"무슨 마장(魔障)이 끼어 이리 됐는지 모르겠구나."

불편한 심기를 발끝에 담은 걸음으로 맏사형이 모퉁이를 돌아, 움찔 놀라 비켜서는 석이를 본체만체 지나쳐갔다. 잠시 후 철조사형도 문제의 무신도를 손에 움켜잡고 타박타박 지나갔다. 석이는 멀찍이 떨어져 그의 뒤를 밟았다. 철조사형은 경내 뒤의 밀생한 대숲 사잇길로 접어들고 있었다. 시루바위로 올라가는 모양이었다. 바닷가에 잇댄 이 산자락에서 바다가 가장 훤하게 트여 보이는 장소였다. 따스하고 맑은 날 그 바위에 서서 잔잔한 바다를 바라보고 있노라면, 산과 바다가 만나는 단애 쪽에서 신기루가 보이곤 한다고 해서 붙여진 이름이 시루바위였다. 석이는 신기루까지야 보지 못했지만 저녁 무렵 서해바다를 온통 은주(銀朱)빛 이야기로 물결지게 만들어놓는 낙조를 향해 붉은 탄성 몇마디쯤 토해놓은 적은 있었다.

철조사형은 억새가 뜨문뜨문 박힌 바위틈을 감아돌아 너럭바위 한 귀퉁이에 자릴 잡았다. 그리고 수평선을 찾아 아득한 곳으로 눈길을 주었다. 때이른 황사 탓인지 하늘은 불그스름했지만 바다는 여전히 창창하게 푸르렀다. 세상의 배색을 상청하주(上青下朱)의 기본으로 삼는 단청화사에게 그건 거꾸로 된 이치였다. 그 바다에서 불어오는 역풍(逆風)을 맞는 철조사형의 모습은 그래서인지 더욱 위태로워 보였다. 해풍은 그를 가만 놔두지 않았다. 끊임없이 사형의 먹물빛 장삼을 파고들었고 그의 손에 들린 무신도를 너풀너풀 들춰보았다. 억새와 소나무 가지도 덩달아 춤을 추고 있었다. 그런데 갑자기,

쫘아아아아악——

용왕신이 그려진 무신도 당목천이 사형의 손에 의해 두 폭으로 갈라졌다. 바람은 기다렸다는 듯이 사형의 손에서 두 조각 그림을 잡아채 너울너울 하늘로 솟아올랐다. 두 폭의 그림천은 제 몸에 그려진

용처럼 연방 몸을 비틀며 그야말로 용오름치듯 불끈불끈 하늘을 파고들고 있었다.

으어어어어—

산봉우리 어귀쯤이 바람의 여울목이었을까. 두 마리 용이 소용돌이치듯 휘감길 것 같자 철조사형은 끝내 호령인지 절규인지 모를 기성을 터뜨렸다. 꿈틀 놀란 용 두 마리가 마저 기운을 돋워 용솟음쳐 사라져갔다. 그 끝을 따라 사형의 핏내나는 기성이 하염없이 울려 퍼졌다. 나락 쪼던 새를 쫓는 후여후여 소리처럼 길게, 그러면서도 참으로 비룡조차 놀라 날아 내빼지 않고는 배길 수 없이 처절하게…… 멀리서도 그의 목줄기에 돋아오른 당나귀뼈가 불끈 만져질 것 같았다.

석이는 그제야 보았다. 사형의 뼈진 악청처럼 퍼지는 단애의 굴곡 저 끄트머리에 조붓한 해신당(海神堂)이 자리잡고 있는 걸. 파도가 애잔하였으니 그곳에서도 사형의 절규가 들릴 것이었다.

그리고 보면 철조사형이 이상해진 건 분명 하연네라는 아랫마을 무녀가 다녀간 그날부터였다. 그녀가 찾아온 건 닷새쯤 전이었다.

"글쎄 안된다니까요오……"

"그림삯을 을매 못 드려서 그런 게라면, 시방은 안뒤야도 낭중에 락도……"

"이보쇼, 돈이 문제가 아니고요, 우리한테 아무리 매달려도 그런 그림은 그려줄 수 없다 이거요!"

한사코 안된다고 도리머리를 흔들어도 여인은 설삶은 말대가리처럼 마냥 석이의 옷자락을 붙들고 늘어졌다. 끝내 석이는 들고 있던 박달나무 목척(木尺)을 화강암 바닥에 쾅, 동댕이치며 벌컥 화를 냈다.

"아, 몽둥이를 삶아서 처잡쥤소? 그만큼 안된다고 했으면 알아듣고 돌아서 가야지, 여가 어디라고 와서 자꾸 턱도 없는 소릴 지껄이는 거요? 거 당치도 않은 소리 집어치고 썩 가요, 가! 턱빠진 소리도 유분수지, 당골레가 절집에 와서 못하는 소리가 없어……"

느닷없이 울뚝밸을 뒤집어쓴 탓인지, 여인은 더는 졸라대지 못하고 제 신발 끝만 물끄러미 내려다보고 있었다. 그 모습을 보자 석이도 그만 머쓱해져서 목소릴 낮추고 말았다.

"정말이지 우리들은 무당신 그림 따윈 절대 그려줄 수가 없어요. 나뿐 아니라 저기 계신 화사님네들 누굴 붙들고 매달려봐야 마찬가지요. 그러니까 절에 와서 젓국 찾는 짓 그만 하고 차라리 대처에 불구상(佛具商) 같은 데 가봐요. 그 사람들이 슬쩍슬쩍 그런 것도 인쇄해놓고 판다고 합디다. 그 편이 값도 헐하고 더 수월치 않겠어요?"

여인은 그래도 잠시 머뭇거리는 듯하다가 이내 하는 수 없다는 듯 발길을 돌려 일주문 밖으로 향했다. 전각 안에서 작업대에 올라가 우물반자 천장에 만다라무늬를 풀어놓고 있던 철조사형이 석이를 내려다보고 물었다.

"무슨 그림을 그려달라고 그러는 거냐?"

"해신당에 걸어둘 용왕신을 그려달랍디다."

"응……"

그때 한쪽 구석에 옹기종기 궁둥이를 내밀고 모여 있던 가칠장이 채공 중에 한사람이 말참견을 놓았다.

"석이가 좀 그려주지 그랬어? 화대(畵代)가 모자라면 화대(花代)로 돈돈쭝을 맞추면 되잖아?"

채공들이 키득키득 웃어댔다. 석이는 그네들을 향해 흰자위를 부라렸다.

"왜애? 뜬계집치고 무당년만한 게 있는 줄 알아? 꼴에 빼기는…… 까마귀 오디 시다는 소리지."

다른 채공이 대거리치고 나섰다.

"아, 그럼 성님이 그려준다고 나서지 그랬소?"

"붓질만 할 줄 알면 얼른 나섰지! 어디 용왕신만 그려줘? 칠성신, 성주신, 화덕신…… 그림 한장에 살맷돌질 한번씩이면, 흐흐……"

"아따, 성님 봄날 씹 세 번이면 네 발로 긴다고 안혔소? 나이 생각혀서 적당히 해두소."

"허어! 자네 말씀이 법당 앞에서 참말 부처님 말씀이시……"

그렇게 넘어간 일인 줄 알았다. 그런데 당장 그날 밤부터 철조사형이 이상한 행동을 보이기 시작한 것이었다.

그날 밤 석이가 귀선 소리를 듣고 잠에서 깬 것은 스님네가 새벽 도량석을 돌기도 전인 괴괴한 밤이었다.

으어어어억, 으어어어억—

그 소리는 불에 덴 소가 아파 지르는 울음처럼 뭉툭하면서도 길게 끌리는 기분 나쁜 소리였다. 무슨 소리지? 잠귀를 곤두세웠지만 한 동안 쏴아아 쏴아아 대숲을 쓸고 가는 바람소리만이 경내를 휘감고 있었다. 잘못 들었나? 다시 잠을 청하려 눈을 감았을 때, 그 괴이쩍은 짐승울음 같은 소리가 또다시 들려왔다.

으어어어억— 캬캭— 어어억—

절 뒤를 두른 깊은 산중에서 들려오는지, 절 앞으로 난 창창한 바닷속에서 울려나오는지도 모르게 온 산을 타고 이엄이엄 퍼지는 소리. 번쩍 눈을 떴다. 판도방(判道房) 창호지 위로 건너편 대숲 그림자가 뜬귀신 옷자락처럼 드리워졌다. 수꿀한 느낌에 옆자릴 보니 철조사형의 잠든 자리가 비어 있었다. 석이는 일어나 앉아서 다시 귀를 기울였지만 그 이상한 소리는 더이상 들리지 않았다. 철조사형의 빈 이부자리 위로 떨어지는 달빛만이 시허옇게 공허할 뿐. 그렇게 한참을 기다려도 괴성도, 사형도 돌아오질 않았다.

철조사형이 돌아온 것은 석이가 간신히 두벌잠에 빠져들었을 무렵이었다. 방안에 들어선 그의 옷자락에선 뚝뚝 물방울이 듣고 있었다. 석이가 휘둥그레진 눈으로 캐묻고 들었지만 사형은 두 팔뚝 속에 민머리를 감싼 채 달빛을 피해 자꾸 어둔 구석으로만 파고들 뿐이었다.

그 괴성의 주인공이 철조사형임을 안 것은 그 이튿날 밤이었다. 사형은 하루 진종일 화사 일터는커녕 경내 어느 구석에도 코빼기조차 비치질 않았다. 저녁예불을 끝내고 석이는 일부러 잠을 청하지 않고 감싸안은 무릎에 턱을 괴고 바람에 삐걱거리는 돌쩌귀 소리에 귀를 기울이고 있었다. 기다림은 건밤처럼 끝없이 막연한 것 같았지만, 석이 역시 그렇게 버팅기는 데는 미립이 날 대로 나 있었다. 얼마나 그렇게 풀어진 미간에 달빛을 받고 있었을까? 마침내 그 괴성이 다시금 들려오는 것이었다.

크어어억—— 으어엉——

석이는 지체하지 않고 청마루로 내려섰다. 산자락이 주고받는 메아리가 열린 바닷가로 썰물처럼 빠져나가고 있었지만 방향을 잡는 건 그리 어렵지 않았다. 우둘투둘 밟히는 산길을 고무신 밑에 느끼면서도 석이는 날매같이 마른 풀숲을 누볐다. 차일을 쳐놓은 듯 깊은 산곡을 따라가도록 괴성은 마치 석이를 부르기라도 하는 것처럼 간간이 이어졌다. 그렇게 다다른 곳은 베틀소(沼)였다. 정연(亭然)한 산정 어디쯤서 시작해 조들조들 팬 골을 따라 흐르던 계곡수가 이곳에 이르러서는 정말 베틀 모양으로 너른 바윗살을 철럭철럭 타고 넘어 펑퍼짐한 소를 이루고 있었다. 물살은 달빛을 받아 가히 짜고 있는 명주천처럼 치렁거렸다. 월파(月波)라고 했겠다. 철조사형은 그 아름다운 금문(錦紋) 같은 움파인 소 한가운데 벌거벗은 몸을 담그고 있었다. 춘분이 갓 지나 아직도 밤기운엔 선뜩한 하늬바람이 섞여 불던 무렵이었다.

으어어억——

이따금 베틀 위의 날실처럼 내려오는 물결 속으로 곱작곱작 허릴 파묻었다 일으킬 때마다 사형의 입에선 그런 괴성이 터져나왔다. 물보라가 일 때마다 석이는 머리꼭지서부터 소름이 흘러내리는 걸 느끼면서도 사형을 말릴 염을 내지 못했다. 뭔가 나름의 곡절이 있을 사형의 미어진 속을 섣부르게 건드리고 싶지 않은 까닭만은 아니었다. 철조사형이 철벅이며 허리를 곱작댈 때마다 아로롱다로롱 산란하는 물방울이 달빛을 받아 더없이 찬연한 영락(瓔珞)무늬를 이루며 산골에 만개한 산수유 꽃구름을 배경삼아 떠오르는 아름다움에 넋을 잃는 한편, 그 색스럽고 신비한 아름다움이 석이 자신의 몸에 시리게 기억되도록 받아들이고 있는 까닭이었다. 사형의 골깊은 사연이야 어쨌건 기필코 저런 광경을 그림으로 그려내고 싶다는 혜힐(慧黠)한 욕심의 칼날만 갈아대고 있었던 것이다.

그 다음날도 경내에서 철조사형을 볼 수 없었다. 그리고 기어코 그날 오후 매화가지 늘어진 흙담 너머로 사형과 무녀가 바람이 났다는 음충맞은 소문을 속닥이는 아낙네들의 초근초근한 귀엣말을 엿듣고야 말았다.

*

노사는 말이 없었다. 노사뿐 아니라 주지의 선방에 앉아 있는 승속의 사람들 모두가 입을 다물고 있었다. 셋째사형 철조만이 보이지 않았다. 철조사형은 무신도를 찢날려보낸 그날로 자신의 화구바랑을 챙겨 사라져 다시는 나타나지 않았다.

"철조는 어뎄꼬?"

좌정하기가 무섭게 노사는 그렇게 물었고, 한동안 멍석구멍에 생쥐 눈뜨듯 눈치만 살피고 있는 제자들을 보다 못해 주지가 주섬주섬 이실직고하고 나섰다. 쇠양배양 자초지종을 에둘러 설명해가는 주지의 목소리 역시 화덕 위의 북어껍질 오그라들듯 졸아들어만 갔다. 그렇지만 어찌된 일인지 사단을 듣고 난 뒤에도 노사는 이렇다저렇다 한마디 없이 무릎 앞에 놓인 찻종만 홀짝이고 있었다. 찻물이 비자 주지는 기다렸다는 듯이 차완을 기울였다.

"스님…… 저…… 이생방편(利生方便)으로 생각하시고 용서를……"

그래도 노사는 아무 말이 없었다. 긴 속눈썹으로 눈시울을 덮고 잠이 든 것 같았다. 십수년 노사를 시봉해온 석이는 잘 알고 있었다. 저런 상태로 노사는 오늘밤을 꼬박 샐 수도 있다. 제자들과 주지는 하나같이 벌 잡아먹은 두꺼비상을 해가지고 장판바닥만 노려보고 있어야 했다.

"스님, 새로 올린 시문(施紋)인데 감색(監色)하러 가셔야지요."

맏사형이 불벼락을 각오하고 눈치를 힐금거리며 건넨 말이었지만 노사는 여전히 들은 척 만 척이었다. 석이는 갑갑한 마음을 어쩌지 못하고 아까부터 슬그머니 일어서 나갈 궁리만으로 바깥을 쳐다보고 있었다. 천불이 끓어오르는 속 때문에 철조사형이 그랬던 것처럼 베틀소에라도 풍덩 뛰어들고 싶었다. 그때 절마당에서 이곳 주지방을 향해 올라오는 한 여인의 모습이 눈에 들어왔다. 석이는 슬그머니 몸을 일으켰다.

'저 도화살 낀 년이……'

석이는 막 석대 층계참을 올라오고 있는 무녀 하연네의 팔목을 비틀어 쥐고 마당으로 끌어내렸다.

"이것 놓으셔요."

"어딘 줄 알고 함부로……"

손갈퀴를 뿌리치려는 그녀를 향해 석이는 막새기와 도깨비상처럼 퉁눈을 부라렸다. 하지만 그녀도 지지 않고 대들었다.

"큰시님을 좀 뵈어야겠구만이라."

"이 보살님네가 갈수록 수미산(須彌山)일세! 제자 얼러내더니 이제 스승 달래러 오셨소?"

"그게 아니고 큰시님 뵙고 드릴 말씸이……"

"글쎄, 말씸이고 쇠씸이고 돌아가라니까, 얼른!"

"내도 오늘일랑 그냥은 못 가겠구만여라!"

그렇게 실랑이를 벌이고 있을 때 청마루에서 만사형이 나타났다.

"들어오시오."

하연네는 무춤 굳어진 석이의 손을 뿌리치고 성큼성큼 돌계단을 밟아 올라갔다. 석이는 실룩거리는 그녀의 궁둥짝을 향해 주먹감자를 먹여붙였다.

"지 아버지는 야장(冶匠)이었댔지요."

보기보다 하연네란 그 무녀는 당돌했다. 노사를 향해 살포시 삼배(三拜)를 올리고 무릎을 꿇자마자 그녀는 다짜고짜 그렇게 말머릴 휘어잡는 것이었다. 먼저 나서서 방안을 병풍처럼 둘러앉은 승속들로부터 날아올 말몽둥이 끄트머리를 애시당초 제압하고 나선 본새가

114

여간한 것이 아니었다. 언제고 단단히 다조져놓으리라고 벼르고 있던 사형들은 멀뚱히 무녀와 노사만을 번갈아 볼 수밖에 없었다. 노사 역시 슬쩍 합장만 해 보였을 뿐 그녀의 말줄기를 끊지 않았다.

"집안이 세습 무가(巫家)였던지라 다른 집안과 혼인하덜 못하고, 남자로 나면 무부(巫夫)요, 여자로 생기면 무녀의 업을 버리지 못했지요. 지 어머니 역시 당골레로 아버지와 내혼(內婚)혔지만, 그만 지를 낳고 얼마 되지 않아 세상을 돌아갔다고 들었구만이라. 할머니 밑에서 신간(神竿)이나 잡아주며 청춘을 지내던 아버지는 어머니의 죽음에 결기가 난 끝에 신청(神廳)에 불을 싸지르고 고향을 떠나 야장질을 시작했다드구만요. 그것도 한곳에 붙어 있지 못하고 깜잡은 시우쇠 토막내드끼 동강동강 정을 끊어가며 요리 뜨고 조리 뜨고 해가면서 팔도강산이 풀무질해주는 바람을 타고설랑 두루 떠돌아다녔다고 하드만요. 할머니도 하냥 신청을 지키지 못한 벌루다 고향 당골판을 쫓겨나다시피 떠나 이 갯가에 자릴 잡고 무꾸리〔神占〕나 풀어가며 저를 키웠댔지요. 강원도 간 포수라고 아버지는 이년이고 삼년이고 지나는 길에 한번씩 들러 지를 보고 가는 게 전부였어라."

택구는 어머니 찬말네가 들으라는 듯 메며 망치 나부랭이가 든 묵직한 가방을 쾅, 소리나게 봉당마루에 내려놓고 신발끈을 묶었다. 그렇지만 찬말네는 봉당마루 흙바닥이 풀썩 일어서도 외눈도 깜짝하지 않았다. 삼대구년 만에 찾아와 밥 한끼 먹도 않고 일어서는 아들이나 시종 삐꾸러진 눈매를 풀지 않는 에미나 참으로 모자지간이라 할 만했다.

하연이는 닭벼슬 모양의 맨드라미가 할갑게 핀 꽃밭 속에 웅크리고 앉아 아버지란 사람의 모습을 하나하나 뜯어보고 있었다. 동무들이 그러듯이 한번쯤 '아부지이!' 하고 괴춤에 매달려 바짓자락에 볼을 비벼보고 싶은 맘도 없진 않았지만 자꾸 눈앞을 어른대는 발그레한 꽃숭어리 탓에 눈꺼풀만 껌뻑이고 있었다. 신발끈을 다 묶은 택구는 쿵쿵, 흙마당을 발꿈치로 두어 번 굴러본 후 획 가방끈을 어깨에 메고는 이마에 손차양을 대고 퍼런 하늘을 눈겨냥해보았다. 그뿐이었다. 성큼성큼 사립을 나서는 택구는 끝내 뒤를 돌아보지 않았다. 하연이는 탱자나무 울띠에 몇잎 남아 있지 않은 흰 탱자꽃 사이로 사라지는 아버지를 그렇게 눈배웅하고 있었다. 그러다 할머니 찬말네가 끄응, 몸을 일으켜 바람벽을 따라 뒤꼍으로 들어가는 걸 보고는 하연이는 쪼르르 아버지 사라진 뒤를 쫓았다.

척척 늘어진 가지를 바닷바람에 적시고 있는 수양버들 마을길에는 쓰르라미들이 쓰르람쓰르람 맵게도 울어젖히고 있었다. 마을을 벗어나면 길은 갯둑이 되어 썰물 나간 자리에 갯고랑을 질질 늘어뜨린 감탕뻘과 갈대만 듬성듬성한 개막이땅 사이를 반으로 쪼개며 끝도 없이 바다를 둘러 이어졌다. 택구는 강아지풀 몇줄기를 뽑아들고 털레털레 갯둑을 따라 걸었고 조만치 떨어진 뒤에서 할금거리며 하연이가 그 뒤를 따라가고 있었다. 그러다 문득 택구의 입에서 흥얼흥얼 노랫소리가 흘렀다.

──자식자식 못난 자식 자식자식 못난 자식 똥독에 빠진 자식 대꼭지로 건진 자식 구정물에 흥긴 자식 양지쪽에 말린 자식……

택구의 노래는 흥김에 젖어 사분사분 갯둑을 타고 흘렀고, 하연이는 저도 모르는 새 그 재미진 둥개질 가락에 끌려 점점 아버지 가까이 다가가고 있었다.

──소낙비는 들어오고 깔짐은 쓰러지고 송아지는 도망가고 허리띠는 움켜쥐고 설사똥은 싸개지고……

처음 들어보는 것 같은 소리임에도 하연이에겐 조금도 귀설지 않게 들렸다.

——복동아 복동아 복밥 먹고 복똥 싸고 갈마쟁이 짊어지고 친대콩 친대콩……

노랫가락에 맞춰 서뿐서뿐 택구의 뒤를 따라가다가 기어코 하연이는 노래의 후렴을 따라 불러보기에 이르렀다.

——자식자식 못난 자식 똥독에 빠진 자식 대꼭지로 건진 자식 구정물에 훙긴 자식 양지쪽에 말린 자식……

앞서가던 아버지가 흘깃 뒤를 돌아보았다. 택구의 입매가 한쪽으로 배시시 늘어졌다. 그가 홀떡 몸을 돌려세우자 하연이는 흠칫 놀라 우뚝 제자리에 멈춰서고 말았다. 아버지가 다가와 하연이의 가는 어깨를 어루만지며 쪼그려앉았다.

"하연이 소리도 차암 잘하는구나. 그럼 이런 노래도 할 줄 아남?"

택구는 지금까지와는 조금 다른 구성진 목소리로 다시 노래를 불렀다.

——사해용궁님네에 함동하여 잘 받으시고오 이 자아손들 어떻든지 이쁘게 받아주시사…… 용궁님전에 사배허고 치맛자락을 둘러쓰고 물에 빠지려고 할 적에에……

"에이, 칠성풀이네 무어……"

"오호라, 우리 하연이가 칠성풀이도 아는개비. 뉘헌티 배웠으까? 할미헌티 배웠으까?"

하연이는 크게 고개를 주억거리고는 자랑삼아 택구가 부르던 뒷자락을 따라 불러보았다.

——마당 안에 집을 성공마지 지어놓고 은동우 물을 길어 마당 안에 놓고…… 천지감동허시라는 축수를 드릴 적에 천지신도 감동허

시고, 하나님도 감동허시고, 사해상충도 감동헙시사 아부지를 찾자
는 원으로 석달열흘 백일을 지낼라고 정성을 디리오니, 칠성님 우리
아부지를 만나게 해주시는 원으로……

개펄처럼 거무튀튀한 아버지의 얼굴에 드리워진 표정이 출렁 물
결지는 걸 하연이는 미처 알아차리지 못한 채 소리자랑에만 들떠 있
었다. 한동안 하연이의 동그란 어깨를 움켜쥐고 칠성풀이 장단에 맞
춰 고개를 끄덕이던 택구가 물었다.

"우리 하연이 아빠 따라갈끄나?"

아버지의 의뭉속을 캐기엔 하연이는 너무 어렸다. 단박에 고개를
끄덕여 '야!' 하고 대답하려다가 문득 할머니의 조쌀스런 얼굴매가
떠올랐다. 나마저 가버리면 할미는 어쩔 것인가? 그때 등뒤에서 정
말 할머니의 호통소리가 들려왔다.

"사타구니에 역마귀신 그려붙인 눔 씨부리는 소리 잠 들어보소!"

어느새 찬말네가 다가와 있었던가? 택구의 표정이 싹 굳어졌다.
그리고 찬말네를 향해 차갑게 되쏘았다.

"아헌티 무예(巫藝)는 가르쳐 뭣할라오? 천한 씨알머리 이어 무신
영활 보겠소?"

"네 녀석헌티 무신 신벌(神罰)이 내릴랑가, 내 고것이 보고잡아
안즉 못 죽는 것잉께!"

잠시 어미를 노려보던 택구는 더이상 대꾸하지 않고 벌떡 몸을 일
으켰다. 그리고 휘떡 몸을 돌려세우자마자 집을 나설 때 그랬듯이
뒤 한번 흘겨보는 일 없이 휘적휘적 갈 길만 밟아나가기 시작했다.
하연이는 찬말네에 한손을 붙들린 채, 훨찐한 갯고랑 사이로 흐물흐
물 멀어져가는 아버지의 뒷그림자를 지켜보아야 했다.

"갈바람에 새털 같은 것이 가심에 웬 모루는 얹혀가지고설랑……

쯧쯧."

찬말네가 그렇게 혀를 찰 때, 멀리 개펄 끝에서 땅까마귀 한마리가 나울나울 날아올랐다. 까마귀는 보이지 않는 긴 궤적을 그리며 하늘을 가로질러 저만치 개펄 위에 외로 누워 있는 거룻배 위를 몇 바퀴 빙글빙글 감아돌더니 까악까악, 기분 나쁘게 울어댔다. 그제서야 찬말네는 하연이의 손목을 잡아끌며 몸을 돌이켰다.

"에이, 썩을 눔의 새새깽이…… 에이 퉤, 퉤, 퉤!"

이야기가 이어질수록 하연네의 고개도 점점 수그러들었고 목소리도 갈수록 졸아들었다. 두 짝 허파로 한숨을 갈아 토해내는 것 같은 그녀의 이야기만이 가라앉은 방안을 잔잔하게 휘젓고 있었다.

"그 뒤로 열다섯 나던 해에 아버질 본 것이 마지막이었지요. 내둥 소식을 모르다가 해전 할머니가 숨을 거두기 직전에야 아버지 얘길 해주었지어라. 어느 섬으로 가던 길에 배가 뒤집혀 물구신이 되얐다고 하시더만요. 사주에 역마신살이 들고 충(沖)기가 많아 객사할 줄은 알았지만 물괴기밥이 될 줄은 몰랐다믄서요. 쇠기침을 해대며 할머니는 저더러 다락을 뒤져보라 하셨지라. 거그서 명두(明斗)랑 신칼이랑 하는 쇠로 만든 무구(巫具)가 나왔구만이라. 아버지가 팔도를 돌아다니며 걸립(乞粒)해 모둔 쇠루다 저헌티 주라고 만들어주었다는…… 흑!"

고였던 울음이 흑, 하고 터지는 소리와 함께 그녀가 끝내 허리를 접고 바닥에 엎드렸다. 그녀의 들썩이는 어깨를 보자 석이도 그만 코끝부터 바르르 자려옴을 느꼈다. 애비 에미 얼굴도 모르는 천애고아 제 신세와 저 무녀의 처지 중 어느 슬픔이 더 무게가 나갈까? 둘러앉은 이들은 그녀가 흐느끼도록 그대로 놓아두었다. 얼마쯤 지나서 그녀는 감쳐문 입매를 파르르 떨며 고개를 치들었다.

"허지만 철조시님은 참말이지 지와는 아무 상관이 없어라. 지야 아무리 쥐어짜봐야 물똥밖에 나올 거 없는 복 작은 년이라지만 앞길이 구만리 장천인 젊은 시님네 팔자를 저들끼리 이리 굴리고 저리 굴리고 할 순 없는 벱 아니겠어요?"

주지가 당황한 얼굴로 목소릴 낮추라고 손짓을 해 보였지만 한번 섞이 산 그녀는 감정의 고삐를 놓치고 만 것처럼 보였다. 갈아붙이는 듯한 그녀의 말투는 점점 거세졌다.

"암은이라! 흉질도 가려가면서 해야지라. 부처님 가운데 토막 같다는 소린 딴데 갖다붙일 말이 아니구만이라. 그 착헌 시님이 무신 죄가 있다고 이 천한 것하고 얽어맨답디여! 모래밭에 혀를 박고 뒈질 일이지, 그런 일 없었어라, 참말이지 그런 일 없었어라."

맏사형이 헛기침을 하고 나섰다.

"자자, 그만 진정하시오. 무슨 일이 있었는지 앞뒤를 가려 조단조단 얘길 해야지…… 이 자리가 그렇게 함부로 성을 낼 자리도 아니고, 그런다고 보살네 맺힌 마음이 풀어지는 것도 아니지 않소? 차근차근 얘길 해봅시다. 철조가 무신도를 그려준 건 어쨌거나 사실이지요?"

그때서야 하연네는 소매끝으로 얼굴을 훔쳤다. 몸을 바로 하고 머릿결을 다듬는 새, 그녀의 목소리는 처음처럼 차분하고 또렷하게 되돌아가 있었다.

"그 그림은 무신도가 아니구만이라."

좌중은 서로 얼굴을 마주보았다. 이건 또 무슨 소린가? 그렇지만 석이는 짚이는 바가 있었다. 그 얼굴, 용왕신의 그 너부죽한 얼굴바탕, 옴쏙한 올빼미눈, 탑삭수염이 다보록한 제비턱…… 어디선가 틀

120

림없이 한번은 마주쳤지 싶은 정답고도 평범한, 이 땅 어딜 가나 보암직한 얼굴……

"선대인(先大人)을 그려달라고 했구만!"

그래, 맏사형이 마기말로 단정지은 뜻이 옳을 것이다. 아버지의 얼굴. 누구나 자라며 자신의 미래의 거울처럼 보게 마련인 얼굴. 그래서 더할 수 없이 친숙하면서도 맨송맨송 소들스런 느낌의 얼굴. 남의 얼굴이면서도 마음 어느 한구석 맞갖잖은 데 없는 얼굴. 심지어 한번도 보지 못한 석이에게조차도 그리 낯설지 않은 얼굴. 아! 셋째사형은 어떻게 그런 얼굴을 그릴 수 있었을까?……

"야, 돌아간 아비 얼굴이 맞구만이라…… 흐유!"

하연네는 길게 한숨꼬리를 끌고는 다시 말을 이었다.

"철조시님이 젊긴 허지만 참으로 그림 하나로 도통한 분인 건 틀림없구만요. 눈구녁 트이고 고작 대여섯 번밖에 보지 못한 아버지 얼굴에 대한 기억을 지가 토막토막 불러제끼는 대로 쓱쓱 그려붙이는 것 같은데도 화폭 위에는 참으로 생전의 아버지가 살아서 저를 보고 있지 않었어라! 을매나 기가 멕히든지……"

그리고 그녀는 맏사형을 꼬나보고 다시 아쉬움 섞인 한숨을 토해 냈다.

"맏시님이 고 그림을 뺏어갈 즉엔 증말이지 아버지와 또 한번 생이별하는 맴이었어라."

맏사형은 대꾸를 않고 혀로 마른 입술을 적셨다.

"……그래, 철조가 그 그림을 선뜻 그려준다고 나섭디까?"

"아니어라…… 그날 산보 나선 철조시님이 해신당에 이르렀을 적엔 지가 막 신당을 청소하고 집으로 돌아가려던 해거름이었지요. 시님을 보자마자 지가 또다시 애사정을 하고 든 것까정은 맞구만요.

솔직히 다 털어놓고 말했지요. 이 복 없는 년이 애비 얼굴 함 보고잡아 그러노라고 비라리청을 놓아보았지요. 지 하소연을 듣는 동안 시님도 왠지 클클한 얼굴을 하고 계시더만요. 옳거니, 일이 되는갑다 싶어 옷자락을 붙들고 매달렸지만 몇번이고 망설이는 것 같던 시님도 끝내는 쌔무룩한 낯루다 안뒤안다고 지 손을 뿌리쳤지요. 결국에 가설랑 지도 더이상 빌어봤자 장승헌티 신세타령이다 싶어 그만 신당에 빗장을 걸고 돌아서려는 참에 시님이 신당을 한번 귀경했음 싶다 허시길래 그러시라 하고 설운 맴으로 낙조나 바라보고 있었댔지요. 근데 갑작시 신당 안에서 호랑이 발등 앓는 소리가 들리는 것이 아니어라? 그러고는 쪼매 뒤에 철조시님이 우당탕 뛰쳐나와설랑은 백사장으로 냅다 달려가더니 내처 밀물 파도에 첨부덩 뛰어드는 거여요. 그땐 참말로 시님이 물에 빠져드는가 싶어 시껍했구만요. 낙일허는 해에다 대고 질러쌓는 시님의 울음소리가 어찌나 절절하던지 바닷물이 온통 핏빛이 돼버렸지요. 그란 뒤 시님이 달려와 지 손을 벌컥 움켜잡고 하는 말씀이……"

—아버지라 그러셨소? 틀림없이 아버지 초상을 그려달라고 했지요? 어떻게 생기셨소? 내 그려주리다. 당장이라도 그려주리다! 어떻게 생기셨는지 말씀만 하시오!

"무신 영문인도 몰랐지만, 덩덩 하면 굿판인 줄로만 아는 지야 그저 좋아라만 혔지라. 아닌게아니라 그날 밤부터 당장 시님이 해신당서 그림을 그려주기 시작혔구만요. 그림을 그리면서도 시님이 이따금 우황든 소처럼 으헝으헝 괴로워허는 것을 보았지만, 지는 뭐라 해드릴 것이 하나토 없었지요. 그뿐이구만요. 시님은 이년헌티 그림 그려준 죄밖엔 없구만이라."

그때 만사형이 뭔가 짚이는 바가 있다는 듯이 무릎을 앞으로 당겨

앉았다.

"해신당에 무슨 별다른 그림이나 혹은 벽화 같은 게 있소? 아니면 혹시 단청을 해 올린 일이 있던지."

"아니구만여라. 신당 벽은 그냥 맨 회벽일 뿐이고, 이젠 허물어질 일만 남은 단칸 신당에 누가 공들여 단청을 해 올리겄어라? 신당에 비단칠해 올릴 만칙 살기에 낙락한 마을도 아니고, 또 살 만헌 마을선 신당에 공들이는 일도 없는 벱이지요."

"그림이 있을 것이야!"

그건 노사가 툭 던진 말이었다. 지금까지 조는 듯 눈을 내리감고 볼만장만 듣고만 있던 노사는 도대체 무슨 생각에 그렇게 단정짓고 나서는 것일까?

"어느 자리라고 거짓부렁을 하겄어요! 사방 기둥마저 곧은 낭구 하나 제대로 세우지 못하고 보꾹 아래론 숭숭한 맨 서까래부터 해서…… 참! 그리고 보니 그것도 그림은 그림일랑가?"

"무슨 그림이오?"

석이는 종아리 위에 얹힌 엉덩이를 반짝 치켜들었다.

"서까래 끄트머리에 쬐꼬만 십이지신상이 올망졸망 나란히 그려져 있구만여라. 그나마도 하나같이 색이 바래서……"

"혁필화(革筆畵)인 게지."

노사의 말에 석이는 손바닥을 이마빡에 척 갖다붙였다. 맏사형을 비롯해 다른 사형들 입에서도 각기 탄성이 흘러나왔다.

"맞구만요. 어릴 적 장터에 나가면 손가락 마디만헌 가죽붓으로다 요렇게 조렇게 틀어긁어 그리는……"

행자생활이 얼마나 힘든가 하면 군대 다녀와 뒤늦게 부처님 품을 파고든 행자들 말로는 군대는 극락이라는 것이다. 석이도 노사에게 떠밀려 본찰에서 한동안 그 노릇을 한 적이 있었다. 까마득한 원주(院主)스님 밑에 사천왕보다 무서운 별좌(別座)스님, 또 그 밑으로 공양주, 갱두, 채공, 간상…… 층층시하 석달 만에 땡중 될 일 있냐고 공양간 천수통(千手桶)을 걷어차고 서느렇게 호통치는 노사 밑으로 어깃장을 부려 되돌아갔지만, 바로 그 무렵 철조사형을 만난 것이다. 속가에 있었으면 석이는 중학이나 다녔을 테지만 철조사형은 서울서 미술대학까지 다니다 노사를 찾아온 터였다. 앉은 자리에 풀도 안 날 만큼 깔끔하고 매몰찬 구석이 있었지만 지옥불 연습이라는 사미노릇에 사형도 가끔은 어쩔 수 없는 푸념을 토하곤 했다.

그날도 밑불을 잘못 보아 숯덩이가 돼버린 가마솥 안에 눈길을 묻어둔 채, 오냐 잘 걸렸다! 벼르던 공양주 스님으로부터 마음을 낮추는 법을 배운답시고 시간이 넘게 눈앞에서 기다란 나무주걱이 미친개 몽둥이마냥 흔들리는 꼴을 보아넘겨야 했다.

"사형, 이 지랄을 떨며 꼭 머릴 깎아야겠어요?"

밤이 깊어 남들은 다 부처님을 껴안고 잠이 들고, 석이와 사형 둘만이 아궁이 군불솥 앞에 쪼그리고 앉았을 때였다. 다른 때 같았으면 그런 시답잖은 물음에 사형이 답을 해줄 리가 없었을 것이다.

"어쩌겠니, 노금어께서 삼귀의(三歸依)하기 전엔 밑에 들지 못하게 하시니……"

"그래도 그렇지, 까짓 단청이 무어라고 대학서 배우던 그림공부까지 작파한단 말이에요?"

사형은 끙, 허릴 숙여 부지깽이로 아궁이를 뒤적이며 말했다.

"네가 몰라서 그런다, 단청이 얼마나 마음을 달구는지…… 그 황홀한 배색만이 혁필화를 이길 수 있거든."

"이겨요? 에이, 사형도 그림이 무슨 씨름이라오, 이기고 지게? 그리고 어디 비길 데가 없어서 장돌뱅이 혁화공이 그리는 가죽붓 그림에 단청을 댑니까?"

"후후……"

불빛에 비친 사형의 미간이 멍하니 풀어지며, 그의 시선이 벽을 넘어 먼곳에 이른 것처럼 보였다.

"우리 아버지가 바로 혁필쟁이였는걸……"

갑자기 머쓱해진 석이는 뭐라 대꾸할 말을 찾지 못하고 묽은 침만 꿀떡 삼켜야 했다.

"그런 사람들이 있어. 잘 차려내온 술상보다도 다모토릿집 쓴 쇳주 한잔이 더 입에 맞고, 이 장 저 장 이어주는 장길에서 다리품을 팔지 않으면 발병이 나는 사람들…… 고향 장터 앞에는 본때없는 나무간판에 필방(筆房)이라 써붙인 붓가게가 하나 있었지. 닷새마다 그 가게 앞에 도붓짐을 풀어놓는 황아장수 사내가 하나 있었는데, 그 사내는 올 때마다 필방에서 종이 몇장을 사곤 했더란다. 손님을 그러모으기 위해서 혁화를 그려 눈길을 끄는 장사수단이었지만, 사람들은 사내가 되넘겨 파는 낱뜨기 물건보다는 그 혁화에 더 관심을 보였단다. 특히 그 필방집 외동딸 처녀가 그 울긋불긋한 색놀음에 제일 먼저 넋을 빼앗긴 거지. 처녀가 애를 배자 필방집에선 하는 수 없이 혁필쟁이 사내를 데릴사위로 맞아야 했겠지. 남들이 보기엔 떠돌이 장꾼이 횡재수 들었다 했겠지만, 장바닥 조약돌처럼 뺀질뺀질 굴러가며 살아온 사내한테는 그 노릇도 못할 짓이었나봐. 아기가 태어나 채 배냇짓도 시작하기 전에 사내는 먼지 낀 가죽끌붓 주머니를 찾아내고, 기저귀 광목천으로 질빵끈을 만들어서는 또다른 장터를 찾아 떠나버린 거였지."

"그 아기가 사형이었군요?"

"생과부가 된 필방집 딸은 당연히 백방으로 사내를 수소문했겠지. 하지만 왜 그런 말이 있잖니, 황아장수 잠자리 옮기듯 한다고…… 바람결 선소문 타고 그 사내 어디메쯤 지나갔다는 소식만 듣고도 그녀는 참으로 오래도록 참고 기다릴 수 있었지. 하지만 세월이 갈수록 사람들이 뒷말로 쑤군거리는 부지하세월이 무슨 뜻인지 알 것도 같고…… 결국은 아들내미가 중학을 졸업하던 해 가겟자릴 정리하고 고향을 뜨기로 결정할 수밖에 없었나보더라. 대처로 가는 기차역에서 눈물에 녹아내리는 고향장터를 외면하며 그녀는 이렇게 중얼거렸을 게다. 빌어먹기는 장타령이 제일이랬거니……"

사형은 다시 부지깽이로 봇돌 사이 불구멍을 쑤석여 불김을 키웠다. 아궁재에서 매운 내가 폴폴 일어 눈이 아려왔지만 사형은 계속해서 마들가리 땔나무를 집어넣었다.

"그때부터 난 그림을 배우기 시작했어."

부지깽이로 아궁이를 쑤셔대는 사형의 손놀림은 계속되었다.

"때로는 그림이 과연 나한테 어울릴까 싶어 갈등도 했지만, 그때마다 어머니는 홉뜬 눈으로 나를 다그쳤단다. 그냥저냥 어머니 시키는 대로 따라갈 뿐이었지, 어머니 돌아가시기 전까진……"

거기까지 말하고 사형은 불쑥 부지깽이를 자기 코끝에 들이댔다. 막대끝에 피어난 잉걸불이 달궈진 쇠의 습베처럼 삐죽하게 보였고, 그 불빛에 사형의 얼굴이 이글거리고 있었다.

"볼래?"

사형이 부지깽이 끝을 부뚜막 회죽벽에 갖다붙이더니 슥슥 획을 놀리기 시작했다. 사형이 손을 놀릴 때마다 부지깽이 끝은 불헛바닥을 날름거리며 불꽃을 튀겼다. 잠시 후 회벽에는 흑갈기를 나부끼는 말머리 하나가 나타났다. 벌판을 노아가던 흑마는 바람을 들이받으며 울어젖히고 있었다. 날리는 재티 속에서 히히힝, 말 울음소리가 들려왔다.

"혁필 놀리는 방법을 흉내내본 거야……"

"철조 그놈 지금 어딨소? 해신당에 버티고 있소?"

"그 일 땜시 이렇게 큰시님 앞으서 요변을 떠는구만요. 사흘 전부터 철조시님이 신당 안에서 나오질 않고 계시는데, 어쩐 일인지 음식을 갖다드려도 공양도 안허시구 그렇다고 그림을 그리시는 것도 아니구…… 물어도 말씸도 없으시다가 가끔 시루바위 끝에 올라 목이 터져라 고함만 질러쌌는데, 때마다 속 모르는 이년으로선 똑 저러다 시님이 벼랑으로 풀쩍 뛰어나를 것만 같아 환장할 지경이어라……"

"날아서 제깟 놈이 어디로 가겠다고…… 괜한 걱정 할 필요 없소. 그림장 욕심이 많아서 명부시왕(冥府十王) 앞에 잡혀가도 환자랑 하고 나설 놈이니까. 석아!"

노사가 석이를 불렀다.

"가서 화포(畵布)나 한 주지(周紙) 가져오너라."

석이가 부리나케 뛰어가 두루마리 화포를 올리자 노사는 다시 주지를 불렀다.

"우란분경(盂蘭盆經)이 책권으로 있나 모르겠네."

이번엔 주지가 먹물 바지를 펄럭이며 경책을 가져다 노사에게 올렸다. 노사는 화포와 경책을 맏사형을 통해 하연네에게 건네주었다.

"이걸 가져가 내가 주더란다고 철조에게 전하시게. 그리하면 녀석이 그 화포에 선대인을 그려줄 것이야. 그림이 보살 맘에 맞지 않으면 맘에 들 때까지 다시 그려달라고 하소. 내 화포는 몇필이고 준댔다고 하고……"

사형들과 석이가 쓴 입맛을 다시고 있는 반면, 하연네는 두루마리에 벌써 아버지가 그려 올려지기라도 한 것처럼 그것을 소중히 가슴에 품었다.

"그럴 리야 있겠어요? 신필(神筆)이 따로 없으신데…… 큰시님 은공을 워치키 갚아야 헐런지 모르겠구만요. 허지만 철조시님이 지금 그렇게 막무가내신데……"

노사는 하연네의 염려는 못 들은 척 계속 말을 이었다.

"하고, 그 불경일랑 그림을 그리는 동안 틈틈이 읽어 마음에 새기라 하소. 내 진즉 같은 경을 한권 전해줬음에도 녀석이 게을리 읽은 것이 틀림없어. 가서 들은 고대로 전하시게. 무신도를 다 그려주고 나면 다른 데 가지 말고 반드시 나 있는 암자로 오라고. 올 백중날 우란분재(盂蘭盆齋) 때 맞춰 올릴 감로탱(甘露幀)이나 같이 그리잔다고 전하시게. 올 때는 경을 달달 외워와야 한다는 말도 빼놓지 말고……"

맏사형이 나지막이 탄성을 질렀다.

"아! 스님, 감로탱을 올리시게요?"

"철조가 오래 전부터 졸랐지. 내가 하 안 들어주니까 녀석이 이렇게 심술을 부리는지도 몰라……"

아! 석이도 터져나오는 탄성을 어쩔 수 없었다. 그것이 부러움일까 질투일까?

우란분경은 석가모니의 수제자 목련존자(目連尊者)가 아귀지옥에서 거꾸로 매달려 고통받고 있는 망모(亡母)를 불법으로 구해오는 불설(佛說)을 담고 있는 경전이었다. 그리고 그 내용을 그림으로 풀어놓은 것이 감로탱화(甘露幀畵)였다. 내용이 내용인지라 사십구재나 영가천도재를 지낼 때 빠짐없이 영단(靈壇)에 모셔놓게 마련인 탱화였다. 불설에 따라 구성되기에 그림의 아래쪽엔 아귀지옥의 고통이, 가운데는 극락왕생 공덕을 비는 재의식 장면이, 그리고 맨 위쪽에는 천녀(天女)들에 싸여 극락세계의 주불인 감로왕 아미타불이 지옥중생을 맞으러 가는 열반의 환희가 그려지는, 탱화 중에서도 어렵기 으뜸이며 따라서 금어에게는 최고의 예술혼을 쏟아야 하는 그림이랄 수 있었다.

더욱 놀라운 것은 철조사형이 감로탱화를 그릴 때 노사가 직접 가르침을 내려줄 것이라는 점이었다. 석이가 십수년 시봉하도록 노사가 탱화를 그리는 것은 절대로 없던 일이었다. 노사는 꽃단청만 올릴 뿐이었다. 꽃무늬와 꽃무늬 사이 빈자리에 그려넣게 마련인 사수서령(四獸瑞靈)이나 보살문 따위의 별화(別畵)조차도 거들떠보지 않는 생청스럽다 할 비윗장이었다. 오로지 간신히 봉오리만 맺힌 웅화(雄花) 하나로 거목으로 엮은 거방진 집채를 화엄의 꽃구름 위로 번쩍 띄워보내려는 외곬이 아니었던가? 그런 노사가 탱화의 화안을 잡아주겠노라 나서다니…… 맏사형 밑으로 다른 사형들 모두가 탄성을 내지를 만도 했다.

더군다나 석이는 부러움과 시새움으로 허벅지에 올려놓은 두 주먹을 파르르 떨지 않을 수 없었다. 십수년 노사 밑에서 온갖 고생은 생기는 대로 고스란히 견뎌낸 그였지만 언제 노사가 한번의 붓놀림이라도 지적해준 적이 있었던가? 침침한 선방 구석에서 남몰래 소시락소시락 그려 없앤 초안지가 몇 수천장이었던가? 그것도 비싼 채색은 엄두도 못 내고 바득바득 갈아낸 먹물만 가지고 한 짓이었다. 연지(硯池)에 떨어진 땀방울이 가히 못을 이뤄도 이뤘으련만…… 하

지만 어쩌랴? 제 손이 타고난 자품(資稟)이 붓질엔 턱도 없었고, 다
직하게 잡아줘도 그저 맨나뭇결이나 닦아내야 하는 걸레질감인 것
을!

　모를 일이었다. 사람들은 왜 고집스레 단청 올리는 데만 매달리는
화승 노사를 어장(魚丈)이라 홀하게 부르지 않고 불화에 으뜸인 금
어(金魚)라 칭하는 것일까? 궁금하기 짝이 없었다. 노금어 밑에서
철조사형은 어떤 감로세계를 그려낼 것인가……

＊

　점안예불은 성대하고도 장엄하였다. 새로이 개금한 약사여래불상
은 아침을 몰고 온 조수(潮水)가 보내준 숫햇살을 받아 찬연한 금빛
을 발하다 못해 금동광에서 캐낸 공청(空青)빛으로 파르스름하게 보
일 지경이었다. 새로 무늬를 베푼 내외단청을 배경으로 약사여래는
움직이지 않고도 보는 이들의 꼭뒤를 눌러 합장을 받아내기에 부족
함이 없었다. 그러지 않아도 치병의 신통력이 뛰어나 병고로 신음하
는 사부대중의 기도소리가 끊이지 않는 약사전 앞뜰에는 운집종(雲
集鐘)을 치기도 전에 말 그대로 구름떼 같은 신도들이 모여들어 점
안식을 지켰다. 정연하면서도 복잡한 의궤(儀軌)에 맞춰 석이는 운
집한 신도대중들 사이를 고무신 바닥이 닳도록 오가며 심부름을 하
느라고 땀찬 샅이 미끈둥거릴 지경이었다.

　단 위에 올라선 노사가 이 약사여래불이 무진안(無盡眼)을 달하여
사해 구석구석 병마에 시달리는 뭇 중생을 빠짐없이 살펴주실 것과
육신통(六神通)을 발휘할 것을 기원하고 개안광명진언(開眼光明眞
言)을 외우며 붓을 들어 부처의 눈을 뜨게 하자 구름 같은 대중들이
일제히,

――나무약왕보살!

을 연호하는 소리는 온산의 땅거죽이 들썩 일어서는 것처럼 웅혼하
게 들렸다. 창불(唱佛)까지 끝나자 주지는 노사에게 설법을 청했다.
석이는 노사가 평소처럼 아무 말 없이 부처와 대중에게 합장만 하고
내려올 줄로 생각했는데, 어쩐 일인지 확성기에서 노사의 가래숨 섞
인 소리가 흘러나왔고 법석을 떨던 신도들의 말소리는 찬물을 끼얹
은 듯 고요해졌다.

　"약사여래 부처님께서 성불하시기 전 약왕보살로 수행하실 때 세
우신 열두 가지 서원이 있소이다. 그 첫째가 무엇이오?"

　신도들 사이 여기저기서 대답이 흘러나왔다.

　"예. 상호구족(相好具足). 모든 중생 또한 부처와 같이 거룩하여
지길 원하셨소. 그럼 마지막 열두번째는 무엇이오?"

　다시 신도들이 대답했다. 장엄풍만(莊嚴豊滿).

　"그렇지요. 헐벗고 가년스런 이들을 아름답게 입히고 풍족하게 채
울 수 있게 하겠노라 하셨소. 나무약왕보살……"

　그것으로 끝이었다. 노사는 그렇게만 설(說)하고 불단을 내려왔고
사부대중 사이 여기저기에선 다시 의문과 찬탄이 섞인 말발이 피어
올랐다. 석이는 도깨비 소리 같은 선문답에 가슴팍 옷섶을 풀썩여
가슴살을 뚫고 나오는 열불을 식혀야 했다.

　"으이그, 저눔의 잠꼬대 미어터지는 소리……"

　절간이 절간 같다는 소리는 그렇게 바글거리던 대중들이 빠져나
간 이런 밤이면 더욱 실감이 들었다. 석이는 방에 틀어박혀 풍경 끝
에 매달린 살 발라낸 놋쇠 물고기가 바람결을 거스르며 토해내는 육
탈한 바람의 소리를 듣고 있었다. 불 꺼진 방안은 그믐을 향해 여위

어가는 갈고리달빛에 어둑신 젖어들어가고 있었다. 내일이면 온 겨울을 보낸 이 절집을 떠나야기에 방안에는 꾸려논 화구바랑들이 모아져 쌓여 있었고, 그 한 귀퉁이에 석이 저도 바랑짐 한덩이마냥 웅크리고 있었다. 내일부터는 첩첩산중 골골 골짜기로 돌아가야 하고, 또 그보다 더 속깊은 노사 밑에서 기약 없는 시절을 보내야 한다. 며칠 뒤면 철조사형이 올 테고, 그러면 석이 저는 사형의 어깨 너머로 건너다뵈는 화려한 색놀음에 시새움 오른 마음은 더욱 아득해질 테지. 사형이 그리는 지옥과 극락 사이를 하루에도 열두 번씩 오락가락하며 번열에 온몸이 말라가겠지. 아! 그렇게 달아오르다, 그렇게 멍울지다 끝내 살집을 있는 대로 붉게 무인 채 뼈마디만 남는 것은 아닐까…… 아! 저 석황(石黃)빛 달처럼 한번이라도 차올랐다 사그라들 수 있다면……

"좀 나와보너라."

노사의 목소리. 그러나 석이는 대답하지 않았다. 노사의 부름에도 선뜻 대답하고 싶지 않을 만큼 그는 침울해 있었다. 그러자 잠시 후 삐거덕 문틈이 벌어졌다.

"이놈아, 안 자고 있는 줄 번연히 아는데 왜 대답을 않노?"

"………"

"나오너라. 갯바람이나 좀 쏘이러 가자꾸나."

"아닌밤중에 웬 밤까마귀 우는 소릴 하시우?"

"끼눔! 한겨울 떨어져 지낸 새 여물통 버르장머리가 더 고약해졌고나! 잔말 말고 어서 길이나 열어라."

저 우렁이 속 같은 늙은탱이가 어딜 가려는 게지? 석이는 고무신을 꿰신고 종종걸음으로 노사를 따랐다. 길을 열라던 노사는 석이보다 앞서 산길로 접어들고 있었다. 바닷바람에 쓸린 달빛이 그런대로 사위를 밝히고 있었고 석황빛이 섞인 산꽃들은 오색 연화무늬처럼 사방에서 머리초를 내밀고 있었다. 어둠속에서 꽃과 무늬들은 더 반득거리게 마련이었다. 어느 만큼 산세를 오르다보니 어느새 석이는 노사를 앞지르고 있었다. 한참을 그렇게 가다가 고개를 돌려보았다. 노사가 뒷짐진 손을 풀고 어기적거리며 거위걸음으로 뒤쫓아오고 있었다. 그러고 보니 노사의 입에서 '관세음보살' 부르는 소리가 들리고 있지 않다는 걸 문득 깨달았다. 평생을 산에 묻혀 살다시피 한 노사는 산을 오를 때마다 관세음보살을 연호하며 걸었다. 그런데 이젠 그것도 숨에 부치는 모양인가……

"스님, 업히시렵니까?"

노사가 다가오길 기다려 석이는 엉거주춤 등판을 내밀었다. 그렇지만 노사는 석이가 내민 등판을 철썩 내리칠 뿐이었다.

"고연 놈, 산을 타도 내가 네놈 백곱을 더 탔을 게야. 고지박처럼 넘어져도 네놈한테 업힐 일은 없다, 이눔아!"

"흥, 마음대로 하십쇼. 나도 실은 산송장 고려장 지내는 것 같아 싫었에요."

"눔 말본새하고는…… 껄껄껄……"

시루바위 너럭살에 올라서자 비로소 바닷바람이 전신을 거머잡아 왔다. 바람은 춥도 덥도 않게 갑갑한 석이의 가슴 아궁이를 파고들어 마음숯에 덧불을 놓았다.

멀리 컴컴한 창해를 눈가늠해보는 노사의 눈매 위로 억새꽃처럼 센 호랑이 눈썹이 나부꼈다. 그런 눈썹을 가진 사람은 명이 길다고 했겄다! 구리녹을 태워 칠해놓은 것 같은 거무푸른 바다를 마주하고 있는 노사는 그 바다보다 더 회회로워 보였다. 그 여유낙낙한 풍경 한구석에 불빛이 있었다. 해신당. 노사는 서슴없이 바위벼랑길을 타고 그곳으로 가고 있었다.

촉수 낮은 백열등 불빛에 해신당 앞 모래사장에는 거무스름한 그림자 둘이 흔들거리고 있었다. 하연네와 철조사형이었다. 하연네는 해신당 앞에 굿상을 차려놓고 덩덕덩덕 혼자서 장구를 걸머메고 굿거리 이끌고 있었고, 사형은 조금 떨어진 갯가에서 등을 돌린 채 먼 바다에서 밀려오는 파도바람을 맞고 있었다. 노사와 석이는 굿판이 수굿이 내려다보이는 비슥한 바위턱에 나란히 쪼그리고 앉았다. 노사는 어떻게 굿청이 열릴 줄 알았을까?

"고작 굿구경이나 하자고 험한 산길을 타신 게요?"

"굿구경이 어때서 그러느냐? 신명지기야 굿판만한 게 있을라고……"

"신명은 무슨 신명입니까, 잽이〔巫樂士〕도 없이 혼자서 북 치고 장구 치고 하는데…… 신도들 볼까 무섭지도 않습니까?"

"무섭긴…… 절집에서 신도들이 제일 굽실거리는 곳이 칠성단 아니더냐?"

"그럼 나도 앞으로 무신도나 척척 그려줄까보아……"

"혓바닥으로 업을 쌓지, 업을 쌓아…… 이놈아, 주둥이 부르트는 소리 그만 해라. 용왕 청배(請陪)소리 안 들린다."

하긴 야단판이고 법석판이고 벌어진 구경거리를 놓치지 않는 노사이긴 했다. 뻣뻣한 노사에게도 그런 알다람쥐 같은 구석은 있었다. 노사가 한참을 작정하고 가부좌를 트는 걸 보고 석이도 투덜거리면서 무릎을 모아 앉았다. 혼자서 향 올리고 소지 올리고 용신 청배를 마친 하연네가 바다를 향해 축원문 읊는 소리가 들려왔다.

——금일 지극정성 용왕님 전에 소소한 정성 태산같이 바쳐놓고 비옵니다. 속차 강림하시어 흐린 정신 둘러내고, 맑은 정신 불어넣

134

어 온갖 조화 신통력을……

축원을 끝낸 하연네가 조밥을 어부슴으로 후여 바다에 뿌려주고는 끄트머리에 밥주발을 묶은 넋베를 포르르 바다로 던졌다. 바다가 어두웠기에 넋베는 더욱이나 갈대청처럼 희고 곧게 도드라졌다. 허영허영 늘어진 넋베를 되감아 수망(水亡)한 아비의 넋을 건지며 그녀는 사해용왕을 불러들였다.

——천지가 열리고는 사해용왕 생겨나니 동해용왕 광덕왕 남해용왕 광이왕 서해용왕 광택왕 북해용왕 광연왕…… 사해용왕 용궁님네 수궁수맥 내리잡아 떠도는 넋 불러주고 파도 조수 건어주어 물 젖은 넋 말려주고……

느릿한 진양가락에 맞춰 아비의 넋을 건져올리는 하연네의 어깨춤은 끄덕끄덕 이어지고 있었다. 검푸른 바다를 배경으로 조금씩 오락가락 움직이는 그녀의 소복이 더욱 희게 보였다. 못 배운 가락이라지만 아쉬운 대로 장구채라도 퉁겨줄 만하건만 사형은 먹먹하게 바다를 향해 장삼자락만 펄럭이고 있었다. 석이가 제가 나서 장단을 맞춰줄까 하고 맘을 먹고 벌떡 일어섰을 때, 갑자기 노사의 입에서 용왕삼매경 독송이 흘러나왔다.

——나무비류용왕 나무거칠용왕 나무선금산용왕 나무주적용왕 나무월각산용왕…… 아누다제 삼먁살불타 두류두류 거제거제 바가바 가자 사바하……

무춤 서 있던 석이는 노사가 바다를 향해 너부죽 엎드리는 것을 보고 저도 깊이 통절을 올렸다. 절을 올리고 몸을 바로 한 노사의 입에서 긴 날숨이 흘러나왔다.

"떠나시는가……"

바닷가에선 지금까지 모르쇠처럼 뚝뚝하게 서 있던 철조사형이 어느새 거룻배 위에 올라 있었다. 사형이 무녀를 도와 거룻배 고물에 무언가를 끈으로 매달고 있었다. 짚으로 엮어만든 작달막한 띠배였다. 석이는 깜짝 놀랐다. 띠배의 돛으로 삼은 것이 무신도 화폭이 아닌가? 지금까지 그 그림을 한번 볼 요량으로만 내처 기다리고 있던 석이로선 놀라지 않을 수 없었다.

"스, 스님, 저것이 무슨 짓이랍니까?"

"보면 모르냐? 용왕이 되신 아비를 바다로 돌려보내는 게지."

"아니, 우여곡절 애써 그린 그림을 그냥 저렇게 흘려보낸단 말입니까?"

"그림 주인이 그리한다는데 어쩔 것이냐?"

"안됩지요. 전 저 그림을 꼭 한번 봐야겠습니다. 보낼 때 보내더라도 철조사형이 마음으로 그린 그림은 꼭 한번 보아두지 않을 수 없지요."

그때쯤 사형의 삿대질을 따라 배는 되돌아가는 파도의 은결에 타올라 있었다. 마음이 조급해진 석이는 노사를 닦달하고 늘어졌다. 그림을 못 보고 떠나보낼 순 없었다. 철조사형이 처음 찢날려버린 그림이 그렇게 대단했을진대, 새로이 느껍기 한이 없는 마음을 쏟아 그린 것은 얼마나 대단할 것인가?

"스니임, 그러지 말고 가서 좀 붙드셔요. 스님이 오라시면 되돌릴 것 아닙니까? 평소 스님 말씀대로 저것이야말로 심화(心畵)가 아닙니까?"

석이가 달막이는 대로 흔들리던 노사가 웃으며 답했다.

"깟놈의 그림이 뭐가 대수라고 그러느냐? 그러지 말고 굿상에 가서 제수떡이나 좀 집어오련. 무녀가 어부슴으로 죄 던져버리기 전에……"

136

석이는 벌컥 화를 냈다.

"아, 아까 점안식 불단에 산더미처럼 쌓여 있던 오색 재병은 거들떠도 안 보더니 갑자기 무슨 군입정에 떡타령이슈?"

"이놈아, 굶어죽은 영가들이 게접스레 달라붙어 먹다 남긴 절떡이야 무슨 맛이더냐? 그에 대면 죽은 아비 넋 달래주러 만든 떡에 작히나 정성이 들었을까?"

"갖다 잡수든지 마시든지 스님 맘대로 하셔요! 날랑 가서 그림을 보아야겠으니……"

거룻배에 매달린 띠배는 용왕이 그려진 돛폭을 한껏 부풀려 바다로 나아가고 있었다. 큰사리 물때라 물이 깊을 터였지만 달려간다면 그런대로 배를 되돌릴 수 있을 것 같기에 석이는 급하게 바위너설을 타고 내려가기 시작했다. 그때 다시 노사가 진득하게 석이를 불렀다.

"석아야……"

석이는 매미처럼 바위에 붙어 노사를 바라보았다.

"심화(心畵)를 그리기는 어렵지만 활화(活畵) 되기는 불가능한 것이니……"

그리고 노사는 잠시 말을 끊었다. 키 작은 시누대 숲이 쓸리며 파도를 닮은 소릴 내었다.

"그릴 수 있겠느냐? 하늘은 깊고 물결은 너울지고 춤을 추던 사람은 사라지는…… 그런 그림을 붓끝에서 자아낼 수 있겠느냐?"

석이는 호흡이 가빠왔다. 바윗살 틈을 파고든 손가락이 파르르 떨려왔다.

"가거라. 가서 그림을 보든, 그림이 되든 네 할 탓이다."

뒤를 돌아보았다. 바람살을 머금은 그림돛배는 점점 멀어지고 있었다. 이를 악문 석이는 미끄러지듯 바위벽을 타고 내렸다. 그리고 두 팔을 내저으며 모래톱을 가로질러 내달았다. 저도 모르는 새 그의 입에선 어어억—— 어어억—— 괴성이 터져나오고 있었다. 차가운 파도거품에 고꾸라졌을 때, 배는 가뭇없는 먹빛 어둠속으로 숨어들고 있었다. 엎어진 채로 그는 어둠을 향하여 다시 끓어오르는 소리를 내질러야 했다.

〔창작과비평 1998년 겨울호〕

청동거울을 보여주마

세화는 갔다. 마침내 갔다. 그렇게 길베다리를 건너갔다.

그러나 두모실댁의 춤사위는 그칠 줄을 몰랐다.

동굴 밖을 나서도록 멈추지 않았다. 그녀는 하염없이 나아가고 있었다.

바람이 불어와 쓰고 있던 고깔을 채갔고 가시시 센 머리카락이

붉은 빰에 나부꼈다. 그래도 그녀는 춤을 멈추지 않았다.

건둥건둥 춤사위를 타고 바람에 일렁이는 억새숲으로 들어가고 있었다.

청동거울을 보여주마

1

허주굿과 오구굿을 같이 한다고? 나는 머릿속으로 그 얼토당토 않
은 소리를 곱새기며 재차 소매를 들춰 시계를 보았다. 그 사이 분침
은 얼마 움직이지 않았고 답답한 나머지 고개를 들어 시계탑을 바라
보며 지루한, 아니 초조한 시간을 재촉하고 있었다.

——꼭 오시라는 건 아니여. 마는 겸사겸사 고향 귀경이나 허는 셈
치구설랑…… 해도 워낙 바쁘기도 허실 텐게……

의뭉스레 궁따고 드는 그녀의 사투리 억양이 마음에 들지 않았다.
그렇게 말하고 돌아서는 그녀를 배웅할 때까지만 해도 함께 고향에
내려가자는 그녀의 제의에 응할 생각은 그닥 없었다. 그러나 시간이
지날수록 그녀가 벌이겠다는 엉뚱한 굿판에 대한 호기심이 머릿속에
서 일렁이는 걸 애써 외면할 수만은 없었다. 도대체 당키나 한 소린

140

가? 신병(神病)을 앓던 사람을 비로소 무당으로 신을 받게 만들어주는 허주굿과 망자의 넋을 달래는 오구굿이 어떻게 한 굿판에서 벌어질 수 있다는 말인가? 하긴 살아 있는 사람이 저 죽은 뒤를 생각해 벌이는 생오구굿이 있다고는 하지만 아무리 그렇다 하더라도 이제 입무(入巫)하려는 사람이 저승길 걱정부터 한다는 건 도무지 어불성설이었다. 물론 굿주인이 다른 경우, 그러니까 무병을 앓는 사람과 죽어 넋만 남은 사람이 다른 경우라면 말이 될 법도 하지만 그렇다 해도 각기 택일을 따로 할 일이지, 그렇게 한꺼번에 뭉뚱그려 굿판을 벌일라치면 그걸 어디 제대로 된 굿거리라 할 수 있을까? 더군다나 그런 굿을 하겠다고 나서는 사람이 무령(巫齡)만 사십년이 넘은 노무당이라니……

"작은도령, 이게 얼마 만이라오!"

그녀는 선뜻 내 손을 잡지 못했다. 성큼 들어서지도 못하고 연구실 문턱에 주춤 서서 무거운 주스상자 든 손을 어정뜨게 내밀고 있는 그녀의 손을 덥석 쥐어잡은 건 오히려 내 쪽이었다. 그렇군요, 몇 년 만인지 헤아리기도 힘들 만큼 깊어진 세월의 강골.

"……어떻게 지내셨어요."

그녀의 택호인 두모실댁이란 말이 목구멍까지 넘어오는 걸 꿀꺽 되삼켰다. 그녀가 깊은 세월의 강을 한달음에 건너뛰어 선뜻 나를 '작은도령'이라 불러준 것처럼 나 역시 그녀의 예전 택호를 찐덥게 불러보고 싶었지만 한참이나 손위인 어른을 함부로 부르는 것도 결례려니와 무엇보다 가량맞게 달라진 그녀의 외양이 오래 전 그녀의 택호와 너무도 동떨어진 느낌이 들었기 때문이었다. 세월이 비단 부쩍 주름진 그녀의 이맛살 때문만은 아니었다. 예전 구접스럽게 궁기

가 흐르던 두모실댁의 모습과는 너무도 판이하게 유한부인이 무색하
도록 차려입은 요란한 입성부터가 설게 느껴졌다. 밥이 분이요 옷이
날개라던가. 겉모습만으론 예전에 그녀가 사람들이 상대하기조차 꺼
려하던 당골무당. 그것도 같은 무당들간에도 아랫수로 여겨 맞상대
조차 해주지 않던 천하디천한 명두(明斗)무당이었다는 걸 상상해낼
수 없을 듯싶었다. 어렴풋이 소문으로 듣기엔 두모실댁은 수년 전
고향 드구니마을의 단골을 정리하고 서울 근교 어디쯤 새 단골터를
잡았는데, 기어코 무슨 기막힌 신(神)발이 통했는지 죽어가는 말기
암환자도 되살리는 치병(治病)을 행하기 시작해, 알음알음 신명이
퍼져 이제는 아예 기도원 비스름한 건물까지 차려놓고 예약된 사람
들만 받기도 벅찬 지경이라는 것이었다. 신물이 오를 대로 올랐다,
삿된 잡귀잡신이 들었다, 아니다 애초부터 사기쳐먹을 작정을 했
다…… 고향마을엔 그녀에 관한 입질이 끊이지 않는다지만 모르긴
해도 비할 데 없이 천하게 구입장생 살아가던 그녀가 고향을 떠난
뒤 믿기지 않는 유명세를 얻었고 더불어 촌사람들이 함부로 상상할
수조차 없는 부를 쌓았다는 건 얼추 사실인 모양이었다. 그녀에 관
한 가지가지 소문을 들을 때마다 사실상 나는 그녀가 무슨 사이비교
주가 된 건 아닐까 하는 느낌이 들었다. 하여 십수년 만에 한번 찾아
가도 되겠느냐고 난데없는 전화가 걸려왔을 때만 해도 사실 마음 한
구석이 꺼림한 느낌을 지울 수 없었던 것이다. 더군다나 그녀조차
모르고 있는 그녀의 외동딸 세화와 나 사이의 말 못할 인연을 생각
하면 그녀의 방문은 서먹함을 지나 짐스럽게 여겨지는 것이기도 했
다. 하지만 '작은도령'이라 불러준 그 한마디에 그녀에게 갖고 있던
섣부른 선입견이 대번에 사라지고 만 것이다. 나만이 그런 건 아닌
모양이었다. 소파에 앉아서도 두모실댁은 테이블 너머로 팔을 뻗쳐

세월의 더께를 닦아내기라도 하듯 부여잡은 내 손을 자꾸 문지르고 있었다.

"가까이 계시다면서요."

"이년이 무심혀서 우리 작은도령 한번 구다볼 염도 못 내고…… 여적 혼자시래모……"

두모실댁은 연해 고개를 끄덕이면서도 눈길만은 내 얼굴에 붙박아놓고 있었다. 우리는 그렇게 상투적인 인사만 나눈 채, 서로가 서로의 얼굴만 바라보며 끊임없이 낡은 사진첩을 넘겼다. 미련하게 살이 좀 오르고 세월의 강골이 패긴 했지만 그녀의 얼굴은 고왔던 옛날을 그런대로 간직하고 있었다. 시원한 이마, 가선 깊은 쌍꺼풀 눈매, 휘우듬한 콧날, 웃지 않아도 살짝 볼우물이 패는 뺨자위…… 그렇게 하나하나 뜯어보는 얼굴에서 나는 어느덧 젊은날 두모실댁의 영상을 지나 그녀의 딸 세화의 추억으로 성급히 소급해가고 있었다.

*

안채의 담을 넘은 벚꽃 그림자가 쪽창에 어른거리는 병원에는 김 간호사 누이 혼자 턱을 괴고 깨나른한 봄날을 졸고 있었다. 면소 공의(公醫)인 아버지께서 암이라 진단받고 입원하신 지는 벌써 달포도 더 지난 일이었다. 의사가, 것도 명색이 내과의사가 자기 속병이 그렇게 깊어가는 것도 몰랐다는 게 좀 어처구니없는 노릇이었는지는 몰라도 여하튼 집안의 분위기는 무겁게 가라앉아 있었다.

안채 사랑 댓돌 앞에는 뒷모습의 어머니께서 초조하게 서성이고 계셨다. 다녀왔다는 내 인사조차 건성으로 받으실 뿐. 갸우뚱한 고개로 내 방으로 가기 위해 마당을 가로지르던 내 눈에 낯선 물건이 하나 들어왔다.

째앵——

그것에선 유리창이 깨지는 그런 소리가 울려나올 것 같았다. 그 물건은 대청마루 기둥에 매달려 나른한 봄날 오후의 햇살을 날카롭게 되쏘고 있었다. 마루엔 웬 낯선 여자아이도 하나 앉아 있었지만 내 관심은 그 괴이한 물건에만 쏠려 있었다. 그것은 작은 놋대야만한 크기의 둥근 쇠붙이였는데 가운데가 볼록하게 솟아 있고 어찌나 잘 닦았는지 장에 나온 유기그릇보다 더 반짝반짝 윤이 나 마치 한 장의 거울 같아 보였다. 나는 섬돌에 올라서 그 낯선 거울에 코를 비빌 듯 다가가 요리조리 살펴보기 시작했다. 볼록거울 속에서 주먹코가 된 내 모습은 고개를 움직일 때마다 갖가지 표정으로 변했다. 한동안 그 재미에 맛을 들이고 꺄웃꺄웃 고갯짓을 치다가 문득 그 쇠거울의 뒷면이 궁금해진 나는 살그머니 그걸 떠들어보려 했다. 막 거울의 뒷면을 들쳐본 순간,

"만지지 마, 그거!"

내가 화들짝 놀란 건, 그때까지 잠자코 있던 여자아이의 날카로운 목소리 때문만은 아니었다. 거울의 뒷면, 윤기를 흘리며 세상과 나를 반드르 비춰주던 앞면과는 달리 언뜻 본 뒷면은 검푸른 녹이 잔뜩 슬어 있었다. 그리고 뭔지 모를 무늬가 힘겹게 녹슨 표면을 밀어올리듯 우둘투둘 솟아 있었다. 그 순간 나는 그 쇠붙이가 거울이 아니라 무슨 웅숭깊은 그릇을 덮는 뚜껑일 것 같다는 느낌을 받았고 여자아이의 갑작스런 외침은 마치 내가 열어서는 안될 뚜껑을 열어 젖히기라도 한 것처럼 따끔하게 들려오는 것이었다.

꽹, 꽹, 꽹…… 손에서 놓친 쇠거울이 기둥에 부딪치며 울렸다. 징 소리처럼 크고 묵직하진 않았지만 소리는 깊푸른 우물 속에서 울려나오는 것 같은 어웅한 깊이가 있었다. 거울이 가늘게 떨고 있었다.

마치 강한 반동으로 뛰쳐나오려던 무엇이 되닫히는 뚜껑에 부딪히기라도 한 것처럼.

"부정탄단 말야. 귀신 붙는다구."

동그랗게 놀란 내 눈에 비해 여자애의 목소리는 태연했다. 조금 전 나를 제지하던 목소리와는 전혀 다른 사람의 목소리처럼 들렸다. 비로소 나는 그 뽀얀 얼굴 속에 박힌 날카로운 눈매를 마주보았다.

"너까지 왜 이러니!"

끼여든 어머니의 목소리는 여느때 당신답지 않게 몹시 짜증스레 들렸다. 그때 사랑문이 열리며 할머니를 끼고 낯선 아낙이 나섰다.

"그럼 좋은 날을 잡아 다시 기별 드리제라."

아낙네가 고무신을 꿰신으며 말했다. 할머니는 무겁게 고개를 끄덕여 보였다.

"게 잠 있으소."

광에 들어간 할머니께선 이내 쌀자루 하나를 가지고 나와 그녀에게 건넸다.

"두모실댁만 믿소. 택일이 늦으면 안되여."

"야아, 염려 놓으셔유. 그나저나 작은손주님이신가보네. 아유, 여간한 귀태가 않으시다더니……"

할머니께 잡힌 손을 빼며 두모실댁이라 불린 아낙네가 내 머릴 쓰다듬었다.

"가만있거라, 지가 택일 미룬 값이루다 우리 작은도령 신수나 함 봐드려얍지."

그때서야 나는 그녀가 무당이란 걸 눈치챘다. 두모실댁은 머리에 이었던 쌀자루를 내려 주둥이를 풀었다. 미간을 찌푸린 어머닌 아랑곳 않고 할머니께선 비손이라도 하듯 두 손으로 내 머리꼭지를 연방 쓰다듬었다. 기둥에 걸린 아까의 그 쇠거울을 조심스레 내려든 두모실댁은 내게 그 거울을 비추이며 무어라무어라 중얼거리기 시작했다. 그리고 잠시 후 갑자기 내 턱을 콱 움켜잡더니 거울을 내 얼굴께에 들이밀었다 당겼다 하기 시작했다. 거울 속에서 볼록한 내 얼굴이 커졌다 작아졌다 하는 새 겁먹은 나는 그녀의 손아귀에서 턱을 빼내려 했지만 그럴수록 그녀는 갈고리 같은 손매로 내 턱자가미를 조여왔다. 아무것에도 부딪히지 않았는데 거울에선 아까 사그라들었던 울림이 되살아나는 것 같았다. 그러나 더욱 놀라운 일은 그 다음이었다. 장찬 휘파람 소리가 울리더니 뒤이어 아주 괴상한 목소리가 들리는 것이었다. 여자아이의 앙칼진 목소리.

"이년! 뭣하고 있어? 양귀신 든 년이 게서 뭘 하는 게야?"

느닷없이 어머니를 나무라는 목소리. 곁에서 들리는 소리가 아니라 머리 위 하늘에서 흘러내리는 것 같은 목소리. 나는 그 소리가 아까 그 여자애의 입에서 나는 소린가 하고 흘깃 그애를 바라보았지만, 그애는 알 수 없이 독기 서린 눈초리로 우리를 바라볼 뿐 대청마루 끄트머리에서 꼼짝도 않고 있었다. 놀랍게도 그 목소리의 주인공은 두모실댁이었다. 두모실댁은 어머니를 향하여 손꼬챙이로 마구 삿대질을 퍼붓기 시작했다. 겨우 입술만 달싹거릴 뿐이었는데 그녀에게선 나어린 여자아이의 나무라는 소리와 투정소리가 앞뒤 없이 마구 섞여 흘러나오고 있었다. 획 몸을 돌려 뒤꼍으로 사라지는 어머닐 보자 급기야 나는 울음을 터뜨리고 말았다. 어느새 할머니께선 두 손을 맞비비며 이령수를 읊조리기 시작했다.

"성주님 전 비옵고, 조왕님 전 바라오니……"

잠시 후 두모실댁이 턱을 놓아주어서야 나는 겨우 할머니 치마폭에 얼굴을 묻을 수 있었다. 굽실거리는 당신의 옷자락이 사각사각

뺨을 스쳤다. 두모실댁은 거울 쥔 팔을 하늘로 한번 둥글게 휘둘러 보이더니 어어잇! 힘찬 소리와 함께 거울을 쌀자루 속에 푹 내리꽂았다. 그리고 또 중얼중얼 알아들을 수 없는 소릴 읊조리다가는 거울에 붙은 쌀알을 헤아리는 것이었다.

"어쩜 딱 스물한 개랴? 칠성님 복을 타고나셨네그려."

"괘가 좋소?"

"삼칠 이십일 아닌규. 수징(壽徵) 존 건 말할 것두 없구유. 수왕지절(水旺之節)에 났으니 머리가 영특하고, 다자대왕(多子大王)이 조력하니……"

한참을 주워섬기는 그녀의 목소리는 어느새 정상으로 되돌아가 있었다. 그제야 나는 울음을 그치고 머쓱한 눈으로 할머니의 몸피 너머로 그 여자애를 바라볼 수 있었다. 또래 여자애 앞에서 자발머리없이 울음을 터뜨린 게 창피했기 때문에 눈치를 살핀 것이었다. 그때까지 우리를 노려보고 있던 그애는 내 젖은 눈길을 마주하자 슬그머니 먼산으로 고개를 돌렸다. 그런 외면이 나를 더 머쓱하게 만들었다.

"그래 커서는 무신 일을 허겠소? 장부노릇을 허겠소? 집안을 다시 세울 기둥이 되려누?"

쌀자루 주둥이를 동여매며 두모실댁이 답했다.

"서쪽에 가설랑 북쪽 이야기를 듣고 온다는구먼유. 태주님[마마로 죽은 귀신]이 그리 말씀허십니다."

그리고 나서 그녀는 소맷자락으로 정성스레 쇳거울을 닦더니, 그걸 다시 대청기둥에 걸었다. 하고는 그때까지 얼어붙은 듯 마루에 걸터앉아 있던 그애의 손을 잡아끌었다.

"명둘랑 그냥 예 걸어두셔유. 면장댁 해원(解冤)굿 끝내고 바로 와서 찾아갈 끼구먼유. 가자, 세화야."

이름이 세화로구나. 대문간을 벗어나기 전 힐끗 뒤돌아 마주친 그애 얼굴엔 오동나무 그림자가 어둡게 서려 있었다. 하다분한 벚꽃구름 밑이어선지 세화의 잔영은 유난히 침침하게 남았다.

나중에 안 일이지만, 그 청동거울은 명두(明斗) 혹은 명도(明圖)라고 불리는 무구(巫具)의 하나였다. 신어미가 신딸에게 대를 물릴 때 전하는 상징물이기에 선대 무당들의 무령(巫靈)으로 받들어지는 귀물로, 그날 우리집에 두모실댁의 명두가 걸렸던 까닭은 같은 날 또다른 단골집에 굿이 잡혔기 때문이었다. 그럴 경우 무당은 자신의 분신 같은 명두를 굿 못하는 집에 걸어두어 잡귀잡신을 물리친다는 것이다. 명두는 또 무당 중에서 두모실댁처럼 몸주신으로 어린아이의 혼령을 받아 그 혼령의 소리를 전하는 무당을 뜻하기도 했다. 이들은 복화술(腹話術)을 사용하여 소리를 낸다 하여 복화무(腹話巫)라고도 하는데 내가 그날 들었던 무섭고 생경한 애귀신 소리도 바로 그렇게 만들어진 것이었다. 명두무당은 무당 중에선 가장 천격(賤格)에 속하기에 무당간에도 천대할뿐더러 큰 굿을 주관할 수도 없었다. 원래 명두는 가무(歌舞)를 하지 않는다지만 두모실댁은 타고난 목구성 때문인지 자주 굿풀이에 불려지곤 했다. 하지만 역시 큰 판을 휘몰진 못했다. 그 며칠 뒤 바로 우리집에서 시끌짝한 우환굿이 벌어졌을 때 두모실댁은 겨우 뒷전거리만을 맡아 굿이 다 끝나고 나서야 잡귀잡신들 배불리는 역할을 도왔을 뿐이었다.

저녁답에 시작해 밤새 이어진 굿거리 내내 가장 시달린 사람은 어머니였다. 이태 전 삼거리 장터 앞에 교회가 선 뒤로 크리스천이 된 당신을 무당들은 우환의 주범으로 몰아붙였다.

──조상님덜 뫼시는 것만 게을리 않는다면……

그렇게 할머니의 아쉰 소리 섞인 반승낙을 받아 다니시던 교회였는데 굿판이 벌어지자마자 서넛의 무당들은 신령의 공수받은 목소리로 대뜸 어머니부터 닦아세웠다.

─네년 탓이여! 집안에 양귀(洋鬼)덜이 옥시글거리는 통에 오방신장(五方神將)님네덜이 비껴서 서고, 그 바람에 성주님인들 견딜 재간이 있으실라구. 안방에 잡귀덜만 가득하고 부엌으론 행근(行殣)한 혼령덜뿐인데 집안 우환이 이만한 것이 신통하구낫! 앞날의 앙얼이 두렵구나, 두려워어!

그들의 말투는 처음부터 타박말이었다. 그러지 않아도 모질어가는 세월 탓에 신통찮게 된 단골조직이 장터 앞 갈릴리교회가 들어서면서 더 위태로워진 분풀이였을까? 어머니께선 열두 굿마당 내도록 상을 차렸다 치웠다 정신없는 와중에도 번번이 무당들에게 대나무 명두대로 얻어맞거나 걸쭉한 육두문자 세례를 받아야 했다. 무당들이 신칼을 미간에 들이댈 때도, 장구채로 이맛전을 두들길 때도 묵묵히 참아내던 당신이지만 끝내 한 무녀가 건네주는 흰 두루마기를 걸치고 무감(武監)을 서야 하는 거리에선 기어코 눈물을 비치시고야 말았다. 억울하고 서러워 줄줄 눈물을 흘리면서도 무당이 건네는 공수를 받아, 돌아가신 외할머니 음성을 쏟아낸 건 어떻게 설명해야 할지……

무(巫)의 신통력? 글쎄? 그에 관한 한 나는 아무래도 반신반의라해야겠다. 돼지머리 꽂은 언월도가 맨바닥에 거꾸로 서는 것이나 날선 작두 위에서 둥기당기 춤사위가 솟는 것은 보고 또 보아도 신통하지 않달 수 없지만 그날의 걸판진 우환굿에도 불구하고 개복수술 후채 두달을 넘기지 못하고 아버지께서 돌아가시고 만 것과, 엎친 데 덮친 격으로 할머니마저 달포 상관으로 참척(慘慽)한 맏아들을 뒤쫓아

총총 황천길을 밟아가신 걸로 보면…… 어린 나의 신수를 풀어주었던 두모실댁의 무꾸리[占卜]만 해도 그렇다. '서쪽에 가서 북쪽 이야기를 듣고 온다'는 그녀의 신뜻풀이가 아마 독일 유학시절 전공보다도 북구설화에 더 깊이 빠져들었던 일을 예견한 것인지는 모른다손 치더라도, 다자대왕의 조력을 받아 일곱 첩을 두고 자식을 스물(!)이나 낳으리라는 소리는 아무래도 마흔이 훌쩍 넘도록 노총각으로 남아 있는 내 신세를 돌아보건대 실현되기 어려운 점괘일 것 같다.

이틀거리 우환굿에 일주일을 앓아누웠던 어머니께선 할머니가 돌아가신 후 마지못해 당골무당을 불러 할머니의 넋씨끔[씻김굿]을 맡겼지만 막상 굿판이 벌어지기 전날 당신께서는 친정인 ㄱ읍 외삼촌댁으로 도망을 놓고 마셨다. 정작 외삼촌께선 그런 법이 아니라고 당신의 손목을 이끌고 굿당을 찾아오셨지만 끝끝내 어머니는 길베를 타고 떠나는 할머니의 넋전[혼령]을 바로 보지 않으셨다. 외삼촌께서는 조상신 모시기를 꺼리는 장손 며느리 탓에 집안이 풍비박산났다는 당골레들의 호통을 어머닐 대신해 고스란히 받아내실 수밖에 없었다.

아버지의 죽음을 앞두고 벌인 우환굿과 할머니의 기세(棄世) 뒤에 벌인 오구굿, 그렇게 두 번의 굿을 끝으로 우리집에선 다시는 무당의 구성진 제석(帝釋)풀이 소리가 들리지 않았다. 대신 그 두 번의 굿을 계기로 나는 두모실댁의 외동딸 세화와 비로소 얼굴을 익힐 수 있게 되었다. 서머서머하다 못해 왠지 쌀쌀맞기까지 하던 세화는 굿상을 거쳐 내려오는 떡이며 과일을 연방 건네주는 내게 마침내 배시시 웃음을 건네기에 이른 것이다.

*

"허주굿 귀경하능 게 쉽던 않소."

두모실댁은 그렇게 나를 꾀고 있었다. 느닷없이 찾아와 난데없는 굿타령이 무슨 속일까. 해도 기어코 벙어리 꿈꾸듯 심사를 싸매고 드는 그녀였다.

"보름날로 날을 잡았소. 긍게 닷새 뒤가 되겠지라."

올 테면 오고 말 테면 말라는 식으로 약속시간과 장소까지 툭 던져놓고 사라지는 그녀에게 나 역시 확답을 주진 못했다. 그러나 망설임은 오래가지 않았다. 두모실댁이 다녀간 바로 그날 밤 도무지 책 속의 글자가 눈에 들지 않았다. 눈길을 돌린 창밖엔 살오른 반달이 하얗게 나를 지켜보고 있었다. 그녀와의 동행을 결심하게 된 데는 결정적으로 한권의 노트가 문제시되었다.

"내는 봐도 당최 뭔 소린지……"

돌아서 가다 말고 마치 잊었던 일이 생각났다는 듯 슬쩍 건네준 것은 뜻밖에 세화의 글이 적힌 노트 한권이었다. 수년 전에 죽은 세화가 남겨놓은 글. 왠지 보아선 안될 신둥진 내용일 듯싶어 서랍 속에 미뤄놓고 있었지만 생각지 않으려도 자꾸 물에 넣은 박덩이처럼 마음 한켠에 떠오르는 노트의 존재가 내내 가슴에 얹혔다. 퇴근하는 전철 안에서도 꺼내어 읽기는커녕 반으로 접어 안주머니에 집어넣은 노트의 부피 때문에 애배부른 처녀처럼 거북한 느낌이 떠나질 않았다. 혼자 사는 아파트에 돌아와, 스탠드 불빛 아래 가만히 펼쳐본 노트의 내용은 그러나 나와는 별반 관련이 없는 글이었다. 두서없이 급하게 써젖힌, 일기라고도 할 수 없고 그때그때의 메모라고 하기도 뭣한 내용이었지만 전체적으로 보아 그것은 그녀가 죽기 몇주일 전에 다녀온 멕시코 여행담과 그후의 후일담 몇가지였다. 그러지 않아도 노랗게 바랜 그녀의 노트는 스탠드 불빛 아래 바짝 마른 갈잎처럼 느껴졌다. 창백하게 떨리는 그녀의 목소리가 소시락소시락 종잇장 넘어가는 소리에 섞여 으밀아밀 들려오는 것 같았다.

〈세화의 기록 중에서〉

페터(Peter)는 아이들과 장난을 치고 있었고 나는 먼산만 바라보고 있었다. 길도 아닌 사막의 거친 표면은 우리를 태운 닷지트럭을 키질하듯 덜커덩 덜커덩 퉁겨내고 있었다. 벌써 두 시간째 이렇게 먼지만 뒤집어쓰며 달리고 있어도 사람들은 트럭의 반동에 어깨춤이라도 추듯 자연스럽기 그지없었다. 아이들과 여인네들은 즐거웠고 남자들은 태평했다. 도대체 정처가 있는지도 의심스러울 만큼 사방으로 모래와 마른 흙과 이름 모를 덤불들과 선인장뿐인 고원의 사막속에서 불안한 건 다만 나 홀로인 듯싶었다. 하긴 이방인은 나와 페터, 그렇게 둘밖엔 없었다. 그래도 페터는 이번이 두번째의 페요테 사냥이었다. 그리고 무엇보다 그는 이런 여행보다는 모험에 가까운 시도에 익숙했고 또 그것을 즐겼다. 청년시절을 온통 중남미의 사막과 습지와 밀림 속에서 보낸 그였다.

악마의 뿌리를 캐러 가지 않을래? 처음 페터가 희색이 만면한 얼굴로 그렇게 제의했을 때만 해도 나는 무턱대고 고개를 끄덕였다. 환각을 일으키는 선인장, 그래서 식민지시대 교회로부터 악마의 뿌리라는 별명이 붙은, 페요테 선인장을 캐러 가는 멕시컨 인디언 우이촐족의 민속여행——그들은 그것을 '페요테 사냥'이라 불렀다——에 참가할 기회를 오래도록 기다려왔던 페터의 소원이 이뤄진 것이 기뻤다기보다는 나 스스로 어딘가로 떠나지 않으면 미쳐버릴 것 같은 뉴욕에서의 상황 때문이었다. 한동안 호기심과 향수 때문에 재미삼아 나를 불러 재수굿판을 벌이곤 하던 교포들의 관심이 끊긴 건 오래 전이었다. 가게에는 사흘에 한번 포천텔링(fortunetelling) 손님이 들면 다행이라 할 만했다. 인접한 중국인 거리의 동양계 갱스터들의 위협은 한동안 잠잠했지만, 오히려 태풍의 눈 속에 갇힌 느낌이었다. 페터의 상황도 어렵긴 마찬가지였다. 대학에서 그의 민속학 강의를 듣는 학생수는 점점 줄어갔다. 어쩌면 다음 학기에는 계약을 맺지 못할지도 모른다. 강의를 맡지 못하면 그는 고향 스웨덴으로 돌아가야 한다. 그는 은근히 한국에서 금전적 도움을 받길 원하는 눈치였지만 굶어죽으면 죽었지 어머니에게 손을 벌리긴 싫었다. 페터가 스웨덴으로 쫓겨가건, 가게 유리창에 머신건 세례가 쏟아지건 어머니를 찾기는 정말이지 싫었다. 페터가 이별여행 삼아 페요테 사냥에 다녀올 것을 제의하던 바로 그 순간, 열린 창문으로 바람이 불어왔다. 건너편 청과시장의 야채 썩는 냄새를 잔뜩 실은 음습한 바람. 내가 고개를 끄덕여 예스라고 한 건 그 바람 때문이었던 모양이다. 나는 떠나고 싶었던 것이다.

여행은 처음부터 아구가 맞지 않았다. 뉴욕에서 출발한 비행기가 연착하는 탓에 멕시코시티에선 갈아타야 할 과달라하라행 비행기마저 놓쳐버렸고 그 바람에 안내인과 다시 만나기 위해 우리는 이틀을 낯선 도시에서 떠돌지 않으면 안됐다. 뜨뜨름 메마른 바람에 시달릴 대로 시달린 우리 앞에 이틀 만에 나타난 안내인 메스티조는 딱딱한 영어발음으로 난색부터 표했다. 우리가 늦는 바람에 예정된 우이촐족의 일단이 벌써 떠나버렸다는 것이었다. 따라서 다른 일행을 구하기가 쉽지 않을 것이라고 했다. 명목은 일정이 어긋났다는 것이었지만 돈을 더 달라는 속셈이 환히 들여다보였다. 애초에 게으르고 천덕스런 히스패닉을 통한 게 잘못이었다. 그 가증스런 셈평을 뻔히 알면서도 우리는 넉넉지 못한 여비를 쪼갤 수밖에 없었다. 그가 해준 일이라곤 다음날 우리를 우이촐족의 샤먼에게 데려다준 것뿐이었다. 오캄포라고 자신을 소개한 그 샤먼에게 들은 얘기로는, 어떠한 우이촐도 페요테 사냥을 떠나지 않았다는 것이다. 사냥을 떠나는 첫 옥수수의 수확일은 사흘 뒤라고 했다.

우이촐 사람들은 지극히 편하게 우릴 대해줬지만 그건 그만큼 우리가 특별한 손님이 아니란 뜻이기도 했다. 페터가 오캄포에게 한국에서 온 샤먼이라고 나를 소개했을 때도 그는 허연 이를 드러내며 '잘 왔다', 웃기만 했지 별다른 관심을 보이지 않았다. 나는 여전히 우울했고 페터조차 나를 달래주진 못했다. 선천적인 낙천가인 그는 우이촐 사람들과 고대 뒤섞였다. 이곳에서 그는 민속학자라기보다는 장난꾸러기처럼 보였다. 실제로 그는 말도 제대로 통하지 않는 아이들과 섞여 하루종일 화전밭을 쏘다니며 어울렸다. 간혹 우리나라의 그것과 비슷한 이들의 농기구나 생활풍속에 내가 억지로 작은 관심을 보여도 가벼운 목소리로 간단한 토만 달아줄 뿐, 자신은 별 흥미 없다는 식이었다. 고작 열 가구도 되지 않는 란체리아라 부르는 우이촐 부락에서 나는 그렇게 한가롭고도 우울한 휴식을 가졌다. 우리가 묵은 집은 이들 부족 특유의 직물을 짜는 백스트랩 물레가 있는 한갓진 집이었다. 서(西)씨에라마드레 산맥을 넘느라 바짝 마른 태평양의 바람이 그 집 빨랫대에 빽빽이 걸린 모슬린천을 하루종일 펄럭였다. 나는 사흘 내 그 펄럭임만 바라보고 있었다. 그건 바람의 살결이었다. 나를 메말리는…… 온 세상이 바람이었고 웅크린 나의 체적만큼만이 공허였다.

그리고 사흘 후 마침내 사냥여행이 시작되었다. 그러나 여행이라고 별달리 특이한 것도 없었다. 트럭 뒤에 실려 밋밋한 멕시코 고원의 고속도로를 몇시간이고 달리는 일은 지루하기 짝이 없었다. 트럭은 어느 순간 포장도로를 버리고 거친 사막 속으로 뛰어들었지만 메마른 풍경은 여전히 내 마음을 적셔주지 못했다. 위리쿠타(Wirikúta), 우이 촐 말로 신령한 땅이라는 그곳은 도대체 이 황량한 사막 어디에 있을까? 아니 있기나 있단 말인가?

그녀의 노트는 그렇게 시작되고 있었다. 그리고 이어지는 노트의 내용이 끝내 나를 이곳, 서울역 시계탑으로 나오게 만든 것이었다.

그런데 정작 미리 기다리고 있을 줄 알았던 두모실댁은 약속시간을 반시간이나 넘기고서야 나타났다. 미안타는 토 한마디 달지 않고.

"남세스러우니 기차로 갑시다."

타고 온 검은 세단을 보내고 굳이 열차매표소를 향해 느적느적 걸어가는 그녀의 태연한 뒤태를 보고서야 나는 무언가 그녀의 복잡한 꿍꿍이에 걸려들었다는 낌새를 차렸다. 하지만 이미 플랫폼엔 고향으로 가는 기차가 성큼성큼 들어서고 있었다.

2

내가 읍내에 있는 중학에 다니게 되면서 세화와 나는 시나브로 멀어지게 되었다. 허물없던 벌거숭이들이 공연히 내외하는 쑥스런 사이로 바뀐 셈이었다. 가끔 장터나 읍내에서 오가며 마주칠 기회가 있었을 뿐 내가 일부러 그녀의 집이 있는 산고개 수치골까지 찾아가는 일이 없어지자 우리의 내왕은 그렇게 사그라들었다. 가끔 마을 전체의 천신(薦新)굿이 벌어지거나 이웃집에서 재수굿판이라도 열려 구경삼아 기웃거려보면 두모실댁은 어김없이 보였지만 어느 때부턴지 함께 있어야 할 세화의 모습은 종내 찾아볼 수 없었다. 그렇게 자연스레 잊혀질 뻔하던 우리 사이에 한가지 사건이 벌어졌다. 내가 중학 3년에 올라가면서 어깨동갑인 세화도 읍내 중학을 다니던 시절이었다.

중간고사를 마치고 담임을 도와 채점을 끝내느라 일찌감치 길동무들이 빠져나간 하교길을 혼자서 자전거로 달리던 늦은 봄날. 털꽃씨가 폴폴 흩날리는 포플러 가로수길에서 세화를 만났다. 그녀가 혼자만 아니었어도 평소대로 내처 페달을 밟아 지나쳤을지도 몰랐다.

"탈래?"

나는 가방을 묶어둔 뒷자리를 툭툭 쳐 보였지만 그녀는 잘래잘래 고개를 저었다. 우리는 자전거를 사이에 두고 팔리나 떨어진 집까지 걸었다. 읍내를 벗어나자 따가워지기 시작한 늦봄의 햇살을 가려주던 포플러 그늘도 끝이 났다. 주변머리없는 화젯거리도 이내 바닥이 나자 터벅터벅 발소리만이 이어졌다. 막 연초록으로 푸르러가는 논배미를 배경으로 희게 빛나는 그녀의 춘추복 소매가 참 깨끗하다는 생각뿐 어느새 나는 솜털이 보송한 그녀의 목덜미를 넘겨보는 것도 부끄러워하고 있었다. 자전거 바큇살에 감기는 햇발이 차르르 졸립게 느껴질 무렵 어느새 우리는 아련히 아지랑이 사이로 멀리 보이던 지마고개까지 이르렀다. 고갯길에서 갈라지는 삼거리에서 우리도 길을 갈라야 했다. 우물우물 구실을 떠올리지 못해 망설이고 있을 때 멀리서 꾕따닥꿍닥, 풍장소리가 들려왔다.

"모내기 두레도 다 지났는데?……"

"청징연에서 들리는 걸 거야. 오늘 넋건지기가 있다고 했거든."

청징연은 깊은 연못이었다. 옛날에 청룡이 살았다는 맑은 못이란 뜻이었다. 얼마인지도 알 수 없는 수심에 정말 용 한마리쯤은 너끈히 품었으리만큼 물빛이 푸르렀다. 그런 중 어쩌다 한번씩 그러잖아

도 푸른 물빛이 유난히 시퍼레지는 때가 있었다. 청룡이 찾아온 것
이라 해서 어른들은 아이들이 못 가까이 가지 못하게 단속을 했다.
용에게 잡아먹힌다는 시답잖은 금기 때문이었지만 이상스럽게도 물
색깔이 바뀌면 꼭 익사사고가 터졌다. 아닌게아니라 올해도 삼거리
장터 전파상 최씨가 술 취해 헛다릴 짚어 젖은 귀신이 됐다는 소식
이 들렸다. 사고가 있고 나면 마을에선 집집이 추렴해 넋건지기굿을
벌였고 희한하게도 그 며칠 뒤면 물빛은 원래의 색깔로 되돌아갔다.
오늘이 아마 최씨의 넋을 말리는 날인 모양이었다.

"우리 구경갔다 가지 않을래?"

어렵사리 구실거리로 꺼낸 말이었지만 세화는 머뭇거렸다.

"글쎄……"

"왜, 재밌잖아. 우리 가서 제수떡이라도 좀 먹고 가자."

지레 그녀가 거절하고 돌아서 갈까봐 덥석 그녀의 손목을 잡아끌
었다.

"알았어, 갈게."

그녀는 황급히 잡힌 손목을 빼냈다. 숫접게 된 얼굴을 앞세우고
나는 성큼성큼 자전거를 밀며 청징연으로 향했다. 여린 벼포기에 너
울쓸려 파래진 바람 탓에 달아오른 얼굴이 더 홧홧하게 느껴졌다.

못에 다다랐을 때, 바야흐로 굿은 절정에 이르고 있었다. 둘러선
마을 사람들을 비집고 굿판에 가까이 가자 한 무녀가 오색 수실로
다리를 묶은 수탉 한마리를 못 가운데로 휘어이 날려보내고 있었다.

"예 있소오——"

끼루룩! 다리 묶인 수탉은 유달리 푸드덕 날갯짓으로 하늘로 솟구
치는가 싶더니 이내 푸른 물결 속에 떨어져내렸다. 요동치는 물결
속에 수탉의 깃털이 꼬록꼬록 떠올랐다. 이윽고 끊겼던 무악(巫樂)

이 일제히 울리며 넋베건지기가 시작되었다. 푸른 못물에 깊숙이 담가두었던 흰 무명베가 조금씩 건져 올라왔다. 넋베를 건지고 있는 건 바로 두모실댁이었다. 하얀 고깔 쓴 머리를 건둥건둥 그녀는 저승 시왕(十王)을 불러댔다.

—— 제일 진광대왕 제이 초관대왕 제삼 송제대왕……

두모실댁의 구성진 소리는 뚝뚝 물젖은 넋베를 감아올렸고 굿주인 되는 죽은 최씨의 미망인 안바우댁은 다시금 꺼으꺼으 어이곡을 놓았다.

—— 열시왕 앞으로 가시는 혼신은 제일 진광대왕에 매인 혼신이라, 이 세상 죄 없이 잘 살으시다가 저 세상에 돌아가실진대 성을 타고 명을 타고 복을 타고 돌아가실지니 시왕에 매인 혼백은 닭이 되어 가시거든 청학백학 동제하는 닭이 되시고……

물먹은 넋베를 다 건져올린 두모실댁은 그것을 죽은 이의 혼으로 삼아 굿주인의 몸에 친친 감아주었다. 젖어들어가는 소복째로 안바우댁은 바닥을 치며 곡소릴 높였고 덩달아 두모실댁의 시왕풀이도 점점 커져갔다. 그러다 어느 순간 두모실댁의 눈길이 우리와 마주쳤다. 그녀의 노랫가락이 잠시 흔들리는 것 같다고 느껴졌을 때 내 등 뒤에 숨어드는 얼굴, 세화였다. 그리고 잠시 후 세화는 간다는 말도 없이 풀숲을 헤치며 왔던 길을 되돌아가기 시작했다. 영문을 모르는 나는 얼뜬 얼굴로 그녀를 뒤쫓아갔다. 그렇게 얼마쯤 걸었을까. 씨근덕거리는 숨결이 뒷고대를 잡아챘다.

"이년! 이 괭이한테 물려가도 시원찮을 년 같으니라고……"

목덜미를 잡힌 채 얼른 머리를 싸쥐는 세화.

"엄마아, 아니여, 아니……"

소복 소매를 걷어붙인 두모실댁은 한손으론 세화의 머리채를 움켜잡고 한손으론 철퍽 노여운 손매로 등판을 내려쳤다.

"내 그렇게 이르지 않던, 굿판엔 얼씬도 말라고……"

"엄마아, 그게 아녀……"

"저어…… 맞아요. 굿구경하자고 한 건 전데요……"

"시끄럽구마이! 작은도령은 빠지소."

쌀쌀맞은 말투로 나를 밀어내고 두모실댁은 세화의 등판을 떠밀어 어느 집 흙담벼락을 돌아들었다. 뽀얀 등짝까지 드러낸 채 끌려가는 세화를 무연히 보고 있노라니 손에는 자꾸 땀이 차올랐다.

"아니긴 뭐시가 아녀, 이 싸가지꼽쟁이도 없는 년아! 한번 더 기웃만 하면 네년 발목쟁이를 분질러놀 것잉게!"

마구발방 호년 으르는 타박이 흙담을 타고 넘어오더니 한참 뒤 두모실댁이 흐트러진 머릿결을 쓸어올리며 본 척도 않고 나를 지나쳐 굿판으로 되돌아갔다. 그녀의 걸음걸이에서 써늘한 바람이 일었다.

"괜찮니?"

"………"

세화는 땀과 눈물로 뺨에 달라붙은 머리카락만 떼어낼 뿐 대답이 없었다.

"미안해. 공연시 나 땜에……"

뒤돌아보지 말라며 부어오른 뺨을 내 등에 붙이고 자전거 뒷자리에 오른 세화는 지마고개 삼거리로 되돌아올 때까지 내내 말이 없었다. 어색히 허리를 감은 그녀의 팔뚝이 간지러운 나머지 나는 자꾸 페달을 헛밟았다. 비틀대는 바퀴에서는 황톳길 마른 먼지가 일었다. 마침내 갈림길에서 서둘러 감춘 얼굴로 인사도 없이 뛰어가는 세화의 뒷모습을 시들먹 배웅하다가 나는 느닷없이 자전거 핸들을 내팽개치고 냅다 그녀를 향해 뛰었다.

"세화야, 너 오늘 저녁때 교회에 나오지 않을래?"

*

아무려나 두모실댁도 많이 늙었다. 차창 밖의 메마른 겨울풍광 탓이었을까. 며칠 새 그녀는 더 늙수그레 보이는 것 같았다. 그러고 보니 며칠 전과 달리 목이며 손마디, 팔목마다 주렁주렁 꿰차고 있던 금붙이도 보이지 않았고 옷차림도 수수한 쪽빛 한복을 위아래로 곱게 다려 입었을 뿐이었다. 도심을 벗어난 기차가 마른 들녘을 지쳐 내닫도록 우리는 별달리 나눈 말이 없었다.

"돈 많이 버셨다면서요?"

간신히 찾아낸 게 고작 그따위 말꼭지였다. 우두커니 창밖만 쳐다보고 있던 두모실댁은 힐끗 나를 바라 쓰스레 웃었다.

"큰무당은 가난케 마련이라오."

공연히 어정뜬 소리로 분위기만 더 머쓱하게 만든 내가 뒤미처 가뜩이나 빈 말자루를 너풀거리고 있노라니 그녀가 한숨쉬듯 이렇게 덧붙였다.

"팔천(八賤) 아닌갑소."

더욱이 붙일 말이 달릴밖에……

"삿 짬에 똥 지린다고, 무당도 설돼서 일점혈육 지 딸년도 하나 옳게 건사 못한 년이 무신 남의 목심줄은 늘콰준다고…… 문둥이 똥꼬에서 콩나물 빼먹는 짓 마낳이 하였소."

"많이 벌어서 좋은 데 쓰시면 좋지요. 무당은 젊어서 하고 의사는 늙어서 하랬다면서요. 이제 의사노릇 하시면 되잖습니까."

"허허! 작은도령도 농담을 다 헐 줄 아시네! 모다 희고 곰팡슨 소리지라……"

160

허허롭게 웃는 그녀의 볼자위에 우묵진 볼우물이 고였다. 예전 유달리 고왔기 때문에 더 천대받아야 했는지도 모를 그 밀알진 얼굴이 이제는 조금씩 바래가고 있었다. 천한 신분 탓에 손아랫사람에게조차 곧대로 하대하지 못했고 까닭없이 다른 아낙들의 눈흘김을 받아야 했던 서러우리만큼 함치르한 외양에도 어김없이 황혼이 깃들이고 있었다. 그렇게 온곱던 그녀가 말 그대로 일점혈육 세화에겐 왜 그리 그악스럽게 굴었는지는 지금 생각해도 모를 일이었다.

청징연 무제(巫祭)가 있던 그날 나는 삼거리 갈릴리교회 앞에서 땅거스러미 속을 서성이고 있었다. 느닷없이 교회로 나오라고는 했지만 반신반의 혹시나 하고 있었는데 정말로 기다맣게 늘어진 그림자를 앞세우고 지마고개 언덕빼기를 내려오는 세화의 모습을 보자 내 가슴엔 뎅뎅 수요예배 종소리가 울렸다. 그렇지만 그렇게 나를 따라 교회에 나오기 시작했던 세화는 기어코 다시 한번 두모실댁으로부터 봉변을 당하고 말았다.

그 몇주일 뒤 토요일 오후 청년·학생 합동예배 때였다. 찬송가 몇소절을 부르고 나서 기도를 하느라 눈을 감고 엎드려 있는 내 등 뒤로 인기척이 스쳤다.

"네 요년, 서양귀신헌티 절하러 댕긴다는 게 참말이었구나!"

그렇게 또다시 머리채를 거머잡은 두모실댁이 나를 밀치고 세화를 잡아끌어냈지만 더럭 겁이 솟은 나머지 나는 말릴 생각도 못하고 속만 달구고 있었다. 목사님이 나서서 점잖게 그러나 또렷하게 두모실댁을 설득하고 들었고 전도사와 청년부 신도 몇몇도 가세해 두모실댁과 세화를 떼놓고자 했다.

"야한테 예수신이 사접(邪接)키라도 하면 그땐 어쩔 것이여? 목사님네가 책임지실라오? 젊은 대주(大主)님네덜이 야 한평생 떠맡으실랑가 말이오!"

예배당이 떠나갈 듯 섬쩍지근 메아리치는 두모실댁의 목소리. 접신이라도 한 것처럼 파들파들 떨리는 그녀의 눈초리는 결코 흥감을 부리는 것만은 아닌 듯싶었다. 예수신? 예수신? 어마지두에 그 황당무계한 말만 곱씹는 목사님과 우리들을 뒤에 두고 세화는 어머니의 손에 쥐어잡혀 끌려나갔다.

당황스런 일이었지만 그런 일련의 사건들이 오히려 나와 세화를 가깝게 엮어주었다. 어깃장 비슷한 용기를 냈다고나 할까. 뻔뻔해진 나는 그녀의 하교길을 지키고 서 있기도 했고 수치골 그녀의 집까지 찾아가기도 했다. 궁싯궁싯 두모실댁이 무섭지 않은 것은 아니었으나 지레겁에 눈치를 살피는 내게 그녀는 그악스럽긴커녕 되레 여간 살갑게 대해주는 것이 아니었다. 인정에 굶주린 건 외려 그녀였는지도 몰랐다.

"그나저나 허주굿에 저 같은 사람이 끼였다 괜스레 부정이나 끼치는 게……"

이왕 말꼬가 트였겠다 마침내 나는 오래도록 주저하던 물음을 던졌다. 모든 굿이 다 그렇겠지만 허주굿에선 무엇보다 부정을 막는 일이 중했다. 허주굿이란 게 워낙이 본격적인 신내림을 받기에 앞서 몸에 든 잡귀잡신[虛主]을 몰아내는 까탈스런 굿인 까닭에 아무나 굿판에 기웃거린다거나 허투루 구경조차 할 수 없게 당골들이 철저히 잡도릴 하게 마련이었다.

"심신을 정히 허기만 허면 굿판에 못 낄 것도 없지여라."

두모실댁의 대답은 내달리고 있는 기차소리만큼이나 시원간단했다. 그것이 오히려 내 속을 태웠다.

"그런데 오늘 기자(祈子, 入巫者) 될 사람이 누굽니까? 씻어줄 넋은 누구고요? 허주굿하고 오구굿 한꺼번에 한다고 하셨는데 그런 일이 전에도……"

정체불명의 굿판으로 향하는 이 애꿎은 여행에 모종의 불안을 느낀 탓에 나는 봇물을 터뜨리듯 지난 수일간 켜켜이 쌓아두었던 의문을 옴니암니 한꺼번에 쏟아놓았다. 잡귀야 물렀거라! 후련하게 속을 터주길 바라는 내 계산은 그러나 두모실댁의 생청스런 태도에 여지없이 어긋나고 말았다.

"그런 일 없었소. 남들이 달래 날더러 선무당이라 욕하겠소."

능글능글 넘어가는 그녀에게 처음부터 나는 맞상대가 아니었던 모양이다. 꼴만 사납게 된 내 궁색한 표정을 보고는 두모실댁은 빙 싯 날 어르고 들었다.

"고향에 가보시면 자연히 알게 되실 것이라오."

그렇다면 역시 염려한 대로 오늘 씻어줄 넋은 세화란 말인가? 어림짐작이 얹힌 마음이 다시금 무겁게 가라앉았다.

"참, 내 정신 잠 보소!"

두모실댁은 몸을 일으켜 선반 위에 올려놓았던 보자기를 내렸다.

"오늘이 큰보름인디 우리 도련님 찰밥도 한술 못 잡췄제? 그럴 줄 알고 내 이리 준비 안혔소."

그녀가 여는 찬합 안에는 오곡밥과 복쌈거리가 맛깔스레 담겨 있었다.

"찰밥 짓는 솜씨야 웃돌마님 당할 쫀득시런 손이 없었지라, 암! 전 같으면 대보름이라고 천신대동제(薦新大同祭)로 마을 전체가 들썩들썩 안혔소. 그 많은 사람 돌라줄 찰밥을 맹그느라 몇 구덩이 가마

솥에 불을 때도 하나같이 진드근시리 찰기가 돌게 허실 수 있는 어른은 그 단골님네뿐이었는디……"

웃돌마님, 상암(上岩)댁은 돌아가신 할머니의 택호였다. 나도 잘 모르는 추억담 한도막과 함께 그녀는 절인 김에 찰밥과 나물을 담아 푸짐한 복쌈을 만들어 내 입에 들이미는 것이었다. 그녀의 행동이 너무도 태연했기에 나도 모르게 따악 입을 벌렸다.

*

"쉬었다 갈래, 오빠?"

수치골에서 시작된 졸음고개는 꼭대기까지 가려면 아직도 한참을 휘감아돌아야 했다. 높고 험하기가 기진맥진 졸음이 와서야 끝난대서 바로 졸음고개였다. 막 봄물이 차오르기 시작한 산은 잎새보다 먼저 솟은 각양각색의 꽃들로 해사하게 벌어 있었고 우리는 그 꽃그늘 밑으로 시렁당굴로 오르는 길이었다.

일요일 오후 나는 권하고 싶은 책 한권을 전해주겠다는 핑계로 세화를 만났다. 어느덧 고등학생이라고 머리가 굵어진 둘 사이라 만나면 방안에 틀어박혀 있는 것도 머쓱하려니와 괜스레 보는 눈 많은 삼거리를 나돌아다니는 것도 어색했던 우리는 그날도 하릴없이 청징연 둑길을 거닐다 자연스레 시렁당굴로 오르는 산등성이를 타기 시작했던 것이다.

세화는 아무렇게나 털버덕 길섶에 주저앉아서는 아까 장터에서 산 수수전이 담긴 봉지를 펼쳐놓았다. 아직도 온기를 간직한 고소롬한 기름내가 싸아한 솔향기에 섞여 퍼져나갔다. 세화는 수수전 한 귀퉁이를 떼어내 내 앞에 내밀었다. 나는 널름 받아먹지 않고 뚫어져라 그녀만 보고 있었다.

164

"팔 떨어지겠네. 왜 남의 얼굴만 그렇게 쳐다봐?"

"너 보는 거 아니다. 꽃 보고 있다."

세화의 머리 위로 어사화처럼 늘어진 꽃줄기 핑계를 댔다.

"무슨 꽃인지나 알어?"

"싸리꽃〔패랭이〕이지."

산이 깊어질수록 붉게 퍼져가는 진달래 꽃물결 사이로 흰 싸리꽃 대궁이 볼쑥 솟아올랐다.

"싸리꽃은 이렇게 놓고 볼 때가 좋아. 꺾어서 화병에 두면 반나절도 안 가 시들고 만다."

그 말이 떨어지기가 무섭게 나는 불쑥 손을 뻗어 그녀 뒤의 싸리꽃 줄기를 꺾었다. 그 바람에 서로의 볼이 부딪쳤고 놀란 그녀는 뒤로 벌러덩 넘어지고 말았다. 수수전은 바닥에 떨어져 흙과 소나무 바늘잎에 범벅이 돼버렸고 붉어진 그녀의 얼굴은 순식간에 진달래꽃잎이 무색했다. 일으켜 세워주려 내민 내 손을 본체만체 세화는 다시 달아나듯 비탈길을 앞장서기 시작했다.

시렁당굴은 산꼭대기 조금 못 미쳐 있었다. 그리 깊지 않은 굴이었는데 안에 산신령 모양의 바위가 있어 신령당굴이라 한 것이 시렁당굴로 소리가 바뀐 것이었다. 십수년을 살도록 한번도 와보지 못한 데는 이유가 있었다. 산길이 시작되는 수치골부터가 옛날 숯 구워 팔던 숯장이마을로 천하게 여겼던 곳이라 어른들이 출입을 금했을뿐더러 시렁당굴은 근동의 당골무당들이 기도 올리는 곳이라 해서 아예 얼씬도 않았던 때문이었다. 아닌게아니라 그날도 굴 입구에는 정화수 그릇과 촛도막이 어지럽게 놓여 있었다. 해도 세화는 거리낌없이 굴 안으로 걸어들어갔다. 입구가 북쪽으로 나 있는 탓에 대낮인데도 어둑어둑 무섬증이 일었다.

"같이 가."

낮고 좁은 굴을 따라 익숙하게 몸을 놀리는 그녀를 놓칠세라 쫓아가보니 세화는 어느새 신령바위 앞에 촛불을 켜놓고 있었다. 그런 그녀의 모습은 나를 멈칫거리게 할 만큼 여느때와 달라 보였다. 그녀는 눈을 꼭 감고 바위와 촛불에 무언가를 열심히 빌고 있었다. 신령에 비손하는 그녀의 그림자가 맞은편 굴벽에 거무스름 흔들렸다. 신령바위도 살아 있는 듯 어른어른 흔들리는 것 같았다. 연해 굴신하는 그녀에게선 옷자락 스치는 소리조차 들리지 않았다. 나는 가만히 기다렸다. 직감적으로 그녀를 방해해선 안된다고 생각한 때문이었다.

똑, 찰방! 어디선가 물방울 소리가 들렸다. 그리고 촛불이 크게 흔들렸다. 그녀의 그림자는 더 크게 너울춤을 추기 시작했다. 심지 끝 촛불이 파르르 떨렸다. 문득 그녀가 허리를 폈는가 싶자 느닷없는 노랫소리가 울려퍼졌다. 노래는 그녀의 입이 아니라 동굴의 사방벽에서 울려나오는 것 같았다.

──어어 말년주야…… 에─헤─어허야 만유장세로구나아 에─헤─헤이허야 등산을 갑시다 말로만 등산을 갈끄나 명 작은 인간은 명을 타자고 등산을 가고요 복 작은 인간은 복술 타자고 등산을 가고요 늙어인네는 죽지를 말고 젊은 청춘들은 시지를 말아라……

밑도끝도 없이 시작된 그녀의 노랫소리는 그렇게 흔드렁흔드렁 이어졌다.

──베리덕아 베렸다 베리덕아 베렸다아…… 시간이 되더니마아는 하날에서 학이 한쌍 내려오더니 학이 내려오셔서 베리데기 불르더니 환생화초 꽃을 끊어 손에 들고…… 오구대왕님 하시는 말씀이 허허 젖 한번 못 먹여 길르시던 우리 일곱차 베리데기가 날 살리리……

166

그녀의 노래는 촛도막이 다 녹아들도록 끝나지 않았다.

벌겋게 물든 서녘하늘이 굴 밖에서 우리를 기다리고 있었다. 산등성이에 출렁이던 억새밭도 꽃술을 붉게 흔들고 있었고 숨차게 노래를 부른 까닭에 그러잖아도 발그레한 세화의 뺨이 더 짙게 보였다.

"무슨 노래야, 아까 부른 거?"

"베리데기 공주 노래."

그것은 무조(巫祖) 바리데기 공주의 일생을 노래한 서사무가였다. 오구굿에서 주가 되는 노래였지만, 물론 그 당시엔 제대로 알지 못하던 내용이었다.

"그게 뭔데?"

"베리데기는 아들 바라던 집에 일곱째 딸로 태어났대. 그래서 낳자마자 강물에 띄워버려져 다른 할미의 손에 컸는데 나중 그 죄값으로 아버지가 죽을병이 들었다는 거야. 저승에만 있는 약을 구해 먹여야 낫는다는데 누가 저승엘 가려 하겠어? 그런데 그 소릴 들은 베리데기가 선뜻 저승 가겠다고 나섰대. 저승 가서 갖은 고초를 겪어 구년 만에 어렵사리 약을 구해오니 아버지는 벌써 죽어 상여에 실려 나가더래. 그런데 베리데기가 하늘에 기도하고 죽은 아버지한테 약을 먹이니까 죽었던 아버지가 되살아났다는 거야. 그 뒤로 베리데기 공주는 저승을 관장하는 오구신이 되었대."

"어머니께 배웠니?"

"정식으로 배운 건 아니구 엄마가 흥얼거리는 걸 듣다보니…… 엄마가 알면 또 혼날 거야."

"어머니께선 니가 당신처럼 무당이 될까봐 걱정하시는가보더라."

"엄마 말로는 세상의 끝에 가면 높다란 나무가 있는데 나중에 내가 크면 그 가지끝에 피어나는 꽃이 될 거래. 그리구 그 꽃잎에서 새 한마리가 날아오를 거라고 했어."

그렇게 말하는 세화의 눈은 서글픈 노랫말처럼 젖어들고 있었다. 나는 손을 내밀어 그녀의 뺨을 닦아주었다. 촉촉한 그녀의 뺨에 닿은 손길은 가늘게 떨렸고 그 바람에 나는 등뒤로 몇개의 그림자가 다가오는 것도 알지 못했다.

"문현수!"

해를 등지고 있어서 언뜻 알아볼 수 없는 상대의 입에서 내 이름이 불려졌다.

"당골레 딸년하고 연애한다는 게 사실인갑네."

그는 박명대였다. 어렸을 적부터의 친구였지만 자라면서 건달패인 형의 뒤를 따라 자주 주먹질을 해대기 시작하더니 고교 입시에 떨어지고 나서는 아예 본격적으로 지마고개 삼거리 장터에 거추어깨로 나선 친구였다. 워낙 악바리였는지라 옛날부터 말 타고 가는 관리도 멈추지 않으면 안된다 해서 지마(止馬)고개라는 이름이 붙은 험악한 삼거리 장터를 그 나이에 벌써 손아귀에 틀어쥔 녀석이었다.

"함부로 말하지 마!"

나는 주먹을 불끈 쥐고 일어섰지만 명대의 등뒤로 불타고 있는 노을이 유달리 눈부시게 느껴졌다. 미처 상대를 바로 꼬나보지도 못한 새 명대의 주먹이 꽂힌 턱에선 쩔걱 소리가 울렸다.

"나한테 이래라 저래라 하지 마!"

"에에잇!"

넘어진 내가 피 묻은 입술을 훔치며 다시 몸을 일으켜 대드는 순간 또 한방의 주먹이 내 아랫배에 꽂혔다. 컥!

"그만둬, 명대 오빠! 나 때문이라면 제발 그만둬."

히뜩 세화를 꼬나본 명대는 오금을 접고 주저앉은 내 곁에 언제 그랬냐는 듯 천연덕스레 어깨동무를 하며 나란히 앉는 것이었다.

"우리는 노는 물이 다릉께 먹는 물도 달라야제. 그쟈, 현수야?"

그리고 뒤에 서 있던 그의 똘마니들에게 턱짓을 해 보였다. 두 놈이 세화를 끌고 억새숲으로 들어갔다. 달려들어야 한다고 생각하면서도 내 어깨를 두른 명대의 팔이 그렇게 무겁게 느껴질 수가 없었다. 감쳐문 입술로 언뜻 내 쪽을 뒤돌아보던 세화가 사라진 자리엔 키 높은 억새대궁이 왜바람에 어지러이 부대끼고 있었다. 금물 든 새밭 너머 신령봉을 태우는 노을을 배경으로 핏빛 태양이 부릅뜬 외눈으로 날 노려보고 있었다. 참담히 피한 시선에 아까 꺾어서 들고 다니던 싸리꽃 가지가 떨어져 있는 게 들어왔다. 흰 꽃잎은 어느새 푸르스름한 잿빛으로 이울어 있었다. 세화의 말은 틀림없었다.

그 뒤로 나는 세화를 만나지 않았다. 그녀도 나를 찾지 않았다. 그녀에 대해 좋지 않은 소문이 돌기 시작했고 몇번쯤 읍내나 아니면 멀리 ㅈ시까지 나가 껄렁패들과 어울려 있는 그녀를 본 적도 있었다. 때마다 나는 교모의 챙을 눌러쓰고 황급히 발길을 돌리곤 했다. 두모실댁이 안달스런 표정으로 나를 찾아와 딸내미에 대한 걱정을 묻곤 했지만 나는 아무런 대꾸도 못하고 포옥 고개를 숙이고 있을 수밖에 없었다. 그날 이후로 학교 가는 길도 가까운 지마고개를 넘지 못하고 먼 어둥골로 에둘러 다녀야 했던 숙맥이 바로 나였다. 그러나 그런 생활도 오래가진 못했다. 바로 그 다음 학기부터 나는 형이 먼저 유학하고 있던 서울로 전학하게 된 것이었다. 그날 이후로 모든 고향의 이야기들은 추억이라는 깊숙한 창고에 입고되어 몇장의 사진으로만 남게 되었다. 그러나 빛이 바랠수록 더욱 간절해지는 장면들이 있게 마련이다. 상처입은 뇌수에 남은 피딱지는 종생토록 아물지 않는다는 걸 나는 세화와의 추억을 통해 배웠다.

〈세화의 기록 중에서〉

다테이마티니에리(Tateimatinieri), '우리 어머니의 장소'라는 그곳은 모래먼지를 흠뻑 뒤집어쓴 우리가 늦은 밤이 되어서야 캠프를 차린, 사막 한가운데의 작은 호숫가였다. 흐릿한 흙탕물과 여기저기 쓰레기가 바람에 날리는 그곳은 아무래도 어머니라는 푸근한 상징의 깊이와는 거리가 있는 것 같았다. 다만 내 기억에 확실하게 남아 있는 것은 믿어지지 않게 높고 굵다란 자작나무 고목이었다. 검은 하늘을 배경으로 산발한 우듬지를 시허옇게 뻗치고 있는 그 나무는 고향에서 흔히 보던 자작나무와는 전혀 다른 느낌이었다. 페터에게 물어보았지만 그는 분명히 'white birch'가 맞다고 했다. 더욱 신기한 것은 삭막한 주변에는 키 작은 관목들만이 이름 모를 덤불에 섞여 자랄 뿐, 어디에도 그렇게 커다랗고 인상적인 나무는 보이지 않는다는 점이었다. 사람들이 텐트를 치고 장작을 높이 쌓아 모닥불을 지피는 동안 나는 하늘의 별을 움켜쥐고 있는 것 같은 나무끝 가지에 눈을 박은 채 꼼짝도 하지 않았다.

그날 밤엔 아무도 잠을 자지 않았다. 우리는 모닥불에 둘러앉아 주술사 오캄포가 나눠주는 담배를 받아 피웠다. 담배는 신에 대한 공양이라 했다. 그네들 전통의 물담뱃대에 돌려 피운 담배는 독하기 이를 데 없었지만 희한하게도 어린애들까지도 주저없이 연기를 삼켜댔다. 남정네들은 궐련처럼 옥수숫잎에 만 담배를 피웠는데 더욱 놀라운 것은 개중에는 진액이 그대로 묻어 있는 담뱃잎 가루를 질경질경 씹어대는 사람들도 있다는 것이었다. 니코티아나에서 살상에까지 이를 수 있는 마취제를 추출해내는 걸 생각하면 그들의 행동은 위험천만한 것이었지만 그들은 자연스럽게 웃고 떠들며 담배를 피우고 또 씹어댔다.

"담배는 이 사람들에게 이승과 저승을 오가는 가교(架橋)인 셈이지. 실제로 그렇게 왔다갔다하다가 영 돌아오지 못하는 경우도 간혹 있지만 그런 죽음 자체도 이네들에겐 신성한 귀향으로 받아들여진다니까."

평소 담배를 피우지 않는 페터 역시 목젖이 튀어나오라 기침을 해대면서도 번차례로 돌아오는 물부리를 마다하지 않았다. 나 역시 기를 쓰고 매운 담배연기를 삼켰다. 모닥불과 담뱃대에서 피어난 연기는 밤이 되며 급격히 싸늘해진 사막의 대기 속으로 훌훌 퍼져갔다. 연기에 취해 바라본 자작나무의 우듬지는 검은 하늘을 배경으로 연기처럼 묽게 번져 있었다. 담배를 통해 사람들은 제가끔 트랜스(trance, 황홀경)에 접어들고 있었다.

차츰 환각에 취해든 사람들은 넋두리하듯 고백의 소리를 뱉어내기 시작했다. 오캄포의 짧은 영어를 통해 전해들은 그 내용은 대체로 성적인 것이 많았다. 페터에 따르면, 그런 성적인 카타르시스는 우리를 가장 순진한 상태로 되돌리기 위한 채비라고 했다. 서슴없고 과감한 표현을 통해 사람들은 평소 은근히 억압된 감정이나 기억을 마음껏 털어놓고 있는 것 같았다. 자기의 아내를 사랑했던 친구의 고백이나 지금의 남편과보다는 먼저 죽은 전남편과의 잠자리가 더 행복했다는 따위의 말을 듣고도 그들은 낄낄대며 허연 이를 드러냈다. 그런 모습을 볼수록 나는 급하게 담배연기를 삼켜야 했다. 빨리 엑스터시에 이르지 않으면 저 태평스런 인디언들이 세상의 온갖 자유란 자유는 모조리 집어삼킬 것 같았기 때문이었다. 그러다 어느 한순간 나는 깜박 정신을 놓치고 말았다. 틀림없이 무슨 새빨간 심지를 가진 불꽃을 본 것도 같았고 모닥불 주위를 돌면서 불꽃처럼 타오르는 춤을 춘 것 같기도 한데 그밖엔 이렇다 할 기억이 남아 있지 않았다. 그렇게 완벽한 망아상태를 경험해본 적은 없었다. 그건 어떤 강신체험보다도 강렬한 것이었다. 깨어났을 때는 페터의 품에 안겨 있었다. 오캄포는 더이상 담배를 피우지 못하게 했다. 내가 지나치게 '불의 그림자'에 가까이 접근했다고 경고했다. 잠을 자고 싶었지만 그것 역시 페터가 말렸다. 페요테를 사냥할 시간이 얼마 남지 않았고 피곤할수록 페요테의 효과를 얻기 쉽다는 이유였다. 그렇게 말하는 그의 눈동자는 이루 말할 수 없는 기대로 빛나고 있었다.

마침내 새벽이 왔다. 아! 그 지평선을 모조리 태워버릴 듯 번지는 고원의 여명! 한순간 사람들은 오래도록 참았던 통곡을 터뜨리듯 기도소리로 목청을 틔우며 일제히 '아버지 태양'에 경배했다. 오캄포가 지평선을 향하여 세 발의 화살을 날렸다. 화살은 아무런 표적도 없이 맨땅에 꽂혔다. 화살이 꽂힐 때마다 사막의 표면은 거대한 짐승의 등가죽처럼 털썩털썩 몸부림을 치는 것 같았다. 그렇게 열린 '구름의 문'을 통해 우리는 신령한 땅, 위리쿠타로 들어서고 있었다.

3

ㅈ시의 역에 내려 갈아탄 택시는 탁 트인 국도를 타고 고향으로 향했다. 읍을 지나 고향 드구니마을로 접어들자 출렁이던 향수가 가슴속을 넘쳐 범람할 것 같았다. 어머니의 기제사까지 서울 형님댁으로 모셔온 뒤로 고향은 실로 오랜만이었다.

드구니마을의 정식 행정명칭은 득운리(得雲里)였다. 넓은 들을 앞으로, 높은 산을 뒤로 한 솟아오를 듯한 지세 때문이었을까, 옛날 용이 되려는 이무기가 이 마을에 와서 구름을 타고 하늘로 올랐다 해서 붙여진 이름이라 했다. 어린 내 머리를 쓰다듬으시며 할머니께선 푸른 하늘로 걸싸게 승천하는 황룡 같은 헌헌장부가 되라시곤 하셨다. 지마고개를 올라서자 멀리 장터의 슬레이트 지붕과 갈릴리교회의 십자가가 보였다. 그런 풍광을 포함해 고향은 이십여년 전과 별로 바뀐 것 같지 않았다. 다만 황톳길만이 매끈한 포장도로로 바뀌어 있을 뿐. 지금은 먼척 아저씨 일가가 살고 있는 고향집을 외면한 채 택시는 수치골로 올라가는 가파른 길굽턱을 따라 엔진소리를 높이고 있었다.

아랫마을과 달리 산중 외딴 마을인 수치골에는 곳곳에 폐가가 눈에 띄었다. 허물어진 흙담 너머 삼간초옥 낡은 집안엔 마른 푸나무 가지만 성글어 있었다. 그래도 마을 공동우물 돌각담 너머 당집에는 대나무 가지에 빨간 기를 매단 당기(幢旗)가 여전히 펄럭이고 있었다. 당당하게 나부끼는 깃발의 기세는 외려 볼수록 처연하게 느껴졌다. 그 당기 아래 하얀 소복을 둘러입은 아낙네 몇몇이 우리를 맞았다.

"채비는 빈틈없이 하였제?"

"암은이라."

"쌀일랑도 죄 걸립(乞粒)해 모다야는디? 여느 것도 아니고 신명상(神名床)이여."

"염려 붙들어매소. 한톨도 어김없응께."

두모실댁은 아낙네들이 준비해놓은 제물을 꼼꼼히 따져보았다. 세 명의 아낙네들은 모두 처음 보는 얼굴이었다. 둘은 두모실댁보다 조금 아래의 중년이었고 한명은 이제 갓 스물두엇이나 넘겼을까 싶은 앳된 처자였다. 한눈에 보기에도 그녀는 남다른 인상을 풍겼다. 다른 아낙들은 모두 소복을 깔끔하게 몽글려 입었는데 그녀의 소복은 군데군데 흙과 검댕이 묻어 있었고 옷솔기도 수선스레 어그러져 보였다. 그러나 무엇보다 창백한 그녀의 낯빛부터가 마주보기 안쓰럴 지경이었다. 얼마나 파리하게 떠 보이는지 입고 있는 소복보다 더 창백한 것 같았고 동정 속으로 아무것도 받쳐입지 않은 속살은 아예 백지장이었다. 추위 따윌 걱정해주기엔 그녀의 맥풀린 눈자위부터가 꺼림한 것이었다.

"새벽에 산맞이는 정하게 혔지?"

두모실댁이 물었을 때 그녀는 기신기신 고개를 주억거렸다. 그것으로 미루어 그녀가 아마 오늘 허주굿을 치를 입무자인 모양이었다. 산맞이는 해 뜨기 전에 산에 올라 산신을 몸에 받드는 절차였다.

굿채비를 일일이 확인한 두모실댁이 당집에 들어가 역시 소복으로 갈아입고 나섰다. 대나무숲을 배경으로 당집 문을 나서는 그녀의 자태는 어느새 어렸을 때 보았던 그 맵시 그대로였다. 소복이 비길 데 없이 곱게 어울리면서도 어딘가 모르게 애잔함을 감추지 못하는 모습.

"작은도령일랑 우리헌티 너무 바짝 쫓지도 말고, 너무 멀리 떨쿠지도 말고 혀서 사브작사브작 따라오소. 자아, 그럼 들 가세."

부정을 막기 위해 세모꼴로 접은 한지를 입에 문 여인들은 이렇게 저렇게 무구와 제물을 이고 지고 하여 길을 나섰다. 마을 어귀 상두받잇집을 피해 돌아 밀생한 대숲 사잇길로 접어드는 걸로 보아 오늘의 굿장은 시렁당굴인 것 같았다. 정연히 솟은 신령봉을 보자 왠지 성큼 발길이 떨어지지 않았다. 북쪽 산등성이에 걸친 해는 벌써 발그레 홍조를 띠어가고 있었다.

*

만 십년 독일에서 공부를 마치고 돌아오는 비행기 안에서 내가 다짐한 한가지는 고국에 돌아가는 길로 결혼을 하고 말리라는 것이었다. 별다른 이유가 있었던 것은 아니고 혼자 해먹는 밥에 너무도 물린 탓이라고나 해두자. 그러나 그 다짐은 지켜지지 않았다. 예상치 못하게 얽힌 인연의 실타래 탓이었다. 꼬인 실타래의 한쪽 끝은 나를 얽매고 있었고 다른 한쪽은 물론 세화와 연결된 것이었다.

그날은 내가 처음 맡은 서양고대사 강의의 첫시간이 있는 날이었다. 태생이 숫보기인데다 그렇게 많은 사람 앞에 서보기도 처음인지라 어떻게 때웠는가 싶게 한시간이 지났고 진땀을 뺀 나는 의자에 주저앉아 얼뜬 표정을 짓고 있었다. 사실 그 순간 내 눈길을 끈 건 썰물 나가듯 학생들이 빠져나간 너른 계단강의실 한 귀퉁이에 휑뎅그렁 앉아 있는 중늙은 여학생 하나가 아니라 강의시간 내내 깜박거리며 신경을 거스르던 수명이 다 된 형광등이었다. 좋지 못한 시력 탓에 코끝의 안경을 미간께 바짝 밀어올리고 나서야 내 입에선 뜻밖의 탄성이 흘러나왔다.

"이게 누구야?"

끔벅끔벅 점멸하는 불빛을 받으며 앉아 있는 상대가 세화이리라곤 꿈에도 생각지 못했다.

"게시판에서 신규채용 교수명단을 보고 혹시나 했는데……"

앞뒤 없이 어디서 뭘 하고 살았느냐 재우치는 내 물음엔 아랑곳 않고 선뜻 내 얼굴을 더듬는 그녀의 서슴없는 손길. 마치 급작스런 난리통에 미처 가지고 떠나지 못했던 손때 묻은 살림살이를 되찾은 것처럼 그녀의 손길은 살가우면서도 애바르기 그지없었다. 까페에서 식당으로, 술집으로 마침내 내 아파트로 자리를 옮기도록 그녀는 계속해서 나를 만지고 싶어했다. 하염없이 내 얼굴매만 더듬거리는 그녀의 손길을 견디다 못해 어느 한순간 나는 질끈 눈을 감고 와락 그녀를 안았다. 애살스레 더듬는 그녀의 손길이 오래 전 그녀를 방기했던 나의 죄의식마저 닦아주리라 믿었던 것일까. 내 어깨에 기대오는 세화의 머리에서 풍기는 향기를 느끼며 나는 정신없이 그녀를 풀어헤쳤다. 알지 못할 시간의 공백에 깎인 그녀의 호리한 몸피 속으로 들어서며 나는 성욕보다는 귀소본능을 더 강하게 느끼고 있었는지도 몰랐다. 우리의 동서(同棲)는 그렇게 갑작스레 시작되었다.

그녀와의 공백기는 말 그대로 공백기로 남아 있었다. 허투루 말도 꺼내지 않는 그 기간에 대해 내가 알고 있는 것이라곤 보잘것없는 내용이었다. 그녀 역시 나와 비슷한 무렵에 가출 비스름히 고향을 등졌고 이렇게저렇게 세월을 겪느라 앳된 시절을 허비한 뒤 어느 한때부터 마음을 정리하고 만학도로 대학에 들어왔다는 것과 어머니 두모실댁 역시 고향을 떠나 수도권 어디에 새로 당집을 차리고 있지만 모녀지간에 왕래라야 뉘 죽었다는 소식이나 들려야 한번씩 하는 게 고작인 듯싶었다.

내가 그녀와 함께 살았던 생활을 동거(同居)라는 친숙한 단어가 아니라 동서(同棲)라는 선 말로 표현한 데는 나름대로 이유가 있다. 우리 사이엔 마치 이종(異種) 동물간의 공생처럼 무언가 영원히 넘어설 수 없는 한계가 있었던 것이다. 그나마도 일방적인 편리공생(片利共生)의 관계라고 해야 옳을 테고 물론 일방적으로 편리(片利)를 취했던 건 내 쪽이었다. 기실 우리 사이는 사실혼이라기보다는 허전함을 견디지 못한 내가 그녀를 붙들어두었다고 해야 할 것이다.

무엇보다 그녀는 건강이 좋지 않았다. 단순히 몸이 허약한 것이 아니라 정신적으로 문제가 있었다. 뚜렷한 이유도 없이 토악질을 해대거나 자주 악몽을 꾸기도 하고 심하면 헛소리를 지껄이다 혼절하는 일도 있었다. 섹스에 있어서는 거의 마지못해 응하는 나무토막 같은 그녀였지만 그런 정신이상 상태를 겪고 나면 미친 듯이 내게 달려들 때도 있었다. 이따금 밤으로 은근히 그녀의 이상증세를 바라는 변태적인 내 무의식을 느끼며 진절머릴 치기도 했지만 말이다. 그녀의 이상이 어떤 정신적 결함에서 오는 증상인지 아니면 예전 두모실댁의 염려대로 정말 무병을 앓고 있는 것인지 나는 알 수 없었다. 다만 조심스레 정신과 치료를 권해보았지만 세화는 너무도 예민하게 자신의 이상현상을 거부하고만 들었다. 물론 스스로 강하게 부인하는 만큼 그녀는 심각한 자각증상에 시달렸을 터였다. 그녀가 얼마나 괴로워했는지, 나는 감히 그녀의 상처를 덧내지도 못하고 전전긍긍할 따름이었다.

"우리 정식으로 식을 올리자."

동거한 지 두달쯤 되었을 무렵 내가 생각해낸 방법은 결혼이었다. 좀더 적극적으로 좀더 떳떳하게 그녀의 병탈에 대응하지 않으면 안 되겠다고 생각한 끝이었다.

"젊은 짝지 찾을 생각은 않고……"

그녀의 반응은 허허로웠다. 그리고 그건 헤어날 수 없는 늪지에 빠져 허우적거리는 애처로운 핑계였다. 당시 그녀에게 의지할 사람이라곤 오로지 나뿐이었고 나 역시 그녀 외의 여자를 상상하지 못하고 있었다. 갈수록 우리는 꼭 껴안지 않으면 잠을 이루지 못할 만큼 간절히 서로를 원했지만 그건 그만큼 파국으로 치닫고 있다는 반증이었다. 사건은 당장 그날 밤에 벌어졌다. 자다 말고 나는 헉, 눈을 홉뜨고 깨어났다.

"죽어! 죽어 없어져! 으어어! 나를 그렇게 버릴 땐 언제구 이제 와서…… 이제 와서…… 으악, 으아악!"

뒤어쓴 흰자위를 허옇게 드러낸 채 그녀는 짐승처럼 울부짖으며 내 목을 꾹꾹 짓누르고 있었다. 붕숭하게 흩어진 머리채를 뒤흔들며 칼칼한 손톱으로 내 멱줄을 파고드는 그녀는 귀기 그 자체였다.

"커어억——"

가까스로 그녀를 걷어차내고 숨을 몰아쉬고 있는 새, 세화는 옆방으로 뛰어들어가버렸다.

"세화야, 세화야, 열어봐! 문 좀 열어봐!"

뼛속들이 스며드는 그녀의 흐느낌이 문을 격하고 고스란히 느껴졌지만 달각달각 손잡이는 요지부동이었다. 제발, 제발! 몇번이고 이마로 문을 짓찧도록 이미 세화의 운명은 내가 쫓을 수 없는 굽잇길 너머로 쓸려간 바람이었다.

이튿날 내가 출근하고 없는 사이 그녀는 집을 나갔다. 그리고 며칠 뒤 자동응답기에서 그녀의 목소리를 들었다.

"오빠, 미안해. 정말 미안해. 그것밖엔…… 난 갈 거야, 갈 수 있는 껏 멀리……"

더듬는 그녀의 목소리 너머로 얼음조각을 깎는 것 같은 매끄럽고도 차가운 안내방송 멘트가 들렸다. 승객의 탑승을 재촉하는 소리. 통화가 끊어졌음을 알리는 뚜우 소리가 제트엔진 소리처럼 내 귀에 이명으로 남았다.

*

알 수 없는 노릇이었다. 시렁당굴로 오르는 가파른 졸음고개의 경사에 비례해서 내 맥박은 심하게 쿵쾅거리고 있었다. 운동부족으로 부실해진 탓일까? 맨몸의 내가 그런데 이고 지고 앞서가는 저 무녀들은 얼마나 숨이 턱에 받칠까? 그러나 내 얕은 짐작과는 달리 그네들은 머리에 인 떡시루 한번 내려놓지 않았을뿐더러 입술 새에 문

한지조각마저 떨어뜨리지 않고 서분서분 산길을 더위잡고 있었다. 겨울이라 더욱 시퍼렇게 느껴지는 솔숲길을 지나는 그 하얀 소복의 행렬이 점점 아뜩하게 멀어지는 듯싶었다.

졸음고개를 지나 시렁당굴로 가는 산능선에 이르렀을 때 해는 완전히 떨어졌고 사위는 싸늘한 어둠에 젖어들고 있었다. 산 아래는 벌써 쥐불을 놓으려는 성급한 횃불무리가 꾸물거리는 것이 보였다. 아이들이 돌리는 불깡통이 멀리서도 눈에 선연히 들어왔고 그럴수록 어린 시절의 추억이 불의 궤적을 따라 머릿속을 빙글빙글 떠돌았다. 그렇게 회억의 여울에 말려들어가고 있을 때 산 위에는 억새가 너울거리는 능선을 따라 거무푸른 명색(暝色)이 드리워져가고 있었다. 그리고 그 바람춤을 추는 능선을 따라 멀찍이 소복한 네 여인들이 꿈실꿈실 움직여가고 있었다. 푸르스름한 남깃빛을 배경으로 그건 참으로 아련한 모습이었다. 어디선가 서글픈 바리데기 공주의 노랫소리가 들릴 것만 같았다.

〈세화의 기록 중에서〉
"이쿠리! 이쿠리!"

덤불을 헤치며 전진하던 우리는 오캄포의 손짓에 따라 우뚝 멈췄다. 이쿠리는 페요테 선인장을 일컫는 우이촐의 다른 말이었다. 문제의 페요테가 대체 어디에 있다는 건지 아무리 두리번거려도 내 눈엔 좀처럼 보이지 않았다. 오캄포가 다시 활시위를 울렸다. 날아간 화살이 꽂힌 자리로 아이들이 우우 몰려갔다. 나도 부지런히 뛰어갔다. 화살은 정말 선인장 위에 꽂혀 있었다. 선인장은 두께가 납작해서 땅 위에 도도록 솟아 있을 뿐 쉽게 눈에 뜨일 만큼의 크기가 아니었다. 오캄포가 밑동을 남겨놓고 조심스레 도려낸 페요테 선인장을 페터는 반가운 눈으로 살펴보고 있었다.

"왜 페요테를 사냥한다고 하는지 알아?"

페터가 다른 덤불 속을 뒤지며 내게 물었다. 정말! 이들은 왜 식물인 선인장 페요테를 '사냥'하는 것일까?

"아메리카 인디언의 조상은 아시아, 특히 몽골리안 계열의 인종이야. 사오만년 전, 그래 그런 수치는 너무 막연하니까 그냥 까마득한 옛날이라고만 해두지, 하여간 오랜 옛날 아시아에 살고 있던 어떤 종족의 일부가 아메리카로 이주하기 시작했어. 당시는 빙하기로 바닷물이 얼면서 해면이 줄어들어 시베리아와 알래스카 사이에 거대한 다리가 떠올랐던 시점이지. 왜 그랬을까? 왜 그들은 상상할 수조차도 없는 혹독한 추위와 싸우면서 동으로 동으로 머나먼 이동을 했을까? 그건 아무도 모르지. 태양을 찾아서? 너무나 추웠기 때문에? 글쎄 그랬을 수도 있겠지. 오늘날 남북 아메리카 전지역에서 발견되는 그들의 집요한 태양신 숭배를 생각하면 그런 가설도 가능하겠지. 하지만 태양을 만나기 전에 그들은 먼저 전대미문의 가혹한 추위 속에서 살아남지 않으면 안되었지. 그 추위 속에서 그들을 살아남게 해준 유일한 먹이는 순록이었어. 시베리아와 북아메리카에 고르게 살고 있는 순록이 없었다면 오늘날까지 살아남은 인디언은 한사람도 없었을 거야. 이 선인장을 봐. 이건 바로 순록의 커다란 검은 굽이 눈 위에 남긴 발자국의 형상이야. 만년 전, 빙하가 녹으며 시베리아와 알래스카를 연결해주었던 거대한 다리가 베링해협 속에 가라앉자, 되돌아갈 수 없게 된 그들은 고향인 서쪽이 하염없이 바라보이는 태평양 연안의 산맥을 타고 남진하기 시작했지. 그러면서 순록과는 헤어지게 됐지만 오늘날까지 이들은 '큰형'인 순록을 잊지 못하고 있는 거야. 빙퇴석(氷堆石) 속에 얼어붙은 화석으로만 남아 있을 뻔

한 그들이 순록의 고마움을 잊지 못하는 까닭이 거기에 있는 거라
구. 십육세기 에스빠냐가 침공해오며 함께 자리잡은 기독교회에서는
페요테가 지닌 환각성 탓에 이 선인장을 '악마의 뿌리'로 규정해 식
인(食人)의식 못지않게 페요티즘(Peyotism)을 금지시켰지만 이들은
적절하게 기독교로 개종해가면서 한편으론 은밀하게 조상의 발자국
을 더듬길 멈추지 않았어."

우이촐 사람들은 언제 독사와 독충이 튀어나올지 모르는 덤불을 아
무렇지도 않게 툭툭 차고 다녔다. 모래먼지가 풀썩거릴 때마다 여기
저기서 '그의 발자국이다!'라는 외침이 들렸다. 나 역시 아이들에 섞
여 하루 진종일 신성한 조상의 신령이 살고 있다는 이곳 위리쿠타를
누비고 다니며 사슴의 발자국을 닮은 선인장을 캤다. 이곳의 바람은
나를 자유롭게 하였다. 머릿속에 퇴적층처럼 쌓인 우울을 모두 잊고
모래언덕을 헤매는 동안 사막은 서쪽으로부터 차츰 금빛으로 화했다.

밤이 되어 모든 페요트로(Peyotro, 페요테 사냥꾼)들이 다시 모닥
불 주위에 둘러앉자 오캄포는 사냥한 페요테를 하늘에 제사지냈다.

"큰형이여! 노하지 마시오. 우리가 그대를 죽였다고 우리를 벌주
지 마시길! 당신은 죽지 않았고, 당신은 다시 솟아오를 것입니다."

그리고 무리 중 가장 나이 많은 노인이 페요테 살을 도려내 사람
들 앞앞이 돌라주었다. 그걸 받아들 때마다 노인은 이렇게 말했다.

"꼭꼭 씹어라, 형제여! 그리하면 비로소 그대의 모습을 볼 것이
다."

*

세화의 모습을 마지막으로 본 것은 그녀가 '갈 수 있는 껏' 먼곳으
로 사라진 그 몇해 뒤였다. 비록 비디오 영상을 통해서 본 것이었지

만, 그것은 충격적으로 나의 뇌리에 남았다.

— 저세상에 핀 꽃!

교수식당에서 점심을 먹고 돌아오는 내 눈에 그런 제목의 포스터가 눈에 들어왔다. 그건 여학생회에서 주최하는 동문 명사 여선배들 초청강연의 일환으로 준비된 일련의 프로그램 중 그날의 행사제목이었다. 다른 날과 달리 그날은 강사초빙이 아니라 비디오 상영으로 준비된 모양이었다.

"우리 저것 좀 보고 가지."

민속학과의 김교수가 내 팔을 잡아끌었다. 그에게 끌려가다시피 하면서도 내 눈은 포스터의 글귀에서 떠나질 못했다.

— 세계가 찬탄해 마지않는 동문 선배, 무당 피세화의 내림굿 현장의 생생한 기록! 그녀는 진정 저세상에 핀 꽃이었는가?

그건 뉴욕의 어느 대학에서 열린 세계 민속축제의 한국마당을 찍어논 다큐멘터리 영상이었다. 비디오가 상영되고 있는 대형 강의실의 어둠속에서 나는 그 기괴한 제목, '저세상에 핀 꽃'을 되뇌고 있었다. 그건 피세화(皮世花)라는 그녀의 이름에서 성인 피(皮)를 피(彼)로 바꿔 지어낸 말장난이었다. 스크린에 나타난 그리운 세화의 얼굴과 그 불길한 말장난의 이미지가 가슴속에서 묘하게 뒤섞이고 있었다.

화면 속의 세화는 거의 미치광이와 같았다. 삼현육각(三絃六角)이 총동원되어 요란하게 펼치는 무악을 배경으로 세화는 폭발하는 듯한 춤사위를 터뜨리고 있었다. 무대가 좁아라 이리저리 뛰어다니거나 관중들 속을 헤집고 들어가 침을 튀기며 공수를 흘리기도 했다. 그녀의 신어미를 자처한 유명한 노무당이 늙은 몸으로 부리나케 그녀를 쫓아다니며 무령과 부채를 흔들어댔다. 동양의 신비를 보러 온

관람객들은 세화의 춤사위가 신명지게 솟구칠 때마다 요란한 박수를 보냈다. 그러다 어느 한순간 세화는 미친 듯이 입고 있던 색동 신복(神服)을 찢어발기기 시작했다. 부채로 그녀의 몸을 어루더듬던 신어미의 손동작이 더욱 바빠졌다. 장구와 제금은 휘모리 장단을 더욱 닦아세워 단모리 장단으로 몰아쳐갔고 관중들의 눈동자 역시 점차 끓어오르는 경이로 확대되었다. 흰자위를 치뜨고 입에 거품을 물고 자지러지던 세화는 기어코 기절하고 말았다. 열광하는 관중들의 박수소리가 스피커를 울릴 때 옆자리의 김교수가 시뻘뚱한 표정으로 자리를 박차고 일어섰다.

"저게 강신이야? 미친 지랄이지! 팔아먹다 팔아먹다 이제는 겨레혼의 원형마저 저런 이벤트로 팔아먹어야 하나?"

김교수는 강신자가 무령(巫靈)을 모독한 대가를 톡톡히 치를 것이라 투덜거리며 밖으로 나갔다. 스크린 속에선 혼절한 세화를 대신하여 노무당이 떡시루 위의 작두로 올라서고 있었다.

*

"아—황— 맞이를 가오. 맞이를 가오. 세인제석님 맞이를 가아오오……"

신을 모시는 신청(神請) 울림소리가 두모실댁이 쓰고 있는 하얀 고깔을 들썩이며 길게 울려나왔다. 드디어 굿이 시작되는 모양이었다. 굿당을 차린 시렁당굴은 오래 전 기억 속의 장면 그대로였다. 굿상 위에 차려진 초가 어른어른 흔들어대는 침침한 조명 속에서 나는 향불 곁에 놓인 명두를 바라보고 있었다. 참으로 오랜만에 보는 두모실댁의 명두였다. 어렸을 때 보았던 그 모습 그대로의 청동거울. 흐릿한 내 모습은 춤추는 촛불을 따라 명두 속에서 이리저리 출렁이고 있었다.

"자, 일월성신님일랑 댁네가 맞으소."

두모실댁이 쓰고 있던 고깔을 세발심지 종지에 꽂힌 숟가락에 씌우며 한켠으로 조용히 물러났다. 장구를 두들기던 아낙이 벌떡 일어나 굿단에 나서더니 신령바위 옆에 비스듬히 세워놓은 일월대를 잡아 오늘 입무할 아까의 그 창백한 처녀에게 건네주었다. 만신 역할을 건네받아 일월성신을 청하는 아낙의 목소리가 다시 굴속에 울려퍼졌다.

"맞이를 가아오, 맞이를 가아오. 성주님의 제자 될라고 내림을 받으니 시정시패 늦기 전에 하강하소서. 일월성신님 해달맞이 옥경맞이 천지신명님 모시옵고……"

새 기자가 만수받이를 하면서 굽실굽실 징 앞에 비손하는 동안 두모실댁은 나처럼 뚫어져라고 명두만 바라보고 있었다. 넋나간 그녀의 표정, 동굴의 어둠속으로 데엥데엥 퍼져나가는 징소리, 들고 있는 일월대를 타고 비척비척 흔들리며 만수받이를 하고 있는 창백한 처녀…… 그렇게 여러 사람이 함께 있었음에도 어인 일인지 나는 점점 두려움에 휩싸였고 급기야 동굴 속이 어떤 깊푸른 이끼가 서린 우물처럼 여겨지며 하염없이 그 속으로 빨려들어가는 착각에 휘말렸다.

〈세화의 기록 중에서〉

모든 것이 또렷하기 그지없었다. 모닥불 연기가 스멀스멀 올라가 하늘에 달무리를 이루고 있는 것도 분명히 보였고 주위에 둘러앉아 페요테를 씹으며 풀어져 있는 사람들의 모습도 일일이 뜯어볼 수 있을 만큼 확연했다. 가끔 바람이 불었고 불꽃이 크게 살아날 때마다 옆에 앉은 페터의 얼굴이 확확 달아올랐다. 갑자기 눈이 밝아진 느낌에 나는 그의 땀구멍 개수까지도 셀 수 있을 것 같았다.

"저건 절규로군!"

페터는 고개를 젖혀 반쯤 풀어진 눈으로 자작나무 우듬지를 올려다보고 있었다. 그의 말대로 하늘을 향해 치벋은 자작나무의 악마디진 가지들은 하늘에 대한 땅의 절규처럼 보였다. 연해 페요테를 우물거리면서 페터는 가지끝 하늘에서 눈을 떼지 않았다.

"나 답답해."

세상의 모든 것이 샅샅이 보였고 무엇이든 할 수 있을 것 같았음에도 실제로는 꼼짝도 할 수 없을 만큼 온몸이 무겁기 짝이 없었다. 나만을 남겨놓고 주위의 모든 사람들이 세상의 건너편으로 사라지기라도 한 듯 외롭고 초조했다. 가슴은 터질 것 같았고 어둠도 밝음도 아닌 희부염한 몽환이 사막에 가득했다. 나는 그것들에 압박받고 있었다. 커다란 텐트 안에서 오캄포가 우리를 찾았다.

"자신을 보았나요?"

페터는 고개를 저었다. 고개를 젓는 그의 동작이 너무나 커서 그의 몸 전체가 뒤우뚱거리는 것 같았다. 그때 오캄포가 커다란 자루 속에서 뭔가를 꺼냈다. 그걸 보자 내 가슴속엔 또다른 물결이 일렁였다. 그건 둥근 거울이었다. 나무로 테두리를 두르고 그 가운데는 광택이 흐르는 커다란 흑요석이 거울 역할을 하고 있는 그것은 영락없이 어머니의 명두를 연상케 했다. 실제로 가장자리에는 어머니의 명두에 새겨진 칠성별처럼 일곱 개의 플레이아데스 별자리 장식이 붙어 있었다.

"이걸 보시오. 그리고 다시 큰형을 씹어요. 천천히, 아주 천천히…… 그리고 당신이 본 것을 내게 말해주시오."

페터는 두 손으로 거울을 받들어보면서 페요테를 씹었다. 오캄포의 말대로 천천히, 아주 천천히…… 오캄포는 서둘지 않고 페터의 하는 양을 이윽히 지켜보았다. 페터의 얼굴은 조금씩 변화하기 시작했다. 틀림없이 그는 아주 신기한 무엇을 보고 있는 것 같았다. 이윽고 달뜬 목소리로 그가 말했다.

"오오, 보여요! 아주 커다란 사람, 어마어마하게 커다란 사람. 한 손엔 청록의 뱀을 창처럼 꼬나쥐고 머리엔 벌새의 깃털로 만든 투구를 썼어요. 아아, 저 사람은 무서운 눈을 가지고 있습니다. 커다란 콘도르 한마리가 그의 어깨에 내려앉는군요."

"당신은 남쪽의 신 우이칠로포크틀리를 보았소. 그는 아주 오래전 우리의 형제들을 데리고 남쪽 계곡을 넘어갔소. 그는 지금 남쪽 하늘을 받치고 서 있지요. 우리는 검은 거울 속에서 그를 본 사람은 새가 된다고 믿고 있소."

"새! 맞아요! 새! 저 콘도르가 바로 나처럼 보입니다. 저 모습, 저 모습을 좀 봐요. 날개를 활짝 편 우람한 내 모습을……"

페터는 그렇게 환성인지 탄식인지 모를 소리를 질러대며 갑자기 텐트 바깥으로 뛰쳐나갔다. 잠시 염려스런 표정으로 그의 뒷모습을 바라보던 오캄포가 이번엔 내게로 거울을 내밀었다. 그리고 아까 페터에게 했던 것과 똑같은 말을 건넸다.

"보시오, 당신의 거울을. 그리고 내게 말해주시오. 큰형이 당신을 도울 것이오."

쓰디쓴 페요테 조각을 다시 씹으며 나는 거울을 보았다. 돌거울이 가늘게 떨고 있었다. 그리고 갈수록 그 떨림은 격렬해져갔고 점점 제대로 들고 있기도 힘들 지경이 되었다. 떨리는 거울 속엔 어머니가 보였다. 하얀 고깔에 하얀 소복을 두른 어머니는 나붓나붓 춤을 추고 있었다.

"엄마아!"

나는 그렇게 어머니를 불렀다. 하지만 거울 속의 어머니는 나를 돌아보지 않고 오로지 춤만 출 뿐이었다. 포르르 허공을 감아채는 흰 무명천. 어디선가 노랫소리가 들렸다. 아니 내가 노래를 불렀을까? 바리데기의 노래……

"피리 젓대야라아. 녹주청산 쉬어든 무진장 뿌리치고 시를 잊어 울다가 가는도다아. 오시는 망제님은 질구로시니 말미야 말미야 말미로오다아. 새는 앉아 슬피 울건마는 보기가, 꽃은 피어 웃음을 웃건마는 우리 넋이가 스럽구나. 새야 새야 니가 우리 스러운 줄 망제님 같이……"

나는 춤을 추기 시작했다, 어머니처럼. 살폿살폿 춤을 추어나갔다. 춤을 추는 나를 보고 오캄포는 도리머리를 저었다. 나에 대한 신뜻을 풀어주는 그의 목소리는 온곱고 애살스러웠지만 한편으론 어딘지 모르게 야멸친 구석도 느껴졌다.

"당신은 너무도 멀리 왔군요."

아니오. 나는 더 멀리 가고 싶답니다. 갈 수 있는 껏, 멀리멀리 머나먼 곳으로 갈 거랍니다. 나는 그렇게 너울거리며 연방 춤을 추었다. 인디오 한사람이 뛰어들어오지만 않았어도 나는 그렇게 하염없는 춤사위를 따라 멀리멀리 가뭇없이 사라질 수 있을 것만 같았다.

"마테와메! 마테와메! 키에리!"

그렇게 소리치면서 그는 우리에게 밖으로 나와보라고 손짓했다. 그의 한손엔 가시투성이의 열매와 작고 흰 분꽃 같은 꽃송이가 달린 풀 몇포기가 들려 있었다.

"키에리?"

꽃을 본 오캄포가 활싹 치뜬 눈으로 황망히 밖으로 뛰쳐나갔다.

비뚝이는 몸을 추스려 내가 간신히 바깥으로 나섰을 때 사막은 우이 촐 사람들이 내뿜는 와자한 소리로 꽉차 있었다. 그들은 일제히 높은 자작나무 꼭대기를 바라보고 있었다. 아뜩한 그곳엔 페터가 위태위태 매달려 있었다.

"내려와요. 내가 당신을 도울 수 있소!"

오캄포가 그렇게 소리쳤다. 그러나 페터는 스웨덴어와 영어가 뒤섞인 말로 빠르게 고함만 질러대고 있었다. 내가 알아들을 수 있는 건 고작 '새'라는 한마디뿐이었다. 그리고 한순간 그는 정말 새처럼 날아올랐다. 검은 하늘이 와삭 깨어지는 소리가 들렸고 외면하며 고개를 치들고 바라본 하늘엔 기어코 자작나무 가지를 타고 쩌적 금이 가 있었다.

페터가 먹은 것은 다투라 스트라모니엄(Datura stramonium)이라는 흰독말풀이었다. 우이촐 사람들은 그 꽃을 '키에리'라고 불렀다. 사람을 홀려 새가 된다고 믿게 만드는 마법의 꽃. 새가 되고 싶다던 페터가 그 마법을 알고 일부러 꽃을 찾아먹은 것인지 아니면 실제 꽃이 페터를 홀린 것인지 나는 지금껏 알 수가 없다.

*

"진주가 곱게도 많이 맺혔네!"

물베바치기를 끝내고 만신무녀가 한 말이었다. 새 입무자가 얼마나 큰 무당이 되려는지를 점치기 위해 삼베를 물동이에 담가 올라오는 물방울〔진주〕을 세어보는 것이 물베바치기였다. 진주가 많이 올라왔다면 그만큼 기쁜 일일 터인데 덕담을 하는 무녀의 목소리는 쓸쓸함을 감추지 못하고 있었다.

"이제 허주상을 봐야제."

본격적인 허주굿을 위해 새로 상이 차려졌다. 허주상은 걸쌍스런 다른 상에 비해 허전하달 만큼 상차림이 약소했다. 허주시루와 걸립시루, 술, 삼색을 맞춘 나물과 삼색을 맞춘 과일, 그리고 잡귀를 먹일 잡밥을 상 아래 놓은 것이 전부였다.

무녀가 새 기자 되는 처녀와 두모실댁을 불러세웠다. 그리고 잡밥을 담은 바가지를 두 사람의 온몸에 둘러대며 만수받이를 불러젖혔다.

"에헤어이라 만세야. 물러가소 허주말명, 돌아가소 천지신명. 모시고 들 제 먼저 왔던 잡신들 썩 돌아가소. 결박진 것 풀어주소. 말명 허물 다 거둬주소――"

새 기자의 잡귀를 물리치는 것은 알겠는데 두모실댁은 왜 새삼스레 허주말명을 털어내는 것일까? 그렇다면 혹시?……

장구소리가 빨라졌다. 만신무녀가 덩실덩실 뜀을 뛰며 종이를 찢어 만든 지화(紙花)를 귀신의 머리채처럼 흔들어댔다. 주고받는 만수받이 소리가 알아들을 수 없는 웅얼거림으로 빠르게 바뀌었다. 만신이 지화를 뒤흔들며 두모실댁을 아래서 위로 쓸어올리더니 새 기자를 향해선 반대로 위에서 아래로 쓸어내리는 시늉을 내었다. 그런 동작이 몇번이고 되풀이 이어졌다. 두 여인은 눈을 감은 채 비슬비슬 흔들리고 있었다. 그러다 한순간 두모실댁이 헉 오금을 접고 주저앉았다.

"네 이년! 이 몰풍스럽기 짝이 없는 년!"

갑자기 주저앉은 두모실댁의 뺨을 후려갈긴 건 그때까지 망아지경을 헤매던 새 기자 되는 처녀였다. 그러나 더욱 놀라운 것은 그녀의 목소리였다. 애귀신 태주의 목소리. 그렇다면 정말 두모실댁은 몸주신을 새 기자에게 넘겼단 말인가?

"배은망덕도 유분수지, 네년이 이럴 수 있어? 네년이 뉘 덕에 아픈 사람 고쳐주고 뉘 덕에 행세하며 살았다고…… 싫어, 싫어! 싫다고오! 네년 몸뚱이가 언제부터 네년 것이야? 돌려놓아, 돌아갈 테야!"

마구발방 두모실댁을 때려패던 그 처녀는 갑자기 제 머리채를 쥐어뜯으며 산지사방 뒹굴었다. 두모실댁과 다른 무녀들이 오르르 모여들어 그녀를 덮쳐눌렀다. 두모실댁이 그녀의 앞섶을 붙들어쥐고 매달렸다.

"태주님, 날 잠 보소. 이년 잠 보더라고. 나 이내 뒈져도 좋소. 이년 오장육부를 죄 도려내 아귀헌티 보시혀도 좋응게, 지발, 지발 내 딸년 세화, 세화 함 불러주소! 날랑 어떻게 혀도 좋응게. 딸년 한번만 보고 죽게 혀주소오!"

새로 신을 받은 처녀는 그러나 믿어지지 않는 힘으로 붙끈 무녀들을 밀쳐냈다. 마구잡이 발광에 따라 굿당이 엉망이 되어갔다. 상이 엎어지고 떡시루가 깨지고 그릇과 무구 들이 신령바위에 내박쳐 요란한 소리를 냈다. 나도 몸을 웅크리고 날아오는 파편을 피해야 했다. 그때 두모실댁이 무릎걸음으로 재빠르게 기어가 명두를 집어들었다.

"보소. 태주님 예 있소. 예 잘 안 있소?"

양쪽에서 어깨를 짓누르고 명두를 비쳐주자 그녀는 거짓말처럼 우뚝 발광을 멈췄다. 폭풍이 쓸고 간 것 같은 처절한 고요가 동굴을 메웠다.

똑, 똑, 똑……

어디서 물방울이 떨어지는 걸까? 동굴이 점점 깊이 패어가는 파동. 그리고 잠시 후 느껍게 눈물을 삼키는 소리가 어렴풋이 들렸다. 끊길 듯 끊길 듯 힘겹게 들숨을 마시는 소리.

"엄마아……"

두모실댁의 하얀 소복이 스르르 무너져내렸다.

"오냐아, 너 왔냐아! 참말로 내 딸 세화가 왔느냐아!"

"엄마! 날 보내줘. 날 좀 보내줘."

"어디로 간다는 게야. 어디로 그렇게 자꾸자꾸 간다는 게야. 이 무심키도 한이 없는 것아아!"

"나 가야 되잖아."

들거니 맺거니 그들의 흐느낌과 속삭임은 작은 메아리가 되어 동굴 속에 가득 찼다. 나는 차가운 동굴 벽에 기대어 무릎 새 턱을 파묻은 채 내 폐부까지 치밀고 들어오는 그 메아리를 듣고 있었다. 메아리는 무서움도 아니고 서글픔도 아니고 반가움도 아닌 도저히 알 수 없는 감정을 내 가슴속에서 쥐어짜내고 있었다. 얼마쯤 지났을까? 처녀가 천천히 내 앞으로 걸어왔다. 살포시 무릎을 꿇고 앉은 그녀가 명두를 천천히 치들어 내 앞에 보여주었다. 잔자누룩한 어둠을 담은 명두 속에서 누군가 나를 보고 있었다. 그 이름을 불러보았다.

"세화야……"

"오빠……"

그녀의 하얀 소복 어깨에 내 눈물이 배어들었다. 초라한 그녀의 몸피를 나는 할 수 있는 껏 힘주어 끌어안았다.

〈세화의 기록 중에서〉

마침내 기다리던 답장이 왔다. 열 번도 넘게 보낸 편지 끝이었다. 편지에서 오캄포는 페터의 죽음이 문제가 아니라 나를 위해 스스로 자제하는 것이 좋을 것 같다고 했다. 그리고 정말 오지 않는 게 좋겠지만 그렇게까지 당신이 원한다면 딱 한번만 더 안내를 맡아주겠다고 했다. 하지만 그 자신도 위리쿠타가 나의 고향인지는 확신할 수 없다는 말을 덧붙였다. 나는 가능한 한 서둘러 가겠노라 답장을 써놓고 항공사에 전화를 걸었다. 나야리트로 가는 비행기는 이틀 뒤에 있었다.

이제 좀 잠을 자고 싶다. 세상에서 가장 지루할 것 같은 이틀 동안 죽은 듯이 잠만 잘 수 있었으면 좋겠다. 남아 있는 약은 그렇지만 나를 이틀씩이나 잠재울 수 있는 만큼이 되는지 모르겠다. 하여간 나는 그 모두를 코로 들이마셨다. 이제 잠시 후면 또 꿈을 꿀 것이다. 열어놓은 창으로 정말 사막의 그것과 같은 마른 바람이 불어왔다. 나는 새가 되어 사막의 바람을 타고 날아오를 것이다. 너울너울 춤을 출 것이다.

그녀의 기록은 그렇게 끝났다. 그리고 그녀는 끝내 사막의 어딘가에 있다는 위리쿠타란 곳으로 되돌아가지 못했다. 그녀의 시신이 발견되었을 때 그녀는 풍장이라도 지낸 것처럼 심하게 부패된 채 침대 깊숙이 가라앉아 있었다고 한다. 그녀의 사인은 헤로인 중독이었다.

*

혼절한 여인을 뉘어놓고 밖으로 나왔을 땐 덩실 보름달이 하늘 꼭지에 걸려 있었다. 동굴 입구에는 누가 켜놓았는지 모를 수많은 촛도막들이 아른아른 흔들리고 있었다. 그 작고 무수한 광휘를 배경으로 두모실댁과 두 명의 무녀들은 산 아래에 절정을 이루며 타오르는 커다란 대보름 달집을 보고 있었다. 여기저기서 뿜어올라오는 화광은 드구니마을을 온통 태워버릴 것처럼 기세차게 보였다. 검은 들판에서 자지러질 것 같은 불꽃이 쭉쭉 몸을 솟구치는 양을 보고 있노라니 '승천하는 황룡처럼 되얀다', 하시던 할머니의 말씀이 뭉클 맺혔다.

"작은도령헌티 못 보일 꼴을 보였소."

"……아닙니다. 그나저나 몸주신을……"

"죽을 날 멀지 않은 년이 뭔 짓인들 못허겄소. 동티나서 뒈질 일만 남었제라…… 딸년 죽이고 삼년을 빌어바쳤어도 태주님이 세활량 영 안 불러주십디다. 하다하다 죽을 꾀를 내었소. 작은도령이 너른 맴으로 이해허소."

"………"

"마저 보고 가실 게라? 이제 신청에 서지도 못할 몸이지만 그래도 딸년 저승길이야 내 손으로 닦아줘야 안되겠소?"

달빛을 받은 그녀의 소복은 차라리 어둠보다 깊어 보였다.

"어어 말년주야…… 에―헤―어허야아 만유장세로구나아 에―헤―헤이허야아…… 일곱차 베리데기 하는 말이 아이구 아버지 나는 천하도 싫구, 지하도 싫구, 세상도 싫구, 금전도 싫구…… 여울이라 여울이라 사시를 여울이라……"

두모실댁이 바리데기 노래를 부르며 오구물림을 하는 동안 다른 무녀들은 고풀이 채비를 하고 있었다. 태주신을 받은 처녀는 여전히 깨어날 줄 모르고 혼절해 있었고, 오래 전 세화가 불러주었던 그 노래는 칼끝 같은 기억이 되어 내 가슴을 저미고 들었다.

고풀이는 흰 무명천으로 망자의 한을 상징하는 일곱 개의 매듭〔고〕을 만들어 하나씩 풀어나가는 굿거리였다. 두모실댁은 고를 잡고 하늘하늘 춤을 추며 무엇이 아까운지 좀처럼 매듭을 풀어나가지 못하는 듯 보였다. 그러다 무녀가 불어주는 피리소리가 애연하게 한 고개를 넘을라치면 살포시 매듭을 잡아당겼다. 흰 목련 봉오리같이 도담스런 고매듭이 화라락 풀려 사라졌다. 정말 세화의 원이 그렇게 풀리는 것일까. 매듭 풀린 자리는 새가 날아간 자리처럼 아무런 흔적도 남아 있지 않았다.

"내가 왔네. 내가 왔어. 넋으로 내가 왔고 혼으로 내가 왔네…… 이런 꼴이 어디 있다냐, 땅 한번 치고, 가슴 한번 치고 뉘 볼까 감추어둔 눈물이 주르르 흐르거날…… 애동산에 올라갈 제 애망태를 글머지고……"

애잔한 피리가락을 타고 휘이휘이 시간이 흘러갔다. 누구도 서두르지 않았고 아무도 재촉하지 않았지만 흐르는 장단은 유려한 강물이 되어 망자를 싣고 여울지고 있었다.

세화의 넋을 상징하는 영덕(영을 말아놓은 돗자리)을 향나무 띄운 향물, 쑥 띄운 쑥물, 그리고 받아둔 정화수로 세 번 씻어내고 그 넋을 넋상자에 담는 거리를 치르는 동안 촛도막마저 모두 녹아붙었다. 대신 희붐한 새벽 이내가 스며들며 어느덧 굴 안엔 동살이 잡히고 있었다. 밤새 이어진 굿장단은 이제 마지막 길닦음을 앞두고 휘영휘영 지쳐가고 있었다. 두 가닥 길베가 저승 가는 다리가 되어 신령바위에서 굴 밖까지 길게 늘어졌다. 두모실댁은 넋전을 앞에 두고 휘황한 신칼춤을 춰 보였다. 신칼을 모두세운 그녀의 눈이 고양이의 그것처럼 한일자로 번뜩였다. 그리고 갑자기 장구의 장단이 왈칵 솟구쳐올랐다.

"해당화야 해당화야 느꽃은 지는도다."

빠른 장단에 맞춰 휘두르는 신칼은 번쩍번쩍 동굴 속 어둠을 베었다. 신칼자루에 어슥어슥 잘려나가는 어둠속으로 두모실댁의 흰 소매가 화르륵화르륵 피어올랐다. 칼날이 커다란 무지개를 그리며 땅으로 내리꽂혔다.

"설워를 마라 설워를 마라 느꽃은 졌다가도 명춘삼월 묻어오면 잎
도 피고 꽃도 피어 천후송이 나지마는……"

벋디딘 두 다리에 힘을 주고 땅바닥에 내리꽂은 신칼을 불쑥 뽑아
들자 땅이 휘청 울었다. 그녀의 허리가 뒤로 우두둑 휘돌았다. 동굴
전체가 어기뚱 휘청였다. 춤사위를 타고 어둠이 이리저리 휩쓸려 몰
렸다. 다그치는 장단, 휘모는 춤사위, 거칠어가는 호흡. 시간이 지나
면서 그녀가 휘두르는 신칼에선 번뜩번뜩 불꽃이 피어났다. 칼이 달
궈지고 있었다. 두 개의 칼끝에서 피어난 맞불이 부르르 뒤엉키는가
싶더니 급기야 불티가 그녀의 팔뚝을 타고 번져갔다. 뜨거움에서인
지 괴로움에서인지 그녀가 발딱발딱 몸을 뒤척였다. 그때마다 불꽃
은 그녀의 옷섶 여기저기로 튀었다. 화르륵! 불꽃을 감고 오르는 회
오리바람을 닮은 춤사위. 불꽃과 춤은 서로를 집어삼킬 듯 용틀임을
겨루며 뒤엉켜들었다.

"불쌍한 이수인간이라 한번 가면 다시 올 줄 모르나니 한누— 한
누— 한누우."

타오르는 불의 칼날을 동굴 입구를 향해 홱 날리자 어둠의 사춤이
퍼석 깨졌다. 저승문이 열렸다. 더럭 제금과 장구가 장쾌한 장단으
로 바뀌는가 싶더니 두모실댁은 거쿨진 몸짓으로 불쑥 넋상자를 길
베에 태웠다. 피를 토할 듯 터뜨리는 지지개목. 온몸의 울음이 그녀
의 어깨에 몰렸다.

"가자아 스라아 가자아 스라아 씻끔닦아 가자아 스라아 천지건곤
천산건곤 저승강을 건너에라아 피었어라아 피었어라아 세상에 피었
어라아 올라에라아 올라에라아 하늘나무로 올라에라……"

세화는 갔다. 마침내 갔다. 그렇게 길베다리를 건너갔다. 그러나

두모실댁의 춤사위는 그칠 줄을 몰랐다. 동굴 밖을 나서도록 멈추지 않았다. 그녀는 하염없이 나아가고 있었다. 바람이 불어와 쓰고 있던 고깔을 채갔고 가시시 센 머리카락이 붉은 뺨에 나부꼈다. 그래도 그녀는 춤을 멈추지 않았다. 건둥건둥 춤사위를 타고 바람에 일렁이는 억새숲으로 들어가고 있었다. 아무도 그녀를 붙들지 않았다. 멀리서 또다시 신을 청하는 신청 울림소리가 들렸다.

"아아아아—— 화아아앙——!"

신령봉 온산이 쩌르렁 울었다. 억새가 올올이 일어섰다. 하이얀 지화가 하늘로 솟구쳐올랐다.

[작가 1999년 가을호]

기청제 祈晴祭

죽어 있는 보살할머니의 모습은 흡사 그대로 승천이라도 할 듯싶었다.

신기한 건 온갖 오예가 떠다니는 흙탕물 속에서도

당신이 차려입은 매무새는 조금도 더럽혀지지 않았을뿐더러

옷솔기 한군데 흐트러진 곳이 없다는 점이었다.

벌써 썩어들어가기 시작한 것으로 보아 당신의 죽음은

이미 몇날을 넘긴 듯 보였다.

기청제(祈晴祭)

늦저녁 한때 모처럼 햇무리까지 끼고 있던 하늘이 어느새 칙칙한 잿빛으로 되바뀌었는가 싶자 고대 잘금잘금 빗방울이 눈앞을 가리고 들었다. 줄달아 엿새를 두고 쏟아붓던 폭우가 잦아들어 간신히 빗밑이 드는가 싶더니만 채 반나절도 되지 않아 우르릉 다시 하늘끝이 울었다.

쓰펄! 앙다문 잇새로 육두문자를 깨물고 있던 박사장이 투덜투덜 비모자를 뒤집어썼다. 영섭도 덩달아 우비 깃고대를 열어야 했다.

"작두도령? 지랄말뚝을 박고 자빠졌네, 쳇!"

한번 터졌다 싶자 박사장의 욕말은 그대로 육모방망이가 되어 두 사람을 남겨놓고 떠나는 차 뒤꽁무니께로 날아떨어졌다. 작두도령을 태운 외제 중형세단은 그러나 엔진소리부터 육중하게 주택가 비좁은 골목을 비집더니 이내 언덕바지를 넘어 부리나케 꼬리를 감췄다.

"그눔의 작두로 개나발 주둥이부터 다져놓는 건데……"

198

바짓가랑일 걷어붙이며 왕감자를 먹여붙인 박사장은 씨근씨근 영섭을 돌아봤지만 그라고 뾰족한 수가 있을 리 없었다.

"갑시다."

"허어! 참 나······"

쓸쓸한 표정으로 담배를 꺼내문 박사장은 연방 엄지를 퉁겼지만 젖은 라이터돌에선 좀처럼 불꽃이 일지 않았다.

"에라이!"

애먼 라이터가 허공을 향해 날았다. 그 포물선이 사라진 자리에 천변마을을 집어삼킨 물줄기가 장찬 황톳빛으로 넘늘넘늘 물굽이를 이루고 있었다. 멀찍이서 보기만 해도 오금팽이가 후들거리는 거세찬 홍수였다.

물사태도 이쯤 되고 보면 하늘의 우사(雨師)마저도 아차, 뒤끝을 염려할 수위를 넘어선 게 분명했다. 호우경보 이틀 만에 기어이 출렁 강둑을 타넘은 지심천 물줄기는 단박에 봇둑 너머 양안의 다닥다닥한 다세대주택 단지를 용궁지경으로 몰아넣고도 여전히 도도한 수세를 멈출 줄 몰랐다. 간데없이 대천바다를 이룬 마을엔 꼭대기만 비죽 남은 전신주가 꼬록꼬록 숨을 넘기고 있었고 그 너머 저지대 전체가 칠흑 같은 깜깜나라였다.

"아예 사발허통(四八盧通)을 텄구만, 텄어······"

붉덩물 찰랑이는 물가에 쪼그려앉아 불도 붙지 않은 담배를 필터만 질겅이며 박사장이 다시 한숨을 불었다. 모르긴 해도 가라앉은 철공소 자릴 눈짐작하며 속으론 그게 어떤 밑천인데, 낙담상혼(落膽喪魂) 넋을 날려보내고 있을 터였다. 한때 잘 나가던 금형공장이 몰아친 불경기 잿바람에 덜컥 부도를 맞고선 팔자에도 없는 국립호텔 신세까지 지고 나온 박사장이었다. 천신만고 사방서 그러모은 노린

동전으로 장만한 NC선반 한대로 다섯 식구 호구지책을 삼고 있던 처지거늘. 이제 물이 마른다 해도 정밀한 부품에 모래때가 끼었으니 눈앞이 오죽이나 먹먹할까마는 이번 홍수에 살림밑천을 털어먹은 게 어디 박사장뿐이랴. 살아갈 길이 흙탕물에 씻기긴 건 영섭이라고 예외는 아니었다. 운영하던 서점에서 건져낸 책이라곤 채 삼할도 되지 못했다. 나머지 책값은 도리없이 빚꾸러미로 남을 터였다.

중기중기 높은 건물 꼭지만 남기고 물때썰때 모르게 잠겨버린 마을자리를 둘러보던 박사장이 불쑥 검지손가락을 내밀었다. 그가 가리킨 곳은 사거리 정류장 앞에 자리잡은 교회의 첨탑꼭지였다.

"원래가 십자가보다 높이 세우는 게 피뢰침인 건데……"

쓸쓸히 말꼬릴 사리는 박사장의 애꿎은 트집마따나 알금거리는 물결 위로 안쓰레 남아 있는 십자가 꼭지에 덧솟은 피뢰침을 보자 영섭도 괜히 볼멘소리 한마디쯤 내지르고 싶은 심정이 일었다. 박사장이 퉤이, 흙탕에 침을 뱉었다.

"지미, 구백살 살다 뒈진 노아가 환생해도 이번 비엔 쩔쩔 고개를 젓겠다."

틀린 소린 아니었다. 그렇게 쏟아부었으니 은하수도 바닥이 났을 법했다. 박사장의 지청구를 듣고는 영섭은 피식 코방귀를 흘렸다. 해도 명색이 교회 집사라는 양반이 오죽했으면…… 물론 평소에도 '지옥도 아랫목으로 등기해논 날라리 신자'임을 자처하고 있는 박사장이긴 했다. 하고 이번에 굿판을 벌이자 했을 때, 용한 무당이라며 앞장서 작두도령을 끌어들인 것도 다름아닌 박사장이었다. 물론 그렇다고 함부로 뙴뙴이를 나무랄 사람은 아니었다. 비록 쉰 걸레를 베어문 듯 입이 걸어 그렇지 마음씨 하난 소금섬을 물로 끌래도 끌 사람이었으니까.

"그나저나 이제 어떡하죠. 굿해줄 사람이 저렇게 가버렸으니……"

작두도령 일을 생각하자 영섭은 바람 빠지듯 어깨가 처졌다. 만사가 흙탕물범벅이 돼버린 느낌이었다.

"어쩌긴 뭘 어째. 물 건너간 거지."

박사장이 시큰둥 대꾸했다.

"다 주제넘은 짓거리였어. 구호품 없으면 당장 끼니도 거를 알거지 신세들이 오지랖만 휘날린 꼴이지 뭐……"

"그렇지만……"

영섭은 이대로 마음을 털어버릴 순 없었다. 자신이 뭐 대단한 선인이라서가 아니라 이대로 흐지부지 넘어가기엔 보살할머니의 죽음이 너무도 마음에 걸렸다. 어떻게든 그분의 사령(死靈)굿만은 치러드려야겠는데……

"가자고!"

우비에 떨어지는 빗방울 소리가 굵어진다 싶자 박사장이 무릎을 짚고 일어섰다.

"네미럴, 당신 집 구들장에 물 새는 줄도 모르고 하나님이란 양반은 어디 가서 자빠져 세월아 네월아 만고강산일꼬?"

서털구털 박사장의 타박이 하늘에 들린 것일까. 그의 말이 끝나자마자 꽈르릉 꽝꽝 줄번개가 내리꽂히며 번쩍번쩍 세상이 들썩였다. 신호만 기다렸다는 듯 순식간에 빗줄기마저 사선을 그었다. 더 젖을 것도 없는 박사장이 황황히 뛰어 달아나기 시작했다. 뒤쫓아 걸음을 떼며 영섭은 한번 더 뒤를 돌아보았다. 번갯불마저 꺼진 수해지대는 그대로 컴컴한 묵시록을 이루고 있었고 답답한 심정은 차라리 이대로 소금기둥이 되었음 싶었다.

두 사람이 임시대피소로 쓰이는 학교로 들어설 즈음에는 작달비

거센 빗줄기가 아예 채찍비로 등짝을 후려패기 시작했다. 게릴라성 호우라는 이번 비의 징글맞은 특징이었다.

보살할머니의 죽음은 참으로 생각기도 참담한 흉사였다. 아무리 내 코가 석자였노라 핑계를 붙여봐도 인두겁 쓴 값도 못한 일인 것만은 변명의 여지가 없었다.

처음 보살할머니의 안위를 걱정한 건 영섭의 처였다.

"당신이 한번 가봐요."

급히 대피하라는 경찰의 경고방송에 꽁지에 불이 붙듯 얼기설기 싸들고 나온 피난짐에 치여 정신이 없던 영섭은,

"문이 잠겨 있더라며? 어디 가신 모양이지."

괜한 일로 씨양이질을 부린다는 투로 한 귀로 흘려버리고 말았다. 머쓱해진 아내도 더는 토를 달지 않았다.

교실 안은 그대로 인성만성 난리통이었다. 가재도구로 담을 쌓으며 자리싸움을 벌이느라 사람들은 목에서 넘어오는 대로 악다구니를 질러댔다. 가리산지리산 정신없는 중에 주민들은 위고 아래고 이웃이고 자시고 따질 염치 따윈 애당초 홍수에 떠내려보낸 것 같았다. 그러다 한번 욕말이라도 오가면 금방 콧날을 맞붙이고 이 물난리가 네 탓이네 내 탓이네 아우성이 터졌다. 사람을 타넘고 다니지 않으면 안될 만큼 공간부터 좁은데다 당장 누워자야 할 자리에 흙발짝이 어지럽게 널렸다. 거기에다 구호품 배급이 시작되자 교실 안은 아예 각다귀판으로 변해 오글오글 끓어넘쳤다.

"아무래도 마음이 안 놓여요."

아내가 다시 보살할머니 얘길 꺼낸 건 영섭네 네 식구가 이맛전을 맞대고 솥단지를 긁어대고 난 직후였다. 양껏 퍼마신 라면국물을 진

땀으로 빼고 앉았던 영섭도 그제서야 마음 한구석이 켕겼다.

"어디 가실 땐 으레 화분 좀 돌봐달라는 부탁을 빼놓지 않으셨는데…… 하고 정말 외출하신 거라면 우리라도 세간을 건져드려야 않겠어요."

집사람의 공연한 걱정도 씻어줄 겸 집안 사정도 살펴볼 겸 영섭은 옆자리 박사장과 함께 손전등 불빛을 앞세워 집으로 향했다.

왈칵 넘쳐난 강물로 그 사이 벌써 저지대는 지붕까지 잠겼고 영섭네 집자리도 일층까지 물이 찰박찰박 차오르고 있었다. 길목을 막아선 경찰을 피해 두 사람은 도둑고양이처럼 남의 집 담을 타넘어야 했다.

보살할머니의 반지하 셋방은 이미 가슴치기까지 물이 들어 있었다. 역류한 하수도에서 풍기는 썩은 내를 참으며 잠긴 문고리를 딸깍이며 몇번이고 할머니! 할머니!를 외쳐보았지만 묵묵부답이었다. 성미 급한 박사장이, 어차피 못 쓰게 된 세간살이…… 하면서 현관 유리를 박살내고 문을 땄다. 턱밑을 간질이는 오수 위로 이리저리 손전등을 휘둘러보던 박사장이 갑자기 기급절사 비명을 뿜었다.

"저게 뭐야?"

반절 넘게 물이 찬 단칸방 한가운데 두둥실 떠 있는 물체. 희끄무레한 어둠속에서 금방이라도 목두기처럼 휘스스 사라져버릴 것 같은 그건 놀랍게도 보살할머니의 시신이었다.

어인 일이었을까. 하얀 소복, 하얀 고깔에 남색 철릭까지 두르고 알록달록 삼불제석이 그려진 부채를 그러쥔 손을 살포시 배 위에 얹은 채 죽어 있는 보살할머니의 모습은 흡사 그대로 승천이라도 할 듯싶었다. 신기한 건 온갖 오예가 떠다니는 흙탕물 속에서도 당신이 차려입은 매무새는 조금도 더럽혀지지 않았을뿐더러 옷솔기 한군데 흐트러진 곳이 없다는 점이었다. 눌러쓴 고깔을 들춰본 박사장이 미간을 찌푸리며 도리머리를 흔들었다. 벌써 썩어들어가기 시작한 것으로 보아 당신의 죽음은 이미 몇날을 넘긴 듯 보였다.

꽈르릉 꽝꽝 쩌쩍쩍!

두 사람이 할머니의 시신을 둘러메려는 찰나 천지를 짜개버릴 듯 벼락이 울었다. 너무도 놀란 나머지 영섭은 입에 물었던 손전등을 풍당 물에 빠뜨리고 말았다. 한쪽 벽에 붙어 있던 무신도(巫神圖) 속 임경업 장군의 부리눈이 번뜩번뜩 빛을 뿜더니 치켜든 언월도를 쒜액 저를 향해 내리치는 듯 착각이 일었던 탓이었다. 아찔 중심을 잃고 물속에 주저앉은 영섭은 꼬록꼬록 오수를 삼키고 말았다.

보살할머니는 영섭네를 비롯해 물경 일곱 가구의 대식구들이 북적이는 미니 이층 다가구주택의 일원이었다. 모두가 단칸셋방 신세를 면치 못한 궁자 긴 인생들이라 저저금 살아가느라 분망한 중에 할머니는 있는지 없는지 태도 잘 나지 않는 외돌토리였다. 딱히 정해놓고 나가는 데도 없는 듯했고 찾아오는 사람도 거의 없었다. 그저 외지에 사는 집주인 영감과 아는 처지이기에 거저 얹혀산다는 것 외엔 누구도 할머니를 둘러싼 주변에 관해 알지 못했고 또 특별히 관심을 가질 만큼 당신께서 살갑게 구는 분도 아니었다. 다만 문틈 새로 무구(巫具)나 신장도(神將圖) 따위가 엿뵈는 걸로 보아 무업을 지고 살아가는구나 하는 짐작으로만 막연히 보살할머니로 불렸다. 그렇다고 당신이 뭐 덩기덩기 굿판을 벌인다거나 하다 못해 요란한 무령(巫鈴)소리 한번 밖으로 내는 일조차 없었다. 다만 하루 삼때 맞춰 솔솔 향내음이 뒤란에 번지는 것이 고작인 고즈넉한 독거노인이었다.

그런 보살할머니였지만 각각의 가구마다 독특한 일화를 나름으로 하나씩은 가지고 있었다. 예를 들면 영섭네 집엔 이런 일이 있었다.

그날 저녁 여느때처럼 퇴근한 영섭의 옷을 받아주며 아내가 말했다.

"오늘 큰일날 뻔했어요. 은정이네 유치원에서 사고가 있었어요."

소풍길 나선 승합차가 논둑으로 굴러 애들 몇몇이 큰 부상을 입었다는 소식이었다.

"은정이는?"

섬뜩 등줄기를 세운 영섭이 딸을 찾았지만 아내는 안심하라고 손짓을 했다.

"지금 보살할머니 방에서 잘 놀고 있어요."

"거긴 왜 갔지?"

"참 이상한 건요……"

아내의 말에 따르면 아침나절에 분명히 유치원에 데려다준 딸애가 점심때 보니 보살할머니 방에서 나오더라는 것이다. 소풍 가기 직전 보살할머니가 유치원에 찾아가 손녀딸 데리고 갈 데가 있다며 조퇴를 시켰다고 했다. 과연 신통한 일인지 아니면 그저 우연의 일친지는 모르겠지만 여하튼 그 일을 계기로 영섭은 처음으로 보살할머닐 모셔 저녁 한끼를 대접했다. 맛있게 식사를 드시고 난 후 할머니는 벽에 걸린 영섭의 선친 초상사진을 물끄럼 들여다보며 이렇게 말했다.

"자손 돌보는 음덕이 깊은 어른이시구먼……"

그 한마디뿐 더이상 뒷동을 달지 않았다.

비슷한 일이 박사장네 집에도 있었다. 하루는 할머니가 이층 사는 박사장네 집을 찾아와 안식구한테 박사장 속옷 중 빨지 않은 것이 있으면 내달라고 했다. 망측한 나머지 박사장댁이 실색을 하며 거절

했지만 보살할머니가 하도 막무가내로 호통을 치는 바람에 어쩌는가 보자는 셈으로 빨랫감을 건넸더니 그걸 가지고 옥상에 올라가 불을 놓더라는 거였다.

"글쎄 그 할망구가 남편 속옷을 태우면서 꼭 거기 귀신이라도 씐 양 불티에 대고 뭐라뭐라 나무라는데 여간 께름칙해야 말이지……"

아무튼 그 액땜 탓이었을까? 다음날 회식자리에서 횟감 안주를 나눠먹은 박사장네 공장사람 둘이 패혈증으로 저승문턱까지 갔다 되돌아왔건만 같은 자리에 있던 박사장만은 물똥 한번 지리지 않았다.

하지만 그런 일이야 부엌에 놓으면 조왕님 덕이요 뒤뜰에 놓으면 칠성님 덕이라 할 긴가민가한 일로 치부해버리면 그만이었다. 경찰로부터 시신을 인계받은 영섭이 앞장서서 보살할머니의 망혼굿이라도 치르자 나선 것은 명색이 한지붕살인데 생사조차 모르고 지냈다는 자책감 이외의 다른 뜻은 없었다. 다른 집 식구들도 모두 고개를 끄덕여 영섭의 의견에 찬동했고 십시일반으로 장례비와 굿돈을 추렴했다.

그렇게 보살할머니의 저승길을 닦아줄 무당을 찾아나선 끝에 만난 인물이 작두도령이라는 문제의 박수였다. TV에서 봤는데 용하기가 귀신 뺨치고 볼기까지 후릴 신통력이라는 박사장의 말대로 서울 강남 한복판에 동(銅)기와로 치장한 작두도령의 당집엔 대기실부터 신수를 풀러 온 여편네들로 득시글댔다. 한나절 만에 차례가 돌아와 마주하니 그 꼬락서니부터가 요란굉장했다. 홍색도 아니요 남색도 아닌 오색 수실의 쾌자 차림에 머리엔 임금이나 쓰던 익선관까지 뒤집어쓰고 손에는 제갈량도 날려버릴 듯 커다란 학익선을 휘휘 젓고 있는 행색에 영섭은 킥 웃음이 튀어나올 뻔했다. 뒤쪽 벽에는 방송사 로고가 붙은 커다란 확대사진이 붙어 있었는데 의자처럼 엮은 작두날 위에 걸터앉아 태연자약 곰방대를 물고 있는 사진 속 작두도령의 낯짝엔 헤벌쭉 웃음이 한가득이었다.

"어지간한 정성으론 작두신령님 뫼시기가……"

어사출두한 이몽룡마냥 부채로 코끝을 가린 채 두 사람의 행색을 위아래로 거들떠본 뒤, 대뜸 반말로 꺼낸 작두도령의 제일성은 거두절미 목돈에 관한 얘기였다. 작자가 부른 값에 대면 영섭네가 준비한 돈은 시쳇말로 인건비도 안 빠질 액수. 박사장이 자초지종을 설명하고 남들은 수재의연금도 내는 판에 박수께서 선업 한번 쌓으십사, 여느 재수굿도 아니고 막말로 동업계 종사자인 만신님 가시는 길닦음 아니냐, 비라리청을 넣은 끝에 종국에 가서는 나라에서 나오는 장례비를 뒷돈으로 보태는 것으로 어렵사리 합의를 보았다. 그나마도 정식으로 치르자면 사흘거리 굿마당이지만 소략해서 하룻밤 야제(夜祭)로 치른다는 거였다.

그날 밤으로 빈소가 차려진 학교에 나타난 작두도령은 그 행차부터가 유난벌떡이었다. 차유리까지 시커멓게 물들인 작두도령의 외제 세단을 필두로 뒤따른 승합차에서 내리는 면면만도 삼현육각에 조무(助巫)들에 좌우선녀까지 합치니 가히 대부대였다. 펄럭이는 당기를 들고 부제(副祭)가 앞장선 뒤로 쭉쭉빵빵 모델 뺨치는 좌우선녀들이 받쳐든 작두 사이로 작두도령이 성큼성큼 걸어나오자 구경차 나온 마을사람들이 썰물 빠지듯 비켜섰다. 고인의 빈소를 모신 교실에 들어가기에 앞서 도령은 굿터를 씻는다며 수재민들이 애써 비설거지로 쌓아둔 세간살이마다 쑥 우린 쑥물을 휘휘 뿌려댔다.

그런데 웬일이었을까. 빈소에 들어서서 떠지껄하게 다섯 방위 오방신장께 큰절을 올리던 그가 일순간 뻣뻣이 굳어버리는 게 아닌가. 하고는 까닭 모르게 후들거리는 걸음으로 보살할머니의 영정께 다가가 코를 들이민 작자가 허옇게 질린 얼굴로 영섭네들을 바라보았다.

"호, 혹시 망인께서 저, 전둘례 마, 만신?……"

"맞소만……"

찌무룩한 표정으로 영섭이 보살할머니의 명정을 가리켰다. 찰나 작두도령은 털썩 대나무 신간을 바닥에 떨구더니 연이어 굳은 몸을 사시나무 떨듯 떨었다. 얼어붙은 그자의 턱에서 덜덜덜 짝짝이 소리가 울렸다. 영문을 모르고 당황한 조무들이 겨드랑이를 부축하지 않았다면 작두도령은 그대로 무너질 것처럼 보였다.

"화이고, 만신님 죽을 죄를 지었습니다요!"

겨우 제정신을 차렸는가 싶던 인사가 이번에는 할머니의 영단에 대고 납죽납죽 방아깨비 절을 올리며 무언지 알아듣지 못할 소리로 연방 이령수를 주워섬기는 것이었다. 둘러선 사람들이 영문을 몰라 서로를 마주보는 사이 작두도령이 느닷없이 영섭의 옷소매를 잡고 늘어졌다.

"이보시오, 날 좀 보내줍쇼! 날 좀 보내줍쇼, 예?"

좀전까지 물렀거라, 한척 반 긴 소맷자락을 후여후여 휘두르던 기세는 어디로 가고 제발 날 좀 보내달라는 애걸복걸은 또 무언지. 조무들을 데리고 다급히 교실을 빠져나가는 그를 붙들고 선하심후하심 따져묻는 영섭에게 작두도령은 건네받은 목돈을 다발째 되돌려주며 오히려 통사정을 하는 것이었다.

"살려줍쇼, 제발 날 좀 살려줍쇼! 잘못했시다!"

무슨 일을 어떻게 잘못했다는 설명 한마디 없이 작자는 한사코 내빼려고만 했다. 이대로 가버리면 그 잘난 굿거린 어떡하냐고 다그치는 박사장에 대고 작두도령은 손바닥이 닳도록 비손까지 해댔다.

"행여 나중에라도 날 여기 끌어들일 생각일랑 맙시오. 아시겠소?

누가 묻더라도 날랑 애전에 만신님 전엔 코빼기도 안 내민 걸로 해주셔야 됩니다, 예?"

조금이라도 더 머뭇거렸단 무슨 지벌이 내릴지 모른다며 작두도령은 그예 그렇게 총총 꼬랑지를 말아 떠나버렸고 그자의 죽는 시늉이 웬 도깨비 고꾸라지는 소린지 도무지 이해가 가지 않는 박사장의 푸진 욕타박이 빗줄기가 되어 내린 것이었다.

교실 안이 너무 후텁지근했기에 영섭은 복도 끝으로 나와 창문을 열어젖혔다. 와락 창틀을 타넘은 비바람이 덮쳤지만 그의 달궈진 속을 식혀주진 못했다. 굵다란 빗줄기가 우의 깃을 파고들도록 정작 영섭은 이번 굿에 얽힌 일을 어디서 맺고 어디서 끊어얄지 갈피를 잡지 못하고 있었다. 창밖의 묽은 어둠이 꼭 제 속마음처럼 모호하게 느껴졌다.

"감기 들어요."

창문을 닫은 건 아내였다. 그녀의 뒤로 박사장이 서 있었다.

"제길, 뒤꼭지 간지러워서 못 있겠네."

두 사람 다 교실 안에서 웅성거리는 사람들 눈초리가 면구스러웠던 모양이었다.

"어쩔 셈이에요? 굿상 치워요?"

"글쎄…… 좀 기다려봐. 어떡할지 궁리를 해보자고."

팔짱낀 몸을 창턱에 기대며 영섭은 미간을 좁혔다. 쯧쯧, 냉가슴에 혀를 차는 박사장 역시 창밖으로 고개를 돌렸다. 유리창에 듣는 빗방울장단만이 요란하도록 세 사람의 침묵은 한동안 이어졌다. 교실 쪽에서 옆방 사는 문씨 내외가 걸어나왔다. 무거운 분위기 때문인지 문씨는 잠시 머뭇거리다가는 영섭의 어깨를 톡톡 다독였다.

"은정 아빠, 그만하면 애 많이 쓴겨. 안 그려요?"

문씨가 맞장구를 기대하며 박사장을 바라보았지만 박사장의 입에
선 엉뚱한 소리가 튀어나왔다.

"아, 굿상에 올릴 떡을 미리 먹어버리면 어떡해요!"

백설기 한덩이를 우물거리던 문씨의 처가 움찔 놀라더니 슬그머
니 떡덩이를 뒷자락에 감췄다. 눈꼬리가 잠깐 꿈틀거렸지만 문씨는
애써 모른 척 뒷말을 이었다.

"그나저나 이왕지사 이렇게 된 거, 우리들 가상한 맘이야 돌아가
신 할머니께서 다 아셨을 테니 이제 그만 자릴 접는 게……"

"이 냥반 답답하긴……"

쭈뼛거리는 남편의 주변머리를 참지 못하고 본론을 꺼낸 건 문씨
댁이었다.

"딱 잘라 얘기할게요. 은정 아버지, 굿 안하려면 우리가 보탠 삼십
만원은 좀 돌려줬음 해서요."

박사장한테 타박을 들은 때문일까. 문씨댁의 목소리는 카랑카랑 복
도를 울렸다. 그녀의 말꼬릴 잡고 늘어진 건 이번에도 박사장이었다.

"아따 거, 사람들 인심이 그래서야 쓰겠소. 지미……"

"어머, 말꼬리가 묘하게 꼬이네요! 우리가 뭘 잘못했다고 욕을 하
세요? 굿하자고 거둔 돈 못하게 됐으면 돌려주는 게 당연한 거 아녜
요?"

박사장에게 대드는 문씨댁은 이미 독이 뽀루지로 올라 있었다. 그
러잖아도 사이가 좋지 않은 두 집안이었다. 위아래층, 그러니까 박
사장네 방구들이 문씨네 천장이 될뿐더러 문씨네 만두가게 벽지 너
머가 바로 박사장의 철공소였건만 문제는 바로 그 점이었다. 박사장
네 철공소가 들어서면서 번지는 쇳가루먼지 때문에 목 좋던 가게터

를 다 버려놨다는 게 문씨네 푸념이었다. 아무튼 평소의 악감정도 있겠다, 박사장의 걸진 입청과 문씨댁의 짱알짱알한 포달이 드디어 정면으로 맞부딪치고 말았다.

"굿을 안하긴 왜 안해? 할 거요, 한다구요."

"이제 와서 누가 굿을 할 건데요? 아저씨가 할래요? 흥, 하긴 색동옷에 명두대 들려놓으면 딱 제격이겠네요."

"어허, 그래도 그런 게 아니지. 일이 틀어졌으면 함께 궁리할 생각은 않고 제 돈부터 돌려달라니? 뭣 빠지게 이 빗속을 돌아다니며 생고생한 사람 생각도 해줘야지. 이게 다 한지붕 아래 일 아뇨?"

두 사람이 주고받는 삿대질 속에 굿거리 못잖은 좋은 구경 났다고 어느새 사람들이 복도를 가득 메웠다. 영섭 내외가 끼여들어 말렸지만 잔뜩 양양이가 오른 두 사람은 아예 결판을 보자는 심산이었다.

"은정 엄만 빠져욧! 보세요, 아저씨만 천사표고 누군 팥쥐 엄마예요? 사정이 급하니까 그렇죠. 그리구요, 애당초 우리집은 세례받은 천주교 신자라고요."

"씨부럴, 누군 교인 아닌 줄 아나? 나도 아브라함이 이삭을 낳기 전부터 예수님 맏상주인 사람이여. 이거 왜 이러셔?"

"아이구, 잘나셨어요. 그리구 떡 한조각 집어먹었다고 많은 사람 앞에서 그렇게 면박주는 게 아니에요."

"얼씨구, 혼백도 드시기 전에 음복부터 하시곤 잘하셨다? 그렇게 주전부리가 고프면 댁네 쉬어빠진 만두나 처잡숴! 떡을 쳐도 두 말은 칠 엉덩판을 해가지고……"

그 순간 참다 못한 문씨의 뒷박이마가 기어코 박사장의 면상에 날아꽂혔다. 찍, 코밑을 훔친 손등에 핏물이 배어 있자 박사장도 기다렸다는 듯이 줄통뽑고 나섰다. 뒤엉킨 두 사람에 말리는 영섭까지 한무더기로 엉켜 뒹구는 바람에 와장창, 사방에 쌓아놓은 세간살이들이 무너져내렸고, 아이고, 왜 남의 살림은 부수고 그래, 여편네들의 아우성이 메아리쳤다. 대피소 치안을 위해 임시로 파견나온 김순경의 개입에도 두 사람은 겯거니틀거니 싸움을 멈추지 않았다. 견장에 붙은 쌍떡잎이 무색하게 공권력을 무시당한 김순경은 저가 더 악이 받쳐 고래고래 고함을 질러댔다. 순식간에 대피소는 아수라장으로 변했고 와릉와릉 하늘귀 무너지는 벼락소리를 타고 빗소리는 더욱 기승을 부렸다.

한바탕 드잡이가 가라앉은 건 집주인 서수돌 영감이 끼여들어서였다. 그래도 노인네 불호령만큼은 따끔하게 들렸는지 두 사람은 시근벌떡 좀처럼 가라앉지 않는 거친 숨을 몰아쉬며 서영감을 사이에 두고 등을 돌려 앉았다. 콧구멍 양쪽을 핏물 밴 휴지로 막고 학학대는 박사장이나 푸렁이 앉은 눈자위를 연해 문질러대는 문씨나 꼬락서니가 말이 아니었다.

"딴에는 좋은 일 한다기에 가상타 찾아왔더니만……"

마지막으로 지팡이 끝으로 두 사람의 정수리를 한대씩 내리치는 것으로 일장연설을 끝낸 서노인은 주뼛거리는 둘의 손을 잡아끌어 억지로 악수를 시켰다. 하고는 모시 두루마기 소매를 걷어올리고 화해주 한잔씩을 따라주었다. 황감히 고개를 돌려 잔을 들이켠 박사장이 바로 되내민 잔을 받아 턱밑에 가져가다 말고 서노인은 보살할머니의 영정을 비스듬히 올려다보았다.

"참으로 흉화(凶禍)여. 그렇게 허망히 돌아설 줄 미처 몰랐네. 용서하소……"

술잔을 기울이는 노인의 입시울에서 쪼옥 소리가 쓰게도 울렸다.

평소 혈압 때문에 억지로 일적불음(一滴不飮)한다던 노인이었다. 서울 맏아들네 살면서 한달에 한번 달세를 받으러 올 때마다 어김없이 삼겹살이라도 구워 셋방식구들을 죄 모다놓고는,

"한지붕 밑에 살면서도 이렇게나 해야 한번씩들 낯짝이나 마주보지? 보시게들, 이웃사촌이란 말이 새삼스럴 때가 있을 것이여."

하면서도 노인은 번번이 건네는 술잔을 손사래치곤 했었다. 그런 서노인이 단숨에 비운 잔을 이번에는 영섭이 받았다.

"쩟, 그래도 자네들이 미더운 생각을 했어. 내가 다 고마우이."

노인의 앙상마른 손바닥이 펑퍼짐 등짝을 다독이자 문씨댁은 머쓱하게 머리를 긁었다.

"저희 딴엔 한다고 벌인 일인데 그눔의 작두도령인지 작대기도령인지 하는 설익은 박수무당 때문에……"

문씨가 뒤늦은 핑계를 늘어놓자 서노인은 가만히 고개를 끄덕여 보였다.

"어르신, 그런데요. 그 떡을 칠 작두도령 말로는 보살할머니가 세상에 없는 큰무당이라는데 그게 사실인가요?"

틀어막은 휴지를 빼내고 시큼한 콧날을 벌름거리던 박씨가 묻고 나서자 이번에도 서노인은 크게 고개를 주억거렸다.

"큰무당이고말고…… 그래도 고 녀석이 날판 선무당은 아니었던 모양이지. 만신 높은 건 알아본 턱이니……"

"에이, 어르신두…… 무슨 큰무당이 그렇게 째지게 가난하게 사셨데요? 하고 정말 신통한 보살이셨으면 어째 당신 흉사하실 일도 몰랐단 말예요?"

"이보게, 저승사자 맞으려고 신복(神服)까지 차려입었음 됐지, 나 죽는다, 광고라도 할 듯싶은가? 자네들이 몰라서 그렇지 옛날부터

참무당이라면 여간 점잖한 법이 아니여."

딴은 그랬다. 만날 보살 보살, 부르면서도 할머니가 그렇게 무복까지 차려입은 모습을 본 것은 처음이자 마지막이 아니었던가. 그래도 사람들은 좀처럼 믿기지 않는다는 표정이었다.

일순배를 돌아 다시 제게로 돌아온 술잔을 가슴께 받아들고 뭔가 깊은 상념에 젖어든 듯 보이던 노인은 이윽고 반쯤 몸을 일으켜 무릎걸음으로 다가가 영좌에 술잔을 올려놓았다. 파나마모자를 벗어놓고 노인은 나붓이 재배를 올렸다. 그리고 너볏한 자태로 향불 앞에 꿇어앉아 혼잣말을 중얼거렸다.

"암은, 큰무당이셨소. 감히 비길 나위 없었소. 휘유!"

턱을 파묻은 옷섶에 그렇게 탄식을 흘린 서노인.

"정월에 해(亥)일이 셋이면 큰 장마가 진다더니만서도 뭔 놈의 비가 이렇게도 모질게 내리는지…… 팔십평생 이렇게 큰 시위는 보다첨 보오."

노인은 그렁그렁한 눈을 창밖으로 돌렸다.

"하늘이 우는 게지. 그럴 터이지."

상제를 대신해 문상받이를 하려 곁에 서 있던 영섭만이 노인의 쓸쓸한 속삭임을 엿들을 수 있었다. 몰씬몰씬 피어오르는 향불연기를 타고 서수돌 노인의 눈길은 아슴푸레 먼곳으로 건너가고 있었다.

*

수평선에 번뜩이던 까치놀마저 사라지자 간내를 풍기며 뭍으로 불던 바람머리가 바다 쪽으로 바뀌었다. 해주만 들고 나는 파돗결이 부포 앞바다 느즈목을 지나며 처얼썩처얼썩 맞바람에 부딪힐 때마다 해신당 지붕 위로 솟은 당기 끝 댓가지가 낭창낭창 곱드러졌다. 한

214

사리 접어드는 동편 바다 끝엔 벌써 보름달이 감실감실 떠 있었다.

푸르스름, 수돌이 움켜쥔 왜낫 서슬에 달빛이 스쳤다. 수돌은 장
군신당 문설주 틈새에 붙인 눈시울에 더욱 힘을 모았다. 신당 안에
숨어든 두 사람의 모습이 심지를 죽인 희미한 남폿불에 아른아른 흔
들리고 있었다.

"오냐, 이 연놈들……"

낫자루 거머쥔 손마디에서 빠드득 소리가 울렸다. 신당 안의 두
사람은 다름아니라 둘례와 윤대위였다. 비좁은 신당 안에서 얼마 떨
어지지 않은 거리를 두고 두 사람이 마주서 있었다. 키 작은 둘례가
고개를 치들어 꾸부정 고개를 숙이고 있는 윤대위를 올려다보았다.
수돌이 보기에 두 사람은 금방이라도 와락 껴안을 듯싶었고 여차직
그런 순간이 올 것 같으면 아작 문짝을 바수고 들어가 대위의 등골
에 낫날을 쑤셔박을 생각이었다.

그러잖아도 둘례만 떠올리면 품에 안은 새가 포르르 날아가버린
양 낙심천만인 수돌이었다. 신어미 되는 태복네가 숨을 거두며 막내
조카인 둘례를 장군만신으로 지목하지만 않았어도 지금쯤 무슨 방법
을 써서든 둘례를 제 각시로 삼았을 수돌이었다.

본래 세습만신은 둘례가 아니라 언니 클례에게 차례가 돌아가야
옳았다. 부포 사람 누구나 맏무당 클례가 임경업 장군 말명을 점수
(點授)받으리라 믿고 있었다. 하지만 이태 전 그녀가 웬놈의 씬지도
모를 사내아이를 덜컥 싸지르자 정심으로 받들어야 할 장군신께서
노하실 걸 두려워한 나머지 무업이 동생 둘례에게 내려간 것이었다.
그 탓에 알게 모르게 그녀를 향해 생가슴을 달구고 있던 수돌만 속
병이 덧친 셈이었다. 장군만신이라면 곧 숫색시로 일생을 나야 하는
법이었다. 백지로 접은 고깔에 노란 신장옷을 하늘거리는 둘례가 굿

당에서 너울춤을 출 때마다 수돌의 속에는 켜켜이 한숨이 쌓여갔다. 그럴수록 쥐었다 논 감자떡 같은 지금의 마누라가 되돌아보기도 싫은 밉상으로만 보였다.

그러던 오늘, 밤기도 날도 아닌데 신당에 쓴다며 둘례가 남포기름을 얻어간 일을 갸우뚱하고 있던 차에 윤대위가 집 뒤로 난 어둑한 수풀길로 접어드는 것을 보자 수돌은 일순 묘한 느낌에 사로잡혔다. 저치가 왜 신당으로 가는 걸까. 것도 혼잣몸으로. 혹시?…… 한번 틀어진 옥생각에 머릿속엔 곧 엉뚱한 장면이 그려졌다. 이것들이 신벌도 대벌을 받으려고 작정을 했구나! 윤대위의 뒤를 밟아 신당으로 가는 뒷동산을 타는 수돌의 손엔 저도 모르는 새 낫자루가 들려 있었다.

"날 보자고 한 이유가 뭐냐?"

윤대위의 쌀쌀맞은 목소리에 둘례가 뭐라고 답할꼬, 엿보는 수돌은 꿀걱 침을 삼켰다. 둘례는 곧바로 대답하지 않고 조금 더 뚫어져라 윤대위를 응시하다가 무겁게 입을 열었다.

"윤첨지 어른의 흉액은 참말로 안된 일이야요."

"………"

둘례는 비명에 간 윤대위의 조부에 관한 이야기로 말머리를 삼았지만 윤대위는 굳은 표정을 풀지 않았다.

"매일처럼 첨지어른의 해원기도를 올립지요. 그간 적치하(赤治下)에 있느라 지노귀도 치르지 못했지만 이제 좋은 날을 받아……"

"굿날을 잡자고 날 보잔 건 아닐 테고! 말 돌리지 말고 어서 본뜻을 말해라."

싹둑 둘례의 말꼬릴 잘라낸 윤대위가 차갑게 말했다. 잠시 머뭇거리던 둘례가 이윽고 딱 부러지는 목소리로 말했다.

"그러리다. 한마디로 합지요. 잡아가둔 마을사람들일랑 풀어주시여."

수돌은 아찔 눈을 감았다. 두 사람에 대해 터무니없이 오해를 한 제 헛약은 심보도 민망했지만 그보다는 외눈 하나 껌벅이지 않고 저런 소릴 내뱉는 둘례가 몹시 걱정스러웠던 탓이다. 윤대위가 누군가? 그 좋던 집안이 하루아침에 쑥대밭이 돼버린 포한으로 가을날 살무사가 무색하게 찌르르 독이 올라 있는 인사였다.

"말도 안되는 소리. 그들은 간첩이야!"

"아니오. 밤물 보러 나간 뱃사람들일 뿐입지요. 대위님께서 그걸 모르실 리가 없지요."

"천만에, 틀림없이 그들은 간첩이야. 증인도 있고 이미 스스로들 자백한 사실이다."

"매질보다 모질지 못해 한 자백이겠지여. 첩자노릇을 하려도 못할, 평생 뱃줄에나 매여 산 무지렁이들일 뿐입지요. 올 한해 변변히 조깃배 한번 띄워보지 못한 그네들이야요. 조기잡이로 한해 벌이를 삼아야는 그네들이 눈뜨고 제철 조기떼를 고스란히 돌려보낸 심정을 설마 선주댁 아드님이 모르신다고야 안하실 텝지요. 조기는 고사하고 이 철에 청어마저 못 잡게 하면 옹진바다 사람들 다 굶어죽으란 소립지여."

"듣기 싫다."

윤대위의 음성이 한결 높아졌다.

"군에서 제일 먼저 발표한 게 금어령이었다. 그건 곧 민간인 보호를 위한 조치야. 무시로 적선과 교전을 벌이는 마당에 태연하게 그물질이 말이나 되나! 그것도 깜깜한 오밤중에. 누가 뭐래도 그놈들은 적과 내통하려 한 불순분자들임이 명백해."

윤대위의 태도는 바늘끝 하나 찔러볼 데 없이 단호한 것이었다. 그럴수록 엿보고 있는 수돌은 속이 쓰려왔다. 몇번이고 간청을 계속하는 둘례의 심정이 곧 돌미륵에 비라리 올리는 것처럼 허망하게만 보였다.

"그네들을 다 죽인다고 집안의 원혼이 달래지겠습니까. 악으로 갚을 일이 아닙지요. 그 원성이 언젠가는 되돌아오고 말지요. 제발 풀어줍셔요. 제가 이렇게 빌게요, 오라버니⋯⋯"

헙! 수돌은 외마디소리가 튀어나오려는 제 입을 틀어막아야 했다. 이럴 수가⋯⋯ 그렇다면 둘례가 윤선주(船主)가 흘린 씨라는 그 기연미연한 소문이 사실이었단 말인가! 꿇어앉은 둘례가 머리를 조아리며 빌어바치는 순간 바르르 떨리는 대위의 손바닥이 그녀의 볼빰에 날아갔다. 꽈당, 신단에 머리를 부딪고 나가떨어진 둘례에게 다가가 바짝 얼굴을 들이댄 윤대위는 이글거리는 눈빛으로 자근자근 이렇게 씹어뱉었다.

"두번 다시 오라비 소릴 입에 담았다간 너 역시 성치 못할 줄 알아라."

쿵, 분김에 바닥을 구르고 일어선 윤대위는 벌컥 문을 열고 밖으로 나섰다. 그 바람에 수돌은 미처 숨을 새도 없이 그와 맞닥뜨리고 말았다. 수돌을 노려보는 윤대위의 볼따구니가 부들부들 떨리더니 그의 손이 허리께 권총지갑을 더듬었다. 얼어붙은 수돌은 낫자루마저 바닥에 떨구고 주춤주춤 뒷벽으로 물러섰다.

"가셔요!"

뒤쫓아나온 둘례가 두 사람 사이를 가로막으며 대위에게 말했다.

"어서 가시라니까요!"

잠시 후 흔들리던 낯빛이 냉정을 되찾는가 싶자 윤대위는 풀었던

총지갑의 똑딱단추를 다시 채우고는 성큼성큼 걸어가기 시작했다. 보름달을 향해 걸어가는 그의 등뒤로 서느런 바람이 일었다. 짓이기듯 밟고 지나간 모래톱 위에 팬 발자국에 허연 달빛이 고였다.

"함지(咸池)로 배가 뜬다는 게 사실이여?"

삽짝이 부서져라 뛰어들어온 클례는 숨을 헐떡이며 수돌에게 다그쳤다. 토방에 앉아 늦은 점심을 먹던 수돌은 대꾸도 않고 으적으적 고추를 씹었다. 며칠 두고 청어로만 끼니를 때워 그러잖아도 보깨는 속에 몇개쨴지 연달아 매운 홍고추를 처넣었더니 불을 삼킨 듯 뱃속이 아려왔다.

"왜 대답은 않고 처먹기만 하는겨!"

그래도 수돌은 대꾸 없이 고추를 씹었다. 마음속에서 치미는 울화와 고춧불 중 어느 쪽이 더 매운지 맞불이라도 놓아보고 싶은 심정이었다. 참다 못한 클례가 수돌의 손목을 움켜잡았다.

"말 좀 혀봐. 정말 함지 가는 배가 뜨는겨?"

"그럼 아니 땐 굴뚝에 연기날까베, 흥!"

또다시 수돌은 큼직한 벋니로 어적 고추를 씹었고 맥을 잃은 클례는 그대로 날바닥에 주저앉았다.

"하면, 정업이는 누가 되는겨? 누가 배에 타냐니까?"

"누구긴 누구겠슈. 둘례 만신이지."

그렇게 대답한 건 부엌에서 비죽 고개를 내민 수돌의 처였다. 수돌은 먹다 만 고추토막을 마누라 면상을 향해 집어던졌다.

"여편네가 어디 함부로 주둥일 놀려!"

수돌의 처는 입살을 삐죽이며 다시 부엌간으로 몸을 사렸고 아니나다를까 낙담한 클례는 땅이 꺼져라 한숨을 불었다.

"그것이 어쩌자고 죽을 꾀를 냈다냐. 애먼 제가 왜 죄를 뒤집어쓰고 정업이로 나선다는겨. 누가 함지 가라고 등 떠민 사람이 있는 것도 아닌데 개명천지에 이 무슨 생지랄이여. 수돌이, 네가 나서서 좀 말겨줘, 응?"

저를 붙들고 사정한다고 될 일인가. 수돌은 숟가락을 팽개치고 일어섰다.

"제길! 발써 마을에 소문이 쫙 퍼졌는데 시방에 와서 무신 수로 돌이키란 말이여. 매듭도 묶은 놈이 푸는 법이라니까 자네 동생한테나 가서 말기든 말든 알아서 혀!"

곧장 우물가로 달려간 수돌은 벌컥벌컥 벌물을 들이켜다 말고 내처 두레박을 뒤집어썼다. 허푸허푸……

마을은 술렁이고 있었다. 겉으론 태평한 듯 보였지만 물밑에선 어느때 없던 수선한 시절을 맞고 있었다. 그럴 것이 함지 가는 뱃길이 열린 건 실로 놀라운 일이었다. 촌로들조차 이야기로만 들었다는 까마득한 옛일인 만큼 이제는 전설이 되어버린 의식이었다.

함지는 서해 먼바다 어디에 있다는 해가 지는 커다란 연못의 이름이었다. 누구도 그 정확한 자리는 알지 못했고 더군다나 그곳에 닿는 뱃길을 아는 이가 있을 리도 없었다. 그럼에도 부포 사람들은 누구 할 것 없이 그 존재를 믿었다. 내남없이 나면서부터 뱃전에서 조기 비늘때에 절어 살다 그렇게 죽어갈 업을 진 부포 사람치고 함지를 의심하는 자체가 버력을 맞을 생각이었다. 그곳은 바로 조깃배의 수호신 임경업 장군의 신소(神所)였다.

"임경업 장군이 뉘신가. 장군의 이름만 듣고도 오랑캐 군사들이 군로를 바꾸던 신장이셨지."

마을 노인이 전하는 옛날 이야기.

"그런 장군께서 억울하게 호군(胡軍)에 잡혀가셨다가는 신술로 적장을 제압하시고 몸을 빼쳐 서호신(西顥神)이 되기 위해 서해를 건너셨지. 급히 청나라를 떠나느라 배 안에 물동이를 채우지 못했으니 조갈든 군사들이 다 죽게 되었단다. 그때 장군께서 바다 한가운데 닻을 드리고 두레박을 내리시니 신통하게도 그 물은 조금도 짜지 않은 맑은 물과 한가지라. 해갈을 한 군사들이 이번엔 허기에 죽을 지경이 되자 다시 장군께서는 가시나무 방망이를 물속에 담갔지. 그러자 대번에 가시마다 조기가 주렁주렁 꿰올라와 군사들이 먹고 힘을 얻은 거라. 호군이 재침하였다는 소식에 환국하시는 장군께서 '이 자리를 함지라 이르노니 오늘부터는 해가 이곳에 잠기리라', 뱃머릴 돌리시니 그때부터 곤륜산 너머 지던 해가 서해에 빠진 게여. 그 뒤로 오랑캐 나라엔 삼백예순날 동안 해가 뜨지 않았다지."

그로부터 극심한 흉어가 지면 마을에선 장군신께 부정을 끼친 탓이라 하여 업을 씻어줄 정업이를 뽑아 함지로 보냈다. 아무도 모르는 함지 가는 뱃길을 찾을 이는 오로지 장군신을 받드는 신당지기뿐. 돛대도 삿대도 없는 거룻배에 먹고 마실 것도 없이 두레박과 가시나무 가지만을 실어 먼바다로 띄워보내니 그건 곧 목숨으로 치성을 다한다는 인신공희(人神供犧)에 다름아니었다.

알 수 없는 건 사람들의 심사였다. 온 마을 조기농사를 망쳤으니 제 업을 씻으러 함지에 가겠노라고 둘례가 자처하고 나서자 마을사람들은 모였다 하면 참말일까, 참말일까, 쑤군덕대면서도 돌아서서는 저저금 정업이 띄울 채비를 서두는 것이었다.

그날 밤으로 서쪽으로 뻗은 복숭아가지가 죄 잘려나갔다. 울력 나선 청년들이 뒷산 동편의 아름드리를 베어 정업이가 타고 갈 독목선(獨木船)을 만들었고 집집마다 임경업 장군을 기리는 종이인형인 고

비전을 문설주에 오려붙였다. 아낙들은 매일 저녁 용소에서 목욕재계하는 둘례를 지켰고 남정네들은 밤마다 둘례가 춤을 추는 신당을 둘러 번을 섰다. 누가 했는지도 모르게 둘례네 집 바자울에는 촘촘히 복돈이 꽂혔고 장군신당 앞에는 흔전만전 제수떡이 쌓였다.

그렇게 둘례는 사흘 밤을 꼬박 신춤을 추었다. 해가 지면 신당 문에 빗장을 걸고 시작된 그녀의 춤은 밤이 새도록 멈추지 않았다. 장단 넣어주는 잡이〔巫樂士〕 하나 없이 그녀는 쉬지 않고 춤을 추었다. 춤을 추다 지치면 언월도자루를 붙들고 건둥건둥 비난수를 읊다가는 또다시 힘을 내 불꽃처럼 춤사위를 태우고 또 태웠다. 저러다 죽고 말지, 수돌은 애간장을 졸였지만 아무리 그렇다 해도 왼편으로 꼰 새끼를 두른 신당자리를 넘어설 수는 없었다. 그렇게 동이 트고 나서 사람들이 들어가면 어느새 그녀는 까무룩 혼절하여 쓰러져 있었다. 그녀를 업어드는 아침마다 수돌은 둘례의 몸피가 하루하루 말라가는 걸 느낄 수 있었다.

끼룩끼룩 벼락바위를 타고 오르며 갈매기가 울었다. 해풍이 부딪는 벼랑을 따라 솔가지들이 흔들렸다. 포박당한 채 바위 앞에 늘어선 사람들의 검은 눈가리개도 솔기를 나부꼈다. 생량머리 서늘한 바람을 맞으면서도 처형자들은 진땀을 흘리고 있었다. 개중에는 푸들푸들 까불리는 턱주가리를 자제하지 못하는 사람도 있었다. 그들과 마주해 차려자세로 집총하고 있는 군인들도 남 모르게 땀찬 손바닥을 바짓깃에 닦아내곤 했다.

감독관으로 파견나온 미군장교는 손목시계와 윤대위를 번갈아 바라보았다. 그러나 윤대위는 좀처럼 벼랑 아래 바닷가 쪽으로 향한 눈길을 거두지 않았다.

바닷가 장군신당 앞까지 끌고 온 크다마한 조깃배 위에서 벌어진 굿판은 반나절이 지나도록 끝날 줄을 몰랐다. 덩더꿍덩더꿍 풍물소리가 하염없이 이어지는 가운데 이물신령 이서낭 고물신령 고서낭으로 삼은 허수아비에게 마을사람들이 차례차례 절을 올리고 성깔 사나운 처녀뱃신 소당아기씨로 분한 계집아이를 무동 태운 남정네 하나가 몇바퀴째 뱃전을 돌았다. 신이 난 뱃사람이 들썩일 때마다 길게 땋아내린 계집아이의 댕기 끝에는 여러 개의 각종이 털렁털렁 흔들렸다. 상차림이 몇번씩 들고 나는 가운데 팔도명산을 지키는 온갖 명산 장군들이 죄 한번씩 뱃전에 들렀다 가시도록 굿거리장단은 멈추지 않았다.

　"집행합시다."

　기다리다 못한 미군장교가 시계를 두드리며 윤대위를 재촉했다. 윤대위는 여전히 고개를 저었다.

　"지금 총소리를 냈다간 저 사람들마저 싸그리 죽일 각오를 해얄 겁니다."

　"지정된 장소 이외에서의 종교집회는 금지되어 있잖소."

　"저 사람들에겐 저 바다가 곧 신의 땅이오. 태어나기도 전부터 해서 죽은 다음까지도 저들은 저 터전을 떠나지 않지요. 단 한번도……"

　서녘을 물들인 태양이 마침내 수평선에 발을 담갔다. 햇물든 금빛 바다 위로 철늦은 칼새떼가 스쳐지났을 때였다. 풍물소리가 장쾌하게 바뀌는가 싶더니 마침내 신당 문이 열렸다. 느릿느릿 신당 안에서 걸어나오는 무녀는 하얀 소복차림에 하얀 고깔을 눌러써 얼굴을 알아볼 수 없는 차림이었다. 윤대위는 빠드득 이를 갈았다. 움켜쥔 주먹 속을 손톱이 파고들었다.

　'수군대장 충민공(忠愍公) 임경업 장군'이라 쓰인 높은 번기를 앞세우고 마을사람들의 호위를 받은 무녀는 지는 해를 향해 세 번 절을 올리고 촌로가 건네주는 두레박과 가시나무 가지를 받아들었다. 쟁쟁쟁쟁── 마지막 풍장소리가 떠들썩 파도와 뒤섞이자 이물에 앞세운 오색 선기(船旗)가 후우여 하늘로 나부꼈다. 이력샤! 배꾼들이 조깃배를 밀어 물위에 띄우자 고물에 매어논 조각배도 당실당실 물결을 탔다.

──타고 다니는 건 칠성판이요 먹고 다니는 건 사잣밥이라~

마을사람들이 불러주는 배따라기를 뒤로 하고 출렁출렁 배가 떴다.

──여보시오 떠나는 님 이내 말씀 듣고 가소 닻 올려 배 떠나니 이제 가면 언제 오오~

조각배를 매단 조깃배는 느릿느릿 파도를 지쳐 서쪽으로 서쪽으로 흘렀다. 벌겋게 달아오른 황혼물결이 나아갈 뱃길이었다. 멀어지는 배꽁지를 향해 사람들의 뱃노래는 질척질척 젖어들었고 열지은 그네들의 그림자가 성글게 모래톱에 늘어졌다.

부릅뜬 눈으로 윤대위는 그 과정을 낱낱이 지켜보았지만 결국 그녀의 얼굴을 보지 못했다. 고개 숙인 무녀는 끝끝내 고깔 밖으로 얼굴을 드러내지 않았다.

그날 밤 부포마을은 두 가지 소식으로 발칵 뒤집어졌다. 하나는 그날로 총알 먹은 귀신이 돼버릴 줄로만 알았던 뱃사람들이 정식 재판에 넘겨지게 되었다는 소식이었다. 함지 가는 배의 배웅이 끝나고 곧바로 처형이 집행될 찰나 처형 중단을 요구하고 나선 것은 뜻밖에 윤대위였다는 것이다. 한다 못한다 미군장교와 실랑이를 벌이던 끝에 윤대위는 제 관자놀이에 총구를 겨누고 그들의 결백을 주장했다는 거였다. 기가 죽은 미군장교가 물러선 바람에 천행으로 여러 목숨을 구하긴 했지만 처음부터 그 사건의 자초지종에 개입했던 윤대위 역시 군재에 회부될 것이란 소식이었다. 여하튼 줄초상을 치르는 줄 알았던 처형자들의 집안은 십년 감수 수땜을 치렀다 안도했고 마을에선 넋이야 신이야 또다시 술추럼이 벌어졌다.

또다른 소식은 그보다 더 뜻밖의 것이었다. 함지 가는 배를 먼바다에 떼어놓고 새벽녘에야 되돌아온 배꾼들은 배에서 내리자마자 신당 옆 산기슭에 있는 소금막으로 뛰어갔다. 무슨 까닭인지는 모르지만 마지막 하직인사를 받은 만신이 어둠속으로 멀어지며 내린 하명 때문이었다. 소금막을 열고 들어선 그들은 대경실색 그 자리에 얼어붙고 말았다. 그곳엔 조금 전 바로 자신들 손으로 캄캄바다에 버리고 온 둘례가 꽁꽁 결박된 몸으로 갇혀 있는 것이 아닌가!

"이게 어찌된 조홧속이라!"

묶인 줄을 풀며 다그쳐묻는 사람들을 밀어젖히고 둘례는 곧장 바닷물에 뛰어들었다. 언니! 언니! 아득한 바다를 향해 자지러지는 둘례의 곡소리를 듣고서야 사람들은 함지로 떠난 만신이 클례라는 걸 깨달았다. 철벅철벅 바닷물을 내리치며 어이곡을 놓는 둘례의 귀에 클례의 마지막 말이 메아리졌다.

'내 몫이여! 본디가 내가 지고 난 업이여!'

돌아와, 언니이! 돌아오란 말이어어! 밤바다를 울리는 둘례의 처절한 외침에 놀란 탓이었을까. 해풍에 쓰러지는 갈대숲에서 핑핑 칼새들이 날아올랐다. 물에 빠져죽은 뱃사람의 수살영산을 저승으로 길잡이한다고 믿는 바로 그 새였다.

*

오롯이 타오르던 향불이 중동에서 툭 모가지를 끊고 떨어져서야 서수돌 노인은 퍼뜩 정신을 차렸다. 그러고는 옆에서 상제를 대신해 어정쩡 문상받이할 준비를 하고 있는 영섭을 보더니 갑자기 역정을 냈다.

"자네가 게서 뭐하는 게여? 상주는 따로 있어. 자네가 대신할 일이 아니여."

"그럼 할머니께 자손이 있단 말씀인가요?"

"있지. 암, 있다마다."

"나 원 참!"

듣고 있던 박사장이 밸을 터뜨리며 끼여들었다.

"어떤 썩을 놈의 자손이 살아생전 코빼기도 안 비치더니 돌아가신 장송마저 남의 손에 미룬답니까."

"수소문해놨으니 올 거여. 반드시 올 것이여. 소식을 못 들었다 해도 신(神)발이 내려서라도 알려주실 게여."

서노인은 보살할머니의 영정을 향해 다짐하듯 고개를 끄덕였다.

"이런 후레자식!"

난데없는 서노인의 호통이 쩌르렁 울린 것은 모두가 잠든 오밤중이었다. 어수선한 교실 여기저기 흩어져 새우잠을 자던 사람들 몇몇이 부스스 잠기어린 눈을 비비며 일어났다. 할머니의 빈소 앞에는 흠씬 비에 젖은 중늙은 사내 하나가 서 있었고 호통을 내지른 서노인은 울컥 단장을 치켜든 채 그자를 노려보고 있었다. 단박에라도 사내를 후려팰 듯한 노인은 그러나 치켜든 팔을 부들거리기만 할 뿐이었다. 눈치를 살피던 문씨가 슬그머니 다가가 노인을 말리고 들었다. 주춤주춤 물러나면서 서노인은 차마 단장을 휘두르지 못한 기세를 곧장 입으로 풀어냈다.

"썩 돌아가거라, 이 못된 놈의 새끼! 여가 어디라고…… 어여들 저 후레아들놈을 내쫓으소!"

퍼붓는 비를 고스란히 맞고 왔는지 빗물이 뚝뚝 듣는 행색으로 사내는 묵묵히 고개를 숙이고 있었다. 문씨에게 밀려 못 이기는 척 물러난 서노인이 씨근벌떡 숨을 고르는 사이 비로소 사내는 무겁게 한쪽 어깨에 매달린 륙색을 내려놓고 구중중 빗물에 젖은 모자를 벗었다. 떨리는 형광등 불빛을 받아 드러난 사내의 얼굴은 가칫한 나룻으로 덮여 있었고 강파리하게 깎인 얼굴매에 움펑눈이 깊어 몹시도 퀭한 인상이었다. 분을 삭이느라 등을 돌리고 앉은 서노인이 연방 '후레자식'을 뇌까리는 것으로 보아 아무튼 그 사내가 문제의 보살할머니의 자손인 것만은 분명한 모양이었다.

후줄근한 물귀신 꼴을 하고 있었지만 사내의 절을 올리는 태 하나만큼은 나무랄 데 없이 반듯했다. 몸에 밴 범절이 깍듯한 인물인 건 틀림없어 보였지만 영정을 향해 머리를 조아린 사내의 뒤태에 가지런히 모은 발바닥을 간신히 싸고 있는 구멍 뚫린 양말은 그의 신산한 세상살이를 강변하고 있었다. 구부정 묵상을 올리는 사내의 뒤로 서노인이 다가갔다. 맵지 않은 손매로 몇번이고 사내의 등판을 두들기며 뒤늦은 눈물을 흘렸다.

"이제 이 한을 어떻게 풀 것이여. 어떻게 풀 거냐고……"

사내는 우멍한 눈으로 한참토록 영정 속 할머니를 마주보고 있었다.

"이놈아, 이제사 나타나 어쩔 것이냐. 이렇게 된 마당에 뭘 어쩔 것이냔 말이다."

벙어린가 싶도록 사내는 서노인이 잡고 흔드는 대로 비틀비틀 말이 없었다. 오히려 사내의 뒷고대를 잡고 흔들어대는 서노인이 그간에 옹이진 한을 톡톡히 풀어내고 있었다.

"이 천하에 몹쓸 늠아! 저분은 네 이모님이 아니여. 바로 네 어머니와 한가지란 말이여. 아니 그러냐, 이늠아! 어째서 낳아준 정만 에미고 길러준 정은 웬수란 말이냐. 네늠이 그렇게 악증을 떨고 달아나지 않았어도 네 이모님은 평생을 언니 죽인 죄인으로 알고 제 손으로 지벌을 청하며 사신 분이다. 네늠이 알기나 하겠냐만 말명 썬무당이 다시는 신간을 잡지 않겠노라 했을 땐 이미 그날로 죽은 목숨이란 말이다. 바로 네 이모란 분이 반생이 넘도록 산송장 흉내를 내고 사셨다 그런 뜻이여. 그 심사가 오죽했겠는지 짐작이나 가느냐, 이 미련맞은 놈아아! 절 다시 올려라! 어머님, 잘못했습니다, 못난 아들이 돌아왔습니다, 고쳐 절을 올리란 말이닷!"

기어코 흥분을 참지 못한 서노인이 다시 오른팔을 치켜들었고 미처 사람들이 말리기도 전에 사내의 어깨에 지팡이가 떨어졌다. 창졸간에 일격을 당한 사내는 번뜩 노인을 노려보더니 덥석 지팡이 끝을 움켜잡았다. 사내와 노인의 마주친 눈빛에서 화락 불꽃이 일었다.

"오냐, 이늠아! 나도 쳐라. 이모한테 못할 짓 하고 달아났던 그날처럼 나도 네늠 손에 작씬 동강이 나보자, 이늠아!"

옴쏙한 눈자위에 파르르 섯을 세우고 노인을 쏘아보던 사내는 와락 단장을 빼앗아들었다. 저걸 어째! 사람들이 달려들 찰나, 그러나 사내는 지팡이를 앞세워 할머니의 영단 앞으로 나아갔다. 멈칫멈칫 사람들이 망설이는 사이 털픽 무릎을 꿇은 사내는 두 손으로 지팡이 중동을 부여잡았다. 고개 숙인 사내의 입에서 나직한 소리가 흘러나왔다.

——아—황—— 아아—화앙—— 아아아아—화아아앙——

신을 청하는 청배소리였다. 사내의 돌발적인 행동에 서노인을 비롯한 사람들이 얼떨떨 굳었다. 하지만 느긋이 목을 틔운 사내는 계속해서 들릴 듯 말 듯 늘어진 가락으로 신명을 부르기 시작했다.

——맞으시오 맞으시오 제석님을 맞으시오 제불님을 맞으시오. 일광제석 월광제석 옥황제석 신선제석 천지신명 모다 하강하시고……

세상의 갖은 신들을 하나씩 불러젖히는 사내의 목소리는 너무도 고요했기에 바깥에 몰아치는 비바람 소리에 씻겨 가뭇없이 사라지고 있었지만 둘러선 사람들은 엉거주춤 사내의 하는 양에 넋을 팔고 있었다. 그만큼 사내의 목소리는 구슬프게 귓불에 맺혔다. 천상신에서 지신, 산신에 수목신, 짐승신을 거쳐 저세상 명부신까지 세상에 웬 신명이 저리도 많은가 싶도록 하나하나 애조 띤 호명을 마친 사내가 마침내 서해바다 임장군을 거명한 순간 영섭은 잠깐 제 눈을 의심하지 않을 수 없었다. 비록 찰나에 지나지 않았지만 사내가 손을 뗀 지팡이가 그 자리에 꼿꼿이 섰을 뿐만 아니라 일순 부르르 떨리는 듯한 착각을 일으킨 때문이었다.

"옳거니, 오셨구나!"

서노인이 무릎을 치며 일떠섰고 사내는 재빠르게 지팡이를 붙안고 다시 깊숙이 머리를 조아렸다. 지팡이 끝이 덜덜 떨리며 콩콩콩 마룻바닥을 짓찧었고 갑작스레 사내의 몸도 덩달아 오들오들 오한이 난 듯 떨리기 시작했다. 영문을 모를 일이었지만 사람들이 보기에도 그건 사내가 지팡이를 흔드는 게 아니라 지팡이가 사내를 흔들어대는 게 분명해 보였다. 사람들은 저마다 쪼옥 등줄기를 훑고 가는 냉기를 느꼈다. 엎드린 사내에게 다가간 서노인은 차마 그의 몸에는 손을 대지 못한 채,

"보라이, 힘내라! 기운내서 이겨내야 하느니. 어서 오구물림을 하시게, 어서!"

동동 발을 구르며 용을 써댔다. 그러나 사내는 마냥 고개를 내저으

며 웅숭크린 몸을 더욱 돌돌 말았다. 그럴수록 그의 수척한 몸피는 학질을 앓는 사람처럼 자발없이 떨렸고 급기야 무엇에 걸어차이기라도 하듯 들썩들썩 몸을 추스르지 못하는 것처럼 보였다.

"견뎌야 혀. 내린 신불을 그냥 보내면 만신께선 영히 못 떠나시는 거여."

들썩이는 사내 곁에서 아등바등 된똥을 누는 시늉을 하던 서노인이 구석에 놓여 있던 꽹과리를 집어들었다. 하고는 마구잡이 장단으로 채를 휘둘렀다. 캥캥캥캥── 아닌밤중을 뒤흔드는 요란한 금속성에 맞춰 둘러선 사람들마저 저도 몰래 서로의 진땀 흐른 손바닥을 맞잡고 흔들어댔다. 어드기 어영차, 어드기 어영차…… 어느새 한목으로 입을 맞춘 사람들은 노인의 선소리에 맞춰 으아쌍을 질러대기 시작했다. 얼마나 그렇게 기를 써댔을까.

"어허!"

갑자기 벼락 같은 소리와 함께 벌떡 몸을 일으킨 사내의 눈에선 정말로 번갯불이라도 뿜어낼 듯 눈자위가 붉어져 있었다. 사내가 끝단을 움켜쥔 지팡이는 흡사 살아 있는 한마리 짐승처럼 불끈불끈 날뛰며 천장으로 솟구치려 하고 있었다. 제풀에 걷는 것인지 지팡이에 매달려 끌려가는 것인지 사내는 꿈틀꿈틀 지팡이를 흔들며 영단 너머 쳐놓은 병풍 뒤로 비칠비칠 걸음을 떼놓았다. 뒤쫓아 몰려가는 사람들을 서노인이 두 팔로 막아세웠다. 잠시 후 쿵쿵쾅쾅 무언가 두들겨부수는 소리가 병풍 뒤에서 울려나왔다.

"어─허! 어어─허! 어엇── 허헛!"

귀신의 소리를 받아 내지르는 사내의 포함소리는 심장을 토해낼 듯 절절하게 귓속을 후벼팠다. 보이지 않는 가운데 투닥거리는 소리가 다급해지고 점점 포함성이 드높아갔다. 때맞춰 밖에는 일진광풍에 휘몰린 빗줄기가 모질게 내리쳤다. 그러다 사내의 마지막 괴성과 함께 불쑥 지팡이가 날았다. 쨍그랑! 날아간 지팡이는 그대로 교실 유리창을 뚫고 캄캄한 허공으로 빨려들고 말았다. 꽈르릉! 그 순간 하늘이 뚫리는 소리와 함께 뇌성벽력이 천지를 갈랐다. 팍! 일순 전기가 끊어졌고 둘러선 사람들의 면면을 번갯불이 베고 지나갔다. 에쿠, 사람들이 숨을 멈추자 실내는 찬물을 끼얹은 듯 적요가 감돌았다. 사람들이 얼빠진 서로의 얼굴을 마주보며 정신을 가다듬는 사이 어디선가 아앙앙—— 놀란 아기의 울음소리가 들렸다. 시간마저 멎어버린 듯한 아스라한 적막 속에 아기의 울음만이 기운차게 울려퍼지고 있었다.

　——나무야아 나무야아 나무로오세.

　그리고 뒤를 이어 다시 한번 사내의 나직한 무가가 병풍을 타넘었다.

　——나무야아 나무야아 나무로오세. 에헤이 어허 나무로오세. 오구대왕님일랑 바리데기가 살리셨지만 불쌍토다 전씨나 장군만신은 뉘 손에 살려날 거이으으아. 나무야 나무야 나무로구나 에헤이 어허 나무로세. 나무가 되어 가시려누나. 나무나무 나무아미타불 제불보살……

　넋길을 닦는 사내의 노래는 좀처럼 그칠 줄 몰랐다. 덩달아 마냥 울어젖히던 아기의 울음소리는 하늘하늘 엄마젖에 파묻혀 사그라들었지만 웅얼웅얼 알아듣지 못할 소리로 잦아든 사내의 바리데기 소리는 몇시간이고 이어질 것 같았다. 아무 소리 들리지 않는 적막보다 차라리 축 늘어진 사내의 노랫가락이 더 고즈넉이 세상을 잠재우는 느낌이었다.

　어느덧 진정을 되찾은 사람들은 곰비임비 쌓아놓은 세간살이들을 등에 지고 다시금 수재민 신세가 되어 아득한 꿈나라로 접어들어갔고 보살할머니의 위패 앞에서 피어오른 한줄기 향불연기만이 요요롭게 허공으로 퍼져나갔다.

가장 늦게 담요를 뒤집어쓰고 누운 영섭마저 헤실바실 정신을 풀어갈 즈음 누군가 질척이는 학교 운동장을 가로지르는 이가 있었다. 옷고름을 나부끼는 서수돌 노인이었다. 느릿느릿 널따란 운동장 가운데께 이르러서야 노인은 발걸음을 멈추고 손에 든 것을 펼쳐들었다. 전둘례 만신이 생전에 입던 적삼이었다.

"평서해수군대장(平西海水軍大將) 주사상장(舟師上將) 임장군지만신(林將軍之萬神), 전씨 복(復)—— 복—— 복——"

훨훨 망자의 옷을 나부끼며 뒤늦게 혼을 부르는 서노인의 고복소리를 들어줄 이는 아무도 없었다. 초혼하는 노인의 손짓이 고독할수록 바람은 더욱 애연하게 옷자락을 휘날렸다.

그리고 아무도 모르고 있었다. 어느새 비가 그은 하늘에 끄무레한 먹구름이 조금씩 버성긴 틈을 벌리고 있다는 걸. 비구름장을 비집고 동편 하늘엔 날 벼린 그믐달이 빙긋이 떠올라 있었다. 꾸역꾸역 먹구름을 밀어내며 조각달은 그렇게 서편으로 흘러갈 터였고 그 뒤로 동녘 어스름을 들쑤시는 새벽 이내가 비쳤다. 비거스렁이하는 신새벽을 등지고 노인은 천천히 걸음을 옮겼다.

〔작가세계 1999년 가을호〕

오버 더 레인보우

김사장은 어려운 신탁을 말하는 선지자처럼 K에게 모호한 잠언의

끄트머리만을 남겨놓고 사라진 것이다.

K는 김사장의 눈이 아니라 그의 입을 보아야 했다는 것을 뒤늦게 알았다.

그의 오물거림은 무언가를 계속 반복해서 그에게 경고하는 것이었고,

그 경고를 미련하게도 전혀 알아채지 못하고 있었던 것이다.

저주가 아니라 경고였던 것을……

오버 더 레인보우

그들 부부는 이미 언더락스 잔 속의 얼마 남지 않은 위스키만큼 취해 있어 보였다. 적어도 부인 쪽의 경우엔 틀림없다고 K는 확신하고 있었다. 그들 부부가 마주하고 앉은 테이블 위에 놓인, 바닥을 겨우 남긴 글랜피딕 위스키 초록색 술병이 그걸 증거하고 있었다. 군색한 정의인지는 모르겠지만 이 호텔, 이 시간, 이 바에서 마주치는 일본인 남녀의 모습은 대체로 그들 부부와 같은 상태이기 쉬웠다. 그들 외지인 남녀간에 무슨 미묘한 역학관계가 있어서 그런지는 알 수 없지만, 대개의 경우 남자보다는 여자 쪽이, 남편보다는 부인 쪽이 더 취기에 젖어 있는 경우가 많았다. 취하여 흐트러진 탓인지는 몰랐지만 여자들은 언제나 우스꽝스런 꼬락서닐 보이기 일쑤였다. 그런 매시근한 모습은 K가 평소에 갖고 있던 일본 여인들에 대한 섹슈얼한 개념과는 아무래도 동떨어진 것이었다. 정교한 레절루션을 자랑하는 인터넷 블루버드(Bluebird) 홈페이지에서 만날 수 있는 반라의 페티시(fetish) 이미지의 일본 오피스레이디들의 성적인 은밀한 저돌성을 떠올려보면, 저렇게 청처짐한 모습은 정말 꼴불견이라 할 만했다. 물론 만취한 여인들은 그만큼 쉽게 허물어질 것처럼 보일 수도 있겠지만, 그런 풀죽 쑤어논 것 같은 상대는 전혀 K의 미묘한 공격본능을 자극할 수 없었다.

'엘빈 존스의 블루스.' 밴드의 연주는 막바지로 치닫고 있었다. 이 지겨운 곡을 통째로 듣다니! K는 고개를 가로저었다. 아무리 명곡이라지만 십오분짜리 대곡을 바에 앉아서 고스란히 견뎌낼 만큼 그는 재즈 매니아가 아니었다. 그래서인지 밴드맨 각자의 카덴차가 어지럽게 뒤섞이다가 총주(總奏)를 마지막으로 심벌즈 드럼의 꾕음이 끝나자 K는 일종의 통쾌함을 느꼈다. 대개 감상자에게 그 지루함을 견뎌냈다는 해방감을 안겨줄수록 명곡이게 마련이니까.

바의 여기저기서 산발적이고 간헐적인 박수소리가 튀어나왔다. 고작 대여섯뿐인 관중들이 보낸 박수는 역시 대곡의 위용을 기리는 것이라기보다는 하염없이 단조롭게 이어지던 지루한 드럼 애드립이 마침내 끝나고야 만 것을 자축하는 것 같았다. K는 술잔을 들어올려 해방을 자축했다.

"브라보! 브라보! 앙꼬르! 브라보!"

반면에 취한 일본 여인은 격하게 발장구까지 쳐가며 요란한 박수를 보내고 있었다. 무대 위의 금발의 기타리스트가 그녀의 과장된 호응에 감개무량하다는 표정으로 핸드키스를 보냈다. 그 키스에 자신감을 얻기라도 한 듯 그녀는 비칠거리며 자리에서 일어났다. 매끄런 대리석 바닥에 그녀가 앉았던 의자가 버겁게 뒤로 밀리며 기성을 올렸다. 그녀는 키스를 보내준 기타리스트에게 다가가서 뭐라고 말을 걸었지만, 다른 멤버들이 각자 악기를 조율하는 소리 탓에 기타리스트는 그녀의 말을 제대로 알아듣지 못하는 것 같았다. 기타리스트는 동료들에게 잠깐 멈추라는 표시로 손을 저어 보였고, 그 손을 다시 제 귀에 가져다붙인 채 무대 아래의 그녀에게로 상체를 숙였다. K에게까진 들리지 않았지만 여인은 아마 무슨 노래를 리퀘스트하려는 것 같았다. 기타리스트는 그녀의 말린 혀에 감겨 제대로 빠져나오지 못하는 부정확한 영어 발음을 쉬 알아듣지 못하고 재차 여인에게 '왓(what)?' 하고 되물었다. 바에서 술잔의 물기를 닦고 있던 바텐더에게 종이와 펜을 넘겨받자 여인은 그 위에 무언가를 휘갈겼고, 그걸 보고 나서야 기타리스트는 아하, 고개를 주억거렸다. 기타리스트가 손가락으로 OK 싸인을 흔들어 보이자 여인은 일본인 특유의, 허리까지 접히는 깊숙한 인사로 감사를 표하고 돌아섰다. 돌아서면서 그녀는 바 위에 놓인 K의 술병을 건드렸다. 술병은 쓰러질 듯이 취한 그녀처럼 크게 한번 비틀거렸다. 여인은 내처 그에게까지 깊숙이 허리를 굽혀 인사를 했지만 K의 관심은 병모가지에 매달려 흔들리는 은색 메달에 적힌 그의 이름 석 자에 쏠려 있었다.

'낯설군.'

낯설었다. 지난번에 마시다 남아 보관시켜둔 술병이었지만 술맛도 자신의 이름도 난생 처음 접하는 것처럼 이물스러웠다. K는 아직까지 흔들리고 있는 술병을 왈칵 움켜잡았다.

자기들끼리 쑥덕말을 주고받던 밴드맨 중에서 육중한 첼로의 지판을 멱살처럼 움켜쥐고 있던 흑인 첼리스트가 마이크에 대고 여인의 리퀘스트곡을 발표했다.

"오버 더 레인보우(Over the rainbow)."

칫, 이건 좀 실망인걸. 하긴 제까짓 것이 무슨 대단한 명곡이라도 신청했겠나 싶은 시틋한 표정으로 K는 등받이를 파고들었다. 너무 유명하고 쉬운 곡이었고, 그만큼 흔하디흔한 레퍼토리였다. 음치에 가까운 그가 가라오케에서 부를 수 있는 몇 안되는 노래이기도 했다. 원래가 여성을 위한 키라서 그는 이 노래를 부르기 전에 디제이에게 항상 두 키쯤 올려줄 것을 요구하곤 했다. 아예 키를 높여버리면, 노래 부르는 쪽에선 오히려 한 옥타브를 낮춰 불러도 되기 때문에 원래의 곡조에서 크게 벗어나지 않게 할 수 있는 그만의 노하우였다. 하지만 아무래도 부르는 것보다는 듣는 쪽이 좋았다. 무딘 음정으로 레이저 디스크가 이끄는 대로 질질 끌려다니기보다는 편안히 노래를 들으면서 이 곡이 주제가로 쓰였던 영화 「오즈의 마법사」의 동화 같은 분위기를 삭여보는 편이 훨씬 좋았다. 그는 얼마 전에도 CD로 복각되어 나온 오리지널 싸운드트랙 앨범까지 사들였다. 복각판이 으레 그렇듯이 약간씩 지직거리는 노이즈가 섞여 있었지만 그편이 오히려 따뜻한 느낌을 불러일으켰다. 오래된 영화는 으레 스크리치가 좀 있어야 더 고풍스러워 보이는 법이니까. 그런 감각으로 CD를 듣노라면 영화 속 주인공 도로시로 분한 어리디어린 여배우, 주디 갈란트의 맑고 투명한 목소리가 정말 시간의 저편에서 흘러나오는 것처럼 신비한 착각이 일곤 했다.

'멋진 제목이지, 암! The Wonderful Wizard of Oz……'

그 순간 그는 오리지널 싸운드트랙에 담긴 파랑새들의 지저귀는 소리가 듣고 싶어 갈증을 느낄 지경이었다. 1939년도, 전성시대 정점의 할리우드 흑백필름 속에서 화사하게 피어나는 꽃망울 같은 주디 갈란트의 나어린 순수.

'그래, 나도 도로시처럼 웃고 싶다구.'

K는 안주로 나온 팝콘을 우물거리며 정말 도로시처럼 웃어보았지만 스스로 느끼기에도 그건 흑백필름 속에 불쑥 뛰어든 컬러 이미지

처럼 생경한 표정이었다.

다양한 편곡이 존재했다. 챗 베이커의 재즈 스타일 편곡도 독특했고 나나 무스꾸리의 멜로풍도 나름대로 감미롭지만 그것들 못잖게 K는 그룹 레인보우의 기타 편곡을 사랑했다. 리더인 리치 블랙모어가 거북껍데기로 만든 피크로 한음 한음 뜯어내는 듯한 절절한 기타줄의 몸부림은 주디 갈란트의 평화로운 소망, 그러니까 언젠가는 무지개 너머로 갈 테야,라는 식의 순진한 기도가 아니라 영원히 건널 수 없는 곳으로서의 'Over the Rainbow'에 대한 비장미가 뚝뚝 묻어나는 것이었다.

여하튼 K는 유달리 그 노래를 사랑했기에 지금 그가 입가에 띠고 있는 시틋한 표정은 지금까지 품어왔던 곡에 대한 까다로운 호감을 저 무대 위의 국적도 불분명한 이방인 잡종 밴드가 신통찮은 실력으로 멋대로 손상시킬 것을 꺼리는 마음을 숨김없이 드러낸 것이라 해도 좋았다.

디우웅——

하지만 뜻밖의 저음이 흑인 첼리스트의 뭉툭한 손끝에서 흘러나왔을 때, K는 불현듯 호기심을 느꼈다. 그 웅숭깊은 저음은 색다른 기대감이 되어 그의 고막에 묵직하게 파고드는 것이었다. 재즈란 그런 변화무쌍한 멋이 있었다. 그게 그거인 것 같은 음률을 무심코 따라가다보면 어느새 재즈는 전혀 다른 세계로 듣는 이를 안내하곤 했다. 재즈가 감춰놓은 그 세계가 얼마나 넓고 얼마나 다채로운가는 빠져들어보지 못한 사람은 짐작조차 할 수 없는 것이다. 낯선 세계에 툭, 던져진 것 같은 생경함. 그러면서도 천의무봉 자연스레 흘러가는 그 능청스러움. 지금 저 첼로가 떨어낸 한음절의 저음이 날카로운 미늘처럼 그를 꿰어 천변만화하는 그 세계로 잡아당기고 있는 것이다. K는 곧 이어질 낯선 음감으로 만개할 세계로의 진입을 축하하듯 한참을 두고 바 위에 버려놓았던 술잔을 집어들었다. 축배를 들려고 술잔을 턱밑에 가져가려다 말고 불현듯 그는 차갑게 굳어버렸다. 문득 김사장의 모습을 보고 만 것이었다. 그때서야 K는 자신이 저 김사장의 존재를 가마득히 잊고 있었다는 걸 깨달았다. 느슨하게 들떠오르던 정신에 좌악 찬물이 끼얹어졌다.

'이러면 안되지.'

문제는 바의 분위기였다. 정작 김사장을 이쪽으로 끌고 온 것은 그였지만 술과 재즈에 젖어 있는 몇몇 취객들에 섞이다보니 저도 몰래 오늘밤의 모험을 망각하고 있었던 것이다. 그는 새삼스레 놀란 자신의 속내를 상대방에게 들키지 않으려고 들었던 술잔을 부러 태연을 가장하고 천천히 입으로 가져갔다. 짙은 향과는 너무도 다른 씁쓰레한 맛이 목젖을 할퀴고 넘어갔다. 배신의 맛. 그는 위스키를 통해서 그런 감각을 즐겼다. 평소 같으면 그 배신의 향취를 전신으로 보내기 위해 온몸의 말초신경을 마디마다 불러일으켰겠지만 지금은 좀 상황이 달랐다. 김사장과의 위태위태한 모험에 좀더 충실하지 않으면 안되는 것이었다. 취하는 걸 꺼리는 것은 아니었지만 일 삼아 취하려 들 필요까진 없었다. K는 천천히 눈을 떠 술잔 속에 바닥을 위로 하여 거꾸로 앉아 있는 김사장의 모습을 흘겨보았다. 술잔을 통해 거꾸로 비춰져서 그런지 김사장의 모습은 아침나절 그를 찾아왔던 때보다도 훨씬 더 불안해 보였다.

"제가…… 너무 일찍…… 왔나보군요."

김사장의 인사는 그의 차림새보다 더 초라하게 들렸다. 가칠한 수염에다 며칠째 감지 못한 듯 기름때가 흐르는 머릿결은 방금 모자를 벗어든 탓에 엉망으로 흐트러져 있었다.

'그래, 당신은 너무 일찍 왔어. 아직 영업시간이 되려면 십오분이 나 남았다구.'

속으로 그렇게 뇌까리며 K는 힐끔 눈길만 한번 주었을 뿐 김사장 의 인사엔 아는 척도 않고 제 할 일만 계속했다.

"바쁘신가보군요."

그때서야 K는 고개를 치들어 김사장을 쏘아보고는 무뚝뚝하게 손 목 위의 시계를 가리켜 보였다. 고객만족에 은행의 사활을 걸겠다는 행장이 보았더라면 거품을 물 불친절한 행동이었지만.

"아! 네…… 기다리겠습니다."

김사장은 멋쩍게 웃어 보이며 멀찍이 객장 가운데께 놓인 소파를 향해 걸어갔다. 돌아선 김사장의 추레한 뒷모습이 몹시 신경에 거슬 렸다. 허공의 무게까지 느껴질 듯 축 처진 그의 어깨선을 보자 K는 며칠 전 감원바람을 맞고 퇴직한 박대리가 마지막 뒤돌아갈 때의 그 모습이 떠올랐다. 아직까지 비어 있는 옆자리가 바로 박의 책상이었 는데다가, 그가 어젯밤 야근에도 마저 끝내지 못하고 이렇게 이른 아침부터 골머릴 싸매고 있는 것도 모두 박이 담당하던 업무였다. 자수성가란 글씨를 이마빼기에 붙이고 살던 그 순진한 은행원 박. 관리하던 업체가 줄줄이 부도가 나며 늘어가는 부실채권이 그의 목 덜밀 짓누른 사정을 그저 운수소관으로만 돌리기엔 맨하늘에 대고 주먹감자라도 올려붙이고 싶은 바로 그런 경우였다.

"무슨 일 땜에 오셨습니까?"

그가 큰 소리로 부르자 막 엉거주춤 소파에 앉으려던 김사장이 잰 걸음으로 뛰어왔다.

"아이구, 이거 제가 미리 연락을 드리고 왔어야 하는 건데, K 대리님 바쁘신 건 생각도 못하고……"

양손에 말아쥔 모자를 만지작거리며 엉너릴 치고 드는 김사장의 목소리에서 풍기는 비굴함이 순간적으로 역겹게 느껴지는 건 왜일까. K의 목소리에 다시금 관료적 억양이 물씬 풍겨나왔다.

"그러니까 무슨 일로 오셨냐구요."

"예에…… 거시기 어음을 좀……"

"받아가신 지 며칠이나 된다고요?"

"그래도 월말이 되고 하다보니 결제할 데도 많고……"

"더는 안됩니다."

때맞춰 전화가 왔다. 전화를 받는 동안 김사장은 카운터 오른쪽 그의 명패를 물끄러미 보고 있었다.

"아시다시피 지난번에는 겨우 두 장만 주셔서 금방 다 썼습니다."

김사장의 '겨우'라는 말에 그는 다소 기분이 상했기에 신경질적으로 수화기를 내려놓았다. 사실 그의 말이 틀린 것이 아니었기에 더 기분 나쁘게 들렸는지도 몰랐다. 열 장 단위로 나가게 되어 있는 어음책에서 K는 어려운 김사장의 영업현황을 단서로 잡아 '겨우' 두 장만을 교부했던 것이다. 그건 일종의 엿 먹으란 소리였다. 그가 기분이 상한 것은 자신의 '엿 먹어라' 하는 소리를 김사장이 이렇게 빤하게 되받아치고 있다는 사실이었다.

"겨우라뇨? 그때도 못 나갈 걸 억지로 내드렸는데 이제 와서 그렇게 말씀하십니까?"

김사장은 금방 수그러들었다.

"어떻게 이번 한번만 편의를 봐주십쇼. 이번엔 사용명세서랑 각서랑 모든 서류를 다 갖춰왔습니다."

김사장이 주섬주섬 주머니에서 리을자로 구겨진 서류 몇장을 꺼냈다. 그 서류가 K의 기분을 더욱 상하게 했다. 별다른 이유도 없이, '네가 바라는 게 이거지?'라고 넘겨짚는 김사장의 태도가 꼴사나운 언턱거리처럼 여겨지는 건 그러잖아도 책상 위에 한아름이나 쌓여 있는 서류더미가 주는 중압감에 대한 화풀이였을까. 그는 신경질적으로 김사장이 제시한 서류 중에서 어음 사용내역에 첨부된 어음 사본을 김사장의 코앞에 쫙 펼쳐 보였다. 한장의 사본에는 일금 육천만원정이, 한장에는 일금 일억사천만원정이 그려져 있었다.

"김사장님."

"네에……"

"보세요. 이 금액이 얼맙니까? 이게 문구대리점에서 사용하는 단 윕니까?"

"그게 그러니까……"

"이것뿐이 아니에요. 요 몇주 새에 김사장님이 돌린 어음이 전부 엉뚱하게 융통되고 있는 거 익히 알고 있습니다. 그것도 전부 이런 식으로 황당한 금액으로…… 매일 전화가 옵니다. 단자사, 은행, 사채업자…… 모두 김사장님 거래상태를 묻는 전화예요. 요즘 같은 불경기에 얼마나 사업이 잘돼서 그러신지는 모르겠지만 그만큼 활황이시면 이제 현금결제 좀 하시지요."

정도를 넘어선 비아냥이었지만 전혀 틀린 말만은 아니었다. 김사장은 창구 위에 그가 접수를 거부한 서류를 멀거니 내려다보고 있었다. 사실상 김사장도 피해자라는 걸 K 역시 잘 알고 있었다. 종합문구 제조사인 본사가 쓰러지면서 그가 경영하는 대리점의 부도도 오늘 내일 하는 상황이었다. 그런 와중에서 잘은 몰라도 전문 사채업자의 농간에 말려든 모양이었다. 결국은 한푼의 돈도 만져보지 못하면서 부도가 현실로 닥쳐올 날짜만을 하루하루 연기하고 있을 것이었다. 어음책은 이미 그의 손을 떠난 지 오랠 것이다. 고작해야 기천만원의 돈에 그는 자신의 모든 미래를 백지어음으로 고스란히 사채업자에게 팔아버렸을 터였다. 사채업자가 몇억, 몇십억을 그 위에 써서 융통시키는가는 김사장의 현재와는 아무런 관련이 없었다. 단지 그의 미래, 그것도 도래할 날이 길어야 90일, 혹은 120일 정도밖에 남아 있지 않은, 손에 닿을 듯한 미래가 벌써부터 어음지의 색깔처럼 누렇게 뜬 상태에서 김사장을 기다리고 있을 터였다.

다른 손님이 오지 않았더라면 김사장은 창구 너머 그의 맞은편 자리를 비켜주지 않았을 것이다. 한번 밀어닥치면 줄을 잇는 게 은행 고객들이었다. 더군다나 오늘은 월말이었다. 김사장은 한 손님이 볼일을 보고 갈 때마다 K의 고샅에 파고들어 통사정을 해보았지만, K는 묵묵부답으로 일관했다.

김사장은 가지 않았다. 금연 푯말이 큼직하게 붙어 있는 객장 안에서 그는 초조하게 담뱃갑을 만지작거리고 있을 뿐 좀처럼 자리를 떠나지 않았다. K가 다른 손님에게 가계수표를 교부하기 위해 수표마다 일일이 고무인을 찍을 때도 객장의 소파에 앉아 그를 보고 있었다. 월말이 되어 다발로 교환에 돌아온 수표를 한장 한장 고객의 계좌에서 차감해나갈 때도 김사장은 K를 보고 있었다. 차감되지 못한 수표 때문에 교환제시 은행에 연장전화를 걸 때도 김사장은 K를 보고 있었다. 거래를 해지하러 온 손님에게 예금권유를 할 때도 김사장은 K를 보고 있었다. 지점장과 면담을 마치고 나왔을 때도 김사장은 여전히 K를 보고 있었다. 그러다 K는 짧은 십오분의 점심식사를 우겨넣듯 하고 돌아왔을 때야 김사장이 앉았던 자리엔 다른 손님이 앉아 있는 걸 확인할 수 있었다. 그렇긴 해도 만일 눈코 뜰 새 없이 바쁜 업무가 아니었다면, 그의 뇌리엔 김사장이 여전히 초라하게 버티고 있을 것이었다.

    모락모락 녹차 향기에 섞여 가야금 소리가 실내에 남실거리고 있는 혼곤한 휴식이었다. K는 계리마감이 끝나는 즉시 외투를 꿰입고 은행문을 나서 이곳 단골 찻집까지 단숨에 차를 몰았다. 별다른 일이 있는 건 아니었지만 조금이라도 더 사무실에 남아 있다간 석고처럼 굳어진 목덜미에서 끝내 우지끈 소리가 날 것만 같았기 때문이었다.

    우전차의 비릿쌉쌀한 향기가 호로록 혀를 감고 들었다. 조금 전까지 읽는 둥 마는 둥 펴들고 있던 시집은 아무렇게나 다탁 위에 던져놓은 채, 그는 아교라도 발라놓은 듯한 어깻죽지를 주물러가며 짧은 휴식 속에 마음껏 시간을 방기하고 있었다. 현대 창작곡인 난해한 가야금 독주의 배경음악에 맞춰 K는 눈을 감고 한쪽 발을 까닥까닥 흔들어댔다. 화성(和聲)을 이해할 수 없는 독특한 가야금 소리가 심하게 높낮이를 탈수록 그는 점점 혼곤함 속에 깊이 빠져들어가는 느낌이었다. 이 노래의 곡명이 「전설」이던가? 그는 피식 웃음을 흘렸다.

    '그래, 전설이 되고 싶었던 적이 있었지……'

    마법 같았던 시절. 주위로부터 소아병적 영웅주의라고 지탄을 받았을지언정 스스로 가히 영웅이 될 수 있다고 믿었던 시절이 그에게도 있었던가.

    '맞아. 영웅! 일거수일투족이 모조리 역사에 기록되다가 마침내 전설로 아득히 멀어지는……'

    그러나 전설은커녕 일생을 불살라 흔적을 남기리라던 역사마저도 슬그머니 종언을 고했다 하고, 어느새 그 자신은 흔하디흔한 '지나

가는 사람 3'처럼 밤이면 상영이 끝난 극장의 스크린처럼 까무룩 암 전되었다가 아침이면 리셋 버튼이 눌러진 기계처럼 벌떡 일어서야 하는 생활의 지극한 단조로움조차 거부하지 못하는 존재가 돼버리지 않았는가. 하물며 그렇게 평면화된 일상의 프로그램조차 이리도 버 겁게 느껴지는 것을…… 그는 찻잔을 집어들며 끼득끼득 웃었다. 그 순간 K는 자신이 한장의 평면적 사진 속에서 갇혀 웃고 있는 듯한 자조적인 느낌이 들었다. 그때였다.

때앵!

날카로운 가야금 소리가 실내의 어둠을 찢었다. K는 소스라치게 놀란 나머지 동그랗게 눈을 칩떴다. 구석에 앉아 있는 김사장을 발 견한 것이었다. 찻집은 은행이나 김사장의 사무실과는 너무도 동떨 어진 곳에 있었으니 여기서 그를 다시 보게 된 것은 그야말로 뜻밖 의 일이었다. 묘한 긴장이 들숨을 타고 전신으로 번졌다.

김사장은 K를 보고 있지 않았다. 그러나 그건 뻔한 외면이었다. 그런 어설픈 외면이 오히려 그의 멋쩍은 심사를 더 쉽게 노출시키고 있었다. 차라리 김사장이 그를 마주 노려보고 있었더라면 그는 억지 로라도 아는 체를 했을 것이다. 그러나 김사장은 미숙한 배우의 서 툰 연기처럼 애써 고개를 돌려 그를 외면할 뿐이었다.

보온병 마개를 열어 뜨거운 물을 귀때그릇 가득 부었다. 혼자 마 시기엔 너무 많은 양의 물을 따라냈다는 것을 알아차리곤 이내 저쪽 귀퉁이의 김사장을 생각했다. 부를까? 차를 한잔 주고, 얘기를 건네 볼까? 왜 나를 쫓아왔냐고 물어볼까? 아니다. 어쩌면 자신을 쫓아온 것이 아닐지도 모른다. 희박한 가능성이지만 김사장이 그와는 무관 하게 이 찻집을 찾았을 수도 있기는 했다. 그렇다면 저 어색한 외면 은? 그거야 우연히 마주친 나에 대한 당황함일 수도 있는 것 아닐까? 아니야. 역시 그런 개연성은 너무 희박해. 그는 귀때그릇의 넘칠 듯한 물을 반쯤 차완에 따랐다. 물을 좀더 식혀야 한다고 생각했지만 이미 쏟아부은 물이었다. 그때서야 자신이 왠지 서두르고 있다는 것을 깨달았다. 무엇 때문에? 그렇게 질문하는 순간에도 K는 미처 우전차의 여린 잎이 찻물을 충분히 우려내주기도 전에 차를 찻종에 따라내고 있었다. 너무 서두르는군. 지나치게 긴장하고 있는 걸까? 천천히, 천천히…… K는 그렇게 스스로를 다스렸다. 찻물을 입속 가득 품어물고 그는 자신이 왜 서두르는가, 왜 긴장하고 있는가를 곰곰이 따져보았다. 께름칙한 추측이었지만 뭔가 짚이는 게 없지는 않았다.

우선 김사장이 무언가 자신에게 해코지를 하려 하고 있다는 짐작이 들었다. 실제로 은행바닥이라는 데가 오늘처럼 김사장과 그와의 사이에 있었던 사건 따위가 빌미가 되어 벌어지는 크고 작은 시빗거리가 허다한 곳이긴 했다. 대부분 은행 객장이 한번 들썩일 정도의 소란을 거치고 가라앉는 것이었지만 이따금은 민원이나 진정 같은 것으로 발전하기도 했고 크게는 법정으로까지 번져가는 경우도 없지는 않았다. 그렇지만 그 정도의 소란으론 지금 저 구석에 존재하는 김사장의 느닷없는 출현을 모두 설명할 순 없었다. 좀더 추측을 밀어붙이자면 어떤 추상적인 시빗거리가 아니라, 좀더 직접적이고 보다 물리적인, 그러니까 칼끝처럼 선명한 위협이 그의 코앞에 닥쳐와 있다는 쪽으로 확신이 서는 것이었다. 이만 일로 칼부림이 나지 말란 법도 없었으니까.

생각이 거기에 미치자 K는 못내 덮어놓아야 할 뚜껑을 잘못 열어, 가두어놓았던 어떤 징그런 짐승이 빠져나와 자신의 주변 어딘가에 숨어서 기습을 가해올 것 같은 불쾌하고 두려운 느낌이 들며 순식간

246

에 온몸에 소름이 돋았다. 그는 한참 동안이나 입속에 머금고 있던 찻물을 비로소 삼켰다. 꿀꺽! 찻물이 넘어가며 목젖을 울리는 소리가 난데없이 요란하게 들렸다.

'내가 너무 지나치게 긴장하고 있는 걸까?'

K는 긴장을 풀고자 양 손바닥을 맞대고 싹싹 비벼보았다. 그러다가 무언가 작은 벌레 같은 것이 기어다니는 것 같은 느낌에 벅벅 허벅지를 긁어대기도 했다. 하지만 어디에도 벌레 따윈 보이지 않았다. 너무 세게 긁어댄 탓에 아릿하게 아파오는 허벅지를 문지르는 새 이번에는 등줄기를 타고 또 뭔가가 스멀거리는 것 같았다. 그 감각은 이내 척추를 타고 연수를 통해 머리카락 하나하나에까지 뻣뻣하게 전달되었다. 쭈뼛거리는 머리거죽을 다스리기 위해 손가락을 빗처럼 만들어 머리카락을 넘겨보았다. 한결 머리가 부드러워지는 것을 느낄 수 있었지만 몸을 기어다니던 벌레를 잡지 못했다는 불안한 마음이 벌레처럼 그가 앉아 있는 소파의 작은 틈새 사이로 파고들어가 숨어버린 채 다시 한번 그의 몸을 탐할 순간을 기다리고 있는 것 같았다.

미루어놓았던 시집을 펼쳐들었다. 시어들이 몇개인가 눈길에 끌려나오다가 이내 시집 속으로 다시 기어들어갔다. 굳이 시를 읽고 싶은 게 아니었다. 오히려 저편의 김사장이 좀더 자연스럽게 그를 살펴주기를 바라는 허허실실이었다. 찻종을 입으로 가져갔다. 찻물 몇방울이 투두둑 시집 위로 떨어져 불규칙한 배열을 이뤘다. 그 난데없는 별자리 같은 모양을 보면서 문득 동전이나 쌀알 같은 것을 가지고 점을 치는 무속이 생각났다. 그 무속인들이라면 이 불규칙한 배열을 통해 어떤 미래를 점칠까? 이 무의미한 나열이 그에게 불투명한 앞날에 대한 어떤 암시가 되어줄 법도 싶었다. 그러나 K는 이

내 그런 막연한 불안감 따위는 모두 자신이 필요 이상으로 긴장하고 있기 때문에 떠오른 헛생각일 뿐이라고 둘러 생각기로 했다.

'침착해야 한다니까……'

K는 그렇게 한번 더 마음을 다잡으며 다시금 흘깃 김사장 쪽을 살폈다. 김사장은 여전히 먼산바라기를 하면서 딴청을 부리고 있었다. K는 이대로 더이상 기다리는 건 무의미하다고 결론을 내렸다.

'그래, 기다리지 말고 내 쪽에서 나서보는 거야.'

그렇게 과감하게 마음을 먹자 한결 불안이 가시는 것이었다. 그렇지. 이제 적극적으로 나서볼까? 그러자 마음 어느 구석에선가 약간의 흥분기까지 솟구치는 것 같았다. 뜻밖에 오늘밤은 모험의 밤이 될지도 모른다. 지루한 한낮의 루틴에 앙갚음이라도 해줄 듯한 스릴 만점의 일탈!

K는 천천히 일어나 코트를 팔에 걸쳤다. 시집을 주머니에 쑤셔넣고 뚜벅뚜벅 분명한 걸음으로 카운터까지 걸어가 계산을 치렀다. 그 모든 동작을 일부러 느릿하게 한 것은 자신의 출발을 김사장에게 적극적으로 노출하려는 계산에 따른 것이었다. 밖으로 나와 차가운 공기 속에 심호흡을 몇번 되풀이했다. 뿌연 입김 사이로 고개 숙인 김사장의 모습이 뒤따라 출구를 나서는 것을 보았다. 차에 타서 시동을 걸었다. 룸미러의 어둔 시야 속에 김사장이 건물 뒤편으로 사라졌다. 아마도 주차장으로 갔겠지…… 엔진의 RPM이 충분히 떨어질 때까지 공회전을 한 것은 혹시나 자신의 차를 놓칠지 모르는 김사장을 위한 배려였다. 도로 위에 나서 길가 쪽 차선을 타고 천천히 달렸다. 그가 나선 찻집의 건물 뒤편에서 뾰족한 두 줄기 빛을 앞세우고 낡은 소형차 한대가 나타난 걸 확인하고 K는 약간 속도를 높였다. 뒤차가 따라왔다. 헤드램프의 역광 때문에 차에 누가 타고 있는지를

확인할 수가 없었기에 K는 다시금 불안을 느꼈다. 만일 김사장이 이 대로 사라진 것이라면 오늘밤의 모험은 비단 오늘 하루로 끝나지 않을 수도 있다. 만일 그렇다면 이 불길한 징조는 내일로, 모레로 계속해서 연장될지도 모르는 일이었다.

왼쪽 깜박이를 켜서 자신의 진행방향을 알렸다. 도로 옆의 아파트 단지 안으로 들어가볼 생각이었다. 다행히 뒤따르는 차는 K가 가는 길을 고스란히 따라오고 있었다. 그가 쓸데없이 아파트 한 동의 건물을 빙 돌도록 뒤차의 추적은 곧대로 이어졌다. 이제 불안의 연장 따윈 괘념치 않아도 좋을 성싶어지자 K는 본격적으로 속도를 냈다. 강변이 나타났고 아직까지 도로는 다소 밀리는 편이었다. 강다리로 차머리를 들이밀고 나서야 그는 좀더 이 모험을 즐기기 위해서라면 옆길로 난 고속도로를 탈 걸 그랬다는 후회를 했다. 쭉 뻗은 길을 타고 쌩쌩 스피드를 내면서 쫓고 쫓기는 경주를 해보는 것도 그럴싸했으리라.

그렇게 찾아온 것이 이 호텔의 바였다. 어쩌다 들르는 곳이었는데 그때마다 대체로 여자와 함께 어울렸지 싶은 기억이었다. 왜 김사장을 이리로 유도했을까? 이 밤의 모험에 어떤 성적인 것을 대리만족 시켜줄 부분이라도 기대했던 것일까? 하긴 종소리를 들은 개가 침을 흘리듯 어둔 산을 배경으로 우뚝 솟은 호텔을 보면서 K는 이때까지와는 다른 야릇한 기대 같은 것을 품게 되었다. 어쩌면 그가 두렵다고만 생각했던 이 끈적한 밤 속에는 의외로 자신이 무의식적으로 바라고 있던 새로운 충동의 불씨 같은 게 들어 있을지도 모르는 일이었다. 김사장이 여전히 딱딱한 표정으로 바의 한구석을 차지하고 앉았음에도 불구하고 K가 무대 위에서 퍼지는 재즈 따위에 그렇게 충

실할 수 있었던 것도 바로 두려움을 대신하여 자리하기 시작한 모종
의 기대감 때문이었을는지도 몰랐다.

트럼펫이 나직하게 '오버 더 레인보우'의 테마를 읊기 시작했다.
촉촉하고 평화롭게 동화의 시작을 알리는 개막의 팡파르가 너울너울
바를 메워가고 있었다. 바의 한쪽 벽을 가득 메운 예전 할리우드의
화려했던 얼굴들이 각자의 사진틀 속에서 흑백의 고즈넉한 표정으로
음악을 경청하고 있었다. 외면하고 있는 술잔 속의 김사장은 여전히
거꾸로 매달린 채였다. 그의 뒤집힌 영상이 K에게는 본말이 전도된
이 밤을 상징하는 어떤 징표처럼 다가섰다. 자신을 노려보아야 할
존재를 오히려 자신이 노려보고 있다는 이상한 역전을 K는 애써 이
해하려 들진 않았다. 김사장은 위아래만이 뒤집혀 있는 것이 아니었
다. 그가 술잔을 오른쪽으로 돌리면 김사장의 상은 왼쪽으로 움직였
고, 왼쪽으로 하면 오른쪽으로 움직였다. 술잔 속의 김사장은 모든
것이 K의 동작과는 반대였다. 그는 잔 속의 술에 거꾸로 처박혀 있
는 김사장을 상하좌우로 아주 천천히 흔들어보았다. 되도록이면 담
긴 술이 출렁여 그 속에 잠긴 김사장의 이미지를 구기지 않도록 주
의 깊고 조심스레 움직여보았고, 그 동작 속에 미세하게 변화하는
김사장을 세심하게 관찰했다. 작은 술잔 속에 갇혀 있지만 김사장은
새장 속의 새처럼 퍼덕이지도 않았고, 주사를 맞은 흰쥐처럼 안절부
절못하는 것도 아니었다. 그렇다고 그가 전혀 움직이지 않고 있는
것은 아니었다. 김사장은 이따금씩 담배를 빨아들였고 그래서 불룩
해진 그의 가슴 위의 톱코트 깃이 그의 목을 죄듯이 치켜올라갈 즈
음 천천히 연기를 내뿜었는데 그런 변화는 자세히 보지 않으면 흡사
그가 날숨을 내쉬지 않는 것으로 착각할 수도 있었다. 그런 김사장

의 호흡동작은 마치 고양잇과의 한마리 늙은 짐승이 급하게 먹은 먹이를 가쁘게 소화하면서 *끄륵끄륵* 괴로운 소화불량을 견뎌내고 있는 꼬락서니처럼 보이기도 하는 것이었다.

트럼펫을 앞세운 전주가 끝나자 턱살이 두툼하게 처져 보기만 해도 숨이 가빠 보이는 여성 보컬리스트의 노래가 시작되었다.

"Somewhere over the rainbow⋯⋯"

여가수는 몸집에 어울리는 풍부한 성량과 음역을 자랑하고 있었다. 목젖을 기도 뒤로 빼면서 약간 탁하게 내지르는 소리는 지나친 탁음이 아니면서도 제법 흑인 쏘울(soul)의 분위기도 풍겨낼 줄 아는 기품있는 목소리였다. 쩍 벌어진 그녀의 목청을 들여다보면서 그는 들고 있던 잔을 급히 꺾어 그 속에 잠겨 있던 김사장의 영상을 목젖으로 넘겼다. 격하게 출렁이는 술잔의 해일 속에서 아둥바둥댈 그의 이미지를 떠올려보았다. 그의 깊은 목구멍으로 빨려들어가지 않으려고 미끄러운 술잔의 벽을 마구 쥐어뜯으며 버텨보는 그 환영마저 집어삼키려는 듯 그는 쪼옥, 소리가 나도록 술잔을 빨았다. 무척이나 입이 썼지만 그는 혀끝으로 입술을 촉촉이 핥아보았다.

눈길을 가슴께의 바 위에 올려놓았다. 바는 길게 하현달 모양으로 휘어져 홀의 저 끝까지 이어져 있었다. 그 긴 페이브먼트를 따라 K는 천천히 눈길을 굴렸다. 그 끝에는 방금 자신이 마셔버린 김사장이 아직껏 버티고 있을까 하는 의구심이 기다리고 있을 것이었다. 그는 소중한 선물꾸러미를 열기라도 하듯 섬세한 각도로 바의 동선을 따라 시선을 움직여갔다. 바의 윗면은 나무가 아니라 두툼하고 매끄러운 유리로 덮여 있었고 그 유리 아래로는 마치 상점의 진열장처럼 여러가지 물건들이 흥미롭게 나열되어 있었다.

제일 처음 눈길이 머문 것은 트럼프였다. 흔히 보는 트럼프처럼 다이아몬드나 스페이드 따위가 그려진 것이 아니라 마치 실크스크린으로 떠낸 듯 잘고 세밀하게 묘사된 서양 중세풍의 그림이 그려진 몇장의 카드였다. 어릿광대, 말 탄 기사, 높은 언덕 위의 고성(孤城), 다람쥐처럼 풍성하게 엉덩이를 치켜올린 빅토리아 시대의 귀부인 등등이 그려져 있었다. 그 마지막 장에는 시커멓게 치켜올려진 단두대가 보였다. 단두대는 다른 트럼프와는 달리 검은색 모노톤으로 그려져 훨씬 그 이미지가 강렬하게 두드러져 보이는 것이었다.

동화 속의 도로시가 켄터키 옛집으로 돌아가게 해달라고 서쪽나라의 마법사에게 그랬듯이 여가수는 두 손을 가슴께로 모아 기도하는 표정을 지으며 애절한 고음을 자아내고 있었다. 그녀의 고음이 폭포처럼 떨어지는 무대 턱밑께의 바 두번째 칸에는 가면들이 유리장 속에 진열되어 있었다. 가면 역시 흔히 볼 수 있는 괴물들이나 유명인사를 희화한 것들이 아니라 지독하게 무표정하고 창백한 백색의 고무가면들이었다. 가면은 모두 세 개였다. 창백한 고무의 피부만을 똑같이 드러낸 채, 똑같은 방향을 텅 빈 눈동자로 응시하고 있었다. 그 무표정들이 각각 다른 표정으로 살아 있다는 게 K에겐 희한하게 다가왔다. 모두 단색으로 뻣뻣하게 굳어 있었지만, 자세히 뜯어보면 이마의 크기, 눈의 찢어진 정도, 코의 융기의 높고 낮음, 입 모양의 변화를 통해서 제각각의 '얼굴'을 하고 있음을 알아차릴 수 있었다. 만일 그 세 가지 가면을 각기 하나씩 따로 떼어서 보았다면 그 미묘한 차이를 읽어낼 수 없었을지도 몰랐다. 그걸 보고 나자 K는 세상의 모든 가면이란 것이 목이 잘린 시체의 효수되지 못한 두부(頭部)를 형상화한 것은 아닐까, 하는 의구심이 들었다. 그리고 그런 형상이야말로 세상의 모든 가면이 써야 하는 운명 같은 것이란 사실을 새삼 알아차렸다. 그리고 보면 저 세 가지 가면의 무채색의 적나라한 무표정은 다른 여타의 우스꽝스런 가면보다는 훨씬 극명한, 좀더 구체적으로 비유하자면 일종의 하이퍼리얼리티 같은 것을 선연하게 드러내고 있는 뛰어난 설치예술일 수도 있다는 데까지 생각이 미쳤다. 아까의 카드에 그려진 작은 단두대와 비교해볼 때 특히 그런 의식이 강렬하게 떠올랐다. 그렇게 작은 단두대에 저렇게 큰 얼굴들이 잘려질 수 있을까? 그렇지만 그건 가면과 단두대가 갖는 씨니피앙의 운명 같은 것이라고 그는 고개를 끄덕였다. 아무리 큰 얼굴도 단두대 앞에서는 무기력하게 잘려나가지 않을 수 없는, 규칙 이전의 운명 같은 거 말이지……

바의 세번째 칸으로 눈길을 옮기기 전에 K는 다시 술 한잔을 들이켰다. 여가수의 보컬이 흥얼흥얼 이어지다가 마침내 꺼져가면서 밴드는 본격적인 변주를 시작했다. 주로 첼로가 이끄는 주리듬에 맞춰 드럼이 지루한 음의 연장을 예고했고 간간이 트럼펫이 그 지루함을 찢어발기듯 튀어나오곤 했다. 여가수는 제 할 일을 다 했다는 듯이 아예 무대를 내려와 바텐더에게 찬물 한잔을 받아서 들이켰다. 그리고 조금 전까지 자신이 서 있던 무대를 돌아보며 리듬에 맞춰 건둥건둥 발을 흔들어대고 있었다.

그는 그녀에게 술을 한잔 권할까 하다가 그만두기로 했다. 그보다는 바의 동선을 따라 움직이는 눈길의 여행을 끝마쳐야 했다. 지루한 밴드의 애드립을 배경으로 해서 바의 끄트머리께 앉아 있을 김사장의 존재를 다시 확인해야만 한다는 의무감 같은 것이 아까부터 자신이 빙빙 우회하고 있는 도상의 최종 목적지라고 여겨졌다.

바 위의 세번째 유리칸은 휘어진 각도 때문에 충분히 보이질 않았을뿐더러 유리덮개 위로 천장에서 내리쏘는 조명이 반사되어 그 안이 또렷이 들여다보이진 않았지만 그런대로의 짐작으론 사막을 건너는 대상(隊商)을 수놓은 작은 양탄자 같은 직물인 것 같았다. 난반사하는 무대조명 때문인지 직물 위에 수놓인 그림은 흡사 하나의 홀로그램처럼 몽롱하게 보였다. 불그레 사막을 나타내는 바탕 위에 한마리 목이 긴 낙타가 아라비아 두건에 마스크를 두른 단 한사람의 대상——단 한사람이라고?——을 싣고 가는 장면을 수놓은 것이었다. 펄럭펄럭 나부끼는 캐러밴의 옷자락으로 인해 그림에선 정말 휘이잉 모랫바람이라도 불어닥칠 것 같은 표표한 느낌이 물씬 풍겨나왔다. 낙타에 올라탄 캐러밴이 향하는 사막의 지평선 아득한 끝에는 아마도 달을 나타내는 것 같은 작고 둥근 아라베스크 문양이 정교한 솜씨로 수놓아져 있었는데 그 솜씨가 정교하게 느껴질수록 외로운 캐러밴의 갈 길은 가뭇없이 멀어질 것만 같았다. 저 한마리 묵묵한 짐승과 바람 같은 사내는 어느 너머를 향해 걷고 또 걷는 것일까. K는 그 너머 바의 네번째 칸엔 무엇이 놓여 있을까가 몹시 궁금했지만 그가 앉은 자리에선 더이상은 보이질 않았다. 거기까지가 바의 동선을 따르는 여행의 끝이었다.

마침내 뿜어나오기 시작한 기타 애드립을 신호삼아 K는 망설이던 눈길을 히뜩 김사장이 있는 구석자리로 던졌다. 혹시나 그가 사라지지 않았을까 하는 걱정의 마음으로 바라본 곳엔 뜻밖에 김사장의 시선이 정면으로 기다리고 있었다. 그는 더이상 어색한 외면을 가장하고 있지 않았을뿐더러 얼굴엔 묘한 표정까지 띠고 그를 바라보고 있는 것이었다. 그는 김사장의 묘한 표정을 정면으로 한동안 바라본 후에야 그가 무언가를 씹고 있다는 걸 알았다. 김사장의 저작행위에 따라 그의 얼굴이 조금씩 조금씩 미묘한 변화를 보이고 있었고 그런 변화로 인해 그의 얼굴 표정을 딱히 무엇이라 규정하기 힘들었던 것이다. 아니 무언가를 저렇게 우물거리면서 누군가를 바라본다는 사실이 따지고 보면 더욱 묘한 것이었다. 김사장은 무엇을 씹고 있을까. 맥주를 시켜놓고 앉아 있었으니 아마도 맥주에 따라나온 견과류나 감자칩 따위를 씹고 있을 것이었다.

아차! 그렇지만 K는 자신의 예상에 허점이 있다는 걸 금방 알아챘다. 아무리 딱딱한 견과를 씹는다 해도 저렇게 한참을 오물거리고 있을까? 김사장의 목젖이 전혀 움직이지 않는 것을 보면 아무것도 삼키지 않고 있다는 건데, 그렇게 한참을 눈을 마주치고 있도록 예의 그 오물거리는 입운동을 계속하고 있다니. 그렇다면…… 그는 김사장이 비로소 무언가 자신을 향해 말을 하고 있다는 것을 알아차렸다. 말? 입을 벌리지도 않은 채? 상대방이 듣지 못할 것을 뻔히 알면서도 말을 건넨다? 있을 수 없는 일이었지만 그것말고는 김사장의 미묘한 입의 움직임을 설명할 수가 없었다.

그렇군! 저주! 그래, 김사장은 지금 나에게 향한 저주를 으적으적 씹고 있는 중이구먼. 마침내 K의 생각은 거기까지 이르렀다. 저주란 것은 굳이 상대방에게 전달되지 않아도 내뱉을 수 있는 종류의 말이니까. 그러면서 K는 왜 하필 욕이 아니라 저주라는 단어가 자신의 머릿속에 떠올랐을까,고 안타까워했다. 욕보다는 저주라는 말이 훨씬 그의 가슴에 섬뜩하게 와닿는 느낌이었다. 그냥 욕이라고 생각했더라면 이렇게 바닥에 내려놓은 가방처럼, 혹은 신고 있던 구두처럼, 태연자약 잊고 있던 불안감이 다시금 되살아나 거세게 휘몰아치지는 않았을 것 같았다. K는 스스로가 너무 과민하게 반응하고 있었고 그런 지나친 오버센스는 이 밤의 긴 모험에 치명적인 약점이 된다는 것을 알았지만 한번 그를 손아귀에 휘어잡아버린 알 수 없는 힘은 좀처럼 그를 놓아주지 않았다. 입이 말라가는 것을 느끼고 손에 쥐고 있던 술잔을 다시 들이켰다. 그러면서도 눈은 계속해서 김사장의 시선을 단단히 붙들고 놓지 않았다. 김사장의 시선은 이 어두운 모험의 동굴에서 유일한 빛이고 열쇠였다. 이 동굴로 그를 유인한 것도 김사장이었고 이 동굴에서 나가지 못하게 그를 붙들고 있는 것도 김사장이었다. 어차피 김사장이 입을 벌리지 않은 채 말을 하고 있는 바에는 그 말의 통로는 유일하게 그의 눈일밖에. K는 김사장의 시선이 자신의 시선으로부터 떨어지지 않도록 하기 위해 눈꺼풀을 깜빡이지도 않았을뿐더러, 세게 노려본다거나 혹은 흐릿하게 눈자위를 풀어버리는 따위의 강약을 조절하지도 않고 그저 온곱은 시선으로 질기게 버텨보기로 했다. 너무 상대방에게 위압감을 주거나 혹은 반대로 자만심에 빠지게 해버리면 자칫 상대가 그를 적절한 적수로 인정하지 않을 수 있다는 것이 이런 싸움의 미묘한 특질이게 마련이었다. 결국 승부는 그런 평온함을 유지할 수 있는 긴장을 누가 오래 끌고 갈 수 있느냐의 지구력으로 결정지어질 터였다.

K는 끓어오르는 감정을 다스리기 위해 눈은 놓아둔 채 귀만을 밴드의 음악소리에 맞추었다. 가볍고도 날카로운 기타의 고음과 첼로의 육중한 베이스가 '오버 더 레인보우'의 테마음을 변주로 하여 서로 주거니 받거니 하면서 각기 나름대로의 씽커페이션을 섞어가며 흥미로운 전개를 이뤄내고 있었다. 이 부분쯤이면 원래의 동화 「오즈의 마법사」는 도로시가 마지막으로 신고 있던 구두 뒤축을 세 번 두드려, 자신을 고향인 켄터키 초원의 집으로 되돌려보내달라는 마법의 주문을 외우고 있을 클라이맥스에 해당될 것이었다. 조명을 받아 눈부신 자신의 금발처럼 기타리스트는 불을 뿜듯이 간간이 날카로운 피킹 하모닉스 기법을 넣어 전통 재즈음이 아닌 퓨전 스타일로 음을 뒤집어나갔다. 그렇게 반전에 반전을 거듭하는 새에 K는 자신도 모르게 점점 고조된 흥분 속으로 빨려들어가고 있었다. 만일 그

순간에 김사장이 입놀림을 뚝! 멈추고, 벌떡 일어서지만 않았어도 그는 제풀에 겨워 겨루던 시선을 거두었을지도 모를 일이었다.

뜻밖에 김사장은 아무런 망설임도 없이 저벅저벅 그를 향해 정면으로 다가오고 있었다. 그가 다가옴에 따라 K는 전신의 세포가 주체할 수 없이 부풀어올라 마치 자신이 털을 올올이 곤두세운 채 천적 앞에서 절명의 순간만을 기다리고 있는 한마리 연약한 짐승으로 몰리고 있는 듯한 착각에 빠져들었다.

김사장이 가까이 온다. 어느 발걸음쯤에 그는 품속의 칼을 꺼낼까? 칼? 아냐, 칼이 아닐 수도 있다. 저렇게 하현달처럼 휘어진 바를 닮은 조선낫 같은 좀더 흉측한 무기일 수도 있다. 무엇이건 이제 잠시 후면 그 날카로운 금속이 자신의 몸을 파고들겠지? 몸이라면 어딜까? 왼쪽 심장? 아니면 간지럼을 잘 타는 갈비뼈 사이의 연한 살 갗을 비집을까? 목? 목이라면 저 단두대처럼 내 목을 송두리째 도려낼 것인가? 몸통을 잃어버린 내 목은 데구루루 굴러 저기 가면처럼 무표정하게 설치될 수 있을까? 죽은 나의 시선은 어디로 향할 것인가? 외로운 대상이 하염없이 걸어가는 저 붉은 사막의 건너편으로? 볼 수 없었던 네번째 유리칸이 죽은 나의 망막에 무엇으로 비칠 것인가? 그는 바늘끝에 올라선 것 같은 긴장의 순간이 너무도 길게 이어지는 것 같아 진저리가 날 지경이었다. 김사장은 조금도 주저하지 않고 성큼성큼 걸어오고 있는데 문제는 음악이었다. 음악이 너무 다변하고 있는 게 탈이다. 김사장의 걸음걸이에 맞춰 음악소리도 빠르게 변주를 이뤄내는 것처럼 여겨졌다.

김사장이 그의 곁에서 우뚝 걸음을 멈추었다. 어느새 K는 단두대에 목을 걸치듯 길게 고개를 숙이고 있었다. 그러나 순간 탁! 하고 그의 어깨에 내리닿은 것은 어떤 날카로운 흉기의 감촉이 아니었다.

그건 김사장의 묵직한 손이었다. 그것이 너무 무거워서 그는 마치 왼쪽 어깨에 대장간의 모루가 얹혀 있는 것 같은 느낌을 받았다. 김사장이 입을 열었다.

"알겠지? 내가 말한 대로 해야 하네!"

김사장은 다가왔던 발걸음과 똑같은 박자로 출구를 향해 나갔다. 바의 자동문이 열리면서 바깥에 몰아치던 차가운 바람 한줄기가 이때다 싶어 홀 안으로 휘몰아쳐 들어왔다.

김사장이 사라졌음에도 불구하고, 몸뚱어리 어디에도 생채기 하나 남지 않았음에도 불구하고 K의 어깨에는 여전히 모루 같은 무거운 무엇이 생생하게 얹혀 있었다. 무엇을? 무엇을 해야 한다고? K는 김사장이 남기고 간 말을 전혀 알아들을 수 없었다. 도대체 무슨 말을 했다는 것인가? 그가 우물거리듯 입속에서 씹고 또 씹은 것이 나에 대한 저주가 아니었단 말인가? 그렇다면 왜 그는 단 한마디도 나에게 들려주지 않은 걸까? 김사장은 어려운 신탁을 말하는 선지자처럼 K에게 모호한 잠언의 끄트머리만을 남겨놓고 사라진 것이다. K는 김사장의 눈이 아니라 그의 입을 보아야 했다는 것을 뒤늦게 알았다. 그의 오물거림은 무언가를 계속 반복해서 그에게 경고하는 것이었고, 그 경고를 K는 미련하게도 전혀 알아채지 못하고 있었던 것이다. 저주가 아니라 경고였던 것을……

음악 탓이다. 술 탓이다. 벽에 걸린 흑백사진 속의 화사한 이브닝 드레스에 싸인 베티 데이비스 때문이다. 오버 더 레인보우 탓이다. 저 트럼프, 저 가면, 저 낙타의 탓이다. 술 취한 저 일본 계집 탓이다. 종잡을 수 없는 변주 탓이다.

여가수는 어느새 무대로 되돌아가 다시 마이크를 잡고 마지막 목청을 돋우고 있었다. 그녀의 톤이 저렇게까지 높이 올라갈 줄은 몰랐다. 톤만이 문제가 아니었다. 곡의 흐름으로 보아 이제 남은 것은 그녀의 보컬 애드립뿐일 텐데, 그녀는 오랫동안 기다려왔던 자신의 차례가 돌아온 것을 미친 듯이 즐기고 있는 것처럼 보였다. 그녀는 너무 빠르게 박자를 이끌어가서 뒤의 기악주자들이 허덕거리며 그녀를 쫓아가게 만들고 있었다. 자칫하다가는 저 여가수가 지금까지 잘 이어온 곡을 한꺼번에 망쳐버릴 것만 같았다. 이렇게 빠르게 나가다가는 마치 33회전 LP판을 45회전의 속도로 돌렸을 때 나는 기성처럼 음악이고 뭐고간에 다 찌그러질 것 같았다. 고음을 따라 있는 대로 벌어진 그녀의 험악한 아가리에선 더이상 음악이 나오는 것이 아니었다. 어쩌면 그녀는 그렇게 큰 입을 더 크게 벌려 이 바 안의 모든 것을 빨아들이려 하고 있는지도 모른다는 공포감이 K를 뒤흔들고 지나갔다. 상어 죠스의 큰 입처럼, 플라톤의 동굴처럼, 욕심사나운 음녀의 음부처럼 그녀의 커다란 입은 자신의 높은 고음을 공포의 효과음으로 삼아 이 모든 공간을 빨아들이려 하고 있는 것 같았다. 마치 거대한 돌개바람이 도로시를 켄터키의 통나무집에서 오즈라는 마법의 세계로 끌고 간 것처럼…… 김사장은 이런 돌발사태를 미리 알고 피신해버린 걸까?

K는 정신을 가다듬어보았다. 분명 취한 것은 아니었다. 김사장도 가버렸고…… 그의 터무니없는 잠언 따위에 자신이 너무 골몰하고 있는 것은 아닐까? 밑도끝도 없는 그런 경고 따위가 무에랴! 그렇지만 떨쳐지지 않는 이런 썩은 늪지의 안개 같은 기분은 무어란 말인가? 음악 때문인가? 이제는 너무 지루하다. 곧 끝날 듯 끝날 듯 하면서도 저 흑인 첼리스트는 현 위의 스타카토를 한도 없이 이어가고 있었다. 짜증이 나고 머리가 아파오기 시작했다. 현기증까지 일었다. 흐리마리한 어지럼증 속에서 어쩌면 김사장은 갔지만 그의 앙갚

음은 아직 남았는지도 모른다는 추측이 일렁거렸다. K는 주위의 사람들을 일일이 뜯어보았다. 김사장을 대신하여 자신을 노리는 사람이 누구란 말인가? 바텐더? 일본인 부처? 재즈밴드? 하얀 폴라를 탐스럽게 턱까지 받쳐입은 붉은 입술의 저 아가씨와 그녀 곁에 바짝 붙어앉아 마냥 추근대고 있는 중년의 사내? 아까부터 하이네켄을 홀짝홀짝 기울이고 있던 검은 무지셔츠의 사내?…… 아니다. 적어도 이 바 안에 있는 사람들은 모두 그 자신과 김사장이 들어오기 전부터 자릴 잡고 있던 사람들이었다. 김사장은 그가 이끌고 온 셈이고 보면, 이 방안의 누군가가 미리부터 김사장의 사주를 받고 자신을 노리고 있었다는 건 어불성설이었다. 그런데, 그런데 이렇게 칙칙하게 끈적이는 더러운 느낌은 무어란 말이냐구!

그는 더이상 참을 수가 없었다. 음악 때문이었다. 모든 것을 저 끈끈하게 이어지는 같잖은 재즈의 탓으로 돌릴 수밖에 없었다. 밴드는 비로소 모든 악기를 총동원해 돌아가면서 격렬한 카덴차를 만들어내고 있었다. 하지만 K는 도저히 그 얼마 남지 않은 연주의 끝까지 참고 견딜 수 없었다. 지금이라도 당장 쫓아나가면 김사장을 붙들 수 있을 것 같았다. 그를 붙잡고 시원하게 한번 따져 묻고 싶었다. 그가 뱉어놓은 가래침 같은 이런 기분을, 불쾌하기 짝이 없는 모독을 한꺼번에 그에게 되돌려주고 싶었다. 그가 자리를 차고 벌떡 일어설 즈음 밴드는 광적인 리듬으로 미친 듯 얽혀들었다.

저건 노래도 아냐. 재즈가 아냐. 너희들의 변주는 터무니없는 거야. 망쳐놓았다구. 그는 이렇게 씹어삼키며 바의 자동문이 어서 열리기를 기다렸다. 닫히는 자동문 사이로 드러머의 힘찬 내리침을 끝으로 한 사람들의 요란한 박수소리가 터졌다. 그 갈채가 K에게는 음악적 감동에 부치는 것이 아니라 자신의 퇴장에 박장대소를 터뜨리는 것처럼 들려왔다. 취한 일본 여인의 '브라보, 브라보' 소리가 귓불에 매달릴 때 그는 양손으로 귀를 틀어막아야 했다. 문이 완전히 닫혔음에도 그녀의 풀죽 쑤어논 듯한 취기 오른 목소리가 그의 등덜미에 떡칠되고 있었다. 찬바람이 시원하게 다가왔는데도 K는 온몸에 뒤집어쓴 풀죽의 질척거리는 느낌을 어찌해야 할 줄 몰랐다. 그러고 보니 아까부터 등줄기를 타고 스멀거리던 느낌이 있다는 게 새삼스레 느껴졌다. 아마도 아까 찻집에서부터 그 벌레는 끈덕지게 그의 몸에 붙어 있었던 모양이다. 팔을 돌려 등줄기를 쓸어보았지만 그 느낌이 스치는 곳까지는 손이 닿지 않았다. 팔이 등에 닿으려 하면 그의 등은 남의 것처럼 그만큼 멀어져갔다. 할 수 없이 그는 팔에 든 코트를 땅에 팽개치고 아예 윗도리를 벗어서 탁탁 소리를 퉁겨가며 허공에 털어내지 않을 수 없었다.

〔문학사상 1997년 7월호〕

인멸 湮滅

한데 그 화광 속에서 깃발을 펄럭이던 여인이 점점 석이를 향하여
다가오질 않는가. 무슨 웃음속인지 알 수 없는 미소를 입매 가득 머금고
타는 불꽃과 함께 덮칠 듯 석이를 향해 서분서분 걸어오고 있었다.
여인의 옷자락에서 뚝뚝 떨어져나오는 불티가 무서워 석이는 한껏
몸을 웅크렸지만 어느새 코앞까지 다가선 여인은 불타는 품으로
와락 석이를 감싸안고 들었다.

인멸(湮滅)

따악, 따아악, 따아아악——

비로소 방선(放禪)을 알리는 죽비소리마저 어둡게 사위어갔다. 선
승의 그림자까지 고즈넉 면벽지우(面壁之友)던 전등불도 꺼지고 나
니 산사를 통째로 보듬고 있던 산둔덕도 그제서야 밤하늘을 베고 와
선(臥禪)에 들었다. 산사에 밤이 깊었다.

이제 산은 다른 것들의 차지가 되었다. 숨죽인 채 웅크리고 있던
밤의 생령들이 여기저기서 몸을 비척대기 시작한 것이다. 지금껏 달
빛을 받고 있던 노박나무 덩굴 사이에서 황록빛 꽃들이 수런대기 시
작했고, 들쭉나무 녹백색 꽃잎들도 나풀나풀 다른 가지의 꽃살을 비
벼대는 바람에 그 밑으로 자라오른 붓꽃들이 쑥스럽게 봉오리를 몽
글렸다. 깊은 산어귀 한 귀퉁이에서 꽃들의 수다에 잠을 깬 소쩍새
가 영문도 모르고 울자, 산사의 일주문 앞 연못에서 벙글게 벌어진
연꽃잎을 비집고 나온 참개구리 한마리가 불룩눈을 뒤룩거렸다. 계

곡물을 받아 연못에 물을 대는 돌확은 물 넘치는 소리를 점점 더 씩씩하게 울려댔다.

그리고 그림자 하나. 어둠의 보호색을 뒤어쓴 채, 조각달빛조차 두려웠던지 바짝 허리를 웅크리고 숨어 있던 존재가 있었음을 아무도 모르고 있었다. 이윽고 그림자는 여름밤이 소시락거리는 소릿결에 발소릴 묻어가며 움직이기 시작했다. 재빠른 솜씨로 경내를 구분 지은 야트막한 흙담을 훌렁 타넘더니 한동안 담장 밑 국화꽃밭에 납작 엎드린 채, 할깃할깃 좌우를 살폈다. 사위에 인적이 없음을 확인한 그림자는 바람처럼 꽃담자락을 타고 내달렸다. 꽃담이 끝나고 나타나는 석축 위에는 날갯짓하듯 물매 가파른 지붕을 이고 있는 비로전(毘盧殿)이 버티고 있었다. 비로전 겹처마 밑을 따라 잠시 얼씬거리던 그림자는 마침내 살짝 법당 안으로 들어서는 것이었다.

실내에서 더 조심한다고 하는 걸음새였지만 아귀가 맞지 않는 마룻널 새짬에선 삐걱삐걱 버성긴 소리가 울려나왔다. 이제 그림자는 불 꺼진 향로 너머 부처를 마주하고 섰다. 금분을 전신에 올린 비로자나불의 법신(法身)은 문종이로 스며드는 어둑신한 달빛에 푸근하게 잠겨 있었다. 마룽마룽 부처님 상호만 마주보고 있던 그림자는 어느 순간 성큼 수미단 위로 올라섰다. 그리고는 이내 주저하지 않고 번쩍 부처를 안아들었다. 그러나 두 자 남짓밖에 되지 않는 목불상은 뜻밖에 무거웠다. 그 탓에 그만 안아들었던 부처를 놓치고 말았다.

쿠웅——

묵직한 소리를 내며, 부처는 원래 앉았던 연화좌대(蓮花座臺) 위로 되돌아 앉았다. 두툼한 방석이 없었던들 경내에 잠든 대중들을 모조리 깨우고 말았을 것이다. 그림자는 철렁하는 마음에 제 가슴을 어루만져보았다. 그리고 숨을 죽여 다시 사위에 무슨 기척이 없는지 귓바퀴를 곤두세웠다. 잠시 절간을 감도는 적요를 재삼 확인해 본 후 그림자는 다시금 부처를 안아들었다. 이번엔 충분히 힘을 모두었기에 불상은 번쩍 들어올려졌다.

순간 그림자는 무언가 아찔한 느낌이 들었다. 능긋이 내리감고 있던 부처의 눈꺼풀이 한순간 활짝 치떠지는 것처럼 보였고, 오른손 검지를 왼손 주먹으로 감싸고 있던 지권인(智拳印) 자세의 부처가 불쑥 수인(手印)을 풀어젖히고 금빛 팔을 뻗어 덥석 자신을 안아오는 것 같은 난데없는 생각이 머릿속을 째고 지나간 것이었다. 구름을 벗어나 갑자기 밝아진 달빛 탓이었을까? 하마터면 부처를 껴안은 채 불단 밑으로 나동그라질 뻔 비틀거린 그림자는 또다시 부처를 내려놓고 뒷덜미를 투덕거리는 맥박을 진정시켜야 했다. 그렇게 초조하고 꺼림한 시간이 얼마쯤 지났을까?

삐거덕——

문틈 새로 빠끔히 눈을 내밀고 바깥을 살핀 그림자는 살포시 법당을 빠져나왔다. 그의 등짝엔 가슴치기는 됨직한 크고 널찍한 무언가가 들메져 있었다. 떨리는 까치발로 조심스레 석축 계단을 밟아 내려온 그림자는 등에 짊어진 것과 함께 하마하마 어렵사리 담장을 넘어섰다. 그리고 담장 너머에서 마지막으로 한번 더 슬쩍 경내를 훔쳐본 뒤 다시금 어두운 산세 속으로 재빨리 숨어들고야 말았다.

밤꽃과 짐승들은 모른 척 그림자의 흔적을 지워주며 다시 수런대기 시작했다. 모든 것을 낱낱이 보고 만 조각달 역시 더는 그림자를 쫓아 어둠을 후벼파지 않았다. 그림자가 사라진 귀축축한 어등산을 배경으로 매흙 속에 와편(瓦片)으로 꽃문양을 박아넣은 야트막한 꽃담장만이 달빛을 받아 더욱 아기자기 빛날 뿐이었다.

266

"예전 노스님들이 그쪽 산비탈이 원래 산매(山魅)가 많이 꼬인다고들 하시지 않던가?"

"참말! 도둑도 별 해괴한 도둑이 다 있지요……"

"도둑이 아니고 산도깨비 짓이라니까? 사람이라면 그야말로 홍길동이가 환생한 턱이지. 아무리 오밤중이라고 해도 그렇지, 삼묵당(三默堂, 후원) 수백 중놈들이 한꺼번에 작당해서 꿈속 팔만 유순(由旬) 수미산 구경을 가버린 것도 아니고……"

"뿐인가요? 승당에만 해도 하안거 든 스님들 중에 용맹정진하던 치들도 있었는데?"

"용맹정진은 무슨 말라비틀어진…… 하나같이 민대머리로 꾸벅꾸벅 애면 벽에다 반절만 올리고 있었던 게지."

"히히…… 딴은……"

"그나저나 인(人)도적이건 귀(鬼)도적이건 큰일은 큰일일세. 시퍼런 중대가리 수백이 도적놈 하날 못 잡았다는 걸 신도들이 알았다간 시주쌀 끊어지는 일만 남았는데……"

"아닌게아니라 오늘 아침 방장스님이 이 사단에 관해선 일절 입 다물라 하시지 않던가요."

"아믄, 깊던 물 얕아지면 고기가 제일 먼저 아는 법이니까."

"좌우지간 알다가도 모를 일입니다. 수많은 보물들 죄다 놔두고 하필 나무때기 광배(光背)랍니까? 당장 불단에 모신 비로자나불상부터가 값을 받아도 훨 높이 쳐 받을 문화재급인데다가 사방벽에 걸린 탱화만도 엔간한 골동품은 댈 것도 아닐 텐데……"

"달래 도깨비 기왓장 뒤진 짓이라고 하겠나 말이지……"

본찰 비로전 부처님의 뒤를 장엄했던 광배가 없어진 일은 그러나 반나절도 되지 않아 온 산자락에 소곤소곤 퍼지고 말았다. 열 포졸이 한 도적 못 막는다고, 대찰에 밤손님이 드나든 것이야 그렇다 쳐도, 도난당한 물건이 고작 노사나불의 후광을 받치고 있던 배모양〔舟形〕 광배뿐인 것이 주된 입질거리였다. 천년 고찰에 성보(聖寶)가 한둘일까마는, 국보급으로만 꼽아도 금동불을 비롯해 장경각의 경판, 선대 조사들의 영탱(影幀), 비폭징류(飛瀑澄流)로 써내린 고승고인 명필들의 글씨며 사경(寫經) 등등 무수한 보물들에는 손도 대지 않고 하다 못해 지방문화재급도 되지 못하는 불신의 뒷광배만 달랑 훔쳐내간 도둑은 도대체 무슨 종자일까, 하는 것이 사람들의 말도마에 오른 것이다.

"그런데 스님, 참으로 모를 일은 말씀입니다, 오늘 아침에 보니 비로전 부처님이 그렇게 초라하게 보이지 뭡니까? 널판 나무로 깎아 만든 광배 하나 없어졌다고 세상에 대일여래(大日如來)가 그렇게 에부수수하게 볼품이 없어질 줄이야……"

"자네가 몰라서 하는 소리야. 별것 아닌 거 같아도 그 물건이 바로 봉화 각수(刻手, 彫刻師) 솜씨라네."

옛날부터 태백산 깊은 아름드리 숲을 등지고 있는 봉화 지방에서 이름난 각수 명장이 많이 나왔다고 한다.

"나도 들은 얘기지만, 수십 년 전에 비로전을 뜯고 다시 지을 때 겸사겸사 불단도 새로 목조(木彫)하였다고 하더군. 그때 불려왔던 명장목공이 서원을 세우고 여러 날 혼신을 기울여 나무로 수미산 불단을 꾸며 올렸는데 다 해놓고 나도록 어딘가 영 성에 차지 않더라는 거야. 그래서 곰곰 살펴보니 아닌게아니라 새로 짠 불단이 너무 거창해서 원래 모신 비로자나부처님이 외려 초라해 뵈었다지 뭔가? 온 우주에 만유(萬有)한 빛인 법신불(法身佛)의 모습이 안쓰러웠던 나머지 각수는 오랜 기도 끝에 궁리를 얻어 그렇게 나무로 광배를 깎아 장엄한 것이라네. 세월 덕을 보지 못해서 그렇지 솜씨로만 따져서야 광배도 법신 깎은 솜씨에 뒤질 감은 아니지."

"매일 보면서도 그걸 몰랐는데, 정작 그렇게 광배를 없애고 나니까 부처도 외로울 때가 다 있구나 싶은 게……"

"그래서 든 자리는 몰라도 난 자리에선 헛바람이 인다는 게야."

"그건 그렇고 말씀입니다…… 스님께서도 들으셨습니까? 오늘 다비(茶毘) 치를 망자(亡者)가 생전에 그 광배에 착(着)이 많았다는데, 혹시 그 도깨비라는 게 망자의 중음(中陰)이 아닐까요?"

"쉿! 이 사람이…… 귀신 듣는데 떡 소리 하지 말라고! 그러잖아도 아까부터 그 소문 때문에 등골이 오싹오싹해 죽을 지경인데…… 어디 가서 절대 그런 말 꺼낼 생각도 하덜 말어. 입질 드센 절간에서 젤로 탈 많은 게 귀신 소문이여!"

부허지설(浮虛之說). 말이란 틀어막아야겠다는 걱정이 들 때면 이미 천지에 말홍수가 진 뒤끝이게 마련이다. 당장 석이부터가 아까부터 두 중놈들이 주고받는 쑥덕질을 문간 너머로 고스란히 주워듣고 있었다.

'저눔의 땡중들이……'

석이는 어찌해야 좋을지를 모르고 있었다. 한순간 불끈 가부좌를 풀고 뛰쳐나가 망자의 영결식에 와서 망자를 욕보이는 소릴 주고받는 그네들에게 욱기 실린 곰방메라도 휘둘러야지 싶다가도 이내 무너지는 억장에 다시 주저앉고, 주저앉고. 마음 한구석은 성풀이할 언턱거리 찾지 못해 벌떡벌떡 찜부럭을 떠는데 또다른 한시름은 자꾸 허위단심 어디론가 가자, 가자, 툴툴 털어내고 일어서자고만 했다.

슬그머니 노사(老師)를 보았다. 노사는 어제 해거름부터 벌써 몇 시간째 달싹도 않고 저렇게 앉아 빈소를 지키고 있었다. 한번 연화좌(蓮花座)를 틀었다 치면 돌부처가 혀를 쏙 빼물 만큼 부동심이 밸대로 밴 노구였지만 정말로 노사는 밤새 해우소 한번 다녀오지 않고 장차게 굳어 있었던 모양이다. 그러나 그런 노사의 마음도 인연의 물골을 따라 밤사이 끝간데 없이 휘몰려다녔으리라는 것은 물어볼 일도 아니었다. 노사의 노구가 숨소리조차 토해놓지 않는 것은 그런 사념의 여울을 버티느라 노사 역시 무진 애를 쓰고 있다는 반증인지도 몰랐다.

묘봉암(妙峰庵)은 작은 암자였다. 원래는 신라조의 한 대덕(大德)이 수도하던 토굴이었다고 전하지만 지금의 암자에는 어느 구석에도 천년 고찰의 흔적이 남아 있지 않는 보잘것없이 소곳한 절집이었다. 전각이라고 언제 세웠는지도 모르는 관음보전 하나가 달랑 있는데 그것마저도 당장 허물어질 듯 시늉만 법당이었다. 게다가 첩첩산중에 박혀 있다보니 불공차 오는 신도수도 손으로 꼽을밖엔 없었는데다 암자를 지키고 있는 것도 늙은 비구니 경수스님 홀로였다. 집이나 사람이나 똑같이 소조로운 암자였다.

그런 묘봉암에 노사와 석이가 찾아온 것은 경수스님이 노사에게 다비식의 회주(會主)노릇을 부탁해왔기 때문이었지만, 굳이 그런 부탁이 없었더라도 노사가 빠질 장례가 아니었다. 아무리 목탁을 잡지 않기로 소문난 노사였지만 이번만은 예외로 치지 않을 수 없을 터였다. 죽은 이가 다름아닌 노사의 애제자 해련이었던 것이다.

'해련……' 속으로 그 이름을 불러보다 말고 석이는 움찔 척추를 곧추세웠다. 가슴을 지지고 드는 화인(火印)에 놀란 탓이었다.

불〔火〕. 해련은 불을 그리던 여자였다. 참으로 그녀와 불은 떼려야 뗄 수 없는 사이였나보다. 석이가 노사와 함께 그녀와 인연을 맺게 된 것은 이태 전 서울에서부터였다. 그때의 서울은 그야말로 염열(炎熱)지옥처럼 들끓고 있었다. 연기(緣起)는 불길이 서는 꼴을 닮았다.

*

음력 유월이 보름도 더 남았을 날씨치고는 믿어지지 않게 뜨거운 날이었다. 대학 교정으로 올라가는 가파른 길목에 깔린 아스팔트가 끈적하게 고무신짝을 붙들고 늘어졌다. 언덕빼기를 다 올라와서야 노사는 비로소 이마의 땀을 훔쳤다.

"스님, 송구스럽습니다."

회조(懷照)사형은 아까부터 안절부절못하고 있었다. 그도 그럴 것이 사형 딴에는 한다고 벌인 일이 이렇게까지 꼬일 줄은 짐작도 못했겠지.

대학에서 불교미술론을 가르치고 있는 회조사형이 노사에게 조심스레 청을 넣어왔다. 노금어(老金魚)인 스승을 모셔와 한국화를 배우는 학생들에게 올찬 경험의 기회를 열어주고자 한 것이었다. 죽어라 산문불출(山門不出)을 고집하는 건 아니었지만, 신명진 것과 번다한 것을 구분해서 여간만 도회에 나서지 않던 스승이 흔쾌히 서울행을 승낙한 것은 뜻밖이었다. 덕분에 신바람이 난 것은 석이였다. 모처럼 만의 서울구경이었다.

그러나 일은 당장 서울역에서 내려 대학으로 가는 택시 안에서부터 꼬여들기 시작했다. 석이가 하늘꼭지를 찌르고 있는 마천루며 형형색색의 사람의 물결에 한참을 넋을 팔고 있도록 차는 내내 꼼짝도 하지 않는 것이었다. 시내 한복판에서 벌어진 가두시위 탓에 사대문 안에 차들이 모두 그 신세라는 라디오의 교통안내만이 귀에 따가울 뿐이었다.

"걸어도 시간에 대일 거리야."

노사는 그렇게 말하고 선뜻 택시에서 내려 걷기 시작했고 초조하게 손바닥만 비비고 있던 사형이 황황히 그 뒤를 따랐다. 다리품 좀 팔더라도 구경하기에는 그 편이 더 좋을 성싶었던 석이가 얼른 먼저 길을 열고 나섰다.

그렇게 한참을 걸어 대학에 닿았건만 교문 앞의 사정은 엎친 데 덮친 격이었다. 굳게 닫힌 철문을 사이에 두고 수건으로 입막음을 한 일단의 학생들과 오뉴월 찜통 염천더위도 아랑곳없이 전신에 방석복을 두른 투구짜리들이 팽팽하게 맞서 있었다. 학생들이 겨누고 있는 방망이 끝에선 당장이라도 노도와 같은 함성이 뿜어나올 것만 같았고 최루탄 달린 총구를 하늘에 치켜세우고 있는 전경대원들은 시한폭탄이라도 들고 있는 듯 연방 땀에 젖은 손바닥을 옷에 문질러 대고 있었다.

삼년 가뭄에 하루 쓸 날 없다고, 날도 참 개떡부스러기 같은 날을 잡은 사형은 막아서는 경찰에게 교수신분증을 보여가며 통사정을 해야 했다. 방석모 밑으로 우락부락 부리눈을 희번덕거리던 경찰은 한참 만에 턱짓으로 통과를 허락했다. 하긴 흠뻑 땀이 밴 먹빛 장삼자락에 흰 눈썹만 펄럭이는 극노인 중대가리와 그 떨거지들이 거리낄 게 뭐람? 그렇게 어렵사리 야산중턱을 깎아 만든 교정에 올라서서 석이네 일행은 한숨을 돌리며 시위대를 돌아볼 수 있었다.

"스님, 공연히 저 때문에 욕을 보시고……"

의젓하기가 두꺼비 할애비 같던 회조사형도 그날만큼은 살갗을 파고드는 것 같은 최루탄 매운내에 눈물 콧물을 쥐어짜는 한편으로 보기에도 계면쩍을 정도로 노사의 눈치를 할끔거리며 벙거지 시울만 만지작거리는 꼬라지였다.

"어디 자네 탓인가? 시절 탓이런. 중생이 부처 되는 것만 어렵겠는가. 나라가 정토(淨土) 되는 것도 지난코 지난할……"

따가운 미간을 문지르며 그렇게 서리죽은 사형을 달래던 노사의 눈매가 갑자기 불끈 솟아올랐다. 석이는 놓칠세라 노사의 시선을 따라 히뜩 고개를 돌렸다.

"호오! 가히 눈두덩이 데일 것 같구먼……"

노사의 눈길을 잡아매고 있는 것은 맞은편 교사(校舍)에 걸린 커다란 걸개그림이었다. 칠층 높이의 건물을 반이나 가리고 있는 초대형 걸개그림에는 성난 군중이 질풍처럼 다밀려드는 장면을 배경으로 한 여인이 나부끼는 깃발을 들고 우뚝 서서 함성을 지르고 있었다. 한눈에 보기에도 그림 속 여인의 기세는 뉘라 당할 수 없이 거쿨진 형상이었다. 먹줄을 굵게 놓아 그려낸 여인의 팔뚝과 손매는 마치 끌칼로 파낸 것처럼 울뚝불뚝 힘이 느껴졌기에 쥐고 있는 깃대가 당장 와지직 부러질 것 같았는데다 무엇보다 후광처럼 여인의 배면에서 타오르고 있는 불길이 군중의 함성에 가세해 그림 속에선 규환지옥을 무색케 할 굉음이 아우성 메아리로 휘젓고 있었다. 전체적으로 썩 공을 들였다곤 할 수 없는 그림이었지만, 뜨뜨름한 바람꽁지를 타고 그림이 펄럭일 때마다 여인이 들고 있던 깃발이 찢어질 듯 나부꼈고 덩달아 그림 속 불길이 확확 솟구쳐올라 대형 화폭 전체가 불꽃을 뿜어내는 것처럼 보였다. 아닌게아니라 불길 같은 함성이 울려나오는 그림이었다.

"저 화기(火氣)를 어이 다스릴꼬……"

그림의 느낌도 느낌이었지만, 당장 스승이 이렇게까지 감탄을 발하는 것은 좀처럼 드문 일이었다. 붓끝을 타고 난다 긴다 하는 무수한 제자들이 절차탁마 그려 올린 그림에도 웬만해선 쓴소리 한번 해주는 법이 없는 노사가 에푸수수 거친 솜씨로 내리훑듯 그려냈음이 틀림없는 엉성한 그림에 대고 그렇게 대놓고 심경을 토하다니.

"그림은 여럿이 그렸을 터이지만, 화안(畵案)은 하나가 잡았을 것이지?"

"네, 우리 학과 여학생입지요."

"저것이 여필(女筆)이라고?"

어떤 그림이건 귀퉁이 한자락만 보아도 그 솜씨의 남녀노소를 척척 짚어내는 노사였는데.

"오학길 화백의 딸이지요."

"흠…… 그 사람한테 유자(遺子)가 있다는 말은 들었지만…… 내 생의 아비가 무색하겠구먼."

오학길은 요절한 판화가였다. 오래 전 젊은 나이에 북망산을 넘어갔지만, 선 굵은 역필(力筆)로 제유중생들의 삶을 구석구석 들춰낸 솜씨가 있었다는 말은 석이도 들어 알고 있었다.

"내 한번 볼 기회가 있을까?"

"말씀은 전하겠습니다만, 워낙이 속을 종잡을 수가 없는 애가 돼놔서……"

학교 안팎이 그렇게 어수선했음에도 노사의 특별강연에는 강의실이 미어져라 많은 학생들이 몰려들었다. 경사진 강의실 계단에까지 넘쳐나는 학생들 탓에 석이는 슬그머니 자릴 비워주고 밖으로 나와야 했다. 어차피 십수년 귀딱지가 앉게 들어온 그 소리가 그 소릴 테고, 또 설령 노사의 구린 입에서 못 듣던 말이 튀어나온다 해도 벙어리 전갈하듯 하는 알아듣지 못할 선문답에 뻐드렁니 얼음 깨물듯 끙끙 버티고 있을 염도 없었다. 침침한 복도 한 귀퉁이로 나온 석이는 그 즈음 몰래 배우기 시작한 담배끝에 불씨나 댕길 생각으로 한낮의 햇살이 꺾여드는 창틀에 팔뚝을 걸었다.

교문께의 상황은 점점 급박하게 바뀌고 있었다. 둥둥거리는 사물(四物)소리가 높아갈수록 교문 안쪽 학생들 무리는 덩달아 살이 불어갔고, 그에 맞춰 전경들의 거충한 진세도 안심찮게 이리저리 바뀌고 있었다. 불어오던 마른 바람도 끊긴 것 같았고 애통터질 듯 끌탕을 일으킨 대기는 하늘로 올라가 불덩어리 태양과 합세해 와글와글 대지를 달구어대고 있었다. 높은 곳에서 내려다보이는 그 광경은 있는 껏 불어젖힌 풍선처럼 뒤룩뒤룩 터질 순간만을 기다리고 있었다.

그때였다. 그 장면의 배경화면처럼 걸려 있던 아까의 대형 걸개그림이 조금씩 걷어올려지고 있는 것이 석이 눈에 들어왔다. 교사의 옥상에서 한 남자가 꼬물거리며 그림자락을 이리저리 걷어올리고 있었다. 널찍한 그림폭은 무슨 연극의 막이 올라가듯 차츰 그렇게 딸려 올라갔고 교문 안팎 광장을 메운 사람들의 호기심어린 눈이 일제히 그리로 쏠렸다. 무춤 사물소리와 호루라기 소리가 잦아들자 사방은 느닷없는 적요로 요요롭게 메워졌다.

따가운 햇빛 탓이었을까? 석이의 눈에 그 모든 광경이 아뜩하게 멀어지는 듯싶더니, 그림을 걷어올리는 남자의 모습만이 유달리 또렷이 보였다. 그 순간 세상의 모든 것이 우뚝 멈추고, 남자의 옴지락거리는 태만이 살아 있었다. 석이의 눈에 그 남자가 딛고 있는 맞은편 건물 옥상이 지평선처럼 훨찐하게 펼쳐졌다. 그림을 걷어올린 사내는 이제 그 커다란 그림천을 온몸에 친친 동여매기 시작했다. 무슨 짓을 하자는 것일까? 석이가 그렇게 고개를 모로 기울인 순간 돌림병에 까마귀 울음 같은 불길한 싸이렌 소리가 적막 천지를 찢었다.

에에에에에엥——

한줄기 바람이 불었다. 바람끝에 비릿한 숯내가 물큰 느껴진 것 같았다. 싸이렌 소리가 더 높아지는 것 같았고 그걸 신호로 굳게 닫힌 교문이 왈칵 열렸다. 학생들과 전경들이 한데 뒤엉켰다. 싸우고 있는 것이 아니었다. 한뭉치로 얽혀든 그들은 모두 그 건물로 몰려들고 있었다. 싸이렌 소리 사이사이 귀청을 베어내는 비명이 들렸고 여러 개의 확성기들이 일제히 소릿발을 키웠다. 그러잖아도 한데 뒤엉킨 갖은 소리들은 여러 개의 교동(校棟) 벽에 부딪쳐 기괴한 메아리로 뭉그러졌다. 막힌 복도 안에 괴성이 난반사되어 귀가 멍멍할 즈음, 석이의 눈에 기어코 불꽃이 하나 들어왔다. 기름을 뒤집어쓴 남자가 라이터를 긋고 만 것이었다. 호로록 타오르며 춤추는 불의 잎새. 부옇게 메마른 하늘을 배경으로 한점 꽃잎이 피었다.

안돼애——!

누구라 꽃이 피는 걸 말릴 수 있을까. 춤추듯 타오르다 문득 날아오른 불의 꽃. 점점이 떨어지는 꽃잎. 불티, 아니 불새. 파드득 파드득. 비명을 닮은 이명. 멍멍한 하늘에서 태양이 흘린 눈물의 궤적.

*

"이 길로 가면 수월암(水月庵)이 나오나요?"

그렇게 묻는 처녀의 얼굴은 가파른 산비탈 탓에 발갛게 달궈져 있었다. 석이는 장날에 맞춰 쌀자루나 내고 나물거리나 받아올 생각으로 산을 내려가는 길이었다. 누가 또 노사를 찾아온 모양이로군.

"길은 외길이지만 한참은 가얄 게유."

시큼한 땀내가 배나올 것처럼 여름 산굽이에 지친 사람에게 말이
라도 코앞이라고 해주어야 했겠지만 석이는 심심하던 차에 약올릴
상대를 만난 셈이었다. 헉헉대고 지친 몸을 전주른 처녀는 고개를
한번 까딱여 보이고 다시 산길을 밟아 올라갔다. 작달막한 화구가방
을 들고 있는 것으로 보아 역시 환쟁이인 건 분명한 것 같았는데, 왠
지 낯선 얼굴이 아닌 느낌이었다. 누구였더라? 소나무꽃 사잇길로
사라지는 뒤태를 아무리 뜯어보아도 윌총머리 없는 둔한 머리에 마
땅한 이름이 떠오를 턱이 있나. 대신 뽀얀 살갗에 달아오른 볼이 콱
베어물고 싶을 만큼 농익은 수밀도처럼 보기 좋았다는 엉큼속만 꿈
틀거렸다.

아삭아삭 얼음과자나 씹어대며 장터를 구석구석 누비고 나서도
산기슭 본찰에까지 들러 도반들로부터 식힌 말차(抹茶)잔까지 얻어
마신 석이가 암자로 돌아왔을 땐 이미 석양녘 산그림자가 암자 지붕
의 적새를 온통 잡아먹어버린 무렵이었다. 들장지를 훌렁 들어매고
세살창까지 있는 대로 열어젖힌 방안에서 노사는 아침나절에 마주친
바로 그 처녀와 마주앉아 있었다.

"산골생활이 몸에 설 테니 이 녀석을 오라버니로 끈붙여 잘 지내
보아라."

어서 온 뉘라는 소개도 받지 못한 채 얼결에 인사하는 시늉은 냈
지만 석이는 불현듯 앞으로의 일이 걱정스러워졌다. 꼴을 보아하니
하루이틀 묵어갈 손이 아닌 듯싶은데, 게다가 젊은 여인네라니. 산
그늘이 깊어 밤으로야 구들 밑으로 냉기까지 느껴질 듯하지만, 낮으
로는 달싹만 해도 삐질삐질 땀방울이 솟는 여름도 마여름인지라 웃
통은 고사하고 승복 바짓자락도 친친스러워 아예 삼각팬티 벌거숭이
차림으로 지내다시피 하던 차인데, 앞으로 내외하고 지낼 일이 벌써

부터 갑갑스럽기만 했다. 오랜만에 찾아든 인그림자였지만 조금도 반갑지 않았다. 근래 들어 노사를 찾아오는 그림쟁이도 드물었고, 또 노사가 선뜻 나서서 제자로 거둬들인 인물도 모처럼 만이었다. 더군다나 새파란 여보살이라……

뿐만이 아니었다. 암자 살림이 당장 객식구 입 하나에도 벌벌거릴 지경이었다. 다른 절집과 달라 기도도량도 아니니 별다른 시주가 들어올 턱도 없었고, 또 그즈음엔 단청화사 일거리도 뚝 소리나게 끊어진 지 한참이라 노린동전 낱돈 한닢이 아쉬운 판이었는데, 저렇게 뻘건 손에 맨입만 벌리고 있을 게 뻔한 군입에 건건이 쑤셔넣어줄 일이 정이 붙을 리가 없었다.

석이는 여자가 묵을 방 하나를 잡아 거미줄을 치우는 일부터 시작해서 전구를 끼우고 모기장을 달고 부서져 못 쓰게 된 책상다리를 고쳐놓는 등 건성건성 살 자릴 봐주는 내내, 저 여자를 어서 봤더라, 어서 봤더라, 헝클어진 머릿속을 뒤장질해보았지만 떠오를 듯 말 듯 생각이 나질 않았다. 건너편 노사의 방에서는 두 사람이 불화(佛畵)의 색채원리에 관해 이야기 나누는 소리가 나릿나릿 들려왔다.

"수묵(水墨)의 묵색(墨色)은 검은빛이 아니라 색계(色界)의 온갖 빛을 품고 있는 어둠을 뜻하는 것이니, 수묵이 묵색 하나로 세상을 휘어잡고자 하는 패도(覇道)의 힘을 바닥에 깔고 있는 뜻이 거기에 있어 진퇴가 뚜렷한 선비가 그 도를 따르고자 했다면, 채색(彩色)은 쟁이들의 것이니 우주만상에 가득 찬 다섯 색〔五色〕을 음양이 휘모는 대로 풀어놓고자 하는 천연(天然)에 수긍하는 태도이라……"

'떡을할! 저놈의 개도 안 핥을 사설하고는……'

석이는 속으로 그렇게 게정을 부리며 못질하는 망치에 장단을 실었다. 어차피 노사 밑에서 붓질 익히는 일이야 물 건너간 노릇으로 치고 있는 저였고 불화고 단청이고간에 그림이라곤 기역자 왼다리도 못 그리는 놈이 바로 나올시다, 작정하고는 있었지만, 저렇게 노사가 다른 제자를 붙들어 앉히고 요건 콩이고 조건 팥이다며 조단조단 가르침을 내릴 때면 치미는 부아를 어쩌지 못하는 게 솔직한 심경이었다. 그러나 석이가 아무리 망치 잡은 손목에 힘을 주어 피새를 부려도 노사의 긴 사설은 느적느적 잘도 이어졌다.

"오행의 다섯 기운 중에 화(火)는 색으론 붉음이요, 방위로는 남쪽이며 짐승으로는 새이니, 그 새를 일컬어 전주작(前朱雀)이라 함은 불기운이 언제나 앞장서 드러나고 싶어하고 위로 솟구쳐오르려 하기 때문이니라. 불의 기운이 양(陽)으로 몰린 것이 하늘의 태양이라면, 음(陰)으로 뭉친 것이 인간이 피워낸 불씨이니 이것이 세간의 문명을 만든 힘이다. 하여 불이란 다스리는 자의 마음을 좇나니 문명의 불과 지옥의 불이 모두 한뿌리에서 피어올라온 것임을 알아야 한다."

"………"

"그림에서 적색은 더할 나위 없는 힘이 있나니 그걸 다루는 사람이 삼가는 마음을 갖지 않으면 한장의 그림으로도 온 세상을 불바다로 만들 수 있느니. 극락의 안락과 충천화광의 무간지옥이 호홀지간(毫忽之間), 붓털 끝 하나의 차이에 지나지 않음을 새기고, 붓 잡은 손을 다스리고 또 다스려야 하느니……"

석이는 저도 몰래 노사의 말투에 망치질 박자를 맞추고 있었다. 그러다 문득 하나의 불꽃이 기억의 심지를 타고 호로록 피어올라왔다. 순간, 아차 하는 새 못질하던 망치머리가 콩, 하고 손가락을 짓찧고 말았다.

"에고고오!"

화끈거리는 손가락을 다리 사춤에 집어넣고 콩당콩당 뛰면서도 아픔보다는 달포 전 서울에서 보았던 그 불꽃, 불붙인 그림을 휘감고 분신하던 사내의 타오르던 죽음의 장면이 퍼뜩 뒤통수를 뚫고 지나갔다. 이따금 불쑥불쑥 뇌리에 떠오르던 장면이었다.

'그렇다면 저 새파란 보살이 바로 그 그림을 그렸다는?'

생각이 거기에 미치자 비로소 저 여자의 얼굴이 걸개그림 속 불꽃을 배경으로 깃발을 휘날리던 여장부의 그것과 닮았다는 짐작이 또렷해졌다. 머릿속에서 그 커다란 그림이 다시금 활짝 펼쳐졌다. 그림 가운데께의 화염은 이미 이글이글 불혓바닥을 널름거리고 있었다. 한데 그 화광 속에서 깃발을 펄럭이던 여인이 점점 석이를 향하여 다가오질 않는가. 여인은 웃고 있었다. 무슨 웃음속인지 알 수 없는 미소를 입매 가득 머금고 타는 불꽃과 함께 덮칠 듯 석이를 향해 서분서분 걸어오고 있었다. 여인의 옷자락에서 뚝뚝 떨어져나오는 불티가 무서워 석이는 한껏 몸을 웅크렸지만 어느새 코앞까지 다가선 여인은 불타는 품으로 와락 석이를 감싸안고 들었다.

그해 여름은 전에 없이 무더웠지만 대신 유난히 짧았다. 적어도 석이에겐 그랬다. 그러나 그녀, 해련은 턱없이 긴 계절을 보내는 얼굴을 하고 있었다. 아침 동편 산자락부터 발끈 달구며 떠오른 태양이 한낮으로 산속 구석구석을 타는 듯한 불자락으로 핥고 지나갈 때면, 석이는 한마리 열목이처럼 하루 진종일 흐르는 계곡의 푸른 물결심을 따라 허푸허푸 오르내리며 더위를 식혔다. 그리고 해련은 그 여름내 꽃을 그렸다. 꽃을 그리는 그녀는 때로는 고행을 하는 것도 같았고, 때로는 선정(禪定)에 든 것도 같았다. 어쨌든 노사의 주문이었다.

"목생화(木生火). 불은 나무에서 나오나니. 사람들은 흔히 그 말에서 나무를 태우며 솟구치는 불을 떠올리지만 그건 나무 속에 감춰진 불의 반쪽일 뿐. 또다른 불의 본성은 나무의 줄기를 타고 흘러 그 가지 끝에 이르러 꽃이 되어 피나리. 하여 꽃은 나무의 생명력이 불로 화한 것이니 세상에 가장 아름다운 결실인 것이야. 단청은 바로 그런 생각을 붓으로 베푸는 것이라 죽은 나무로 지은 집을 산 꽃으로 감싸는 궁리에 다름아닌 게지."

새벽예불이 끝나면 노사는 하루에 하나씩 단청문양의 머리초를 내렸고, 해련은 받아든 그 화안(畵案)을 화안(花顔)으로 그려내야 했다. 무늬 속 꽃은 가짓수도 많았다. 국화, 매화, 녹화, 연화, 주화, 난화, 죽화, 모란…… 뿐이랴. 꽃잎 수에 따라 사판화(四瓣花), 오판화, 육판화, 팔판화로 벌어지고, 그 꽃태가 온전히 벌어진 것이 온화라면, 반틈만 핀 것을 반화라 하고 많은 꽃들 사이에 수줍게 숨겨논 무늬를 배주기라 불렀다. 그 꽃이 하늘을 향해 자지러지면 앙화(仰花)요, 땅으로 고개를 숙이면 복화(伏花), 다소곳 잠들어 있으면 수화(睡花)라 하는데다 꽃차례를 따라 앞머리, 온머리, 반머리, 온바탕온머리, 온바탕반머리……

해련이 꽃을 그리는 동안 노사는 석이로 하여금 안료를 섞어 조색(調色)케 하고 그것을 무늬에 맞게 도채(塗彩)하는 법을 일러주도록 시켰다. 그리고 노사는 더이상 간섭치 않았다. 석이는 하는 수 없이 아침마다 그녀와 마주앉아 뚝배기 채기(彩器)에 안료를 개어, 벌여논 물감접시마다 색조화에 맞게 등, 황, 녹, 녹청, 자청, 자, 적 하는 순서로 물감을 담아주고 이색대비, 삼색배색, 사색조화 따위로 저도 잘 모르는 소리를 지껄여대야 했다. 그런 것쯤이야 미대생인 그녀가 저보다 몇배나 잘 알고 있을 노릇이었지만 어쨌든 노사의 명이니 주워섬길밖에.

그러나 아무리 단청의 황홀한 색놀음에 눈깔이 빠진 석이였지만, 먼데 나는 따오기만 귀하게 보고 가까이 노는 닭은 헐하게 여기는 노사의 처사는 당할 때마다 얄망궂게 여겨지지 않을 수 없었다. 그런 암상심술이 해련과 마주앉아 있는 시간을 은근히 무연하게 만드는 것이었다.

거기에다 무엇보다 마뜩찮은 건 해련의 알 수 없는 속내였다. 틀림없이 말도 못하게 지루해하는 것 같으면서도 코끝에 대롱거리는 땀방울이 그림 위에 떨어질 때까지 종일토록 붓 쥔 손을 풀지 않는 고래심줄 고집도 진저리가 났지만 이따금 숙인 머리를 치들어 땀 벌창난 앞머리칼을 쓸어올리며 싸악 지어 보이는 미소를 마주할 때면 저 웃음이 무슨 뜻일까 싶은 가운데 활활 타오르며 떨어져내리던 그 분신자의 불꽃이 오망스레 떠오르곤 하는 것이었다. 그러고 나면 석이는 슬그머니 꼬리를 사리고 일어나 밖으로 내뺄 도리밖엔 없었다. 노사마저 숲그늘로 산책을 나가거나 말벗을 찾아 본찰의 노장(老長)한테 가고 없는 날이면, 고적한 암자에는 오뉴월 뙤약볕이 달군 기왓장 아래 해련 혼자 종이 위에 꽃을 피우곤 했다.

그렇게 해련이 암자에 올라온 지 달장이나 지난 날이었다. 노사나 해련이나 아침을 들지 않기에 그날도 석이는 혼자 부뚜막 한 귀퉁이서 오가리솥째 사타구니에 끼고 앉아 솥바닥 누룽지나 득득 긁어 시큼해진 나박김치 국물과 함께 아침을 때운 뒤, 청소나 할 생각으로 대야에 걸레를 담가 법당으로 간 참이었다.

주전(主殿) 되는 원통전을 치우고 그 곁에 자그맣고 초라한 명부전 마룻바닥을 쓱싹쓱싹 닦아나가기 시작했다. 고작 삼량(三樑) 지붕으로 덮인 쩨쩨한 집칸이었지만 명부전이야말로 어느 절집에서나 제일 복닥거리는 전각이었다. 주존인 지장보살과 그 좌우로 무독귀왕, 도명존자가 협시하고 있고, 다시 그 양편으로 열 시왕이 도열해 있는데다가 맨끝에는 인왕이 하나씩 더 버티고 섰으니, 그 인신(人神)들의 발치만 닦다보면 어느새 청소가 다 끝나는 셈이었다. 그런데 막 불단을 닦으려다 말고 석이는 뭔가 이상한 것을 발견하고 말았다. 그날따라 도열한 신상 중에 맨 졸병격인 끄트머리 인왕상이 유난히 우뚝해 보이는 것이었다.

"아니, 누가 이런 짓을!"

까닭은 다름아니라 인왕상의 어깨 뒤를 장식한 화염문(火焰紋)에 새로 칠이 올려진 탓이었다. 목조(木彫)하여 올린 신상들은 하나같이 무심한 세월 덕에 옷 삼아 칠해 올린 색이 바래고 날아가버리고 대신 그 위에 희읍스레 먼지만 뒤집어쓰고 있었는데, 그런 인왕상의 날리는 불꽃 옷자락 위에 누군가 밤을 타 새로이 도색을 해놓은 것이었다.

불! 누가 한 짓인지야 뻔할 뻔자였지만 놀라운 것은 그 솜씨가 아닌가. 오래된 목조상이고 보니 군데군데 틈새가 버성기고 심하게는 팔다리 관절을 철사로 엮어놓아 평소 버티고 서 있는 것도 힘들어 보이던 인왕상이었는데, 겨우 서광(瑞光)에만 잠깐 칠을 해놓았을 뿐으로 인왕상은 금방 하늘의 태양에서 뛰쳐나온 것처럼 활활 생기를 띠고 있었다. 불꽃의 채색이 얼마나 생생한지 인왕상은 치켜든 주먹팔로 당장 석이의 코빼기를 내리칠 듯 기세등등하기 짝이 없었다. 그 순간 인기척에 놀라 뒤를 돌아보니 해련이 배시시 웃고 있었다.

그 이튿날엔 업경대(業鏡臺)에 새로 불이 붙었다. 죄짓고 죽어 지옥에 가기 전 염라대왕 앞에서 평생 지은 업을 낱낱이 비춰 보여야 하는 그 거울 역시 나무로 만들어 불단의 양편에 한쌍을 배치한 것 인데, 미상불 그 업경대는 테두리에도 화려한 불꽃장식이 환조(丸 彫)되어 있었다. 해련이 또다시 밤새 그 불꽃에 칠을 해놓은 것이었 다. 그걸 마주하자 석이는 뒷골에 얼음이 서는 것 같았다. 업경대 테 두리를 이룬 불꽃조각은 실제 불이 붙은 것처럼 탁탁, 불티 튀는 소 리를 낼 것 같았고 흰 칠이 되어 있는 거울면은 이미 나뭇결이 아니 라 정말 석이 제가 지은 과거의 죄들을 조목조목 비쳐낼 유리만 같 았다. 때아니게 벗어붙인 웃통에 소름을 송알송알 돋운 채, 석이는 벌컥 해련의 방문을 열어젖혔다.

"이것 보슈, 지금 오뉴월 수캐 좆자랑 하는 거요, 뭐요? 고슴도치 앞에서 가시털을 세워도 유분수지, 노사께서 붓 잡을 줄 몰라 불상 에 시채(施彩)하시지 않는 것 같수?"

성풀이하듯 말은 그렇게 쏘아붙였지만 실상 색으로 불꽃을 피워 올리는 일에 관해서 과연 노사의 솜씨가 그녀보다 나을 것인가? 그 럴수록 어깃장은 심해지게 마련이었다.

"나무에다 무작정 색칠만 한다고 다 무늬가 베풀어지는 줄 아시나 본데, 그렇게 보배운 바가 없수? 안료도 다 돈이오. 개새끼 오줌 지 리듯 그렇게 찔끔찔끔 싸댈 것 같으면 이젠 아예 물감 달라 소리도 마슈."

"미안해요, 오빠아……"

일순 석이는 주절주절 마저 튀어나오려던 육두문자를 꿀꺽 되삼 키지 않을 수 없었다. 뭐라고 허튼 대꾸만 나오면 당장 사기 화접 (畵楪)을 내박칠 생각이었는데…… 느닷없는 '오빠' 소리가 욱 치미 는 불길에 찬물을 끼얹었다. 오빠라는 그 한마디 부름말이 왜 그렇 게 온몸의 진을 빼는 것인지……

"오빠가 그렇게 화를 낼 줄은 몰랐어요."

해련은 석이를 바라보지도 않은 채 온곱게 저 할 일을 하면서 그렇게 대꾸하고 있었다. 그럴수록 무색해지는 건 돌부처 붙들고 씨름하자고 나선 것 같은 석이 자신이었다.

"난…… 댁에 같은 도…… 동생 둔 적이 없시다!"

그 울뚝밸 소릴 왜 그렇게 더듬거려야 했을까? 돌쩌귀가 바스러져라 팽개치듯 문을 내닫고 내려서는 석이의 발길이 천근이었다. 모를 일이었다. 왜 하필 그 순간 저나 나나 사고무친, 비빌 언덕 없는 신세는 마찬가지라는 생각이 들었누……

석이는 날 때부터 절집에서 살았다. 그리고 절집이란 곳이 세상에 인연이라고 생긴 끈은 부모자식 가릴 것 없이 죄다 끊어낸, 독오른 살무사가 무색하여 꼬릴 감출 만큼 근성 시퍼런 독종들만이 모이는 곳이란 것도 익히 알고 있었다. 아무리 부처님 법이 인연법이라지만 절밥을 얻어먹을 때는, 돌아서면 내생에서나 보자는 식의 싸늘한 먹물 옷짜리들의 서슬 퍼런 절연(絶緣)의 칼맛을 알지 않으면 안된다는 것도 겪을 만큼 겪어본 처지였다. 마음 한구석엔 바로 그런 매서움이 싫어 머릴 깎지 않고 비승비속(非僧非俗)으로 남아 있는 자신이 아니었던가? 그런데 달장근이 지나도록 서로간에 주고받는 말이라야 이보슈, 저기요뿐으로 꼭 남생이 등 맞추듯 어렵사리 내외하고 지내던 사이에 난데없는 오빠 소리가 무슨 법고 울림처럼 투닥투닥 머릿속을 헤집는 것이었다.

그날 밤 해련은 발소릴 죽여가며 석이의 방을 찾아왔다. 대자리에 너부러져 있다가 벌떡 일어나 옷을 챙겨 입는 석이 앞에 그녀가 내놓은 건 한길 한폭도 더 돼 보이는 붉은 노방비단이었다. 그걸 화폭

바탕감으로 삼아 그림틀 하나를 짜달라는 것이었다.

"아니, 탱화를 그리겠다고? 노사께 허락은 얻으셨수?"

노사가 들을까 한껏 목소릴 낮춰 속닥이듯 묻는 석이의 태도에 비해 그녀는 아무런 거리낌없이 고개를 가로 저었다. 석이의 목소리가 더 오그라들었다.

"쫓겨가려면 혼자 갈 일이지, 애먼 나까지 끌어들이는 건 무슨 물귀신 심사요?"

오동씨만 보고 춤춘다더니, 어림없는 소리였다. 탱화라니! 제아무리 대학에서 그림공부를 한 솜씨에다 붓 든 손목이 괴력이란 걸 노사에게 인정받았다지만 불화를 그려내는 일이 한두 해 공력으론 흉내나 낼 법한 일이던가. 시왕초, 천왕초, 보살초 수천장에 바윗덩이만큼 먹을 갈아붙여도 금어(金魚) 소리 듣기가 될둥말둥한 일인데……

"나 좀 보슈. 아무리 미친년 데리고 방아찧기는 좋다지만, 나 이 짓만은 못하겠소. 노사께서 아셨다간 당장 나부터 보따리 싸라고 하실 텐데, 그리 되면 그야말로 집도 절도 없는 신세가 바로 나란 거 알고나 하는 말이유, 당최?"

"오빠 아니면 제가 누구한테 이런 부탁 드리겠어요? 노사께선 내일부터 암자를 비우신다면서요……"

석이는 화폭이 될 붉은 비단천을 뚫어져라 바라보았다. 활활 타오르는 장작불의 불꽃심에 눈길이 멀듯 바탕감에서부터 벌써 붉은 기운이 온몸에 번지는 것 같았다. 아닌게아니라 붉은색은 그런 마력이 있었다. 거기에다 아닌가슴을 달구고 드는 해련의 정붙은 오빠 소리. 석이는 끝내 한숨을 내쉬고 말았다.

"나중에 나 차고 다닐 쪽박이나 하나 사주슈."

"걸립 유랑을 해도 혼자 다니시게는 안할게요. 집도 절도 없기는 저라고 별다른 줄 아세요?"

다음날 노사가 멀리 남해의 어느 절집에서 벌어지는 큰 백중재(百中齋)에 증명법사로 초빙되어 떠나자 석이는 곧바로 탱화틀을 만들기 시작했다. 틀을 짜는 일부터가 보통 공이 들어가는 일이 아니었다. 각목으로 짠 사각틀 안에 바탕감을 넣어 돌려가며 엮은 노끈으로 팽팽하게 펼쳐야 하는데, 노끈을 감는 힘이 일정하지 않으면 화폭이 울기 때문에 여간 주의를 기울이지 않으면 안되었다. 비뚤어진 바탕에 바른 그림이 올라갈 턱이 없었다. 화폭이 틀을 잡자 바탕감에 아교를 먹여나갈 일이 기다리고 있었다. 그 작업이야말로 붓으로 불화를 그려나가는 일 못지않게 중요한 일이었다. 탱화의 착색이 오래도록 그윽하면서도 윤기를 잃지 않게 하기 위한 작업이었다. 금어 못된 가칠장이로서 석이에겐 아교액을 포수(泡水)하는 일만큼은 어느 누구 못지않게 자신있는 일이었다. 윗사형들도 그 일만큼은 직접 하지 않고 석이에게 부탁해올 정도로 교액을 맑게 개고, 고르게 발라 윤기를 내는 일은 석이를 당할 손매가 없었다.

해련의 화폭을 위하여 석이가 있는 공 없는 공을 다 들였음은 당연지사. 앞뒤로 열댓 번이 넘게 교액을 포수하길 반복하자 마침내 붉은 노방비단부터가 타는 노을이 잠긴 강물 한줄기였다.

"보살을 그릴 작정예요."

건네받은 그림틀에 어렴풋 제 얼굴을 비춰보며 해련이 말했다.

"보살도 한두 분 계신 게 아닌데, 그 소의하는 경전에 따라 상호와 지물(持物)이 제각각 다르다고 헙디다."

석이가 걱정스레 한 말이었지만 해련은 가만히 웃어 보일 뿐이었다.

"다 그리면 젤 처음 오빠한테 보여드릴게요. 그나저나 조색도 마저 해주실 거죠?"

"무슨무슨 색이 필요하슈?"

"울금(鬱金) 한가지면 되겠어요."

울금, 이름처럼 종잡을 수 없는 색. 우울한 금빛이라 이름지은 자의 속은 어떤 색깔이었을까. 금빛은 금빛이되 화려하게 빛나지도 않고, 그렇다고 누리끼리 탁한 빛도 아닌, 어찌 보면 끄먹끄먹한 등잔불을 연상케 하고 어찌 보면 노인네들이 저승길 노잣돈 삼아 끼고 있는 금가락지마냥 눌면하게 세월의 손때를 탄 것도 같고…… 여하튼 석이는 두말 않고 남방 어디서 자라는 단독초(丹毒草)란 이름도 해괴한 풀뿌리에서 얻는다는 그 안료를 기름에 풀어주었을 뿐이다.

해련이 틀어박힌 방에서 비쳐나는 누런 백열등 빛은 그날 밤 뒤로 좀처럼 꺼지지 않았다. 그리고 그 불빛을 바라보는 석이의 마음속에도 그렇게 무겁게 눅진한 누른빛이 그림자처럼 들어앉기 시작했다. 어쩌면 그렇게 마음에 녹이 슨 듯 깊고 짙은 노란색이 울금의 본디 색인지도 몰랐다.

그렇게 밤이면 홀로 화폭을 마주하기 시작한 해련은 낮으로는 다른 낯빛으로 석이를 졸라댔다.

"오빠, 덥고 갑갑한데 다른 암자도 좀 구경시켜주세요."

다른 절집을 찾아다니며 또 불꽃놀이를 하겠다는 수작이었다. 석이는 그녀의 부탁을 들어주는 일이, 그녀의 심화(心火)의 불길을 바로잡아주려는 노사의 노력에 맞바로 맞서는 일임을 모르지 않았다. 하면서도 해련이 슬며시 던지는 오빠 소리가 꿀 찍은 약과보다 더 맛들어지게 들리는 걸 어쩌랴.

에라 모르겠다, 뒷갈망은 생각도 않고 덜렁 화구를 챙겨 앞장서서 그녀를 끌고 산골을 누비고 다니는 것이었다. 심심산골 여기저기 들 어앉은 절집이 전부 본찰에서 갈라져나온 산내말암(山內末庵)인지 라 얼굴 모르는 중이 없기도 했으려니와 유명짜한 노금어의 제자들 이 동전 반닢도 받지 않고 화사 보시하겠다는데 말릴 도깨비도 없었 다.

하여 며칠을 두고 해련은 온 산곡을 뒤지고 다니며 불춤 추듯 붓 을 놀리고 다녔고 부화뇌동, 석이 역시 그야말로 마른 나무에 불씨 를 댕기는 듯한 그녀의 신불에 덩달아 신이 나 어쩔 줄을 몰라했다. 그렇게 해서 이 절의 사천왕들은 불꽃 갑주를 두르게 되고, 저 절의 문수동자를 태운 흰 사자는 불갈기를 휘날렸다. 어느 암자 일광보살 은 천의(天衣)자락을 홀라당 태워먹기도 했고, 다른 암자 쇠북에 새 겨진 비천상은 기어이 불꽃 서기(瑞氣)를 휘날리며 하늘로 날아올라 가 버렸다. 그러다 마침내 석이는 본찰 비로전 노사나불의 후면광배 (後面光背)에 화염문을 올릴 사람은 해련밖에 없다는 데까지 생각이 미쳤다. 그녀의 손목을 잡아끌고 본찰을 찾았다. 그러나 그것만은 불가한 일이었다.

"노사께서 그리하라시더냐?"

다른 말암에선 싸전 병아리마냥 약삭빠르게 핑계도 잘 찾아내던 석이도 본찰 종무소 총무스님의 뜨악한 눈길엔 뭐라 마땅한 구실거 릴 대지 못했다. 하긴 기왕에 채색이 되어 있었으면 모를까 그 광배 는 맨나뭇결만으로도 이미 타오르는 불길이었다. 천년대찰이 그렇게 만만한 곳이 아니었던 것이다. 석이가 어떻게 해서든 허락을 받아내 려고 끙끙대고 있을 때 뜻밖에도,

"안되면 그만이지요."

라며 해련이 아닌보살, 자릴 차고 일어서질 않는가. 그렇게 암자로 돌아오는 길엔 오히려 석이가 떫은 감 씹은 얼굴을 하고 있었다. 해련 앞에서 면이 깎인 일이 이만저만 맘에 받치는 게 아니었다.

그러나 정작 큰일이 암자에서 그들을 기다리고 있었다. 구경삼아 남해 바닷가 망해(望海)한 절터들이나 돌아보고 보름 뒤에나 오겠다던 스승이 열흘도 되지 않아 돌아온 것이었다. 노사는 나갔다 온 차림새 그대로 해련의 방 앞 청마루에 걸터앉아 있었다. 노사의 앞에는 바로 해련이 그리던 붉은 화폭이 놓여져 있었다. 먼저 석이의 가슴이 철렁 내려앉았다.

"이것이 무엇이냐?"

"제가 그리고 있는 그림이지요."

해련의 태연자약한 대꾸에 미주알을 졸밋거리는 건 석이였다.

"그게 아니고 무슨 보살을 그리고 있느냔 말이다."

그 물음에는 해련도 잠시 우물거리는 것 같았다.

"……인로왕보살(引路王菩薩)이어요."

그랬다. 붉은 노방감에 울금색 하나로만 그려진 여인상은 바로 인로왕보살이었다. 접인망령(接引亡靈)의 번기(番旗)를 휘날리며 구천의 길에서 죽은 자를 맞아 천상계로 길 인도하러 나선 보살. 해련이 그린 그림 속 여인은 이번에도 찢어질 듯 나부끼는 깃발을 들고 있었다.

"둘러댈 생각 말아라. 바로 네 자신의 모습이건! 이 눈이 그리 말하지 않느냐!"

"………"

해련은 대답하지 못했다. 석이는 해련과 그림 속 보살을 번갈아 보았다. 해련이 그려낸 보살은 노사의 호통이 아니라도 사실 괴상스러웠다. 붉은 바탕에 짙은 등황빛으로 시분(細粉)만 그려낸 그 형상은 마치 색바꿈하기 전 사진 원판의 음화(陰畵)처럼 섬뜩한 느낌이었다. 특히나 불타는 두광(頭光)을 배경으로 두드러진 얼굴 중에서도 노오랗게 강조한 눈매는 흰자위를 뒤집어쓴 사람처럼 뚝뚝 귀기를 흘리고 있었다. 다그치는 노사의 목소리가 갑자기 착, 가라앉았다.

"그 일 때문이냐?"

"………"

해련은 대답하지 않았다.

"부란(腐爛)킬 거부하는 생명도 있는 법. 그 일은 잊으라지 않더냐?"

"……잊을 것이 아니에요. 바로 썩지 않고 타버린 사람이니까요. 저로 인해서요."

"세상이 뒤집힌 탓이다. 그렇다고 꽃이 필 자리마다 불씨를 놓을 작정이냐?"

"그렇지요. 뒤집힌 세상에 보살심도 뒤집힐 만하니까요."

"허어! 네 속의 부처가 내 것보다 더 크고 독한 것을…… 내 망령이 네 망령을 이기지 못할 것을……"

"………"

"가거라. 가되 하나만은 분명히 알고 갈 것이니! 가히 보살도 살생을 하나니, 다만 그 속에 살의가 없는 것이 인간과 다른 것이야. 끄응!"

노사는 신음소릴 내며 자리에서 일어나 방으로 들어갔다.

그날 밤 석이는 쉬 잠들지 못했다. 아침이면 해련이 떠날 것이란 생각이 석쇠 위의 자반처럼 석이의 몸을 이리저리 뒤척이게 만들었다. 그러다 끝내 발딱 일어나 앉아 무릎을 접어 가슴에 파묻었다. 얼마쯤 호곡하는 듯한 올빼미 울음이나 세고 있었을까. 해련의 방에서 삐이걱 문 열리는 소리가 들렸다. 그리고 발자국 소리. 잠시 왔다갔다하던 발소리가 석이의 방문 앞에 오똑 멈춰섰다. 한동안 아무런 인기척이 들리지 않았다. 석이는 벌컥 문을 열어젖히고 싶은 마음과는 달리 더욱 몸을 웅크리고 들었다.

떠날 것이지. 너는 그리고 싶은 것이 있구나. 그래서 떠나야겠지. 그리고 싶은 걸 그리러 가겠지. 떠날 것이지. 갈 거면 어서 가지 인사도 못할 걸 왜 그러고 섰니……

속으로 웅얼거린 걸 듣기라도 했다는 대답일까. 마침내 발자국이 또각또각 멀어지기 시작했다. 석이는 자꾸 무릎 사이를 파고들었다. 산길로 사라진 해련의 발자국 소리가 멀리 소쩍새 울음소리가 되어 떼꾹떼꾹 메아리졌다.

그러나 차라리 그렇게 가뭇없이 가버렸다면 얼마나 좋았을까? 무릎을 웅크린 채로 설핏 등걸잠이 든 석이를 난데없는 전화소리가 깨우고 들었다.

"뭐라구요, 경찰서? 해련이가요?"

기어코 일이 벌어진 것이다. 짐을 꾸려 곧장 산을 내려간 줄로만 알았던 해련은 그 밤을 틈타 아까 낮에 보아두었던 비로자나불의 광배에 불꽃을 그려넣고자 살짝 본찰 비로전에 숨어들었다가 덜컥 장등승에게 붙들리고 만 것이었다. 영문을 모르는 중은 그녀를 도둑으로만 알고 막바로 경찰에 신고했고, 본찰의 발치께서 장승노릇이나 하고 있던 한갓진 파출소의 제복짜리들은 뭣도 모르고 잡아들인 해련이 수배중인 공안사범(公安事犯)인 걸 알아내고 온산을 발칵 뒤집기에 이른 것이었다.

놀라 뛰어내려간 석이가 경관을 붙들고 울고불고 매달려봤지만 처음부터 소용없는 일이었다. 매욱스런 성질에 결국 석이가 제 분을 참지 못하고 파출소장의 콧잔등에 박치기를 퍼부었고, 쌍코피 터진 코를 싸쥔 소장은 범인은닉에 공무집행 방해로 석이마저 집어넣겠다고 길길이 날뛰는 걸 본찰의 사판승들이 겨우겨우 말려놓았다. 해련을 태운 백차가 어두운 지방도를 타고 사라지는 걸 보며 석이는 소주를 내놓으라며 잠든 가겟집 빈지문이 찌그러져라 걷어차대는 일밖엔 할 지랄이 없었다.

*

　── 나무상주시방불 나무상주시방법 나무상주시방승. 딱 따그락 딱딱딱……
　노사가 삼귀의(三歸依)를 읊어주자 제승들이 해련의 관을 들고 밖으로 나왔다. 발인제는 조촐하고 쓸쓸했다. 그럴수록 법주승(法主僧)의 염불소리만이 애절하게 산자락을 타고 흘렀다. 암자의 마당에서 법주가 해련의 영정을 다섯 곳〔五方〕 부처에게 절을 올리게 하였다.
　── 나무동방 만월세계 약사 유리광여래불, 나무남방 환희세계 보승여래불, 나무서방……
　해련의 영정이 마지막 중방(中方) 화장세계를 관장하는 비로자나불에게 일배를 올리자 법주의 게송이 안타깝게 울었다.
　── 산화락(散花落), 산화락, 산화락. 나무영산회상불보살(南無靈山會上佛菩薩). 나무대성인로왕보살(南無大聖引路王菩薩)……
　법주의 거불(擧佛)소리가 사무치게 인로왕보살을 부르자 드디어 운구행렬이 느릿느릿 저승을 향해 첫발을 내딛기 시작했다. 해련의 관이 가파른 산계단을 타고 조금씩 사라져가자 그때까지 관세음보살을 연호하며 버티던 노니(老泥) 경수스님이 법당의 민두리기둥을 타고 주르르 주저앉았다.

"저래 갈 것을 뭘라고 찾아왔을꼬. 부처님 속, 참말로 모를 속이여. 늙어 비틀어진 나는 놔두고 저 젊으나젊은 것을 뭐가 급하다고 훌쩍 불러 가실꼬. 관셈보살, 관셈보살……"

경수스님 곁에 서 있던 노사가 품속에서 뭔가를 꺼내 석이에게 건넸다.

"높은 대에 매달고 앞장서 가거라."

붉게 흘러내린 비단화폭. 석이는 보지 않고도 그것이 무엇인 줄을 알았다. 예전 해련이 그렸던 바로 그 인로왕보살탱! 탱화를 받아드는 석이의 콧날부터가 벌써 시큰 붉게 물들기 시작했다.

*

"그러지 말고 노사께 올라가십시다. 대체 뭐가 무서워 붓을 안 잡는 거요?"

해련은 여전히 배시시 웃기만 했다. 수감되어 있는 동안 몇번인가 석이가 면회를 갔을 때도 그녀는 짧은 면회시간 내 그렇게 웃기만 했다. 제 처지도 모르고 어딘가 모자란 듯이 헤프게 웃어 보이기만 하는 그녀를 보며 석이는 탕탕 가슴팍만 두들겨댔다.

만기를 꽉 채운 그녀가 출소하여 자릴 잡은 것은 엉뚱하게도 석이네 암자와 같은 산에 있는 묘봉암이었다. 늙은 경수 노니를 시봉(侍奉)하러 들어갔다지만, 노니는 늙은 제 몸말고, 본찰에서 운영하는 복지시설인 '룸비니동산'에서 버려진 아이들이나 힘써 돌볼 것을 권했다. 하여 해련은 그렇게 암자와 시설을 오가며 지내기 시작했다.

그렇게 지척에 지내면서도 그녀가 노사를 찾아온 것은 출소하고 내려온 첫날, 인사차 들른 한번뿐이었다. 미어지는 속에 동동거리는 건 오로지 석이. 해련이 오갈 데 없는 처지라는 건 알고 있었지만, 다시 그림을 그릴 요량이 없이 노사의 지척에 자릴 잡을 까닭도 없었을 텐데, 어쩌자고 노사를 찾지 않는 것인지…… 그렇다고 노사가 그녀를 암자에 오지 못하게 막는 것도 아니었는데.

"아, 스님이 은근히 가까이 오지 못하게 눈치를 주니까 해련이가 산밑에서 저러고 있는 거 아녜요?"

석이가 그렇게 투덜거려보았지만 노사는 태연하기만 했다.

"이놈아, 눈치를 주고 말고 할 게 어딨노? 이 집이 내 집이냐, 네 집이냐? 세상에 쥔 있는 절집도 있다더냐? 부처님 품이야 파고드는 놈이 임자인 게지."

석이가 반색을 했다.

"그럼 당장 가서 데리고 와도 되지요?"

"끄응, 저 할 탓이지……"

그러나 정작 해련은 덤덤하게 아기들 똥기저귀 빨래만 벅벅 문질러댈 뿐이었다. 구르듯 산길을 내려온 석이만 더 애가 탈 노릇이었다.

"봐요, 해련씨. 지금 아닌보살 차리고 있을 때가 아니라구요. 노사께서 모른 척 받아들일 때, 해련씨도 모른 척하고 슬그머니 돌아가 붓을 잡아요. 아, 나같이 배우고 싶어도 가르쳐주지 않아서 못 배우는 놈도 있는데……"

그렇지만 해련은 물에 젖은 손등으로 귀뺨에 달라붙은 머리카락을 쓸어올리며 예의 그 알다가도 모를 미소를 말갛게 지어 보였다. 답답한 석이는 그녀의 코앞에 마주 주저앉아 빨랫더미 속에 파묻힌 그녀의 손을 덥석 쥐어잡았다. 비누거품 탓에 그녀의 손목이 몹시 미끄럽게 느껴졌다.

"까닭이 뭔지나 압시다."

해련이 쥐어잡힌 손목을 살그머니 빼쳤다.

"……뭘 그려야 할지를 모르겠어요. 그리고 싶은 게 있어야, 배워서 그리든 말든 하지요."

"그럴 것 같으면 차라리 멀리나 가서 살 일이지, 뭣하려고 노사 턱 밑은 지키고 있소?"

"어디로 가얄질 알아야 떠나지요. 어디로 가서 뭘 하고 살아야죠, 오빠. 네?"

석이가 벌떡 몸을 일으켰다.

"아주 반보살 다 됐습디다! 흥, 누구는 불알쪽 군을까봐 요령소리 내며 산길을 오르락내리락하는 줄 아나? 지금 때 놓치고 나중에 매달려봐야 내가 도울 수 없을 때가 올 거라구. 노사께서 어디 천년 만년 금부처럼 버티고 계실 것 같수?"

"미안해요, 오빠……"

"그눔의 오빠 소린 가래침 뱉듯 탁탁 잘도 나오네, 제길!"

낮달 보고 짖어대는 개 꼬라지라더니. 그렇게 빈 빨랫바구니나 걸어차고 돌아설 수밖에. 가슴 빗장뼈 사이로 천불이 새나오지 싶었다. 도무지 해련의 생억지 속을 짚어낼 수조차 없었다. 어찌 보면 건강짜를 부리는 것도 같고, 어찌 보면 한시름 깊은 골이 팬 것도 같은데, 어디서부터 어떻게 어르고 달래줘야 할질 모르는 석이는 그러다 저부터 돌아버릴 것만 같았다.

그렇다고 해련이 영 그림에 대한 생각을 씻은 듯 잊어버린 것도 아니었다. 이따금 그녀가 본찰 비로전에 예불이나 드리러 가자고 석이를 앞세우곤 하는 걸로 보아서. 그러나 정작 그녀를 데리고 가도, 다른 참배객이 넓죽넓죽 배례를 올리도록 해련은 빌려온 고양이 새 끼처럼 법당 모서리에 쪼그리고 앉아 넋을 잃고 있을 뿐이었다. 그 녀의 눈길은 언제나 비로자나부처의 등뒤에 타오르고 있는 불꽃광배에 못이 박혀 있었다. 이때다, 싶어진 석이는 다른 사람들이 들을까 표나지 않게 그녀를 꼬시고 들었다.

"내 저눔의 것 훔쳐다줄 테니, 한번 원없이 칠해볼 테요?"

그때 해련은 또 배시시 웃어 보였다.

"그러지 말고 솔직히 말해보슈. 저 불꽃에 칠 올리고 싶어 똑 죽겠지 않어?"

미소가 사그라지면 한숨이 나오는 법이다.

"후우…… 아니에요. 다만 어떤 솜씨가 있어 저렇게 나뭇결 속에 타오르는 불꽃을 가둬둘 수 있었을까, 싶을 뿐예요…… 그때는 그랬어요. 저 갇힌 불꽃을 풀어 활활 타오르게 하고 싶었죠. 또 그럴 수 있을 거라고 생각했었구요……"

"………"

"불을 그리고 싶던 게 아니었나봐요. 불꽃이 되고 싶던 것도 아니었나봐요…… 모르겠어요, 오빠. 함성이 들려요. 자꾸자꾸 함성이 메아리져요. 그러면 머릿골이 텅 빈 동굴 같아지고…… 내 가슴엔 잿덩이만 남았다고 뇌까리다가도 후욱 불땀을 지피고 사라지는 바람의 종적을 느끼면 문득 두려움이 솟아요. 몸도 없는 바람이 어떻게 나를 어루만졌을까……"

흘러내린 머리칼을 쓸어올리며 그녀는 석이를 바라 한번 더 웃었다.

"오빠는 아세요? 불꽃보다 아름다운 꽃의 이름이 뭐예요? 타버린 나무에서 피는 꽃이 있다면 그 꽃은 무슨 색깔이에요? 꽃내가 날까요, 숯내가 날까요……"

그렇게 말하던 그녀는 함성을 듣고 있었던가보다. 수수께끼를 속삭이던 바람이 사라지고 남은 공허 속에 메아리지던 함성.

어느새 해련은 일어나 절을 올리기 시작했다. 일배, 이배, 삼배…… 배수가 보태지면 보태질수록 절을 올리는 그녀의 동작은 점점 가파르게 빨라지기 시작했다. 이십배, 삼십배, 사십배…… 그녀의 숨결이 달아오르기 시작하면서 한번 숙였다 일어설 때마다 해련의 눈에서 차츰 불꽃이 튀기 시작했다. 백육배, 백칠배, 백팔배…… 그래도 그녀는 절을 멈추지 않았다. 한여름 붉게 타오르기 시작한 저녁놀을 받아 금빛 비로자나부처가 발긋발긋 상기되기 시작했다. 방아깨비 같은 해련은 절을 하며 허공을 격하고 마구 부처의 몸에 제 살을 비벼대고 있었다. 그러다보면 마침내 부처의 등뒤로 화르륵 불꽃이 일 것이라고.

해련은 불과 함께 죽었다. 불이 해련을 집어삼킨 것인지, 아니면 해련이 불꽃으로 화한 것인지, 이도저도 아니면 끝내 불꽃이나 해련이나 딴마음 딴몸이 아니었는지 석이는 알지 못했다.

그날도 석이는 룸비니동산으로 해련을 찾아갔다가 쇠귀에 경을 읽는지 돌부처에 비라리를 드리는지 모르게 해련과 몇마디 성금 안 날 말을 주고받았다. 하지만 제대로 이야기도 나누기 전에 오르르 몰려든 아기부처들에게 그만 해련을 빼앗기고 말았다. 아이들은 헬쭉헬쭉 웃어대는 해련을 끌고 놀이터 모래밭을 맴돌고 있었다. 석이는 멀찍이서 그렇게 빙글빙글 어울려 도는 애어른을 한참을 바라만 보다가 궁둥이를 털고 일어서야 했다. 원래 그렇게 간다는 말도 못 하고 돌아선 길이 마지막 작별이 되게 마련이다.

땀찬 바지를 둥둥 걷어붙이고 휘적휘적 산길을 올라가던 중 등뒤에 어디선가 한모락 뭉클 연기가 피어올라오는 것이 눈에 띄었다.

'누가 한여름에 밭둑을 다 태우나?'

그렇게 무심하게 여기고 아까부터 귀찮게 눈앞에 빙글거리는 각다귀떼를 손사래로 쫓아가며 산을 따라 깊이 들어갈 때, 아련하게 불자동차의 경음소리가 들려왔다. 언젠가 불새가 되어 날아내린 남자가 이명으로 남긴 바로 그 싸이렌 소리. 그러고 보니 연기가 오르는 곳이 고아원 쪽이 틀림없었다.

몇번을 구르고 고꾸라진 끝에 달려내려갔지만 석이가 본 것이라곤 화마가 뜯어먹다 남긴 보꾹자리에 걸쳐 있는 흉흉한 서까래뿐이었다. 해련을 싣고 간 앰뷸런스를 쫓아 병원에 닿았을 땐, 이미 그녀는 시리도록 하얀 리넨천을 뒤집어쓰고 있었다.

성냥을 가지고 놀던 아이들 실수로 방에 불이 붙었고 걸을 수 있는 녀석들은 꽁지가 빠져라 빠져나와, 다행이라고 한숨을 돌리고 있을 때, 이제 백일도 채 지나지 않은 강보에 싸인 갓난쟁이가 남았음을 안 해련이 급히 불기둥 속으로 뛰쳐들어갔다가 기어코 불타는 서까래를 등짝으로 받아내고 만 것이었다. 웅크린 해련의 품에 싸인 아기는 무사했지만, 병원으로 옮기던 해련은 기어이 목숨줄을 놓아버리고 말았다. 석가모니가 태어났다는 룸비니동산, 그곳에서 해련은 죽어나갔다. 멸법(滅法)은 그렇게 매정한 뜻이었다.

*

석이가 번기(番旗)처럼 앞세우고 걷는 인로왕보살탱은 바람을 받아 한껏 부풀어 마치 배 한척의 돛폭처럼 나부꼈다. 그러잖아도 그림 속 깃발을 들고 있는 인로왕보살은 죽은 혼령을 내영(來迎)코자

길을 나선 참이었다. 묘봉암에서 내려온 운구행렬이 룸비니동산에서 노제를 지내고 나자, 어린 원생들로 꼬릿살이 붙은 운구행렬은 더욱 느릿한 움직임으로 화장장으로 향했다.

"참으로 반야용선(般若龍船) 타고 가거라. 지장보살, 지장보살……"

경수 노니는 아까부터 해련을 극락 가는 배, 반야용선에 태워달라고 한없이 지장보살을 정근하고 있었고 그 뒤를 꾸물꾸물 쫓아오는 아이들은, 철든 놈들은 나서 처음 당하는 죽음의 무서움에 울었고 철없는 놈들은 언니들이 우는 소리에 질려서 더 크게 울어 자지러지고 있었다. 회주를 맡은 노사는 손에 쥔 요령이 흔드는 대로 몸을 맡겨 터덜터덜 행렬을 이끌고 있었다. 법주승의 알아듣지 못할 진언 외우는 소리가 너울너울 길을 따라 흐르고 흘렀다.

── 옴 모지짓다 못다 바나야 믹. 옴 사마라 사마라 미마나 사라하 자가라 바 훔. 청정법신비로자나불 원만보신노사나불 천백억화신석가모니불 구품도사아미타불……

바람이 불었다. 끈적한 습기를 품은 바람이 석이가 든 인로왕보살 번을 휘청 밀어뜨리고 지나갔다. 목탁과 염불성이 높아갔고 그 사이로 바람이 전하는 소리가 들렸다.

'오빠, 어떡하면 저 광배처럼 불꽃을 품을 수 있나요?'

회장자(會葬者) 중 누군가 게송을 읊었다. 석이의 대답을 대신함이련가.

── 영취산 위의 염화시중이여, 눈먼 거북이 뜬 나무토막을 만났음이라(靈鷲拈花示上機 肯同浮木接盲龜).

'오빠, 불꽃을 그리고 싶은 게 아니었나봐요.'

── 염화시중의 그 작은 미소가 아니었던들 무한청풍을 누구에게

주었을까(飮光不是微微笑 無限淸風付與誰).

　'숯가지에서 피어나는 꽃은 무슨 색이에요. 오빠, 함성이…… 함
성이 들려요, 천지가 온통 함성이에요.'

　── 불법승 삼보께 스스로 찾아가나이다, 찾아가나이다, 찾아가나
이다(自歸依佛 自歸依法 自歸依僧)……

　자꾸 깃발을 쓰러뜨리려는 바람에 맞서 석이는 대나무 깃대를 부
여잡은 손아귀에 더더욱 힘을 주었다. 그러나 힘을 주면 줄수록 함
성인지 귀곡성인지 모를 외침이 어디선가로부터 꾸역꾸역 밀려들어
귓불을 잡아채고 들었다.

　'들리지 않아요? 들리지 않느냐구요? 저 소리들, 부름들, 외침
들…… 오빠, 오빠아!'

　한순간 바람이 드세게 휘몰리며 대나무 깃대에서 뚝뚝 마디 부러
지는 소리가 들렸다. 바람을 견디는 석이의 팔뚝에서도 울툭불툭 힘
줄이 튀어나왔다. 해련을 태운 상여에 장식한 꽃들이 파다닥 꽃잎을
떨었다. 화장장이 가까워오고 있었다. 합장게를 부르는 범패승(梵唄
僧)의 홑소리가 느루 울려퍼졌다.

　── 하아아압 자아아앙~ 에에이 에이오오 우~ 아에헤야허 아아
아~ 엥야어어아 으아어야허~

　다소곳하던 범패소리가 느적느적 이어지다가 차츰 소리가 갈라지
는 듯하더니 마침내 목젖 힘줄을 잡아늘인 듯한 고성으로 한참 소릿
골을 타넘기 시작했다.

　딸랑 딸랑 딸랑──

　법주승의 요령이 세 번 울었고 모인 대중들이 일제히 범패소리를
받아 화청(和請)을 이뤘다.

　──아~ 지심걸청 지심거얼처어엉~ 일회대중에 일시이임~ 거

어얼~ 처어어엉~ 금일 영가(靈駕) 이이 세에사아앙 하아직 하시니 이~ 부억년간 극락세계에 과앙풍년대루~ 모셔가알제에에~

화청소리가 장차게 울리는 가운데 해련의 관이 장작가리 위에 올라갔다. 그 가장자리를 따라 회장자들이 손에 든 장작을 하나씩 둘씩 보태기 시작했다. 잠시 후 불의 뼈마디를 이룰 나무토막들이 그렇게 차곡차곡 쌓여나갔다.

"거어어—화아아(擧火)!"

법주의 거화성과 함께 횃불 솜방망이에 불이 붙었다. 요령소리와 더불어 법주의 거화송이 잔잔하게 이어졌다.

——여기 타오르는 이 불은 탐진치(貪瞋痴)의 불이 아니요, 바로 여래부처의 일등삼매의 불꽃이라! 그 광명이 붉디붉어 삼제(三際) 세계를 두루 비추고…… 그대여! 이 불꽃을 되돌아보고 생의 무상함을 깨달을지니, 번뇌의 뜨거움을 떠나 쌍림(雙林)의 안락을 얻기를……

"하아아—화아아(下火)!"

경수 노니가 들고 있던 불방망이를 풀썩 던졌다. 타닥타다닥. 관셈보살, 관셈보살…… 타닥탁탁. 장작가리 한 귀퉁이에서 마디 튀는 소리가 들리더니 이윽고,

화라락 화라라락 화라라라라락——

순식간에 거센 불결이 일어나며 장작마다 불의 살결이 달아오르기 시작했다. 다시 한줄기 바람이 불었다. 인로왕보살의 번기가 휘청하더니 매서운 불꽃이 바람을 타고 허공을 할퀴었다.

——나무아미타불 나무아미타불 나무아미타불……

어린 원생들이 염불소리를 외우며 불꽃의 주위를 돌기 시작했다. 불땀이 살아날수록 부처를 부르는 티없는 목소리들이 어지럽게 섞여

들어 석이의 귀청에 웅웅 함성을 이뤘다.

'오빠, 불이에요. 불, 불이 났어요……'

그 순간 석이는 온몸의 맥이 풀리며, 기어이 들고 있던 깃대를 놓치고 말았다. 휘청, 보살탱이 불보라 한가운데로 떨어지고 말았다. 와락 탱화를 받아든 불길은 더욱 거세게 하늘을 찔렀다.

"해련아아! 불났는데 게서 뭘 하느냐아!"

마침내 노사가 다비의 화두를 던졌고 석이는 더이상 견디지 못하고 화닥닥 뛰어 달아나기 시작했다. 뛰고 또 뛰었다. 고무신이 마른 산길의 왕모래에 미끄러졌다. 신발을 벗어던진 채 마구마구 뛰었다. 숲으로 뛰어들었다. 가문비나무 가지가 회초리처럼 종아릿살에 떨어졌고 가시를 밟은 발에 피꽃이 죽죽 피어났다.

얼마나 달렸을까. 산등성이 어느 한 지점에 이르러 석이는 미친 듯이 쌓아놓은 나뭇잎을 헤치기 시작했다. 흙땅이 드러나자 그것마저도 정신없이 파헤쳤다. 갈라진 손톱에 핏물이 배어들 즈음 마침내 감춰논 광배가 드러났다. 두 손으로 광배를 받쳐들고 무릎을 꿇고 마주앉았다. 지난밤, 밤새도록 붓을 들고 마주했지만 단 한 획도 그려붙이지 못한 그 커다란 거신광배. 그 딱딱한 나뭇살에서 뜨거운 불기운이 손바닥을 타고 전해지고 있었다. 죽은 해련을 대신해서 활활 타오르는 불꽃심을 그려 올리고 싶었건만……

"오냐! 그려서 올리지 못하면 태워서라도 올려보내주마!"

두리번 고갯짓을 한 끝에 석이는 섶으로 쓸 마른 솔가리 하나를 찾아냈다. 성냥을 꺼내 딱, 불을 붙였다. 솔가리 끝에 호로록 불꽃이 살아났다. 검불 위에 올려놓은 광배를 향해 불꽃을 가져가는 석이의 손이 부들부들 떨리고 있었다.

그때 산 아래서 펑, 펑, 펑, 대나무 마디가 불땀에 터지는 소리가 들려왔다. 그 소리가 석이의 귀에 공이로 뼈마디를 쇄골(碎骨)하는 소리처럼 들렸다. 눈길을 돌려 바라본 그곳에서 연기가 피어올라오고 있었다. 오롯이 피어오른 한줄기 연기가 하늘 어디만큼에서 활짝 벌어져 바람에 흩어지더니 꼭 불꽃서기를 탄 비천상처럼 흐릿하게 사라지고 사라지고 하는 것이었다. 저것이 해련이 산골(散骨)되는 것이련…… 끝내 석이는 불붙은 솔가리를 머리께 치들고 광배 앞에 부복하듯 쓰러지고 말았다.

　── 옴 바자나 사다모. 옴 바자나 사다모. 옴 바자나 사다모……

　엎드려 환귀본토진언(還歸本土眞言)을 외우고 또 외우는 석이의 어깨가 출렁였다. 불꽃도 그렇게 출렁이고만 있었다.

〔현대문학 1998년 7월호〕

장인(匠人)이 되고자 하는 박수의 춤사위

임 규 찬

1

내가 민경현이란 이름을 작품과 함께 처음 만나게 된 것은 친한 선배 시인으로부터 이런저런 이야기를 하다가 우연히 그의 단편 「인멸」을 한번 읽어보라는 권유를 받아서였다. 선배 시인 역시 문예지를 보다 처음 마주친 이름이었는데 막상 작품을 읽어보니 매우 인상적이고, 또 요즘 보기 드문 신인작가 같다는 것이다. 무엇보다 '신인'이란 말에 즉시 읽어보았고, 나 또한 선배 시인처럼 「인멸」이란 작품에 매우 깊은 인상을 받았다. 요즘의 젊은 풍과는 달리 매우 고전적이면서도 또 그만의 독특한 체취가 느껴졌다. 분명 아주 낯익은 데서 발원한 것 같은데 내게는 '고풍(古風)'이란 어감에 딱 부합하는 그런 문채(文彩)였다. 단순히 예스런 것이 아니라 요즘 시대 속에서 과거의 어떤 혼이 살아움직이는 그런 이상한 스멀거림이 있었다. 더구나 내게는 어떤 떨림, 작품 자체에서 직접 투사되어 나오는 것이 아니라 작품의 배후에서 작가가 내뿜는 어떤 기운이 느껴졌다. 작가의 강한 집념, 고집불통 같은 '홀로'의 진지함이라고나 할까.

그래서 이 작품이 실린 문예지의 출판사에 연락처를 물어 작가에게 전화를 걸었던 기억이 난다. 그리고 그것이 인연이 되어 이후 아주 가끔씩 작가와 만나 여러 이야기를 나누게 되었는데, 막상 그를 직접 대하고 보니 원 이렇게 심심한 사람이 있을까. 뭔가 독특한 체취가 작가의 육체에서도 나오리라는 나의 예상은 여지없이 깨졌다. 큰 키도 아닌데 통통하여 작은 배불뚝이를 연상케 하는 몸체에다, 겨우 술 한잔에 얼굴은 벌써 불콰해지는, 천성적으로 술과 어울리지 못하는 체질이라니. 그렇다고 이른바 '구라'과에나 속하냐면 그것과도 담을 쌓은 저 변변치 않는 말주변은 또 어떻고. 첫인상은 한마디로 숙맥 자체였다. 뭐라뭐라 말을 해도 수줍은 듯 소년처럼 살풋 웃고만 있으니…… 그러나 만날수록 그런 심심함과 조용함 뒤에 뭔가 깊이 도사리고 있는, 작품 속의 한 표현처럼 '광배(光背)' 같은 게 서서히 밀려왔다.

아마도 이 작품집을 섬세히 읽는 사람이라면 분명 나와 비슷한 느낌을 받으리라 생각한다. 요즘 시대에는 보기 드물게, 이를테면 어떤 식으로든 '장인'이 되고자 하는 강한 집념, 이게 내 길이다며 남의 눈 개의치 않고 묵묵히 제 갈 길 가는 이에게서 우리가 흡입하는 개성의 독특한 체향. 이미 신성(神性)을 잃어버린 기계화·기호화된 이 기술복제 시대에 아직 이런 사람이 있다며 이십세기의 막바지에 인간의 근원적인 넋을 기리는 박수의 춤사위라고나 할까. 어쨌든 종교와 주술이 하나의 미학으로 숨을 쉬면서 민경현의 소설은 삭막한 우리네 영혼을 향해 신묘하고 음산한 '전설'의 풍경을 선사한다. 그리고 신(神)에 근접한, 아니 접신했다고 해도 과언이 아닌 인물들이 이 풍경을 보이지 않게 관장함으로써 그밖의 여러 인물들 역시 우리가 잃어버렸다고 여기는 영혼의 율려(律呂) 속으로 제 삶을 밀어넣어 자신을 되돌아보게 만든다.

가령 이런 대목을 한번 보자.

"오행의 다섯 기운 중에 화(火)는 색으론 붉음이요, 방위로는 남쪽이며 짐승으로는 새이니, 그 새를 일컬어 전주작(前朱雀)이라 함은 불기운이 언제나 앞장서 드러나고 싶어하고 위로 솟구쳐오르려 하기 때문이니라. 불의 기운이 양으로 몰린 것이 하늘의 태양이라면, 음으로 뭉친 것이 인간이 피워낸 불씨이니 이것이 세간의 문명을 만든 힘이다. 하여 불이란 다스리는 자의 마음을 좇나니 문명의 불과 지옥의 불이 모두 한뿌리에서 피어올라온 것임을 알아야 한다."

"………"

"그림에서 적색은 더할 나위 없는 힘이 있나니 그걸 다루는 사람이 삼가는 마음을 갖지 않으면 한장의 그림으로도 온 세상을 불바다로 만들 수 있느니, 극락의 안락과 충천화광의 무간지옥이 호홀지간(毫忽之間), 붓털 끝 하나의 차이에 지나지 않음을 새기고, 붓 잡은 손을 다스리고 또 다스려야 하느니……" (279면)

필자가 처음 만난 「인멸」 속의 노사가 하는 말이다. 물론 작품 속에서 이런 종교적 미학, 미학적 종교는 80년대의 정치적 현실과 결합되면서 한 시대를 상징화하는 주술적 열쇠가 된다. 탱화를 그리는 노금어 노사의 이런 말을 듣는 당자는 '해련'이란 미술학도이다. 소설의 중심 골조는 노사 밑에서 잡일을 거드는 화자 '석이'가 지켜보는 '해련'의 삶이다. 대학에서 불교미술론을 가르치고 있는 회조사 형이 노사에게 조심스레 청을 넣어 80년대의 어느날 강연을 하러 대학 교정에 들어선다. 맞은편 교사에 걸린 커다란 걸개그림. 칠층 높이의 건물을 반이나 가리고 있는 초대형 걸개그림에는 성난 군중이 질풍처럼 다밀려드는 장면을 배경으로 한 여인이 나부끼는 깃발을 들고 우뚝 서서 함성을 지르고 있는 그림이었다. 그런데 노사가 강의하고 있는 중 석이는 극적인 광경을 우연히 목도하게 된다. 걸개그림을 걷어올리는 남자가 그 커다란 그림천을 온몸에 친친 동여매고 불길한 싸이렌 소리가 들릴 때, 그리고 학생들과 전경들이 한데 뒤엉켜 그 건물로 몰려갔을 때, 기름을 뒤집어쓰고 라이터를 긋고 투신해버린 것이다. 그런데 그 그림을 그린 사람이 다름아닌 해련이었고, 해련은 노사의 친구인 요절한 판화가의 딸이었던 것이다. 이런 인연으로 해련은 그후 노사를 만나러 산사로 찾아오고 그래서 석이와 친하게 된다.

결국 해련은 80년대의 화기(火氣)를 온몸에 담지한 상처받은 인물로 이제 절간이란 비밀스런 성채로 들어서게 된다. 작가는 바로 세속과 구별되는 종교미학적 공간 속에서 해련의 삶을 추적한다. 노사의 충고에도 불구하고 해련이 80년대적 세계와 상흔에 사로잡혀 노사 몰래 '불의 그림'을 그리고, 끝내 이를 알게 된 노사가 다시 해련과 마주하여 주고받는 이야기는 더한층 한 시대의 심연을 헤집는다.

"그 일 때문이냐?"
"………"
해련은 대답하지 않았다.

"부란(腐爛)킬 거부하는 생명도 있는 법. 그 일은 잊으라지 않더냐?"

"……잊을 것이 아니에요. 바로 썩지 않고 타버린 사람이니까요. 저로 인해서요."

"세상이 뒤집힌 탓이다. 그렇다고 꽃이 필 자리마다 불씨를 놓을 작정이냐?"

"그렇지요. 뒤집힌 세상에 보살심도 뒤집힐 만하니까요."

"허어! 네 속의 부처가 내 것보다 더 크고 독한 것을…… 내 망령이 네 망령을 이기지 못할 것을……"

"………"

"가거라. 가되 하나만은 분명히 알고 갈 것이니! 가히 보살도 살생을 하나니, 다만 그 속에 살의가 없는 것이 인간과 다른 것이야. 끄응!" (291면)

그러나 해련이 산에서 내려가지 않고 다시 못다 그린 그림을 그리려고 본찰 비로전에 숨어들었다가 장등승에게 붙들려 도둑으로 몰려 경찰서까지 가게 되고, 그녀가 공안사범인 걸 알아낸 경찰에 의해 구속되기에 이른다. 그리고 출소한 후 엉뚱하게도 그녀는 석이네가 있는 산속 또다른 암자와 그 암자에서 운영하는 복지시설(룸비니동산)에서 아이들을 돌보며 살아간다. 그러나 그녀는 여전히 80년대 상흔에서 벗어나지 못한 채 끝내 '룸비니동산'에 불이 나자 아이들을 구하다가 대신 불에 타 죽는다.

그런데 이 소설은 이런 이야기의 시간성을 매우 복합적인 구조로 담아내고 있다. 소설의 첫 장면은 마치 추리소설을 연상시키는, 매우 서정적인 묘사로 박진감있게 한 사내의 도둑질 행적을 뒤쫓는다.

그리고 그것은 작품 말미에서야 비로소 석이가 한 짓으로 자연스럽게 알아보게끔 구성되어 있다. 해련이 광배처럼 불꽃을 품고자 했던 소망을 위해 광배를 그리지 못한 대신 그것을 태우는 것으로 그녀의 넋을 위로하는 석이의 마지막 행동이 소설의 대미이다. (한 작품집의 해설치고는 한 작품에다 너무 많이 할애한 감이 없지 않지만, 무엇보다 첫인상이 누구에게나 강하게 남는 법이고, 또한 이 작품의 중요 얼개가 여타 소설에서도 정도의 차이는 있지만 두루 관통하는 특색이기도 한 탓에 이 작품에 자연 큰 비중을 두었다.)

어쨌든 이 소설에서도 알 수 있듯이 이미 경지에 들어선 인물(노사)과 현실적 삶의 한 전형(해련), 그리고 그 사이에서 비승비속의 경계를 넘나드는 인물(화자 석이)이 펼치는 예술적 삶의 이야기는 가히 민경현 소설의 궁극적 지반이라 할 만하다. (특히 화자인 석이는 이들 종교적 화가집단에 온전히 결합하지 않는데, 그것은 이들의 또다른 이면까지 속속들이 알고 있는, 말하자면 비승비속으로 남아 있으면서 탈속과 세속의 면모를 몸소 실연하는 관찰자로 기능한다.) 실제로 「인멸」을 포함하여 「내영」 「꽃으로 짓다」는 일종의 형제 같은 소설들로, 소설 속의 화자가 모두 '석이'이고 그 주변인물들 역시 노사를 정점으로 하는 화가집단이다. 다만 작품에 따라 중심이 되는 인물이 달라지면서 각기 다른 이야기가 다양한 방식으로 펼쳐진다. 가령 「내영」은 석이의 사형 중 한사람인 철조사형을 중심인물로 등장시킨다. 불도와는 배척관계인 무녀 하연네와 연분이 났다는 소문으로 절간은 발칵 뒤집히는데, 사실은 철조사형의 남 모를 과거사, 아버지로부터 겪은 정신적 상흔이 거기에 잠복해 있다. 자기 안의 불길[心火]을 어쩌지 못하는 철조사형과 역시 아버지에 대한 한을 간직한 무녀 하연네의 영혼이 접맥되면서 하나의 아름다운 그림과

춤이 탄생하는, 독특한 미학적 형상화가 매우 인상적이다. 반면 「꽃으로 짓다」는 석이 자신이 직접 온전한 주인공이 되어 이들 집단의 생활을 생동감있게 전달하면서 자신과 같은 반승반속의 여시자를 산신각에서 겁탈하는 이야기가 덧붙여진, 그야말로 생활묘사로 시종한 작품이다. 특히 이 작품은 묘사장면이 우리의 관심을 끄는데 작중인물들의 세계, 이른바 그림의 세계와 자연풍경 등에 대한 묘사가 절묘하게 결합하면서 가히 미학주의라 부를 만한 언어의 채색이 화려하게 수놓아진다.

걷다보면 천지가 그대로 단청놀음이란 걸 알게 된다. 산비탈 층계밭을 따라 늦게 심은 겨울초싹이 노란 왕겨 위로 고개를 내밀고 이제 막 손가락 마디만큼 새순을 돋우었다. 톡톡하게 속대궁이 흰 마디를 뻗고 그에 따라 여린 풀색의 연두벌레를 품어주기 딱 좋은, 이른 신록으로 잎이 벌어진 것이 영락없이 밭 위에 금(錦)무늬를 베푼 것만 같았다. 배롱나무 미끄러운 가지에 알콩달콩 매달린 빗물방울도 보살의 몸에 드리감기운 영락(瓔珞)만큼 맑고도 촉촉했다. 막 갈아엎어 흙내가 물씬 풍길 듯한 밭고랑도 다자(茶紫)빛으로 향기로웠고, 저편 산끝이 닿는 데까지 뻗쳐놓은 비닐온상조차 목척(木尺)을 놓아 곧게 지른 직휘(直暉)로 다스린 것 같았다. 세상이 온통 단청을 입은 것이다. 그것도 비바람이 불어 색이 바래어가는 그런 단청이 아니라 울긋불긋 시시때때로 제가 알아 변화하는 천연(天然)임에야…… 하늘이 내린 단청 사이로 신작로가 힘차게 산굽이를 뚫고 휘어감기고 있었다. (31~32면)

민경현이란 작가는 확실히 갈고 다듬고 또 갈고 다듬는 이른바 장인적 손길을 필력 속에 품고 있다. 그것은 작품을 이루는 여러 장면들을 매우 치밀한 계산하에 구성하는 데서도 나타난다. 그는 결코 장면들을 섣불리 연결하지 않는다. 그냥 읽어갈 때는 의외적이고 단층(斷層)된 장면들이었다가 나중에서야 절묘한 끈으로 연결되어 의미의 연쇄를 이루는 하나하나가 미학적 장치로 작동한다.

2

이 작품집에서 종교적 침잠과 함께 또 한편으로 주목할 측면은 바로 주술적 경향이다. 이미 「내영」에서도 나타났듯이 무녀 또한 이 작품집의 뚜렷한 인물군이다. 「기청제」 「청동거울을 보여주마」가 그 대표적인 작품들로, 무녀와 무녀의 주변 삶을 통해 매우 이질적인 오늘의 상황을 역설적으로 환기시켜준다. 「기청제」는 특이성으로 인해 오히려 이제는 치부하기 좋은 직업인이 된 오늘의 무당을 '진정한' 무녀의 비극적 삶과 대비해 속물화된 현실의 한 단면을 슬며시 들추어낸다. 물론 작가는 이 문제만을 정공법으로 치고 들어가지 않는다. 한 지방도시의 변두리 다세대주택 단지가 장마에 물바다가 되면서 겪게 되는 광경을 매우 치밀하게 묘사하는 과정에서 무녀의 삶을 서서히 무대의 전면으로 끌어낸다. 바로 다세대주택 지하에서 홀로 은둔하다시피 사는 한 보살할머니가 장마통에 비명횡사하고 만 것이다. 결국 생사조차 모르고 살았던 이웃들이 자책감에 십시일반하여 보살할머니의 망혼굿을 치르려 하면서 소설은 본격화된다. 어렵사리 장안에 용하다고 소문난 '작두도령'을 불렀으나 망자를 보자마자 '전둘례 만신'이라며 무조건 도망치면서 보살할머니의 과거가 소설 속으로 불려나온다. 집주인 서수돌 영감이 바로 소설 속의 만신 역할을 하면서 과거 6·25전쟁 기간 중에 있었던 이야기가 소설 속의 소설로 제시된다. 바닷가 마을 사람을 구하기 위해 둘례가 먼 바닷가로 인신공희를 떠나게 되었는데, 언니가 대신 정업이가 되어 간 것이다. 그 한으로 반송장으로 살면서 오로지 언니의 아들을 대신 키웠는데, 그 아들이 돌아와 박수가 되어 한풀이굿을 벌이는 것으로 끝난다.

「청동거울을 보여주마」역시 무녀 모녀간의 비극적 삶을, 그들과 연분이 있는 화자의 눈으로 그려낸 작품이다. 딸을 굿판에는 얼씬도 못하게 하는 어미 두모실댁과, 어미를 싫어하면서도 그 피를 못 속여 어찌할 줄 모를 신기(神氣)에 삶이 비정상적으로 된 딸 세화, 그리고 그녀를 어려서부터 좋아했고 커서는 한때 그녀와 동거까지 한 화자. 결국 세화가 화자를 떠나 멕시코로 여행을 갔다 와서 죽고 만 것이다. 그런데 두모실댁은 세화와 화자 사이를 전혀 눈치채지 못한 듯 행동하며 고향에서 열릴 굿판 구경을 가자고 화자를 찾아온다. 그리고 세화가 여행중에 남긴 노트를 그에게 넘겨준다. 막상 고향에 도착해보니 굿은 다름아닌 세화를 위한 판이었다. 두모실댁이 몇차례의 굿판에도 나오지 않는 세화의 혼령을 나오게 하기 위해 화자를 데리고 간 것이다. 그런데 작품을 읽다보면 세화를 위한 굿판이나 과거 세화와의 인연 등에 대한 묘사는 사실 작품 자체로 봤을 때는 부수적인 것이다. 중심내용은 세화의 노트이다. 무녀는 아니지만 무녀의 기질이 농후한 한 현대여성이 보여주는 신기(神氣)의 삶과, 그리고 멕시코의 또다른 원형적 삶과 조우하며 펼치는 주술성의 신비가 그것이다. 그런데 이 작품에서 우리가 주목할 것은 세화의 삶이 이른바 '정신병리학적'으로 그려지고 있다는 것이다. 이른바 주술성이 현실에서 온전히 제 삶으로 육화되지 못하고 정신병리학으로 귀결되는 이 사태야말로 오늘의 시대가 주술성, 이를테면 인류의 집단 무의식 속에 남아 있을 원초적 인간형이 상실되었거나 왜곡되었다는 것을 의미하는 것은 아닐까.

　이 점을 더욱 분명히 드러내주는 작품이 「깊은 하늘」이다. 이 소설에 등장하는 인물들은 모두 다 현실에서 쉽사리 마주할 수 있는 사람들이다. 묘사나 서술내용이나 작품 전체가 풍기는 인상은 한마디로 매우 현대적이다. 사진사, 천체 연구원, 생물학 연구원, 군승(軍僧) 등 매우 전문적인 직종에서 일하는 지적인 인물들이다. 그러나 이들은 모두 정신병리적 징후를 강하게 내보임으로써 모두 다 내면의 상처를 안고 있는 인물들이다. 소설은 크게 3부로 구성되어 있는데, 각 부마다 서로 쌍을 이루며 기묘하게 사슬을 이룬다. 그리고 가장 중심된 사건으로 군승과 여성 생물학 연구원의 비극적 사랑과 죽음이 가로놓여 있다. 이야기인즉 종교인으로서 애인에게 애를 갖게 한 죄책감에 군승이 자살하고, 그를 못 잊어한 여성이 뒤따라 자살한 내용이다. 그러나 이 이야기 줄기는 소설 속에 별 역할을 하지 않는다. 이 줄기에서 퍼져나온 무성한 잎이야말로, 달리 말하면 각자의 존재가 천형처럼 붙들고 있는 내면심리야말로 이 소설의 핵이다. 그런만큼 소설의 분위기는 매우 음산하고 우울하다. 첫 장면은 이 작품 전체의 배경 역할을 한다. 일종의 관찰자라 할 수 있는 사진사는 예전 군대에서 정훈실 소속 사진병으로 근무했는데, 거기서 바로 이 군승의 주검을 사진으로 촬영하였다. 그때의 광경을 묘사한 대목은 지나칠 정도로 치밀하여 엽기적이기까지 하다. 그리하여 그는 제대 후에도 불면증에 시달리는 정신질환을 겪는다.

　다음 장면은 천체 연구원이 화자로 등장한다. 그에게 매일 PC로 메일을 보내는 여인이 있다. 한 사람은 천체라는 거대한 우주를 향하여 망원경과 더불어 살고, 한 사람은 미세한 세포를 추적하는 그야말로 미시적인 현미경과 더불어 사는 대조적인 인간형이다. 작가는 여기서도 양자의 세계를 매우 구체적으로 묘사해나간다. 어느날 이 여인이 직접 찾아와 화자와 함께 천문대로 천체 관측하러 오르는데, 이 여인이 끝내 다 오르지 않고 망원경과 함께 추락사하고 만 것이다. 마지막 장면은 군승(지현)을 직접 화자 겸 주인공으로 내세워 이야기를 마무리한다. 애인이 애를 지우겠다고 하여 그전에 한번 만나자고 약속을 해서 서울길을 나섰는데 정작 서울로 가지 않고, 과거 그녀와 인연을 맺은 절을 찾아간다. 그러면서 이미 입적한 스승과의 만남 등 자신이 불도에 들어서는 과정을 회상한다. 그리고 부대로 귀환하여 얼마 후 애인으로부터 편지를 받는데, 거기엔 아이를 내일이면 지우겠다는 내용이 담겨 있었다. 그리고 그는 권총을 입에 물고 자살한다.

사실 이렇게 작품내용을 정리해보았으나 작품에 대한 실 느낌은 이런 정리로는 불가능하다. 민경현 소설의 한 특징은 바로 요약이 힘든 데 있다. 어쩜 작가 자신이 요약을 거부하고 있는지도 모른다. 그만큼 서사보다는 묘사와 서술이 압도한다. 그러나 묘사와 서술에 기반하여 서사성이 서서히, 그러면서 웅장하게 구축되는 위대한 작품의 미덕에서 본다면 뭔가 하자가 있는 듯 보인다. 풍부한 산을 그리기는 했지만, 정작 그것을 통해서 산능선이 뚜렷이 부각되지 않는다면 우리는 산속을 헤맬 수밖에 없다. 종종 작가가 이 작품을 통해 무엇을 진정 말하려고 하는지 생각하면 오리무중에 빠진 느낌이 드는 것도 그 때문이 아닐까. 옛 선인들이 말했던 전신사조(傳神寫照)는 바로 아도(阿堵), 즉 눈동자 가운데 있다는 동양화법의 한 원리가 떠오른다. 이 점은 알게 모르게 그의 작품이 매우 동적일 것 같으면서도 정적인 것과 무관치 않다.

그러나 매우 치밀한 묘사력, 그리고 집요하고 깊이있는 지적인 서술력은 요즘 젊은 작가에게서 찾기 힘든 이 작가의 특장이다. 더구나 갈수록 사람 자체가 원자화되고, 사는 생활방식 자체가 철저히 분업화된 오늘의 시대에 오히려 이 원자화와 분업화 속에 출발하여 거대한 우주와 상통하려는, 현미(顯微)와 망원(望遠)을 접붙이려는 장인정신을 필자는 주목하고 싶다. 등장인물들이 대부분 종교적·주술적 성격을 강하게 가진다고 했지만, 다른 한편으로 그 자체가 화가, 소리꾼 및 춤꾼, 사진사, 천문학자, 미생물학자 등등 일종의 '장인'이라 할 만한 인물들이다. 그리고 작가 자신 또한 거기에 발맞춰 '언어의 장인'이 되려는 욕구와 공부가 분명 있다. 실제로 그의 소설을 읽다보면 삶보다는 예술이 먼저 느껴진다. 대개의 소설이 산문적 현실에서 출발하는데, 민경현의 작품은 대부분 비승비속의 경계에서 출발한다. 아니 어쩜 '승'에서 '속'을 바라보기 때문에 오히려 '속'의 비천함과 고통이 투명하게 내면화되고 있는지도 모른다. 자연 일상의 잡사는 자리잡을 틈이 없고, 삶의 본질과 대면하려는 절제되고 미학화된 어휘와 대화와 서술, 묘사가 전면에 나서면서 철저한 미학적 공정이 이루어지는 것이다. 그러나 그것이 아직 자연스럽지 못하다. 물(物)을 그리는 데 있어서 그 형(形)을 얻은 것은 그 세(勢)를 얻은 것만 못하다는 말처럼, '만드는〔形〕' 것보다 그것을 추동하는 '근원적 힘〔勢〕'을 자기 안에 온전히 세워 그 자신이 천연이 되는 것이 더 중요하다. 작가가 노사의 입을 빌려 말했듯이 "수묵(水墨)의 묵색(墨色)은 검은빛이 아니라 색계(色界)의 온갖 빛을 품고 있는 어둠을 뜻하는 것이니, 수묵이 묵색 하나로 세상을 휘어잡고자 하는 패도(覇道)의 힘을 바닥에 깔고 있는 뜻이 거기에 있어 진퇴가 뚜렷한 선비가 그 도를 따르고자 했다면, 채색(彩色)은 쟁이들의 것이니 우주만상에 가득 찬 다섯 색(五色)을 음양이 휘모는 대로 풀어놓고자 하는 천연에 수긍하는 태도"(278면)일 테니까. 그러나 '장인'이 어찌 한술에 이루어지랴. 이미 '장인'이 되고자 겪고 있는 혹독한 자기 수련이 글자마다 아로새겨 있으니 이것만으로도 작가의 첫 작품집으로서는 그 길을 연 것이리라. 지금 아무도 가지 않는 길을, 오히려 세상사람들의 길을 거슬러올라가니, 그만큼 험난할 수밖에 없는 길이다. 부디 작가에게 고난과 영광이 늘 함께 짝하기를……

후기

  내친걸음이 여기까지 왔음에 감사보다는 드디어 회억(回憶)할 때가 온 것쯤이야 모를까마는 몸뚱이도 없는 기억이란 것들이 슬그머니 내 뒤태를 감쌀 때마다 여전히 섬뜩 놀란다. 그들은 어찌 이리도 다감한가.

  푸르른 청춘에 우거진 녹음을 함께 드리웠던 무수한 신록의 잔가지들. 파천황의 꿈인지 아니면 끝간데 모를 객기인지 아직껏 판단할 수 없는 절절함으로 250cc 엔진을 쥐어짜던 질주, 질주. 제 삶의 마지막 바리케이드를 향해 주저없이 몰로토프 칵테일을 내던지며 그 화염 속에서 활짝 날개를 펼치던 불새. 마침내 용을 쪼아먹고 날아오르는 금시조의 거대한 날갯짓. 뿐이랴. 엎디어 울먹이는 나를 외면하며 끝내 뜻도 모를 참회의 진언(眞言) 한마디를 툭 던져주던 은일(隱逸)의 대덕(大德). 그리고 영원히 내 발꿈치에 매달린 생활이라는 악령, ball & chain. 그 모든 기억의 악성 종양들이여! 내 글쓰

기의 영토 속에서 마음껏 곪아터질지니, 끊임없이 휘발할지니, 부글
부글 용암으로 끓다가 차가운 파도에 씻겨 검푸른 현무암으로 굳어
바람 앞에 버틸지니, 나는 그 허물어진 성가퀴 속에 갇힌 미네징어
(Minnesinger)만으로도 찬란하리.

황금빛으로 번뜩이는 황도광(黃道光)으로 나를 유혹하는 서녘 지
평의 신기루여. 그 불타는 잔교(棧橋)로 이루어진 위태로운 뫼비우
스의 띠에 무한한 영광과 끝없는 저주 있으라!

감사를 올려얄 분들이 셀 수 없이 많다. 물 한 바가지를 얻어마셨으
면 우물을 파서 보답하라 했으니 그것만으로도 내 생은 짧다. 다만 부
득불 밝혀두어야 할 일은, 이 책을 엮는 데 있어 '대산문화재단'과 '한
국문예진흥원'의 창작지원을 받아 요긴하게 사용했다는 점이다. "글
이란 궁한 것(文窮也)"이라더니 "궁하면 통한다(窮則通)"는 말도 있
었다. 다만 "시인이 궁하면 궁할수록 시문이 오묘해진다(窮而後工)"
는 말이 있어 또 걱정이 늘었다. 두 기금에 깊이 감사드리며 그들이
지원한 원래의 취지가 내 글에 올바르게 살아 있기를 그들보다 내가
더 염려하는 바이다. 그러나 기실 그보다 더 내 마음에 과분한 것은
이 나다분한 글을 끝까지 읽고 있는 당신이라는 한 개인의 관심이다.
당신이 보이는 눈길의 호오(好惡)는 사실 내 관심 밖이지만 당신이
존재하여 나와 접점을 이루었다는 사실만은 누겁의 인연이 엄존(儼
存)했음의 역력한 증거가 아닌가. 문자가 있어 우리가 만났다. 제아무
리 구차스러울지라도 내 글이 존재할 수 있는 까닭이 거기에 있다.

1999년 10월 7일
민 경 현